U0141503

人類幼崽
廢土苟活攻略

Children survive
the end of the world

3

禿子小貳 ──── 著
透明（Tomei）──── 繪

人類幼崽
廢土苟活攻略

*Children survive
the end of the world*

3

# 目　錄
CONTENT

# 第一章

## 以後的每一個生日，
## 我都會帶著你看星星

◆━━━━━━◆

「對不起，雨沒有停，天上也沒有星星。」
封琛將顏布布毯子裡的一隻手取出來，緊緊握在掌心。
「但是我還是想帶你來，就像你畫的那樣，
在你過生日的時候，我們一起坐在船上。
不過在你過 8 歲生日的時候，雨就肯定沒了，
那時候天上會有星星，我再帶著你來。
你 9 歲生日，10 歲、11 歲、12 歲……
以後的每一個生日，我都會帶著你看星星。」

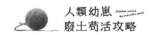
　　封琛推開窗戶，準備從這裡翻出去時，發現水面竟然已經下降到了
4 樓，而飄在水上的氣墊船，被繩子懸在了空中。

　　洪水消退得如此迅猛，他也不知道這是不是代表極寒就要來臨。

　　不管怎麼說，退水總歸是件好事，他下到 5 樓解開氣墊船，划向了
大海方向。

　　封琛雖然穿著羽絨服，外面套著雨衣，但片刻後手腳都已經冰涼。
腕錶上的溫度顯示是 0 度，和昨天的氣溫沒有太大變化，保持在一個恒
定數值。

　　海雲城內冒出水面的建築更多了，很多磚瓦泥塊已經被沖掉，只剩
下支棱著的鋼鐵骨架。

　　他划著船在那些冷冰冰的鋼鐵殘骸裡穿行，經過幾根斜立出水面的
鋼柱時，發現上面還掛著一個十字架。

　　也許這就是曾經的教堂房頂，也許十字架是從其他地方沖來的，但
封琛還是放下船槳，雙手握住，面朝十字架跪了下去。

　　他從來不信教，但在跪下去的瞬間，全身心充滿虔誠。他哽咽著求
神庇佑，庇佑顏布布能平安度過這一關。

　　「只要能讓他平安，讓我做什麼都可以……」

　　沒有什麼神給出回應，能回應他的只有嗚嗚風聲。

　　就這樣過了很久，他才慢慢起身，划向了大海。

　　封琛從來沒捕過魚，到了海裡才想起連捕魚的工具都沒有。他茫然
地立在船頭看了會兒，乾脆放出精神力探入海中。

　　精神力如巨網般散開，將那些無知無覺悠閒漫游的魚網羅其中，再
慢慢收緊，收成一只無形的口袋。

　　魚兒們這才察覺到不妙，開始拚命掙扎，但已經被他拖上了船。

　　他就這樣用精神力為網，很快就捕撈上來了小半船魚，最後將太小
的魚丟回海裡，帶著剩下的魚回到研究所。

　　研究所裡很溫暖，他脫掉羽絨服走到沙發前，將冰冷的手搓熱後，

才去撩開顏布布的褲腿，用手指比了下青紫色蛛網的長度。

還好，比昨晚上還縮短了小半個指節。

封琛臉上露出一個淺淡的笑，在顏布布額頭上輕輕彈了下，誇獎他：「不錯，看來你努力了，今天就獎勵你吃魚。」

廚房有個碩大的空冰櫃，封琛將所有魚放了進去，想了想後又去 5 樓拎了一臺智能電腦上來，開始查閱裡面保存的資料。

片刻後，他合上電腦，面無表情地將魚又一條條拎出來，去廚房清理內臟。

要將這堆小山似的魚都清理乾淨，不是件容易的事。黑獅也來幫忙，一人一獅忙了整整一個下午，才將所有的魚凍進了冰櫃。

封琛給他和顏布布做的晚餐便是魚。

依舊是開水煮熟再放點鹽，待魚肉煮熟，他選了幾塊最嫩的魚肉，小心地挑乾淨刺，再倒回鍋裡繼續煮，其他魚肉就自己吃了。

他將那幾塊魚肉用小火慢慢熬煮，直到盡數融化在湯水裡，才倒進碗中，吹涼後餵給了顏布布。

吃完晚飯，他抱著顏布布在樓上樓下逛了一圈。

「7 樓是實驗室，沒什麼好看的，這些儀器你也不懂，我們去 8 樓逛逛。」

「8 樓也是實驗室，對了，這裡有個小機器人，開啟後會和人對話，還能幫著拿檔案……唔，你醒過來的話我就開啟給你看，不醒的話沒門。」

「9 樓是辦公室，都是一些檔案，東聯軍當時撤得太快，這些檔案滿地丟，還有好多書本。你要是醒了……醒了也不會讓你寫字，想寫才寫，不逼你。」

到了第 10 層，就是他們上次來更改身分資訊的樓層。

「記得嗎？樊仁晶，你就是在這裡變成了煩人精。」封琛戳戳顏布布的臉蛋，低聲道：「這個名字沒取錯，你可真夠煩人。」

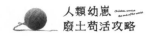
　　10 樓都是儀器，沒有什麼可逛的，封琛正要回樓下時，視線掠過左邊牆角的儀器，又慢慢走了過去。

　　上次他用這臺儀器裡的軟體，給父親留下了一句話。雖然知道永遠也不會收到回覆，但他還是按下了儀器啟動鍵。

　　螢幕亮起了光，封琛左手抱著顏布布，右手在資料夾裡找到了那個只有他和父親使用的類比軟體，輕輕點開。

　　螢幕跳轉的剎那，他心裡還是不可抑制地狂跳，湧出了隱隱期待。

　　【父親，我是封琛，我還在海雲城，如果看見了這條訊息，請儘快來接我。】

　　顯示未閱讀。

　　封琛靜靜地看著那行字，片刻後才伸手關掉了儀器。

　　將樓上幾層全部參觀過一遍後，封琛抱著他去了 5 樓。

　　「來熟悉一下你以後的居所。看！你要是變成喪屍了就待在這兒，沒有小機器人，也沒有動畫片，就坐在這兒盯著上面的洞口鬼嚎。」

　　封琛用手指分開他閉著的眼皮，讓他環視了一周後才放手。

　　「不想待在這兒吧？不想的話就繼續努力，絕對不能變成喪屍。」

　　封琛用手撐著顏布布的後腦，將他腦袋輕輕往下壓了兩下，像是在點頭。

　　「好的，我知道你會努力，你一直都很聽話，一定會努力的。」

　　封琛抱著顏布布回樓上，一步步往上爬。

　　整棟樓只有播放著的比努努動畫片聲，童稚的對白在樓裡迴蕩，卻怎麼也填不滿這個空間，反而感覺更空曠、更寂寞。

　　他走了兩步後，便慢慢坐在樓梯上。黑獅悄無聲息地從樓上下來，輕輕舔了下顏布布的臉，再安靜地趴在他身旁。

　　夜裡，封琛照樣是調好鬧鐘，每小時醒一次，去看顏布布腿上的傷，並對著腕錶做了記錄。

　　「10 月 6 日，晚上 1 點，傷口無變化，毒素爬升到了膝蓋下方一

公分處。」

「10 月 6 日，晚上 3 點，毒素下降了一公分……他在床上撒尿了，換了床單。」

「10 月 6 日，晚上 5 點，毒素又上升了一公分。」

到了白天，封琛照例早早起床熬魚湯，給顏布布餵了一碗。

他昨天去了 5 樓的溧石機房，發現機器裡儲存的溧石只剩餘了兩、三塊，也就還能再堅持幾個月的樣子。他想起當初和林奮去地下安置點取溧石，裡面還剩餘了一袋，便想去取回來。

他將顏布布放好，放上比努努動畫片，再留下黑獅守著，自己穿好羽絨服，提上抗壓潛水服下樓出門。

咚咚咚的腳步聲響到 5 樓，停下，又咚咚咚地跑了上來。

他將沙發上躺著的顏布布抱到廁所，扒掉褲子，提著腿，蹲在馬桶前給他把尿。

「你喝了魚湯的，得尿尿，不然又要尿到身上。」

1 分鐘過去了，顏布布沒有尿。

3 分鐘過去了，封琛腳都蹲得發麻，顏布布依舊一動不動地靠在他懷裡，沒有半分要尿的意思。

封琛開始回憶。顏布布還是個嬰兒的時候，他見過阿梅給他把尿，當時是怎麼樣的……

「噓——噓——」他學著阿梅給顏布布把尿時的噓聲。

才噓了幾下，馬桶裡就傳來窸窸窣窣的水聲。

顏布布尿完，封琛將他抱回沙發，整理好衣褲，蓋上毛毯。

「你說你是不是壞？是不是壞？」封琛點了點他的鼻子，「讓你尿尿你能聽見，讓你吃東西為什麼聽不見？故意和我作對是不是？」

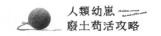

　　雖然說著數落的話，但封琛臉上卻煥發出這幾天來從未有過的光彩，眼底也閃著激動的光。

　　黑獅在沙發旁興奮地轉圈圈，不時用爪子撓兩下地板，又湊到顏布布身旁，瘋狂舔舐他的臉。

　　封琛好容易才按捺下激動的心情，腳步輕快地下到 5 樓，翻出了窗，划船去往地下安置點。

　　到了安置點入口，他換上了抗壓潛水服，游到升降機裡開始下行。

　　雖然地面的洪水在消退，但安置點裡的水依舊那麼深。這次沒有林奮在身旁，黑獅也被留在了研究所，封琛一個人在黑暗的水裡下沉時，突然生起一種世界上只剩下自己的孤單。

　　他扶著鐵欄想，要是顏布布好不了的話，那他以後生活的每一天，都和現在沒有什麼區別吧。

　　升降機到了水底，他用精神力給自己布了一層防禦罩抵抗水壓，向著溧石機房的方向游去。

　　額頂燈照亮了面前的水域，那些小礦車和鐵鍬已經被水底塵土掩埋了大半，只露出了部分鐵皮。

　　封琛看見這些，便想起和顏布布一起在安置點生活的日子，心中生起了幾分恍惚。那段時光仿似過去了不久，卻又似過去了好幾個世紀。

　　他游到了溧石發電機前，因為上次沒有關門，所以很輕鬆地就鑽進機房，找到了那桶溧石。

　　他抖開充氣袋，擰開閥門，看著被注入氣體的袋子慢慢膨脹。

　　四周一片靜默，沒有任何異常。但出於哨兵敏銳的感知力，他心頭浮起一種危機感，察覺到身後有什麼正在靠近。

　　他拔出從來不離身的匕首，看也不看地反手刺出，在匕首扎入某樣物體時回頭，竟然看見了一隻喪屍。

　　額頂燈的光照下，那喪屍青白著一張臉，怒瞪著全黑的雙目，露出兩排慘白的尖牙。那把匕首正插在它胸膛上，它的胸腹也被水壓擠壓成

扁狀，肋骨都一根根刺破皮肉露在外面，卻毫無感覺地繼續往上撲。

封琛絲毫沒想到在這深水裡竟然能遇到喪屍，還是這樣一隻猙獰可怖的喪屍，這瞬間竟然被嚇住了，愣怔了半秒。直到那喪屍都撲到眼前才反應過來，抬腳將他踹開，接著便一匕首扎入它的太陽穴。

喪屍徹底死亡，封琛卻也不敢多停留，趕緊將那桶溧石裝好，拖著大袋子出了機房，往升降機的方向游去。

他擔心從那些黑沉沉的水裡再竄出來一隻喪屍，便又分出一部分精神力，在身遭十公尺內的水域裡不停搜索。

好在直到上了升降機，這一路都沒有出現什麼意外。

站在上行的升降機裡，他開始琢磨這隻喪屍的來歷。想來想去，覺得他應該是從通往海雲塔的那條緊急通道裡游出來的。

那次他和顏布布上塔時，雖然將身邊的那群喪屍殺死了，但周邊還有很多存活了下來。

林奮用隔斷門將喪屍都隔在海雲塔底層，想不到它們居然還活著，還能從那緊急通道裡游出來。

不過喪屍並沒有什麼智商，緊急通道也有 5 公里長，這隻喪屍應該是誤打誤撞才游進了安置點，算是個例，其他喪屍應該都還是在海雲塔下層。

雖然如此，為了安全起見，封琛在游出安置點出口時，還是按動了牆上開關，將大門緊閉起來。免得又有進入安置點內部的喪屍，順著大門游進海雲城裡。如果真是那樣的話，那就麻煩了。

他將這桶溧石帶回了研究所，再次去了兩趟物資點。不光運回了半船真空包裝的大豆和米，還補充了諸如衛生紙、香皂一類的生活物品，以及各個年齡段、各個型號的衣服鞋襪。

畢竟他不知道要和顏布布在海雲城住多久，最好是一次性將兩人以後數年的衣服都裝上。雖然物資點就在這兒，以後需要什麼衣服可以來取，但以防出現意外狀況，還是在研究所裡也放點更穩妥。

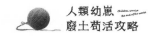
　　將所有應對極寒天氣的生活物資都備好，他匆匆回到研究所，給自己和顏布布做了魚肉午飯。吃完飯也沒有休息，又去了海裡捕魚。

　　研究所裡的冰櫃很大，他上次捕的魚只裝了一半，還可以將剩下的一半填上。

　　將魚也捕好，封琛便將所有物品都歸類保存。

　　他在大廳分揀時，顏布布就躺在沙發上，投影裡放著動畫片作為背景音，而黑獅就將分好的物品分別送去儲藏室或是廚房。

　　他去廚房剖魚時，拖了一座沙發在門口，讓顏布布躺在上面。他一邊剖魚，一邊不時轉頭看一眼。

　　封琛和黑獅忙碌了一天，終於處理完所有物品，看著滿滿當當的儲藏室和冰櫃，他這才有了一絲安心感。

　　「聞聞我身上臭不臭？感覺都是一股魚腥味兒。」封琛湊近了顏布布，讓他聞自己，又道：「臭吧？是不是很臭？你也聞聞，不能讓我一個人聞臭味兒。」

　　封琛先回他們房間的浴室沖了個澡，又在浴缸裡放水，將顏布布抱了進去。

　　「你也有幾天沒洗澡了，再不洗也成了臭魚，在變成喪屍前，總得把你洗得乾乾淨淨的對不對？」

　　封琛一邊絮叨，一邊將顏布布剝了個精光，放進熱水裡。

　　「以後就算成了喪屍，每週也得洗澡，到時候我就用繩子把你捆上，嘴也用臭襪子堵住，按在地板上用大刷子刷……」

　　封琛洗完顏布布上半身，從水裡撈起他一條腿準備洗時，卻頓住了動作，嘴裡的聲音也慢慢消失。

　　明明下水前，他腿上的烏青色血管才在膝蓋正中間，也就過去了這麼一下子，那蛛網就上爬了一公分，襯著小孩兒白嫩的肌膚，看著愈加猙獰和刺眼。

　　封琛呆呆地看了會兒，像是被那顏色刺痛了眼，倏地轉開頭。

過了好一陣，他才繼續給顏布布洗澡，匆匆洗完後便用浴巾裹著抱出了浴缸。

他將顏布布放在沙發上，拿起一套小孩兒的睡衣給他穿。

「這是我去物資點給你選的，材質很舒服，你一定會喜歡。上面有很多小熊，我沒數，大概有好幾百隻吧，小小的，每隻小熊脖子上還有一條領帶……」

封琛將顏布布的手伸進睡衣袖，再開始扣鈕扣。視線掃過他胸口時，在那裡停頓了幾秒，手指慢慢按了上去。

小孩兒胸膛的肌膚還帶著剛泡過熱水的溫熱，但起伏卻越來越微弱，手指幾乎快感覺不到心跳。封琛俯下身，將耳朵貼在顏布布胸膛上，仔細聽著那輕微緩慢的聲音。他的目光穿過窗戶，眸子裡倒映出此刻的天空，都是一樣的灰濛濛。

天已黑盡，夜已深。

封琛沒有睡，他半抱著顏布布躺在沙發上，在一直播放著的動畫片背景音裡，看著窗外發呆。

黑獅趴在沙發旁，不時用爪子搖晃一下顏布布，像在提醒他不能一直這樣睡下去，又去將布袋叼來放在他身上。

封琛有些遲緩地看著布袋，伸手進去摸索，取出來那個空密碼盒。輸入密碼，打開盒蓋，露出裡面顏布布的「寶貝」來。

一片堪澤蜥的鱗片、兩顆小鋼珠、三朵小紅花，最下面是張疊好的紙。封琛展開那張紙，是顏布布畫的畫，兩個罈子似的人並排坐著，仰頭看著畫得亂七八糟的天空。

「……哥哥，其實我現在最想要的生日禮物，就是能和你一起坐在船上看星星。」

封琛猛地一震，抬起手腕查看腕錶上的時間。

10 月 6 日 23:35

10 月 6 日……還有不到半個小時就是 10 月 7 日。

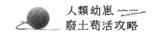
也是顏布布的生日。

封琛思索了不到半分鐘，迅速從沙發上起身，去儲藏室裡拿出了一套兒童保暖衣和羽絨服給顏布布穿上，再套上了厚厚的棉襪和雪地靴。最後扯過毛毯和雨衣將他全身裹住，裹得像是一個大蠶繭。

海雲城的夜晚是一座寂寥的死城，只有城西某棟樓房的窗戶透出了些許亮光。

此時 5 樓窗戶被推開，一隻碩大的黑獅躍進水裡，將飄遠的氣墊船推到窗下。一名穿著雨衣的少年抱著個大蠶繭翻了出來，穩穩落在氣墊船上。

風聲呼嘯，夾帶著冰冷的雨，封琛弓著背替顏布布擋住了風，黑獅則躍進水裡，推著氣墊船往前。

船頭放著一盞汽燈，將周圍一團水域照亮，也隱隱勾勒出那些露出水面的建築輪廓。

黑獅推著氣墊船前行，最後停在城中央一艘傾翻的巨輪前，這是海嘯時被沖到城裡的蜂巢船，也不知道具體是哪一艘。

封琛左手抱著顏布布，右手攀著船外的鐵欄往上爬，黑獅叼著汽燈緊緊跟在身後。

爬到兩層樓高的一個小平臺上後，封琛便抱著顏布布坐下，兩條腿搭在船外，眺望著遠方黑夜裡的海面。

黑獅放下汽燈，也蹲在他身旁。

封琛看了眼腕錶，輕聲說道：「顏布布，還有 5 分鐘。5 分鐘後你就要滿 7 歲了。」

他小心地調整顏布布在懷裡的位置，再揭開搭在他臉上的毛毯。

小孩兒安靜地躺在他臂彎裡，臉色透出青白，胸口也沒有起伏，若不是鼻端偶爾會有一縷淡淡的白氣，看上去已經沒有了任何生命跡象。

「對不起，雨沒有停，天上也沒有星星。」封琛將他毯子裡的一隻手取出來，緊緊握在掌心。

「但是我還是想帶你來，就像你畫的那樣，在你過生日的時候，我們一起坐在船上。不過在你過 8 歲生日的時候，雨就肯定沒了，那時候天上會有星星，我再帶著你來。你 9 歲生日，10 歲、11 歲、12 歲……以後的每一個生日，我都會帶著你看星星。」

封琛低頭看著顏布布，看一縷雨絲飄在他睫毛上，凝成了小小的一顆水珠。他伸手抹掉那顆水珠，手指觸碰到的皮膚冷得沒有半分熱氣。

他慢慢俯下頭，將臉埋在顏布布耳邊，久久沒有動。

雨在逐漸變小，冷風捲走那些越來越輕的雨絲，化作水霧在空中消失殆盡，也捲走了低低的嗚咽。

「你還是變成喪屍吧，你不要死，求求你不要死，你還是變成喪屍吧……啊嗚嗝嘎啊達烏西亞……」

封琛的淚水都流進了顏布布的頸窩，將那處冰冷的皮膚也燙得溫熱。很久後才滿面淚痕地抬起頭，伸手去揩顏布布臉上的水漬，將他緊緊摟在懷中。

冷風從那些廢墟的破洞裡灌進又穿出，嗚嗚叫個不停。封琛這才遲緩地察覺到，那一直下著的雨不見了。

他慢慢伸出手，在沒有感受到一滴冰涼後，終於確定這場下了幾個月的雨，已經在不知不覺中停止。

「……雨停了。顏布布，雨終於停了。」他保持著伸手接雨的動作，低聲喃喃。

喀喀。安靜中，旁邊船艙裡突然傳來兩聲輕響，像是有什麼東西撞到鐵皮。

這種情況下不會有人，封琛腦中瞬間閃過變異種三個字，右手按上了腰間匕首。黑獅也倏地起身，前肢微曲，做出一個準備進攻的姿勢。

封琛抱著顏布布站起身，正要放出精神力往艙房裡攻擊，就聽到了窸窸窣窣的走動聲，接著從門框後的陰影裡，走出來一團小小的東西。

汽燈的光偏橘紅，所以看不出牠本來的顏色，只看出牠的腦袋挺

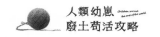

大，身體小小的，還長著細短的手腳。牠大腦袋頭頂位置蓋著三片綠葉，右邊頭側，竟然還長著一個清晰的芽眼。

封琛以前對牠還不是特別熟悉，但看了這兩天的動畫片後，對這個形象已經算得上瞭解至深。

——馬鈴薯人比努努？

封琛懷疑自己眼花了，或者是怕失去顏布布而太過悲傷產生了幻覺，不然為何會在一條船上看見動畫片裡的角色？

他有些恍惚地揉了揉眼，看見那個比努努對著他走了過來，一直走到他前方才停下。

封琛覺得世界好像變得有些不真實。他茫然地看向黑獅，發現牠正一瞬不瞬地盯著大馬鈴薯，目光灼灼，熱烈而明亮。

雖然黑獅就是他的精神體，但牠具有獨立的感官系統，從某方面來說，也算是單獨存在的個體。

——這不是幻覺！黑獅也能看見牠。為什麼這裡會看見比努努？為什麼現實世界裡會出現比努努？

封琛死死盯著那隻大馬鈴薯看，企圖說服自己這是隻馬鈴薯變異種。但牠實在是和比努努一模一樣，就連頭頂的三片馬鈴薯葉，都同樣是兩片在腦袋左邊，一片在腦袋右邊。

比起動畫片只有大概形象和線條的比努努，這一個更是細化了不少，一陣風吹過，頭頂的馬鈴薯葉還在籟籟抖動。

——為什麼？為什麼會在這裡看見一隻比努努？難道所有一切經歷都只是在做夢？

——那這場夢到底是從什麼時候開始的？

封琛腦海裡一片恍惚。

黑獅已經完全被這隻比努努吸引，看也不看封琛一眼，只小心翼翼地靠近比努努。

電光火石間，封琛腦中突然閃過一個念頭——瞧黑獅對比努努的態

度，牠絕對不會是變異種。既然黑獅是精神體，那麼這個比努努會不會也是精神體？如果牠是精神體，此刻又能出現在這兒的話，那牠的主人只能是⋯⋯

封琛的心臟因為這個猜測劇烈跳動，喜悅像是海潮般襲捲全身，讓他的身體都不可遏制地發顫。

可他還沒來得及去查看顏布布的情況，就見那隻原本還乖乖站著的比努努，突然向著前方躥出。

牠從陰影裡衝了出來，整個身體暴露在汽燈的光照下。只見牠皮膚不是比努努的淡黃，而是呈現出某種青黑色，一雙圓溜溜的大眼睛也被完全的黑色覆蓋。

「嘶──」牠對著黑獅張開嘴，露出兩排尖尖的細牙，神情凶狠而猙獰。

封琛一下怔住，心頭的喜悅瞬間飛走，從背心冒出了涼氣。

這隻比努努如果真是精神體的話，那牠現在的情況完全就似成了一隻喪屍。

黑獅傻傻地站在原地，比努努對著牠一口咬來也不反抗，只慌忙退後兩步想避開。

比努努沒有咬中黑獅，卻也咬住了牠的幾綹鬃毛，前後晃蕩兩下後，就掛在了空中。

雖然牠咬住的只是鬃毛，卻也不鬆嘴，喉嚨裡發出一種類似野獸的凶狠咆哮，懸在半空的身體不停掙動，想將那幾綹鬃毛咬掉。

黑獅用爪子撥了比努努兩下，又不敢太大力，怕將牠弄傷了，只能一邊嗷嗷叫、一邊無助地看向封琛。

封琛怔了幾秒後才反應過來，伸手去扯比努努拯救黑獅。比努努卻在他手指快要觸碰到自己時，猛地一個轉身，對著他手指咬去。

看著牠那兩排尖利的牙，封琛迅速收手，比努努便啪嗒摔在了地上。牠摔下去後並沒有繼續撲咬，只飛快地往旁邊躥出，似一顆球般躥

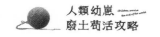

下了平臺。

半瞬後，水裡響起咚一聲悶響。

封琛和黑獅連忙向下看，只見那比努努已經浮出水面，飛快地往遠方游去，迅速消失在黑暗裡。

一人一獅沒有想到會發生這種狀況，都沉默地注視著水面。

幾秒後，一隻黑獅跟著從平臺躍下，砸出轟天的水花，同時伴著封琛氣急敗壞的聲音：「快，別讓牠跑掉了，去把牠抓回來。」

封琛知道牠應該就是顏布布的精神體，不然沒法解釋這裡為什麼會出現一隻活生生的比努努。

但他不明白為什麼精神體會變成這樣，也不知道精神體跑了該怎麼辦，只清楚絕對不能讓牠跑丟。

跑丟了精神體的顏布布會變成怎麼樣？他想像不到。他從沒聽林奮說過精神體還會跑掉，估計也沒人遇到過這樣的情況。

——顏布布……對了，顏布布。

封琛往懷裡瞧，想看下顏布布的情況，卻猶如被點了穴般，呆呆地怔立在了原地。

顏布布不知道什麼時候已經醒了，正睜著眼睛看著他。

他臉上原本覆著的那層青灰色已經退去，皮膚被汽燈蒙上一層淡淡的橘紅，也給那雙黑白分明的大眼睛裡，灑入了一捧濛濛碎光。

封琛這一刻連呼吸都忘記了，屏息凝神地和他對視著。直到顏布布張開唇，用有些沙啞的聲音輕輕喚了聲：「哥哥……」

他聽到了世間最美妙的兩個音節……而這一切都是真的。

封琛沒有回他，只閉上眼，仰靠著身後艙壁慢慢往下滑，一直滑到坐在地上。

片刻後才睜開眼，保持仰望的姿勢看著天空。

那層將天空遮蓋數月的灰蒙幕布，像是被誰給一把抽走，終於露出了下面的璀璨星河，熠熠流光自天上洩注，給整個海雲城也鍍上了一層

柔光。

他眨了眨眼睛，感覺到熱的液體不斷從眼角流出，滑入鬢角，也感覺到一隻小手落在自己臉上，將那些水漬慢慢擦掉。

顏布布躺在封琛腿上，將他的眼淚都擦盡後，也跟著看向了天空。

「哥哥，看星星，好多星星……」

封琛哽咽著道：「你說過生日的時候想看星星，今天是你的 7 歲生日，這是我送給你的生日禮物。」

「哥哥，你別哭了。」

「顏布布，你喜歡這些星星嗎？」

「別哭了。」顏布布固執地去擦他不斷湧出的淚。

封琛將他的手握住，「我沒哭，是風太大，吹得眼睛疼。」

顏布布又盯著他瞧了會兒，才轉開視線去瞧星空，夢囈般道：「星星好好看，這是哥哥的魔法嗎……」

風在不知不覺中停了下來，但氣溫很低，呼出的氣都變成白色。

兩人就這樣靠坐在船上看星星，遠處不斷傳來撲水聲和黑獅氣急敗壞的低吼，還有一大一小兩隻時而纏鬥、時而追趕的身影。

封琛扒開毛毯，將顏布布一隻腳的褲腿往上推。當那條小腿呈現在眼底時，他愉悅地笑了起來。

只見那些原本已經蔓延過膝蓋的青紫色蛛網已經消失不見，而那個牙印也在開始癒合，表面結出了一層痂。

封琛盯著那個牙印看了一分鐘，也笑了一分鐘，直到顏布布說腿好冷，才將他褲腿放下，重新裹好毛毯。

「哥哥，我是不是差點死了？」顏布布問。

封琛拉開羽絨服拉鍊，讓顏布布坐靠在自己懷裡，「不會的。」

「我好像睡了很久，但是能聽到你們說話。」顏布布想了想，「我能聽到你在洞裡想打人，也能聽到他們不讓我們上船，說我要變成喪屍。我非常想醒過來，告訴他們我不會變成喪屍，但是我醒不了。」

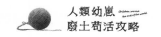
「你不會變成喪屍的。」封琛將下巴擱在他頭頂。

顏布布仰頭看著封琛，不說話也不動。

「幹麼這樣看著我？」封琛問。

顏布布小聲道：「我其實有聽到你哭了。不是風太大，吹得眼睛疼的那種哭。」

「沒有，你聽錯了。」

「你還哭了不止一次，我數過，有三次，不對，五次。有兩次聲音還很大……」

「說了你聽錯了，你那時候在生病，聽得不清楚。」封琛打斷他。

顏布布繼續說：「你還說顏布布求求你不要死，哪怕是變成喪屍也行，求求你不要死。」

封琛乾脆假裝沒有聽見，顏布布卻又伸手，在他臉上細細地摸索。

「幹麼？」

「我看看你現在有沒有又在哭。」

「別說話了！」

顏布布將臉貼在封琛胸口，那裡只隔了層 T 恤，可以聽到他有力的心跳。

「我聽到你哭的時候也好想哭，好想跟你說我不會死，也不會變成喪屍，你別怕。但是我動不了，好難受……」

封琛沉默片刻後，摸著顏布布的髮頂，「現在沒事了。」

「可是吳叔死了……我的咒語沒有用，為什麼我的咒語那時候沒有用……我沒能救得了他。」顏布布眼淚流了出來，浸透封琛的衣料，燙得他胸口隱隱發疼。

「我的咒語沒用，沒用……我再也不念咒語了，再也不念了……」

封琛摟住顏布布，摟得緊緊的。

「吳叔去了天上，他會過得很快樂。」他又伸手按住顏布布心臟位置，「這裡是不是覺得悶悶的？」

「嗯，好難受。」

「還記得以前你跟我說的話嗎？這裡悶悶的，就是他在想你，在看著你。」封琛輕聲道：「他一直都會陪著你的。」

顏布布抬頭看向天空，星光落入眼底，和水痕一起閃動著。

「他在那些星星上面吧？」

封琛也抬起頭，「是的，肯定在那上面。」

「他和他的寶寶在一起了吧？」

「嗯。」

「那他還會想著我嗎？」

「會，他一直都會想著你。」

兩人靜靜地抱在一起。

封琛時而覺得這是真的，在心裡胡亂感謝各種聽過的神。時而又懷疑這是場夢，不時用手指觸碰下顏布布的鼻子、嘴、眼睛，兩條胳膊也越勒越緊。

顏布布就算被勒得喘不過氣也不做聲，只溫順地一動不動。

也不知過了多久，直到水裡的嘩啦聲越來越近，封琛才鬆手，指著那隻正對著黑獅撕打的圓團子問：「顏布布，這是你的比努努嗎？」

「比努努？」顏布布擦了擦眼睛，坐直身體去看。

「嘿，是我的大獅子。」他驚喜地對著黑獅揮了揮手。

「別管獅子，你看那個小的，牠是你的比努努。」

「我看不清啊……」顏布布盯著圓團子看了會兒，又扭頭對封琛說：「不是的，那不是我的比努努。我的比努努現在還不會動，而且比努努哪裡會這麼凶？」

封琛知道他指的是自己給他做的那隻鐵皮比努努，便道：「你感受一下，能感受到腦子裡有東西嗎？」

「我腦子裡有東西嗎？」顏布布摸摸頭。

「不是，這樣，你看著我。」封琛將他的腦袋掰過來和自己面對

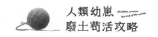

面,「你要用心感受,感受你腦裡的另一個地方。像是到了一個不同的世界,卻能感覺到那地方和你緊緊關聯。」

顏布布專注地看著他。

「怎麼樣,感受到了嗎?」封琛問。

顏布布抬手碰了下他的下巴,喃喃道:「哥哥,你這裡都變成了尖尖的。」

封琛繼續說明:「先別管我,你要仔細感受,能感受到精神體的存在嗎?就是比努努。」

「哥哥你的眼睛也變了,出現了……兩個坑。」顏布布看著封琛因憔悴而顯得深陷的眼窩,心裡抽抽的,卻也想不出詞語準確表述。

「聽話,先別管我,你要感受一下比努努。」

顏布布茫然地愣了片刻:「感受不到喔,我腦子裡沒有東西,估計要看著動畫片才能感受到。」

「不是讓你感受動畫片的比努努,是感受精神體比努努,就像我的黑獅一樣。我跟你說過黑獅是我的量子獸,下面那隻比努努也是你的量子獸……反正你自己琢磨。你看你的比努努瘋了一樣在下面打架,就跟一隻喪屍似的,得先收回來。」

「我的量子獸?比努努?」顏布布震驚地探頭往下瞧,片刻後神情越來越失望,拚命搖頭,「不是不是,那不是我的量子獸,也不是比努努。有點看不清,但可能是變異種。太凶了……你看你看,牠在咬我的大獅子!」

比努努想游走,黑獅便去阻攔。

比努努掉頭凶狠撕咬,黑獅不肯咬回去,只能狠狠逃竄。

比努努轉身離開,黑獅再次擋上去,又被追著咬。

「我的獅子啊,你咬死牠!咬死牠!你張嘴,一口就把牠吞了。」

顏布布啞著嗓子喊了幾聲後,連接打了兩個噴嚏,封琛這才察覺到氣溫在開始變低。

他抬頭看了眼天空，看見那片璀璨星空正在自北向南地逐漸消失，像是一場戲劇落幕，隨著厚重幕布緩緩合攏，華美瑰麗的布景便被重新遮蓋。

他抬手看了眼腕錶，上面的數字在不斷跳動。

-2℃、-5℃、-10℃、-21℃……

四周響起了輕微的咔嚓聲，那是船身在以肉眼可見的速度結冰。短暫停止的風聲重新呼嘯，漫天雪花開始飛舞。

「哇——」顏布布伸手接著一片雪，不敢置信地大叫：「哥哥，這是雪嗎？這是不是雪？這是真的雪？」

海雲城從來不會下雪，顏布布從生下來到現在，還是第一次看見電視外的雪。

封琛不再停留，給兩人戴好羽絨服上的帽子，再將顏布布用毛毯裹成繭，讓他拎著汽燈，自己則抱著他下到氣墊船上，將船划向了研究所方向。

「這雪在我手裡就化掉了，哈哈哈、哈哈哈。」顏布布從毛毯裡伸出手去接雪，興奮得大叫。

封琛還在深思，不斷追問：「你感覺不到自己的精神體嗎？一點都感覺不到？」

「哇，我才嚐了一片雪，涼涼的，哥哥你也嚐嚐。」

「林少將說要真實的動物才能成為精神體，為什麼你的精神體會是個動畫片角色？」

「哈哈哈、哈哈哈，好大的雪啊……」

兩人牛頭不對馬嘴地對了幾句話後，封琛斥道：「顏布布你專心點，現在先別管雪，我在問你話。」

「啊，那你問吧。」顏布布坐直了身體。

「你這幾天昏迷的時候，有沒有覺得什麼異常？」

「什麼？」

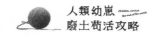

風太大，顏布布聽不清，封琛湊到他耳邊又大聲問了遍。

「異常啊……」

「這段時間你有沒有見到過比努努？」封琛進一步提示，又提醒道：「不是我給你做的玩具比努努。」

顏布布思索了下，回道：「我也不知道見沒見過。」

「什麼意思？」

顏布布說：「在一個很奇怪的地方，我看見了一個大雞蛋。那雞蛋殼有些地方破了，我怕是堪澤蜥寶寶，就趴在上面往裡面瞧，結果沒看見堪澤蜥，看見比努努好像睡在裡面，不過怎麼也喊不醒。」

——沒跑了，比努努就是他的精神體。

但封琛沒有接著追問，風聲太大說話費勁，而且腕錶上的氣溫還在繼續下降，實在不是問話的好時機。

洪水也在迅速結冰。先是生成薄片狀的細小冰晶，讓水面變得黏稠，接著融合成疏鬆的海綿狀冰。隨著進一步冰結，它們成為漂浮在水面的冰皮，互相融合，融合成更大的蓮葉冰。蓮葉冰向著各方延伸、擴展，以肉眼可見的速度，形成了覆蓋整個水面的白冰。

黑獅還在追那隻比努努，每次追上後又被反咬得四處躲。兩隻量子獸不停撲騰，將身遭那些冰塊砸得嘩嘩響。

封琛有些擔憂。他隨時可以將黑獅收回精神域，但顏布布卻不一定能將那瘋了似的比努努收回來。

——要是收不回可怎麼辦？所以黑獅還得繼續抓。

——而且必須抓到。

雪越來越大，密集成片，可視度只有身周一公尺左右的距離，冰面已經連接成為一整片，氣墊船再也沒法往前划動，被困在了原地。

剛形成的冰層還不厚，船雖然划不動，人也不能下船行走，不然會踩破冰層掉進水裡。

封琛只能用匕首去鑿開船頭前方的冰層，將船往前划出一段後再去

鑿冰，一點一點前進。

溫度越來越低，兩人滿頭滿身都是雪，封琛出來時沒有戴手套，感覺手已經被凍得失去了知覺，匕首兩次都噹啷掉在冰面上。

顏布布慢慢挪到他身旁，掀起毛毯要去蓋他手，封琛乾脆用匕首割下來一段毛毯條，把手纏得嚴嚴實實的，這樣會好受一些。

顏布布在他旁邊趴下來，抱著一塊不知道從哪兒撿來的石頭，一下下去敲船頭前的冰層。

封琛連忙又割了毛毯條，把他的手也纏住。

兩人就這樣邊敲冰邊前進，每敲一會兒，封琛就聽見顏布布的牙齒格格直響，抱著的石頭也掉了兩次。

而氣墊船僅僅只往前行進了不到 30 公尺。

他看了眼腕錶，氣溫已經下降到 -38℃。他知道不能再這樣慢慢敲回去了，不然還沒回到研究所，他倆在路上就要被凍僵。

他去瞧黑獅，視野卻被大雪遮擋，根本看不見。

他正要使用精神聯繫，就聽到不遠處傳來連續破冰的聲響，黑獅嘴裡叼著比努努出現在船畔。

比努努還在掙扎，四隻爪子胡亂在空中抓撓。黑獅叼著牠的背頸部，牠爪子便將面前的冰層抓得咔嚓破裂，不斷飛濺起冰碴。

顏布布也看見了比努努，只瞠目結舌地盯著，一臉迷茫和震驚。眼見牠太過凶狠，還往封琛身後躲，只露出半隻眼睛偷看。

封琛心裡也生起了迷惑。黑獅是他的精神體，他們之間有著最密切的精神聯繫，不管牠變成什麼模樣他都知道。但瞧顏布布對這隻比努努的態度，他們之間似乎就沒有精神聯繫。

──到底是哪裡出了問題呢？

封琛在腦內對黑獅下達了去船頭破冰的指令，黑獅立即叼著比努努去了船頭。

不過破冰這任務顯然用不著牠來完成，比努努瘋狂撲騰，一路的冰

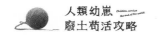

層被牠刷刷撓得粉碎，就像一隻自動破冰機。

比努努的動靜太大，顏布布都被嚇呆了，他壓低聲音問封琛：「哥哥，牠、牠是變異種嗎？」

封琛拿起漿划船，問道：「你不認識牠？」

「不認識。」顏布布搖頭。

封琛道：「你天天念叨比努努，喜歡得不行，結果看到真的比努努了居然說不認識？」

「可牠就不是比努努啊，只是長得有點像而已，牠就是變異種。」顏布布加重語氣：「其實也不大像，只有一點點，一丁點點。兔子變異種那麼像兔子，你也說那不是兔子，是變異種。」

聽他說得有模有樣，還有舉例，但封琛還是不死心地追問：「你再感受一下，看能不能感覺到牠的存在。」

「怎麼感受？」顏布布問。

封琛不知道該如何解釋，只能道：「你就站著別動，看能不能在腦子裡感覺到牠。」

「喔。」顏布布果然就站著不動。

片刻後，封琛問道：「怎麼樣？腦子裡能感覺到嗎？」

顏布布猶豫了一下，「腦子好像不能感覺，但眼睛和耳朵可以感覺。我眼睛能感覺到牠在那裡敲冰，我耳朵也能感覺到牠爪子把冰敲得砰砰的。」

「……那算了，你快坐下。」

封琛坐在氣墊船上，沉下心慢慢琢磨。

林奮曾經說過，精神體形成時參考的狀態，主體必須是活的，實實在在的。

腦海裡清楚牠的每一個動態，認為牠是真實鮮活，而不是憑空想像出來的東西，才會被精神域認可，會圍繞這個形象生成精神體雛形。

一般人眼裡，被視為真實存在的只有動物，但在顏布布心裡，他深

深相信比努努也是這個世界的一份子，所以得到了他精神域的認可，形成了比努努形態的精神體。

只是不知道他的精神體為什麼突然變得像喪屍，難道是因為顏布布在進化的緊要關頭被喪屍咬過，精神體也跟著中了毒嗎？

那牠一直在和黑獅撲咬，如果黑獅被咬傷的話，會不會也跟著變成喪屍獅？

封琛立即和黑獅取得精神聯繫，得到的回饋是牠剛才的確被那隻喪屍比努努搞得很狼狽，也被咬傷了幾口，但直到現在也沒有什麼不良反應。看來那隻精神體就算被喪屍感染，也只是形態出現喪屍化，本身並不會像真的喪屍那樣，咬一口便將病毒感染給其他人或是精神體。

那顏布布為什麼會和牠失去精神聯繫呢？難道也是因為牠喪屍化的原因？

有著兩隻精神體的幫忙，氣墊船很快就到了研究所。黑獅叼著比努努鑽進了 5 樓窗戶，封琛也抱起顏布布跟著鑽了進去。

研究所裡有溫度自控調節，室內氣溫依舊維持在 25℃。封琛和顏布布站在 5 樓大廳，眉睫上的冰迅速融化成水，眼淚似的掛在臉上。

「快快快，把濕衣服脫掉。」

封琛伸手去剝顏布布身上濕濕的毛毯和羽絨服，將他剝得只剩下一套保暖衣，接著才開始脫自己的衣服。

黑獅全身都是冰，一頭鬃毛也板結在一塊。牠身上被比努努抓滿傷，到處都在冒黑煙，但比努努還在掙扎，所以也不敢張嘴，只一動不動地站在原地。

雖然剝掉濕衣服，屋內也很溫暖，但顏布布被凍得還沒緩過來，只一直發抖。

封琛將自己脫得也只剩下一套保暖衣後，便蹲下身，開始搓揉顏布布的手腳。

「我們為什麼要把牠帶回來啊？」顏布布嘴裡問封琛，眼睛盯著那

27

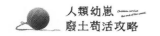

隻掙扎的比努努，看牠甩得冰碴子滿屋亂飛。

牠的腦袋挺大，配上同樣圓滾滾的大眼睛，原本很可愛。但現在的牠皮膚呈現出青黑色，瞪著兩隻全黑的眼睛，對著顏布布和封琛齜出尖牙，一刻不停地揮舞著前肢，只讓人覺得凶狠可怖。

封琛抬頭看了他一眼，「這是你的精神體，也是你的比努努。」

顏布布頓了一瞬，指著牠大叫：「可牠根本就不是比努努。」

「牠是比努努。」封琛直起身解釋道：「你被喪屍咬了一口，牠也跟著出現了喪屍化，就變成了現在這樣。」

「牠不是比努努，牠是喪屍！牠怎麼會是比努努呢？薩薩卡都比牠好看。」顏布布臉脹得通紅，堅決地搖頭，「哥哥你不要被牠騙了，牠是喪屍，是變異種。」

封琛這下沉默了。

那隻比努努突然從黑獅嘴裡掙脫。牠一落下地就對著兩人撲來，躍在空中時便張開了嘴。

封琛總不能用匕首去對付牠，可空手去抓的話又怕被咬上一口。牠雖然沒有喪屍毒，但那小尖牙看著也挺鋒利，便放出精神力將牠在空中縛住。

比努努被精神力纏了個結實，啪地掉在地上，封琛走過去蹲下身，戳了戳牠圓乎乎的腦袋。

「你還凶？你還想咬人？等我把你頭頂上的葉子都拔光，看你還怎麼凶。」

比努努雖然撲在地上，卻也轉過頭，繼續對著他齜牙咧嘴。

「哥哥讓開，我砸死牠。」

封琛倏地轉過頭，看見顏布布不知道從哪裡找了個工具箱，正顫巍巍地舉過頭頂，要砸向比努努。

「別！」封琛大驚失色，伸手去奪工具箱。

一旁正在甩身上冰碴的黑獅也嚇了一跳，連忙用頭去頂地上捆著的

比努努，想將牠挪開些，結果險些又被咬上一口。

「這隻喪屍可壞了，牠還想咬你！」顏布布擋在封琛身前，「你別怕，我來對付牠。」

封琛拎著顏布布脖子，將他轉了半個圈面對自己，嚴肅地說：「牠不是什麼喪屍，牠是你的量子獸，你不能傷害牠！」

「牠不是我的量子獸，我的量子獸不是一隻喪屍。」顏布布不高興地糾正：「你不要老硬說牠是我的量子獸。」

比努努在地上掙動，對著顏布布呲牙低吼，看上去活脫就是一隻小喪屍。

顏布布眼裡的嫌惡更甚，往前走了半步想抬腿踢牠。但見封琛沉著臉在旁邊盯著，那腿動了動，終究還是退回了原處。

封琛看著掙扎不休的比努努，有點犯愁該拿牠怎麼辦。顏布布不認牠，和牠之間也沒有精神聯繫，也就沒法將牠收回精神域。

——難道只能去找根繩子將牠先捆上幾天嗎？捆服了再說？

他在這裡胡思亂想，沒察覺到比努努將他的精神力束縛掙開了些。

因為怕傷到牠，束縛得不是很緊，比努努竟然掙脫出來，嗖地衝向了大廳旁的窗戶。

砰一聲重響，比努努撞在軍用玻璃上又彈回來幾公尺，在地上翻了個滾兒。接著又迅速爬起來衝向樓梯，消失在樓梯向上的拐彎處。

屋內一片安靜，兩人一獅都愣愣地看著樓梯反應不過來，片刻後才響起兩聲驚叫。

「變異種跑了！快找到牠打死！」

「不能讓你的精神體出危險，快找到牠。」

接下來兩個小時，他們將這棟樓翻了個底朝天，也沒有找到那隻比努努。

畢竟研究所的房間這麼多，比努努個頭也不大，隨便藏在哪個儀器後面或是櫃子裡，都很難讓人找到。

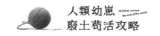
封琛靠著牆壁坐在地毯上，滿身寫著疲憊，顏布布乾脆四仰八叉地躺著，腦袋就枕在他腿上。

「怎麼辦？找不到牠了。」顏布布對著趴在一邊的黑獅抬起手，黑獅便挪了過來，讓顏布布摸牠的腦袋。

「你現在和牠沒有精神聯繫，但牠真的是你的量子獸，一定要找到，不能讓牠出事。」封琛閉著眼道。

顏布布一下下摸著黑獅的大腦袋，沉默片刻後，有點委屈地問：「哥哥，我能不能讓大獅子做我的量子獸？」

黑獅伸出舌頭舔了下顏布布的臉，顏布布瞇起了眼睛。

「不能。」

顏布布說：「我覺得你搞錯了，牠不會是我的量子獸，牠其實是個變異種。對了，是大馬鈴薯變異種。如果你不信的話，我們把牠抓到後煮熟，嚐一嚐就知道了。」

黑獅聽到這話後倏地一抖，身上的毛都慢慢炸開。

「顏布布，我明確告訴你，那就是你的量子獸。因為除了你，這世上就沒有人會讓比努努成為精神體。」封琛睜開了眼，目光嚴厲地盯著躺在他腿上的顏布布，「雖然我不知道你們為什麼失去了精神聯繫，但是你不准傷害牠，聽明白了嗎？」

「牠剛才想咬我。」顏布布說。

「牠根本咬不了你，牠能咬的只有我和黑獅。」

顏布布仰頭看著他，「但是我不讓牠咬你和黑獅，牠要敢咬你們，我就要打牠。」

「不行。」封琛帶著怒氣斥道：「你之前差點成了喪屍，現在覺得了不起了？也敢不聽我的話了？」

「我聽你話的，我就算成了喪屍也會聽你話的。」顏布布嘟囔道：「你別生氣嘛，我不打牠就行了。」

封琛這才繼續靠回牆壁，顏布布輕輕捏著黑獅的圓鼻頭，語氣有些

失落：「為什麼我的量子獸就不能是大獅子，而是變異種呢？不對，是喪屍呢？」

「誰叫你成天想著比努努？你要是成天想著大獅子，那麼現在在這屋子裡亂跑的就是隻大獅子。」封琛淡淡地道。

「可是牠也不是比努努啊。」

「牠是的。」

「牠不是。」

封琛也懶得和他繼續爭論，將他腦袋從腿上挪開，站起身道：「算了，先不找了，反正牠待在這屋子裡出不去。今天太晚了，我們去睡覺，等到明天再繼續找。」

「嗯，好吧。」

封琛想將黑獅收回精神域，但牠有些不情願，想留在外面繼續找那隻量子獸。

反正精神體也不需要睡覺，封琛便隨著牠了。

套房浴室裡熱氣氤氳，顏布布和封琛躺在浴缸的兩頭，舒服地閉著眼。封琛這幾天都緊繃著神經，被焦慮、緊張和痛苦反覆折磨，現在全身心徹底放鬆，很快就陷入了沉睡。

他在睡夢中感覺到，有一股精神力在試圖進入他的精神域，像隻乖巧的小手輕叩房門，帶著試探和詢問。

那股精神力讓他生不出半點防備之心，精神域的大門完全敞開，任由它在自己精神域裡自由穿行，像一縷歡快的風。

他縱容著這股精神力，不時也用自己的精神力碰碰它。兩股精神力時而交會嬉戲、時而並行疾馳，飛向無垠廣闊的前方。

封琛醒來時，第一感覺是整個人好輕鬆。

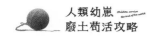

這些天他的胸口有些悶脹滯澀，現在已經舒暢了，就連腦袋也沒有了隱隱作痛的感覺。

他發現自己和顏布布已經在浴缸裡躺了 2 小時，好在自動控溫，水沒有冷掉。他爬起來穿好衣服，再扯過大浴巾，撈出了顏布布。

顏布布半睜開眼，對封琛露出個迷蒙的笑，「哥哥。」

「嗯。」

「我剛才好像遇到你了，我雖然看不見你，但是知道那是你，我們在一起玩。」顏布布口齒不清地道。

「我知道。」封琛抱著他往臥室走，「繼續睡吧。」

「嗯。」

夜深了，窗外狂風呼嘯，雪片撞擊在堅固的窗戶上，發出簌簌聲響。研究所裡卻宛若另一個世界，隔開風雪，靜謐而溫暖。

只是黑獅還在找那隻比努努量子獸，在空曠樓層裡竄來竄去，不時撞倒東西，在黑暗裡發出一聲巨響。

封琛再一次被樓上地板的滾動聲驚醒後，不顧黑獅的反對，忍無可忍地將牠收進了精神域。

封琛好久都沒有睡得這麼沉。

他迷迷糊糊地知道顏布布醒了，在床上不停翻來翻去，一會兒在哼走調的歌，一會兒又湊在他耳邊喊哥哥。

他索性扯過被子蓋住頭，不聽不聞繼續睡。

又過了一陣，他臉上的被子被揭開，腦袋也被顏布布摟起來擱在腿上，有勺子遞到嘴邊，將什麼溫熱的東西餵了進去。

封琛嚐到是奶粉和米粉的混合味道，便緊緊閉上了嘴。

「你怎麼不吃了，是不是想吃肉肉？不喜歡米粉就告訴我啊，怎麼會這麼不聽話的，故意不吞來氣我是吧？全肉肉你就開心了……」

顏布布繼續給封琛餵，嘴裡還不停絮叨，全是之前他昏迷不醒，封琛給他餵飯時的那些話。

封琛在被迫嚥下一口他不喜歡的黏稠米粉後，終於睜開了眼睛。

「哥哥你醒啦？還要睡嗎？把早飯吃了再睡吧。」顏布布欣喜的臉放大在他眼前。

封琛雙眼無神地盯著天花板，「顏布布，你吵死了。」

顏布布嘿嘿笑了兩聲，「我第一次起床比你早欸。」他又舀了勺米粉往封琛嘴裡餵，封琛抬手擋住，「我不吃這個。」

他一看時間已經快中午，便翻身坐起來穿衣服，吩咐顏布布：「去那櫃子裡拿雙襪子穿上。」

顏布布穿著緊身保暖衣，將身體箍得圓滾滾的，但還光著腳丫，聞言便擱下碗去拿襪子穿。

「你有看見你的比努努嗎？」封琛一邊套衣服一邊問。

「我的比努努在沙發上。」

封琛說：「你知道我說的不是那個。」

「那我不知道。」顏布布直接就走了出去。

封琛看著他的背影，便放出精神域裡的黑獅：去吧，把他的量子獸給找到。

早就蠢蠢欲動的黑獅，迫不及待地衝出套房，躥向了其他樓層。

封琛洗漱完出房間，一眼就看見顏布布趴在大廳窗戶前，一動不動地看著外面。

他走過去靠坐在窗臺上，發現窗外已是茫茫白色，整個世界都成了冰天雪地。昨晚 5 樓外面還是洪水，現在就已經成了厚厚的冰層。

兩人就這樣靜靜地看著外面，顏布布突然問：「是因為怕我變成喪屍，所以于上校他們就把我們扔掉了嗎？」

封琛想了想，回道：「的確是怕你變成喪屍，但並不是他們把我們扔掉的，是我不願意帶你上船。」

顏布布的手指在玻璃上畫著，片刻後又問：「那我們以後還能見到于上校嗎？」

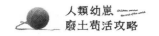

「我也不知道。」封琛回道。

他伸手將顏布布額上的一綹捲髮撥開，「你會怪我不帶你上船嗎？如果我們在船上的話，再過半個月左右，就可以到達中心城了。」

顏布布輕輕搖頭，「哥哥你去哪兒我就去哪兒。」

「可是這裡就我們兩個人了。」

「以前也是我們兩個人呀。」顏布布靠到封琛懷裡，摟住他的腰，「而且我們多了個大獅子……還有個討厭的變異種……要是能把那變異種趕走最好。」

話音剛落，就聽到樓上傳來稀里嘩啦的動靜，像是什麼又被打翻了。接著就見黑獅叼著那隻掙扎不休的比努努，從樓梯上衝了下來。

黑獅為了抓住比努努，顯然費了一番工夫，頭上的鬃毛都被扯得亂糟糟的，身上不少地方都在冒黑煙。

比努努還在掙動，小爪子裡緊緊揪住黑獅的一叢鬃毛，黑獅痛得齜牙咧嘴，卻也不敢鬆口。

「你幹什麼？你鬆開牠，你這個喪屍變異種！」

顏布布卻突然衝了上去，伸手去掰比努努的爪子。比努努緊抓著黑獅鬃毛不鬆手，顏布布瞧得心疼，一時著急，就低下頭要去咬。

封琛眼疾手快地扯住顏布布後衣領，將他拉開。

顏布布見那比努努滿臉猙獰，雖然抓著黑獅，漆黑的眼睛卻恨恨盯著自己，心裡又生起了厭憎。

「牠就是個喪屍，把牠扔掉！」顏布布指著比努努大喊，又伸出手想去抓牠。

封琛擋在他和比努努中間，「牠不是喪屍，不能扔掉。」

「那就關起來，關到馬桶裡去。」

「也不能關起來……哎喲！」封琛突然痛呼一聲，轉頭往後看。

只見那隻比努努已經鬆開了黑獅，一口正正咬在他屁股上，身體就那麼懸掛在空中。

「啊啊啊！」顏布布趕緊撲上去，拉住比努努往後扯，嘴裡尖叫著：「你鬆開我哥哥，你這隻喪屍壞蛋，鬆開我哥哥。」

顏布布將比努努扯下來後，牠就在空中撲騰。

封琛見顏布布提著牠往窗邊走，也顧不上屁股的疼痛，立即揭開 6 樓大廳中央的圓蓋，喊道：「等等，別扔牠，我去關 5 樓的隔斷門，你將牠從這個圓洞裡丟下去。」

封琛一瘸一拐地下到 5 樓，放下透明堅固的隔斷牆，將 5 樓大廳封閉其中。

顏布布把比努努丟下了圓洞，看著牠撲通一聲掉在地上後，還大吼一聲：「摔死你，臭喪屍。」

等封琛上來後，兩人一獅就趴在圓洞口看著下面。

比努努看上去很憤怒，不斷跳起來想咬洞口的人。封琛放下了圓蓋下嵌著的金屬網，蒙在洞口固定住。牠撞上幾次後，便掛在網上咬金屬絲，發出嘎吱嘎吱的刺耳聲音。

這金屬網材質特殊，牠咬了片刻後咬不斷，便去撞那透明牆，咚咚咚的聲音聽得兩人都覺得疼。

撞了一會兒後，牠放棄繼續撞擊，發洩似的抓撓身旁的一座沙發，抓得鵝絨碎布滿天飛。

「太凶了、太凶了，真的不能把牠趕出去嗎？」顏布布問。

「不能。」封琛果斷拒絕，黑獅也伸出爪子按住顏布布肩頭，滿眼都是不贊同。

封琛指著下面，對顏布布說：「看見了嗎？本來這個地方是給你準備的。要是你變成了喪屍，現在在那裡抓沙發的就是你了。你說，如果換成了是你，我要不要將你趕出去？」

「那肯定不能趕啊。」顏布布道。

封琛說：「是啊，如果你變成喪屍，我肯定不會趕走你。同樣的，比努努變成了喪屍，你也不能趕走牠。」

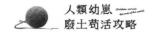
「可是我不一樣。」顏布布想了下，「你是我哥哥。」

封琛看著下面還在撕扯碎布的比努努，「我也是牠哥哥。」

顏布布噘了噘嘴，卻也沒有再說什麼。

封琛站起來，屁股上被比努努咬的那一口還在疼，便捂著屁股嘶了一聲。顏布布趕緊翻起身，就要去扯他褲子。

「別動別動，我去衛生間看看。」封琛阻止了他。

每間套房的櫃子裡，都有為研究所人員準備的藥箱，封琛提上一個藥箱進了衛生間，脫掉褲子對著鏡子照。

還好他這褲子厚，只是被比努努咬出兩排紅腫的牙印，並沒有咬傷，連藥都不用上。

顏布布已經痊癒，極寒天氣也到來，但不管天氣怎麼樣，顏布布的學習不能中斷。

封琛在資料庫裡找到低年齡段的教學課程資料，用投影機播放給顏布布看。

「現在就要上課啊……」顏布布有些失落。

封琛晃了晃手指，「晚上要給你做一張作息時間表，每天什麼時間學習，什麼時間看動畫片都有規定。」

顏布布嘟囔著：「明明我不能動的時候，聽見你在我耳邊哭，說只要我不變成喪屍，我不想學習就不學習，想看動畫片就看動畫片……」

「可你不是沒變成喪屍嗎？」封琛冷酷地道：「只要不變成喪屍，那就要學習。」

顏布布不敢反抗，只能坐在沙發上，開始看投影裡的老師講課。

封琛去樓上翻找，抱下來很多有用的書籍和紙筆。

他每次下樓時，顏布布便會去看他抱著的東西，看清楚後又是一陣

唉聲嘆氣。

「學習就好好坐著，不准癱著倒著。」封琛在顏布布坐好後，在他面前的桌子上擺好紙筆，「投影裡的老師讓你寫就寫、讓你畫就畫，我等會兒要檢查。」

顏布布苦著臉，拿起筆開始寫字。

封琛將樓上那個小機器人輸入程式，拎了下來。

顏布布看見那機器人後眼睛一亮，接著就聽它發出一聲機械音：「小器已經進入工作中，小器已經鎖定目標，小器會監督目標並將反常行為錄製下來。」

「它會盯著你的，要是你動來動去或者長時間不聽講，我就能知道。」封琛將小機器人放在顏布布身旁，繼續去做事。

顏布布一邊寫字，一邊偷偷去瞟那機器人。

「目標在 5 分鐘內，看了小器十二次，被小器認定為反常行為進行錄製。」小機器人頭頂閃了閃紅光，冷冰冰地說了句。

顏布布嚇得一哆嗦，再也不敢去偷看它了。

黑獅一直守在屋中央的洞口，不時探頭看一眼下方的比努努。

那比努努怒氣騰騰地拆完沙發坐墊，又在開始啃咬沙發木架，木碴子散落一地。牠抬頭看見黑獅時，凶狠地齜了齜牙，黑獅卻毫不介意，依舊心平氣和地看著牠。

## 第二章

## 雖然比努努現在看上去很可怕，
## 但你不能討厭牠

◆———————◆

「你的比努努還睡在大雞蛋裡，是個還沒出殼的小雞仔。
牠能感受到你生病，也知道你很難過，
所以牠替你吸收了那些喪屍病毒，讓你能好好地站在這裡。
顏布布，牠不想這樣的，但是牠沒有辦法……」
封琛低低的聲音像是在嘆息，但顏布布還是一字不落地聽清楚了。
他愣愣地看著封琛，眼睛裡有一層瑩潤的水光在閃動。

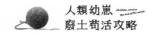

時間快中午了，封琛去通道盡頭的廚房準備午飯。他燒了一鍋水，準備將大豆和魚肉扔進去煮，目光掃過那一堆從物資點找到的調料，又關掉了火，去小房間內打開一臺電腦，在資料庫裡查找燒魚的方法。

封琛回到廚房，大喊一聲小器，那一直監視著顏布布的機器人便滑了過來。

他將一小勺澱粉放在機器人平滑的頭頂，看著它臉部螢幕上顯示為 17 克。

秉著一絲不苟的做菜態度，他反覆添減，終於讓數字停留在 20 克。

「朵，朵，雲朵，花朵。學，學，學習，同學……」

封琛給顏布布找的是即時教學課程，老師教一句，便會留出一句跟讀時間。砰砰砰的剁魚聲和讀書聲混在一起，讓這棟沉寂的樓變得分外熱鬧鮮活。

當一碗紅燒魚端上桌時，顏布布看得眼睛都直了。

「這是肉肉嗎？顏色這麼好看的肉肉？」

封琛將勺子遞給他，雲淡風輕地說了聲：「吃飯。」便在小桌對面坐下，端起碗往嘴裡餵了顆大豆。

他看也沒有看顏布布一眼，但那一直趴在洞口盯著比努努的黑獅卻倏地轉頭，獅眼牢牢鎖定顏布布，一對耳朵也緊張地豎起。

顏布布舀起一塊魚肉餵進嘴裡，嘴巴塞得滿滿的，還不斷陶醉地發出讚美：「好好起……太好起了……」

封琛不易察覺地鬆了口氣，也夾了一筷子魚肉餵進嘴裡。他慢慢咀嚼，對旁邊的小機器人低聲道：「記錄一下，鹽還要少放 1 克。」

顏布布狼吞虎嚥，不過海魚本來就沒刺，封琛剛才又挑過一遍，所以便任由他一勺接一勺往嘴裡塞。

「哥哥，你太厲害了……」顏布布滿眼崇拜地看著封琛，含混不清地道：「等我長大了……要伺候你，給你做好吃的。」

「別說那些膩歪話，快吃。」封琛敲了敲桌子。

「好好好，不說。」顏布布繼續吃飯，邊吃邊快樂地晃著小腿。

吃完飯，封琛批准顏布布看一小時動畫片，自己則去拿了羽絨服，還有手套、圍巾和帽子。

他全副武裝地往身上套，顏布布問道：「哥哥你要去哪兒？」

「我出去逛逛，等會兒就回來。」封琛說。

他做飯的時候就在考慮食物問題。

雖然囤積了很多大豆和一冰櫃魚肉，但終究會吃光。海雲山上的變異種被殺了很多，但應該還剩不少兔子，他準備去殺隻兔子充實冰櫃。

「我也要去。」顏布布站起身。

封琛往腳上套著雪地靴，「我等會兒回來後要檢查作業，字要寫上兩篇，算術題做二十道。」

顏布布在心中默默計算，大叫道：「這些作業我要做很久很久的。原來你要出去那麼久？那我也要去。」

「沒多久，很快就回來。」封琛叫上黑獅，轉身往5樓走，「小器，記得監視他。」

「小器已經進入工作中，小器已經鎖定目標，小器會監督目標並將反常行為錄製下來。」

顏布布小跑上前，抱著封琛的腰不鬆手。封琛往樓下走，他也這樣掛著一步步往下。

封琛嘆了口氣，試圖安撫：「我其實是去找吃的，找不著的話，很快就回來。」

「我也要去……」顏布布黏糊糊地撒嬌。

砰砰砰！砰砰砰！

關在5樓透明牆後的比努努本來安靜了，在看見兩人後，又開始對著透明牆抓撓踢打。

黑獅連忙小跑上去，一隻爪子隔著透明牆，安慰地對著牠拍了拍。

比努努卻對著黑獅子爪子的位置狠狠一口咬去，牙齒在透明牆上磨

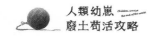
出吱一聲。

「看吧，你得留下來守著比努努。」封琛指了指比努努。

顏布布說：「我才不想守著牠。」

「咱們家必須得留個人，萬一有壞人進來了呢？這個家得靠你保護。」封琛低頭看著他。

「靠我保護啊⋯⋯」顏布布神情猶豫起來。

「對，我和黑獅出門找吃的，你和比努努留下來看家。」

顏布布終於慢慢鬆開手，「那你快點回來，不要讓我守太久。」

「嗯。」

封琛打開了5樓通道盡頭的窗戶，冷空氣捲著雪片湧入，窗戶旁的牆壁上瞬間結了一層霜花。

「我走了。」他飛快地翻出窗戶，黑獅緊跟著躍出，話音未落便將窗戶哐啷合上。

雖然依舊沒聽到那些依依不捨的告別，但他神情輕鬆，和前幾日的消沉迥然不同。

叩叩叩。身後傳來敲窗聲，他轉頭看去，看見顏布布正趴在窗戶上，用口型對他說：快點回來。

封琛點點頭，表示知道了，再面帶微笑地轉身離開。

世界只剩下一種顏色，白茫茫的無邊無際。

極度低溫像是水銀般無孔不入，穿過衣物滲入毛孔，將他從屋內帶出來的那點熱氣蕩滌一空。

風雪吹得人難行，封琛便騎上黑獅背，由牠馱著奔向海雲山。

顏布布擦掉窗戶上迅速結起的一層冰霜，眼巴巴地看著封琛消失在風雪裡。

他在窗前站了好一會兒，才快快地轉身上樓，路過關著比努努的大廳時，和比努努對上了視線。

比努努趴在透明牆上，凶戾地瞪著眼睛，用兩隻小尖爪撓著牆身，

吱嘎吱嘎響。

顏布布冷漠地調開視線，頭也不回地上了樓。

因為封琛布置了作業，他便開始寫字，5 樓的比努努折騰片刻後，終於也安靜下來。

海雲城的洪水都結成了冰，那些露出水面的建築宛若一座座冰雕。海雲塔依舊聳立在城市中央，尖端隱沒在風雪裡，原本漆黑的塔身也成了銀白色。

封琛再次路過那條掛滿冰晶的蜂巢船時，心情和抱著顏布布坐在上面痛哭時大相逕庭，有著種恍然隔世的感覺。

黑獅爪子穩穩地落在冰面上，半個多小時後停在海雲山下方。

封琛還沒上山，便在雪地裡發現了兔子變異種的足跡，便拍了拍黑獅的大腦袋，「走，掏兔子洞抓兔子去。」

封琛抓兔子時，顏布布在認真寫字。

屋內溫度正好，他只穿了一套保暖衣，鞋子也踢掉，穿著襪子的腳就那麼踩在地板上。

安靜中，5 樓突然響起冷風捲過的尖銳呼嘯，通道盡頭的窗戶跟著發出咣一聲重響，風聲又瞬間停下。

像是窗戶被誰打開了又關上。

砰砰砰！本來已經安靜下來的比努努，又在開始撞牆。

「哥哥！」顏布布興奮地扔下筆，鞋都來不及穿上，噔噔噔地跑下了樓梯。

他站在樓梯口，卻見通道裡一個人都沒有，只有比努努在撞牆，看著比剛才還要瘋。

「哥哥。」顏布布又喚了一聲，沒聽到任何回應。

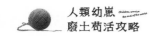

他在比努努吱嘎吱嘎的抓撓聲裡慢慢往前走，走到通道盡頭的窗戶前，將臉貼在玻璃上往外看。

但外面只有漫天風雪，半個人影也沒有。

難道哥哥沒有回來，是自己聽錯了？顏布布剛想轉身，目光就落到旁邊牆壁上。

那上面貼著淺棕色帶暗花的牆紙，覆蓋著一層薄薄的冰霜，正在快速融化，凝結成一顆顆水珠。顏布布有些驚訝地伸出手指，碰了其中一顆，看那水珠在指尖碎掉。

封琛開始出門時就是這樣，牆上迅速結霜，又迅速融化。

——難道哥哥故意藏起來了？

「哥哥！」

顏布布將濕潤的手指在身上擦了擦，轉身向樓梯方向走去。

他看見比努努依舊在瘋狂撓牆，露出兩排雪亮的小尖牙，看上去和喪屍沒有什麼區別。

「哥哥，你回來了嗎？」顏布布又朝樓梯上喊了聲，依舊沒有得到回答，有些失望地垂下頭。

身後的比努努弄出各種動靜，他怒氣沖沖地轉身，大吼道：「別鬧了不行嗎？你為什麼這麼討厭？」

比努努卻不理會他的憤怒，還在齜牙咧嘴，一雙如同喪屍般的眼睛，死死地盯著他身後。

「你不要抓了行不行？你真的很煩……」顏布布嚷嚷著，聲音卻逐漸小了下去。

他終於察覺到了有些不對勁，猛地轉身。

但身後什麼也沒有，只有空空的樓梯。

當他目光移到樓梯旁時，看見地板上有個巨大的黑影。那黑影有著龐大的身軀和頭顱，還有凸出的吻部，一看便是某類大型猛獸。

顏布布心臟驟然狂跳，僵立片刻後才回過神，一步步向後退，直到

44

背部抵在了透明牆上。

他不敢從樓梯上去，只一瞬不瞬地盯著那黑影，又向著左邊通道悄悄挪，想挪到通道裡後，隨便鑽進個什麼房間藏起來。

吱吱！吱吱！身後的喪屍比努努在不斷撓牆，哪怕這用特殊材料做成的透明牆異常堅固，也被牠撓出了一道道痕跡。

顏布布慢慢往左邊移動，伸手去摳第一間房的門把手。但那黑影卻突然動了，從樓梯下方走出來一隻體型碩大的棕熊。

這棕熊的體型像是一座小山，堵住了半座樓梯，牠盯著顏布布的眼珠是紅色的，露出冰冷而嗜殺的光。

顏布布連呼吸都停滯，一動不動地貼著牆壁，顫抖的手指卻摸上了門把手，準備撐開。

但棕熊卻在這時張大嘴，對著他發出一聲長長的怒吼，震得他耳朵都在嗡嗡響。

顏布布和牠之間的距離也就四、五公尺，能看見牠尖牙上扯出的透明黏液，也能看到牠舌頭上鋒利的倒刺，像一把把彎折的小刀。

他嚇得肝膽俱裂，直接轉身就撐門把手。

身後颳起一陣冷風，帶著強烈的腥臭。顏布布餘光瞥到地板上的黑影，知道棕熊已經撲到他身後。

棕熊龐大的身軀將他整個人籠罩住，他後頸處的皮膚被棕熊帶起的風激得冒起了雞皮疙瘩，汗毛根根豎立。

他已經躲無可躲，在意識到自己就要被棕熊撕成碎片時，也只剩下機械的反應，繼續往打開的門內衝。

就在棕熊往下撲落時，顏布布腦內突然閃過了許多畫面。

那些畫面同時出現在他腦中，像是一座被分成數個小螢幕的巨大顯示幕，每個小螢幕上都播放著不同的內容。

所有畫面看似並不一致，卻又有一個共同之處，都是棕熊從他身後撲來，那鋒利的尖牙離他頭頂只有兩公尺不到的距離。

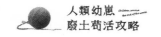
然而小螢幕中的他，反應卻各不相同。

有個他衝向左邊，但還沒有跨出半步，就被棕熊一口咬住了半邊頭顱，畫面變成了一片黑暗。

有個他衝向右邊，肩膀連同手臂都被棕熊扯住，畫面再次變黑。

但最左邊那張小螢幕裡的他，突然向前撲出，撲到屋內地上往左邊翻滾半圈，順利躲過了棕熊的撲擊。

右下方小螢幕顯示他在這時半蹲，並迅速往後退，棕熊就越過他頭頂撲進了屋內。

顏布布沒有遲疑，在這僅剩的兩張畫面裡做出了選擇，學著其中一張，突然放棄進屋，在原地半蹲下去。

他能感受到棕熊的腹部擦過他頭髮，也能感受到爪子從頭頂掠過時帶起的森冷寒意，接著便迅速往後退，一直退到了通道裡。

棕熊猝不及防，繼續往前撲，如同一座小山似地轟然落地，砸翻了屋內幾臺實驗用儀器。

顏布布腦內畫面卻沒有停止，在這瞬間又刷新出來無數的小螢幕。

如果他伸手關門，手才剛接觸到門把手，棕熊已經在這時間內轉身，再次朝他撲來，畫面變黑。

他爬起身往通道盡頭的窗戶跑去，才跑不過幾步，畫面變黑。

他跑向隔壁房間，打開門衝進去，畫面變黑。

變黑、變黑、變黑……

他的精神力像是一座高速運轉的大型電腦，將每一種可能性都進行演算，給出精確的答案，轉成畫面呈現在他腦海裡。

他的意識猶如長出了雙手，飛快撥開那些變成黑色的畫面，只留下其中還在繼續往下發展的小螢幕。

他在用意識分辨並挑選這些畫面時，看似花費了不少時間，實則還沒用上半秒。

一張張螢幕次第變黑，只剩下了三張還亮著。

最右邊的畫面是他可以在這時候往屋內衝，對著棕熊的位置衝去，而棕熊也會在這同時躍起，他們便可一上一下地順利交錯。

中間畫面是他蹲在原地不動，在棕熊的頭部將將經過門框時往右邊滾出半圈，那麼棕熊便會撲個空。

左下方畫面依舊是蹲著，但卻滾向左邊，也就是樓梯方向。

顏布布被巨大的恐懼籠罩著，精神力飛速運轉，竟然在這三幅畫面後又衍生出了其他畫面。

如果他採取第一種方法，也就是衝向棕熊，和牠交換位置，那麼接下來的發展又會有若干種。

棕熊轉頭撲進屋，畫面變黑。

棕熊一爪子拍爛關閉的房門，畫面變黑。

棕熊衝到櫃子前，他在牠張嘴撕咬櫃門的瞬間竄了出去，跟著又是若干可以選擇的畫面。

但那些畫面又刷刷刷地開始變黑。

若干張小螢幕無窮無盡，有些在變黑，有些又衍生出另外的畫面，在顏布布腦海中明明滅滅，飛速地閃爍不停。

這整個過程只有一秒時間，顏布布卻已在無窮的後續發展裡，做出了自己的選擇。

他那隻意識之手點擊其中一張畫面，將它放大到整個螢幕，再將其他小螢幕揮走，化作精神域裡無數閃爍的光點。

棕熊撲到屋內，砸翻了一地儀器，但牠龐大的身軀卻無比靈活，立即掉頭轉身，再次向著顏布布撲來。

棕熊躍到空中，赤紅的眼珠裡映出顏布布的身影。

小男孩蜷縮在牆壁下，身體緊緊縮成一團，沒有反抗也沒有尖叫，像是已經接受了會被撕裂咬碎，再吞食入腹的命運。

可就在棕熊快要撲下的瞬間，顏布布突然向左邊，也就是樓梯方向滾去。

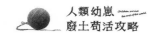
　　他沒有過人的瞬間力量和爆發力，身形小小的，動作既笨拙又狼狽，臉上還掛著淚。但即便他只滾出去了半圈，也讓那隻棕熊撲了個空，重重地撞在牆壁上。

　　顏布布爬起身，強忍著內心巨大的恐懼，直接衝向了樓梯。在這奔跑的過程中，他的精神域又開始進行下一步的計算。

　　巨型螢幕亮起，無數小螢幕在演算接下來的場景。

　　他如果跑上樓梯，在拐角處時，畫面黑掉。

　　他如果直直奔向對面通道，在即將到達第一個房間時，掌握好蹲下的時機，那麼棕熊將會從他頭頂撲過。他可以趁這機會掉頭跑，那麼又將面臨無數種選擇……

　　顏布布飛快撥動那些畫面，不斷往下看。

　　但他絕望地發現，不管他怎麼躲藏，他都會氣喘吁吁地越跑越慢，翻滾得也越來越遲緩。

　　在進行到某個時間點時，他終於沒能迅速地爬起身，被迎面撲來的棕熊按住。

　　刷刷刷！所有畫面集體熄滅，化為一片死寂的黑。

　　顏布布不想死。

　　他之前被喪屍咬了後，在半昏迷中也能聽到外界的聲音，他聽見了那些天裡封琛的哭泣和痛苦。那些哭聲像是一把剜心的小刀，扎得他心口一直疼。

　　他不想哥哥再為了他哭。

　　身後的棕熊衝了過來，顏布布餘光瞟到身旁透明牆後的比努努。

　　不，顏布布不接受牠是比努努，牠是喪屍變異種。

　　砰砰砰！砰砰砰！喪屍變異種看上去比身後的棕熊還要可怕，牠齜著尖牙，黑色的雙眼怒凸，眼周浮起了一層烏青色。牠像是被棕熊激得更加暴戾瘋狂，恨不得撞出牆便撲上去撕咬。

　　顏布布下意識轉開眼，視線卻又落到通道壁上的小方盒上。

　　他見過封琛使用這個小方盒，知道裡面就裝著打開透明牆的開關，如果按一下，就能將這隻喪屍變異種給放出來。

　　顏布布並沒打算放出喪屍變異種，但精神域裡卻下意識計算起打開小方盒的後續發展。

　　寬大的主螢幕上顯示出他按下開關的瞬間，再嗖嗖亮起隨著這動作衍生出的其他小螢幕。

　　可讓他驚訝的是，這些小螢幕雖然沒有黑，但也沒有畫面，連雪花點都沒有，只有一片亮白色，他竟然看不到放出喪屍變異種後會怎麼樣。顏布布盯著那方盒愣怔了半秒，可就這半秒時間內，那隻棕熊已經衝到距離他兩公尺不到的地方。

　　要麼被棕熊吃掉，要麼放出喪屍變異種。雖然不知道放出來會怎麼樣，但畢竟畫面沒有變黑，顏布布也不再猶豫，伸手按下了小方盒裡的開關。

　　哐啷一聲，透明牆往左側牆壁裡收縮，牆體才剛剛啟開了半條縫，一團圓圓的東西便如光電般射了出來。

　　棕熊對著顏布布撲來，牠連接撲空幾次後，已經非常暴怒，眼珠紅得像是沁出了血。

　　可就在牠的尖爪快要碰到顏布布背心時，比努努已經躍到牠頭頂，兩隻小爪彈出了長而尖的指甲，撲一聲就戳進了棕熊的眼睛。

　　比努努戳穿棕熊眼睛後，小爪卻沒有取出來，而是繼續往裡，再次狠狠刺入。

　　「嗷 ──」劇痛中的棕熊發出一聲怒吼，從空中直直摔落在地上。牠憤怒的吼聲在小樓裡迴蕩，震得顏布布耳朵開始嗡鳴，有著片刻的失聰。

　　顏布布緊貼著通道壁，看著那隻兩眼流血的棕熊從他身邊衝過，不管不顧地撞向通道另一頭的牆壁，撞得砰砰巨響。

　　好在這樓房是東聯軍用最堅固的軍用材料做成，若是普通房子，被

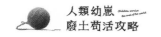

棕熊這樣撞，早就塌了。

而比努努就牢牢地騎在棕熊頭上，雙爪刺入牠眼睛裡，一張嘴不斷撕咬，扯下牠頭頂的毛髮，有些還連著帶血的皮肉。

顏布布看著這幅血腥的畫面，只覺得呼吸都不順暢，不得不大口大口喘著氣，緊緊抓著自己的衣角。

棕熊的吼聲漸漸小了下去，終於轟然墜地，躺在通道裡一動不動，再也沒有了聲息。

而比努努則慢慢抬起眼，黑沉沉的眼眸看向了顏布布，嘴邊還染著一圈猩紅。

顏布布之前就知道牠很凶，但沒想到竟然會這麼凶！

牠咬黑獅、咬封琛的屁股都沒有咬出血，但瞧牠現在的模樣，比真正的喪屍還要可怕。

顏布布瞧著比努努從棕熊頭上跳下來，慢慢往這邊走。

牠雖然身高只到顏布布膝蓋，身體小小，腦袋像顆大馬鈴薯，但顏布布看著牠一步一步走來時，只覺得害怕，比被那隻棕熊追還要害怕，渾身不可遏制地發著抖。

比努努停住了腳，仰頭看向顏布布。

牠的眼睛是純粹的，暗沉沉的黑，像是任何光線落到裡面都會被吸收。顏布布對上牠冰冷的視線，恨不得能嵌進牆壁，也恨不得自己現在就變成堪澤蜥，從牠眼裡消失，嗖嗖地爬上天花板。

但比努努只看了他一眼，又神情漠然地繼續往前走。走到通道盡頭時，牠跳上窗臺，再打開了窗戶。

隨著冷空氣和雪片灌入通道內，那小小圓圓的身體往前一躍，瞬間便消失在風雪中。

「哇——」顏布布看著那開啟的窗戶，也說不清是害怕或是其他什麼，終於放聲大哭起來。

封琛拎著一隻變異種兔子，剛從窗戶翻進屋，就看到了一片狼藉的 5 樓，還有倒在通道另一端的棕熊屍體。

他愣愣地站在原地，一顆心比外面的風雪還要冰，卻見樓梯處慢慢探出一顆腦袋。在看清頭頂那叢捲髮後，他心臟才終於回暖，澀著嗓子喊了聲顏布布。

「哥哥！」顏布布確認這次是封琛，而不是再進來了什麼棕熊後，從樓梯上衝了下來，張開雙臂撲了過去。

封琛接住他抱起來，仔細查看他露在外面的皮膚沒有傷，問道：「沒事吧？」

「有事。」顏布布哭得滿臉都是淚，「有隻熊自己開窗進來了，牠想吃我……」

封琛原想這城裡空空蕩蕩的，研究所房屋也堅固，就帶上了黑獅，也沒有鎖死窗戶，免得回來時不方便，沒想到進門就看見這樣的場景。

「對不起，是我的疏忽，我沒想過變異種的智商會提高，能自己開窗，對不起……」封琛在後怕中不停道歉，將顏布布摟得緊緊的。

顏布布在擔驚受怕中等了這麼久，終於等到封琛回來，愈發哭得傷心，將眼淚往他肩上蹭。但封琛一頭一身都是積雪和冰渣，反而蹭得他眉毛都白了。

封琛將他放下，脫外套和圍巾，黑獅已經甩掉身上的冰碴，濕漉漉地走過來，舔掉顏布布臉上的雪沫。

封琛放下顏布布，走向棕熊屍身，越接近就越感受到牠龐大的體型，也就愈發心驚。

他繞著棕熊轉了一圈，看著牠這副慘烈的死狀，清楚這絕對不可能是顏布布能辦到的。

「牠是怎麼死的？誰幫你的？」封琛剛問出口就想到了什麼，目光

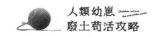

看向了大廳。

大廳透明牆已經完全開啟，而那隻比努努量子獸不見了蹤影。

「比努努殺掉牠的？」封琛問道。

顏布布站在離棕熊幾步遠的地方不敢過來，直道：「你快過來，哥哥你快過來。」

封琛走了過去，顏布布立即伸手要抱，封琛將他抱起來後又問：「是比努努殺掉的？」

顏布布將頭擱在他肩上沒做聲，片刻後才小聲道：「是的。」

封琛左右打量，「那牠去哪兒了？樓上？」

顏布布搖頭，伸手指了下通道盡頭的那扇窗戶，「牠殺了熊後就自己跑走了。」

「跑走了？出了屋子跑走了？」封琛驚愕地問。

「嗯，出了屋子。」

「那你知道牠跑去哪兒了嗎？」

「不知道。」

封琛聽到比努努已經跑掉了，也顧不上詢問經過，立即放下顏布布，重新穿羽絨服。

「你為什麼又要穿衣服？你要出去嗎？」顏布布忙問。

封琛拉著拉鍊，急忙回道：「對，你的量子獸跑掉了，我要去把牠找回來。」

顏布布愣了下，連忙抓住封琛的手，阻止他：「別去找牠，哥哥你別出去了。」

「我這次會留下黑獅的，你放心。」封琛以為顏布布是害怕會再遇到棕熊，便寬慰道：「窗戶我也鎖上，什麼變異種都進不來。」

「不，你不要出去。」顏布布抓住他拉拉鍊的手不鬆，「外面太冷了，你不要出去。」

「我是哨兵，體質比普通人強，沒有那麼怕冷。」

封琛掙開他的手去拿圍巾，顏布布卻將圍巾抱在懷裡不給他。

「不要，你不要出去找牠，牠跑掉最好，越遠越好，永遠不要回我們家。」

封琛終於沉下臉，「顏布布，比努努是你的量子獸，也是你的精神體。要是牠在外面遇到危險，也會給你帶來沒法估量的傷害。雖然不知道那傷害會是什麼，但我們不能去冒這樣的風險，必須要將牠找到。」

「不、不，不找牠，讓牠走，牠反正是自己想走的，我沒有趕牠。」顏布布突然提高音量，對著封琛大聲嚷嚷。

「如果牠出了事，你的精神域也崩潰了怎麼辦？或者變成了傻子什麼的怎麼辦？」封琛厲聲喝道。

顏布布緊緊抱著圍巾往後退，說：「那就讓我變成傻子，我不怕當傻子。」

封琛圍巾也不要了，轉頭就往窗戶走，顏布布一見便慌了神，又衝到他面前，張開雙手攔住，「我不讓你走，哥哥你別走。」

封琛停下腳步，顏布布便抱著他大腿，著急地央求道：「我給你畫畫、給你唱歌，我寫字、做題，你要我做什麼都可以，我都乖乖聽話，但是不要出去。」

封琛垂眸看著顏布布，「顏布布，是因為你喜歡比努努，牠才能出現在這個世界上。是你創造了牠，為什麼又這麼討厭牠？」

顏布布仰著頭一言不發，嘴角往下撇著，滿臉都是倔強。

「讓開。」封琛說。

顏布布從來不會違抗他的命令，但這次卻依舊抱著他大腿不鬆手，「我不讓。」

封琛也不再和他多說什麼，揪住他衣領往旁邊拎，將自己的腿掙脫出來，大步走向窗戶。

「哥哥！」身後傳來顏布布撕心裂肺的一聲大叫。

封琛慢慢停下腳，轉回了頭。

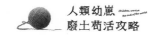
　　顏布布的淚水洶湧而出，他大聲嚎啕著：「牠就是喪屍，牠不是比努努，牠不是我的比努努。喪屍咬死了吳叔……我剛剛有了爸爸，但爸爸又馬上沒了……牠是喪屍，牠不是我的比努努……我恨牠，我討厭牠……」

　　顏布布哭得上氣不接下氣，閉著眼仰著頭，小小的胸脯急促起伏。

　　黑獅急得團團轉，不停用頭輕輕去碰他的腿，舔他垂在褲側的手。

　　封琛走到顏布布面前，蹲下，將他摟在懷裡，輕輕拍著他後背。

　　「讓牠走、讓牠走……」

　　顏布布的哭嚎聲裡帶著深切的痛苦和恨意。

　　「我知道、我明白。」封琛將他抱起來，像是抱著嬰孩般在通道裡來回走圈圈，不斷地輕聲哄著。

　　在封琛的柔聲安撫裡，顏布布哭聲漸漸小了下去，只摟緊他的脖子不停抽噎。

　　封琛將他抱到樓梯上坐下，接過黑獅默默叼來的紙巾，按在顏布布鼻子上，「擤一下。」

　　「吭吭吭——」顏布布還在一抽一抽地。

　　「擤一下，別把鼻涕擦我身上了。」

　　「吭吭——已經擦……吭吭——了一點了。」

　　「嘖，你可真噁心。」

　　封琛擤掉顏布布的鼻涕眼淚，將下巴擱到他頭頂，「顏布布，你曾經在夢裡見過大雞蛋，裡面躺著比努努，因為有了你的喜愛，所以就有了牠的出現。牠和你精神相連，你喜歡的就是牠喜歡的，你討厭的，牠也討厭。」

　　顏布布低頭摳著封琛羽絨服上的拉鍊，吶吶道：「可是牠還咬你和大獅子。」

　　「那是牠心情不好。」封琛道。

　　顏布布小聲嘟囔：「那是因為牠是隻喪屍。」

「可牠為什麼會變成喪屍呢？」封琛問道。

顏布布說：「因為牠本來就是個喪屍。」

封琛認真道：「不，牠本來不是喪屍，是因為牠在你精神域裡成長的時候，你被喪屍咬了。牠在你看到的大雞蛋裡成長，像是一隻小雞那樣，等著長成後就破殼出來。可就在牠即將突破的時候，你在山洞裡被喪屍咬了一口。」

顏布布正在摳拉鍊的手指頓住，雖然沒有應聲，卻豎起耳朵聽著。

「你當時出現了很明顯的喪屍化症狀。」封琛將他一條褲腿撩起來，指著小腿上那個還很明顯的牙印，「這周圍的皮膚都變成了烏青色，你知道吧？蜘蛛網似的。」

顏布布僵硬地點了點頭，「知道，喪屍臉上都是那樣。」

「對，你差點就變成了喪屍，但你抗住了，最後還痊癒了，我知道這是因為你的堅持和努力。」

顏布布忙道：「我非常非常努力，我就是這樣，看我，這樣。」

他兩手握拳放在腰間，彎著腰使勁用力，用力得頭在抖，臉也脹得通紅。

「看見了嗎？我就是這樣堅持下來了。」顏布布咬著牙道。

封琛摸了摸他髮頂，「可是當我看到你的比努努，看到牠變成那個樣子後，我心裡也有了一個猜測。」

顏布布停下動作，大眼睛一瞬不瞬地盯著封琛。

封琛試圖分析：「我覺得你能完全康復，沒有留下任何後遺症，一方面是因為你的努力，一方面是你身體裡的量子獸替你擋住了那些喪屍病毒，替你生了病。」

顏布布茫然地問：「牠、牠替我擋住……替我生病？」

「你的比努努還睡在大雞蛋裡，是個還沒出殼的小雞仔。牠能感受到你生病，也知道你很難過，所以牠替你吸收了那些喪屍病毒，讓你能好好地站在這裡。」

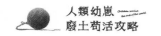
「顏布布，所以牠不想這樣的，但是牠沒有辦法……就和吳叔一樣，牠沒有任何辦法。」

封琛低低的聲音像是在嘆息，但顏布布還是一字不落地聽清楚了。他愣愣地看著封琛，眼睛裡有一層瑩潤的水光在閃動。

「牠雖然咬人後也不會讓其他人變成喪屍，但牠是你的精神體，如果和你保持精神聯繫，可能會將喪屍病毒再傳回給你。我覺得牠不想讓你受到喪屍化的危險，所以才切斷了和你的精神聯繫。雖然牠現在看上去很可怕，但你不能討厭牠，也不能將牠趕走，明白嗎？」

顏布布將臉埋在封琛肩上，片刻後才哽咽著問：「牠和吳叔一樣，都是因為我嗎？」

「這不是你的錯，你也不想被喪屍咬的。」封琛將顏布布推開了一點，「但是你不能再討厭牠，知道嗎？」

「我不討厭牠，我、我這就去找牠。」顏布布胡亂抹著眼睛。

封琛說：「我去找牠就行了，你就在家裡等著。」

「可是……」

「可是牠要是自己回來了呢？」封琛打斷他道：「家裡一個人都沒有，牠進不了屋子，氣得又跑了怎麼辦？你就留在家裡等著，我去找到牠，把牠帶回來。」

顏布布抽噎著，「我還是想和你一起去。」

「不行。」

「哥哥，讓我去找牠吧。」

「別以為我和你好言好語說了這麼多，你就可以得寸進尺了。」封琛自己站起了身，「回樓上去，字寫完了沒？算術題做完了沒？」

「……還沒。」

封琛斥道：「那還看著我幹什麼？還不快上樓？我等會兒就帶著牠回來了。」

顏布布一步三回頭地上了樓，封琛這才將圍巾手套什麼的戴上，從

窗戶翻了出去。

黑獅這次沒有跟著封琛，而是留在樓裡，牠開始打掃一團亂的 5 樓，將棕熊屍體拖到最近的房間裡關上，清理摔碎的物品垃圾，再將機器人叫下來，讓它掃地拖地。

封琛往前走出一段後，才發現要找到比努努是多麼的難。

大雪飛揚，大大降低了視野範圍。他不知道比努努去了哪個方向，四周全是一片白茫茫，地上就算曾經留下了腳印，也迅速被積雪填平。

他一邊漫無目的地尋找，一邊大聲喊比努努。如果比努努能循著聲音過來，哪怕是想攻擊他也行。

封琛深一腳淺一腳地在雪地裡走著，雖然他穿得很厚，也有哨兵體質，卻依舊凍得不行，於是乾脆調出精神力，給身體外加了一層罩。就算擋不住寒冷，也能擋擋風。

雪片紛揚，看似就要落到他身上，又輕飄飄地拐了個方向，從他身側悠悠飄落。

「比努努、比努努……」

四處皆是雪，那些冒出頭的殘垣斷壁也被蓋住。封琛不知道自己走到了哪兒，只覺得腳已經凍得發木，就連舌頭也不聽使喚，比努努三個字都快不能準確發音。

剛剛翻過一個雪包，他突然一腳踩空，他左手去抓地面，卻只按住了光滑的冰層，身體跟著積雪往下墜落。

他拔出匕首去扎旁邊的牆壁。但這牆壁無比堅硬，匕首尖帶出一串刺耳的刮擦聲，他重重摔到了底。

這裡距地面足足有七、八公尺，好在他身體外有著精神力形成的防護層，所以摔下來後也沒有受傷。

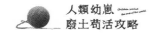

他站起身打量四周，發現這是一處人工鑿成的圓洞，看那洞壁是堅硬的黑鋼石，難怪匕首扎不穿。

海雲城有這種深洞的只有一個地方，便是城南方向的礦場，沒想到他轉來轉去，竟然轉到這兒來了。

封琛往上面攀爬，但洞壁太光滑，表面還覆蓋了一層冰，沒有任何可以讓他著力的點。

他試著和黑獅取得精神聯繫，但距離太遠，感受不到半分黑獅的存在，也就沒法取得聯繫。

封琛喘著氣，用匕首在洞壁冰層上挖洞，但這冰層也只覆蓋了薄薄一層，他挖出個洞後，連手指都摳不進去。

顏布布將封琛布置的作業寫完，就去到窗戶旁，一邊玩著比努努，一邊不時往外面瞧，嘴裡和黑獅說著話。

「哥哥為什麼還不回來？他是不是沒有找著……比努努。」顏布布本來習慣性地要說喪屍變異種，臨到嘴邊改了口。

黑獅搖搖頭，示意自己也不知道。

顏布布看著手裡的比努努玩偶，將它舉高，盯著它看了會兒，又湊到它耳邊用氣音說道：「我以後不會凶你了，你也不要凶我好不好？」

比努努玩偶不會說話，顏布布沉默片刻後，又輕輕說了三個字：「對不起。」

顏布布就等在窗邊，不時看看外面。再一次看出去後，他看見風雪裡竟然出現了一群人，速度很快地往這邊移動。

他知道海雲城的人都乘著大船離開了，沒想到現在還能看見其他人，有些不可置信地揉揉眼睛。

那的確是群人，大概有七、八個，都划著雪橇，穿著厚厚的、被積

雪覆蓋的衣服，像是群移動的大雪人。

「獅子、獅子快來看。」顏布布驚訝地用手指戳著窗戶，「看那裡有人，他們在朝我們這邊過來。」

黑獅走過來，盯著那群人看了片刻，目光露出了防備和警惕。

隨著他們的接近，顏布布聲音也小了下去，逐漸消失在嘴裡。

雖然那些人的頭臉都用圍巾包住，但他看見其中一人轉頭時，沒有被圍巾遮蓋的眼部是銀白色的金屬。

而另一個人的右手沒有戴手套，抬手時會露出一段金屬臂。

顏布布的心直往下沉，他嚇得都不敢立即跑走，只慢慢後退、後退，一直退到從窗外看不到他的地方。

「獅子，你快過來、快過來，他們是壞人。」他聲音僵硬地喚道。

雪地裡，一群划著雪橇的人停了下來，其中一人指著面前的樓房，「礎執事，這房子窗戶上都沒有積雪。」

礎石拍了拍頭頂的帽子，那上面的積雪簌簌往下掉，「看見了。」

「這樣的天氣，窗戶沒有被雪封住，屋子裡肯定有溫控設備。我們要不進去看看？如果合適的話，就住在這兒？」

礎石笑了聲，「他媽的，本來是想去海雲塔，但有這麼一棟樓，誰還想住在塔裡？走，去看看。」

顏布布跑到 6 樓通道盡頭的窗戶，撩起窗簾一角往外看，看見礎石那幫人繞著樓房轉了一圈，最後停在 5 樓窗戶前。

「他們進不來的，哥哥把窗戶鎖了。」顏布布剛給黑獅說完這一句，就看見有人掏出一個儀器，似乎在開窗。

「他們是在開窗嗎？他們能進來嗎？」顏布布驚慌地問黑獅。

黑獅轉頭衝向大廳，又飛快回來，嘴裡叼著顏布布的羽絨服、羽絨

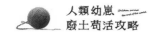
褲和雪地靴，長長的圍巾還拖了一半在地上。

「還有袋子，我的袋子。」

顏布布接過衣服後手忙腳亂地穿，黑獅又跑回去，將他的布袋叼了過來。

而此時樓下的人也用儀器打開了窗戶，一個個往樓裡翻。

有手下搓著手，喜不自勝道：「這樓裡好暖和，他媽的剛才可凍死我了。」

另外的打手則將通道兩側的房間門推開，「執事，您來看這個房間，這都是些什麼？」

礎石走進去，看著滿室堆放的儀器，笑道：「……瞧瞧我發現了什麼？東聯軍才有的超微量 PR 分離器。這是東聯軍的研究所，一間祕密研究所！」

「執事，這樓裡住著人，您看這些，剛打掃過的……」

礎石神情冷凝下來，「搜，把藏著的人給我找出來。」

談話聲清晰地傳了上來，在樓梯上響起腳步聲時，黑獅推開了 6 樓窗戶，叼著顏布布躍出窗，穩穩落到雪地上，再飛快地向著遠方奔去。

冷空氣帶著尖嘯聲灌入樓內，礎石幾人衝到 5 樓窗戶旁往外看。一名打手震驚地道：「執事，是那個小孩兒，騎著黑獅子的小孩兒。」

「封家的崽子……」礎石看著黑獅和顏布布的身影消失在風雪中，微微瞇起眼。

「原來封家的兩個崽子躲在這兒，這真是得來全不費工夫啊。執事，我們就在這裡等他們回來。」

礎石搖頭，「先找找密碼盒，找不到的話，就是被那倆崽子帶在身上了。小崽子是去給大的報信，我們在這兒他們就不敢回來。人肯定在附近，走，找他們去。」

顏布布騎在黑獅背上，緊緊抓著牠的鬃毛，在風雪裡一路狂奔。驟然而來的冷空氣，從他鼻腔進入肺部，氣管都在收縮痙攣，像是吸進了冰碴般刺痛。

他呼吸的氣流吹在圍巾上，那裡立即就沾上了一層淺淺的白霜。

「獅子，你，知道、知道哥哥在哪兒嗎？」顏布布等到適應了低溫，肺部疼痛減輕後，便喘著氣問道。

黑獅搖搖頭，又低吼了一聲，聲音裡透出焦灼和不安。

「別怕，我們慢慢找他，肯定能找到，還能找到比努努。」顏布布原本也很驚慌，這時反而鎮定下來，安慰地拍拍獅頭。

黑獅加快腳步，載著顏布布往前飛奔。

深洞裡，封琛雙手攏在嘴邊吹著氣，兩隻腳也在原地踏步。

他已經撤掉了罩在身體外的精神力。那透明罩只能擋住風雪，卻沒法提升氣溫，而這洞裡沒有風雪，只有徹骨的寒意。

寒意鑽入每一個骨頭縫裡，讓他覺得像是將骨節都凍成了冰，腳和手指都板結得沒法彎曲。

待到凍木的手指稍微回暖，他撿起匕首去戳面前的黑鋼石。

黑鋼石雖然堅固，但林奮贈給他的這把無虞是用特殊材料做成的，無比鋒利，已經在洞壁上鑿出了個窟窿。他踩上那窟窿繼續鑿，如果一切順利的話，應該在兩、三個小時後便能出去。

只是他不知道在這樣極寒的天氣裡，自己能不能堅持到那個時候。

封琛的手太僵硬，手指也不聽使喚，匕首突然握空，從掌心掉在了地上。他轉頭去撿匕首，腳下卻一滑，整個人重重摔在了洞底。

沒有了精神力外罩，他這次摔得不輕，躺在地上半天都沒有動彈。封琛躺著，喘著粗氣看著洞口外灰濛濛的天空，只覺得身體裡的血液都快凍成了冰。

就在這時，那圓圓的天空突然出現了個缺，洞口被什麼擋住了一小塊，還左右動了下。是活的！

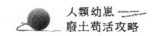

　　因為背著光，封琛看得不是很清楚，第一反應是變異種，立即伸手去摸旁邊的匕首。

　　當他將匕首抓在手裡時，那東西往旁挪了步，有光線便從側面將牠照亮。

　　因為覆蓋著一層雪，牠看上去就是個圓圓的雪球，但球面上露出兩隻眼睛，黑得像是能把人吸進去似的。

　　封琛心頭一震，猛地從地上坐了起來——比努努！

　　比努努就趴在洞口，一瞬不瞬地看著封琛。

　　封琛屏住呼吸和牠對視著，怕牠又跑掉，也不敢動靜太大，只能聲音儘量平和地喚了聲：「比努努。」

　　比努努的目光裡沒有任何情緒，封琛看不出牠在想什麼，片刻後，牠又轉身看向後方。

　　「比努努，別走、別走。」封琛小心翼翼地道：「我是來接你回家的，你別怕，我不會傷害你，別怕，跟著我回家好嗎？」

　　比努努終於有了反應，但牠卻是對著下方齜牙，喉嚨裡還發出威脅的低吼。

　　「比努努，外面太危險了，跟我回去吧，顏布布也在等著你。」

　　也不知道是不是錯覺，封琛覺得自己在說完這句話後，比努努那無機質的冰冷黑眸裡，像是閃過了一抹嘲諷。

　　接著，牠就轉身離開了洞口。

　　「比努努、比努努。」

　　封琛對著上方大喊兩聲，但比努努沒有回頭。

　　封琛盯著洞口看了會兒，又開始在洞壁上鑿洞。他覺得身體內的熱量在快速流失，必須儘快從這兒出去。

　　他又鑿了半個小時，洞壁上才出現了一個淺淺的小窩。他現在凍得不停發抖，只剩心窩處還剩口熱氣，不光眉睫上結起了冰碴，連臉上都蓋了一層白霜。

就在這時，身旁突然傳來窸窸窣窣的聲響，他僵硬而遲緩地轉過頭，看見洞壁上竟然垂下了一條粗繩，還在輕輕搖晃著。

封琛的視線順著粗繩慢慢上移，看見繩的另一頭延伸在洞外，但洞口卻什麼人也沒有。

「誰？顏布布？」封琛啞著嗓子問了聲，沒有得到任何回應。

他扯著繩子往下拽了拽，很結實，便收回匕首，抓住繩子往上爬。

很快就爬出了這個深洞，他坐在地上喘氣，順著身旁的繩索看出去，發現另一端繫在一個大石頭上面。

他爬起身，踉踉蹌蹌地走過去，看見石頭另一面打著繩結的地方，那層積雪上留下了很多爪印。

那仿似是動物留下的小爪印，有著深深淺淺的指甲痕，五瓣分開，像是一朵盛開的梅花。

封琛盯著那幾朵梅花，突然就笑了起來。

他伸手將肩上的冰霜抹掉，狀似不經意地大聲道：「終於爬出洞了，現在就去找比努努，帶牠回家。希望牠不要為以前的事情生氣，覺得我們不在乎牠。顏布布也知道錯了，和黑獅都在家裡等著牠……」

封琛嘴裡說著，眼睛卻看向前面不遠處的一堵斷牆。

牆邊雪地上有個圓圓胖胖的影子，正靠在牆後，一動不動地站著。

封琛慢慢向著斷牆靠近。因為怕比努努再次跑掉，他全部心神都放在那兒，以至於在聽到一道森冷而又熟悉的聲音後，才驚覺身後竟然悄無聲息地多出了人來。

「站住別動，不然就一炮轟掉你的腦袋，哪怕你是哨兵也躲不過炮彈的威力。」

封琛站著沒有動，卻迅速開始調動精神力，準備攻擊身後聲音的來源處。

「小子，別怪我沒警告你，如果我是你的話，絕對不會在一名Ａ級哨兵面前輕舉妄動。」

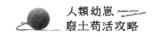

封琛聽出了這是礎石的聲音，便也不再有所動作。

「很好，現在轉過身。」

封琛慢慢轉身，不出所料地看見了礎石。

礎石穿著一身獸皮衣服，站在離他十幾公尺遠的地方，肩上扛著一支炮筒。更遠處的風雪裡，一群人正向這邊走來。

待那群人走近後，封琛認出他們都是礎石的手下，其中還有戴著半張面具的阿戴。

礎石走到封琛面前，掏出把槍頂住他的頭，再將肩上的炮筒扔給一名手下。

「小子，居然拿一個空背包騙我，正愁怎麼找到你，結果沒有跟著林奮去中心城啊……」礎石緩緩露出一個笑容。

另一名手下笑道：「林奮這是把他給扔下了吧，畢竟是東聯軍封在平的崽子。」

原本站在礎石身旁的阿戴，突然大步上前，對著封琛腹部就是重重一拳。

她和封琛都是 B 級哨兵，這一拳力道不小，封琛被擊中後悶哼一聲，臉色慘白地彎下了腰。

「狗崽子，還騙我們，害我們在地下安置點損失了幾名弟兄。」阿戴從牙縫裡狠狠擠出一句，對著封琛胸口又是一拳。

封琛身體向後飛出，重重摔倒在雪地上，一串血水從他嘴裡噴出，立即就在雪地上凝結成了紅色的冰珠。

阿戴還要上前，被礎石抬臂擋住，「行了，別打了，先把密碼盒拿到再說。」

封琛痛苦地蜷縮在雪地上，急促地喘著氣。

礎石上前兩步，在他身前蹲下，用槍管撥了撥他的頭，「小子，把真的密碼盒交出來，可以讓你活著。」

封琛沒有回話，礎石打量了圈四周，「不然都不用浪費子彈，直接

扔到坑裡用雪填上，那滋味肯定很不錯。」

「真的密碼盒……已經交給林奮了……」封琛吞了口口水，啞著嗓子，艱難地說道。

「是嗎？交給林奮了？」礎石吸了吸鼻子，轉頭問身後的手下，「他說真的密碼盒已經交給林奮了，你們說，那我該怎麼處置他？」

「那就殺了。」

「這狗崽子騙得我們好苦，殺了他太便宜，不如把他綁在這裡，慢慢凍死。」

「對，反正密碼盒也不在了，留著他幹什麼？殺了還能出口氣。」

礎石又用槍管敲了敲封琛的頭，「聽見了嗎？如果能交出密碼盒，還能留下一條命。你好好回憶一下，那密碼盒到底交給林奮了沒有，想清楚了再回答我。」

封琛垂下眼，似乎在思索該怎麼回答，礎石就蹲在旁邊等著。

幾分鐘過去了，封琛還沒有開口，礎石站起身，對著阿戴點了下頭，自己則背過身往後走。

阿戴眼裡掠過一絲戾氣，上前兩步，抬腳就對著封琛胸口踢去。她這一腳的力道很大，封琛如果被她踢中，怎麼也得斷上好幾根肋骨。

封琛猛地抬起眼，並沒有避讓阿戴這一腳，只調動精神力，閃電般地刺向礎石後背。

他準備硬扛住阿戴這一下，拚著受傷的風險也要重創礎石。

眼看礎石就要被刺中，他卻倏地轉身，一道強悍的精神力和封琛的精神力迎面撞上。

砰一聲響後，封琛的精神力如同碎裂的玻璃般散成了萬千片，而礎石的精神力繼續破空刺來，像是一把淬毒的劍。

阿戴的腳已經快踢中封琛腹部，卻有一個光團從斜刺裡飛來，出現在她視網膜邊緣。

她還沒看清這是什麼，眼前便一黑，眼睛同時傳來劇痛，有熱辣辣

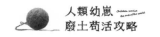

的東西流出，瞬間又在臉龐上變得冰涼。

「啊！」阿戴發出一聲慘叫，抬手捂住了自己右眼，立即用精神力攻向頭頂。

但上方那東西竟能躲過她的攻擊，並繼續在她頭臉上抓撓。不過短短一秒時間，她頭頂就多出了三道血槽，隱約可見白色的頭骨。

其他手下反應過來，舉槍對著阿戴頭頂的那團東西射擊，但那東西非常敏捷，躍起來躲過子彈後，又落在阿戴頭上，面朝幾人，緩緩露出一個猙獰的表情。

「這，這他媽是什麼？變異種？」

「不知道，從沒見過，這小子的量子獸吧。」

「你見過這樣的量子獸？這他媽就是個喪屍怪物。」

比努努正蹲在阿戴頭上，小爪緊緊揪住她的兩綹頭髮，全黑的眼睛惡狠狠地瞪著幾人，露出兩排鋒利的尖牙。

阿戴手臂上出現了那條蛇，箭矢般射向比努努。但喪屍化的比努努非同一般量子獸，牠一口咬住蛇的七寸，爪子也順著蛇腹往下剖，生生將牠剖成兩半，消失在空中。

整個過程裡，牠看也沒看那條蛇一眼，那雙無機質的黑色瞳仁一直死死盯著前面幾人。

封琛的精神力被礎石擊碎後，立即又調出精神力迎上，如同一張厚重的盾牌，和礎石刺來的精神力撞上。

盾牌不出所料地被擊碎，但他又源源不斷地補上，礎石的精神力也就不斷被阻擋。

那股原本銳利如劍的精神力，被這樣一次次削弱，前進速度越來越慢，攻擊力越來越弱，終於竟然在空中消弭殆盡，化為一蓬烏有。

礎石有些驚詫，面前這小子雖然只是名 B 級哨兵，但精神力強悍，足見其精神域非常寬廣，一旦度過成長期，成長速度必定驚人。

他眼底閃過一抹殺機，這樣的哨兵必須解決掉，不然後患無窮。

但他立即又被阿戴的慘叫吸引了注意。

「主人救我！」阿戴想去抓住頭頂的比努努，反倒被牠在手上咬了幾口，鮮血噴湧而出。

礎石放出精神力，刺向正在阿戴頭上撕咬的比努努。

封琛也放出精神力護盾，一邊擋住礎石的精神力攻擊，一邊撲向阿戴，伸手抓向比努努。

「快走！」他對著比努努喝道。

但比努努像是已經殺瘋了，原本就暗沉的皮膚布上了烏青色的蛛網，長而彎曲的指甲上還沾著猩紅的血。

牠不但不走，看見一名回過神的手下握著匕首衝來時，又嗷一聲躍到那手下頭頂，雙爪起飛，又撕又咬，硬生生扯下他一塊頭皮，連著頭髮甩在雪地上。

礎石的狼，還有另外幾名手下的量子獸齊齊出現在雪地上，對著比努努撲來。

封琛用精神力擋住礎石這兩下攻擊，已經是竭盡所能，也耗費了大量精神力。他知道自己和比努努兩個不是這群人的對手，能跑一個算一個，眼見那幾隻量子獸對著比努努撲去，便又大喊一聲：「快走！」

幾隻量子獸撲向比努努，礎石一邊對著比努努發出精神力攻擊，一邊朝著封琛開槍。

那幾名手下也揮舞著匕首對著封琛刺去。

顏布布騎著黑獅一路尋找封琛，他不知道封琛在哪兒，黑獅看來也不知道，只盲目地四處打轉。

可當繞過一個雪包時，黑獅突然頓了下，有所感應地看向某個方向，接著便載著顏布布飛速往那方向奔去。

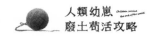

顏布布看見了前方的那群人，也認出了封琛。但他還沒來得及高興，便又認出了礎石和阿戴，駭得差點就從獅子背上摔下去。

黑獅加快了腳步，顏布布緊抓著牠的鬃毛，眼睛卻死死盯著礎石和他手裡的槍。

在看見礎石朝著封琛舉槍時，顏布布的心臟仿似也停止了跳動，只能發出一聲尖叫：「不要！」

封琛在礎石子彈出膛的瞬間就已經向前躍出，同時推出幾重精神力盾牌，將刺來的精神力擋住。但他再也分不出空去對付那幾名手下，在側身避開一把鋒利的匕首，迎面又刺來一刀時，他不得不在雪地上狼狽地連滾幾圈，這才險險躲過。

但他還沒爬起身，那把槍管又頂在了他頭上。

「別動，你他媽再動一下，老子就開槍。」礎石森冷的聲音響起：「讓你的量子獸也別動。」

正在往這邊狂奔的黑獅頓時停下了腳步，生生往前滑出半公尺，在雪地上拉出幾道深槽。

礎石看了黑獅一眼，說：「我他媽說的是在發瘋的這一隻。」

說完又接住一把阿戴拋來的槍，兩手分別執槍，一把抵著封琛太陽穴，一把瞄準了顏布布的方向。

比努努正在和那幾隻量子獸撲咬，牠身量不大，但異常靈活又凶悍，竟然將牠們咬得到處都在冒黑煙。

「比努努，停下，快停下。」封琛看著顏布布，嘴裡喚著比努努。

他原本擔心比努努不會聽話，沒想到牠看看礎石手裡的兩把槍，竟然真的停下來，嗖一聲竄到旁邊雪堆裡。

牠雖然沒有再撕咬，但那雙黑沉沉的眼依舊盯著那幾隻量子獸，齜著尖牙和牠們對峙著。

那幾隻渾身冒煙的量子獸也都不敢靠前，只發出凶狠的咆哮。

「哥哥！」顏布布急忙滑下黑獅背，撲通摔在雪地上，爬起來便不

管不顧地對著這邊衝，黑獅趕緊將他咬住。

封琛看著顏布布心裡發苦，嘴裡對礎石說：「放過我們，我就把密碼盒給你。」

「密碼盒不是交給林奮了嗎？」礎石嗤笑一聲。

封琛道：「沒有，密碼盒我藏著的，藏在一個隱祕的地方。」

礎石回頭看了一眼。

阿戴和一名手下正在接受包紮，他倆雖然沒有生命危險，但露在繃帶外的皮膚滿是鮮血。

礎石眼底閃過狠厲的殺意，嘴裡卻依舊輕鬆笑道：「早點給我不就好了？非要打上這麼一場。行，那把密碼盒給我，我就放你們兩個一條生路。」

「我不相信你，你要離我遠點，我才會把藏密碼盒的地方告訴你。」封琛說。

礎石瞇起眼看了他幾秒，似乎在衡量他會不會跑掉，但終於還是收起槍，往後退了兩步。

「再遠點，所有人都站在十公尺以外。」封琛說：「不然我絕對不會告訴你密碼盒的下落。」

「逼崽子廢話還真多……」一名手下剛怒氣騰騰地罵出聲，就被礎石喝止：「退後，退到十公尺以外。」

所有人都在退後，包括正在包紮的打手和阿戴，也跟著往後退了幾公尺。

封琛站起身，對著顏布布喊道：「顏布布，過來。」

黑獅鬆開了在嘴裡掙扎的顏布布，跟在他身後走向封琛。一雙極具威懾力的澄黃色獅眼緊盯著礎石幾人，似乎他們只要有所動作，就會立即撲上去。

「哥哥。」顏布布急急往封琛面前走，每跨出一步，積雪都淹到他膝蓋，跟跟蹌蹌地差點摔倒。

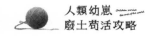

「慢點。」封琛說。

顏布布還沒走到，便已經急切地伸出了雙手，封琛便上前兩步將他抱了起來。

「哥哥。」顏布布緊摟住封琛脖子。

封琛拍了拍他的後背，「別怕。」

「喂，別磨磨蹭蹭的了，密碼盒呢？你把密碼盒藏在哪兒？」一名手下不耐煩地喝問。

礎石也笑了聲，「不要想著能從我手裡逃跑，快把藏密碼盒的地方說出來吧，這天寒地凍的，早點說出來，你們也好早點回那棟樓裡暖和暖和。」

封琛聽到這話，便知道研究所已經被發現了，抱著顏布布的手不由得收緊，在心裡快速想著對策。

研究所一定不能丟，那是他和顏布布度過嚴寒的地方，離開後會很難生存下去。

何況就算沒有把密碼盒給林奮，這些人在拿到密碼盒後，也必定不會給他和顏布布留下生路。

現在唯一的辦法，就是將他們徹底除掉。

顏布布將臉埋在封琛肩上，只露出一雙眼睛，看著前方正在和那幾隻量子獸對峙的比努努。

比努努似乎察覺到顏布布的注視，轉頭看了過來。

顏布布對上牠的視線，第一次沒有回避，只慢慢抬起手，想對牠揮一揮。

比努努在他抬手的瞬間，漠然地轉開視線。

顏布布的手在空中頓了一瞬，繼續小幅度揮了兩下，這才收回。

「你把密碼盒帶著嗎？」封琛問顏布布。

顏布布一怔，封琛又耐著性子再問：「我以前拿給你的那個密碼盒，你帶著嗎？」

顏布布觀察著封琛的表情，有些不確定地小聲道：「密碼盒啊……帶著的。」

「嗯。」封琛似是沒看出來他的遲疑，平靜地道：「那給我吧。」

顏布布扭身就在布袋裡翻找密碼盒，一名手下忍不住上前兩步喝道：「他媽的，原來密碼盒就在小崽子手上。」

黑獅立即轉頭，對著那手下發出聲威儡力十足的低吼，似乎他只要再上前一步，就要撲去咬斷他的喉嚨。

「別去，等著就行。」礎石立即阻止了手下，並對他使了個眼色。

顏布布將密碼盒放到封琛手裡，有些忐忑地看著他。

封琛對著礎石舉起密碼盒，「你想要的是這個嗎？」

礎石看清密碼盒的外形後眼睛一亮，提步就往前走，咧嘴笑道：「對，就是這個。」

「站住！不准往前走。」封琛一聲大喝：「密碼盒有自毀裝置，我可以隨時將它毀掉。」

礎石並不清楚這個密碼盒有沒有自毀裝置，但還是停下了腳步。

「你們說話算數嗎？如果把密碼盒給了你們，就能放我們倆離開。」封琛問道。

礎石微笑道：「當然。我對弄死你們這樣的小孩兒不感興趣。」

「行，那我扔給你。」封琛說。

封琛說完這句，就將密碼盒大力拋擲出去。

礎石情不自禁地伸出手，但密碼盒卻在空中劃出一道長長的弧線，越過他落在很遠的後方，濺起地上一小團積雪。

礎石和手下都對著密碼盒衝去，封琛卻在這時抱著顏布布跨上了黑獅背。

黑獅立即衝向左邊，封琛對著比努努伸手，「快，上來。」

比努努站在原地沒動，只用那雙黑沉沉的眼睛看著他們。

「比努努，快來。」顏布布也對牠伸出了手。

　　他半個身體都從封琛懷裡探了出去，風雪將他頭上的帽子掀開，露出亂蓬蓬的捲髮，還有凍得發紅的臉和鼻子。

　　「比努努，跟我們走，快來。」顏布布繼續急促地催道。

　　比努努還是站著沒動，但黑獅卻在經過牠身旁時，將牠一口叼在嘴裡，飛一樣地往前奔跑。

　　比努努象徵性地掙扎了兩下，細細的手腳在空中彈動，還扯了下黑獅的毛——那力道小得可以忽略不計，然後就安靜地任由黑獅叼著牠往前跑。

　　黑獅和封琛心意相通，徑直奔向遠方的海雲塔。

# 第三章

# 我又有魔力了！
# 這次是大電視魔力

◆━━━━━━◆

顏布布不時抬起臉，越過封琛肩頭看牠一眼，
見到風雪中那個蹦跳的小圓球後，又才放心地重新埋進封琛懷中。
「我覺得我的比努努很好。」
封琛大聲問道：「你說什麼？」
「我覺得我的比努努很好的。」顏布布也大聲回道。
他的聲音被風捲著傳向後方。
原本還和他們保持著較遠距離的比努努，
突然往前加快速度，縮短了一些距離。

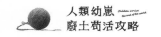

拿到密碼盒的礎石，正將儀器擱在密碼輸入螢幕上。

「快看看是什麼。」一名手下激動地搓著手。

另一人也笑道：「總算是把這東西搞到手了，也不知道究竟裝了什麼好寶貝。」

「哎，那小子已經跑了。」

「先別管他，等會兒再說。」

儀器上的數字跳動，一群人屏息凝神地看著，只聽咔嚓一聲，密碼盒蓋彈開，裡面的物品就呈現在眾人面前。

兩顆玻璃珠、幾隻草編蚱蜢、一塊花朵狀的橡皮擦，還有一張紙。

礎石將那張紙拿起來，展開，看見上面是用蠟筆畫的一幅畫。畫技拙劣，線條粗糙，上色簡單粗暴，一看就出自小孩子手筆。

礎石臉色變得鐵青，扔掉那幅畫和密碼盒，轉頭看向黑獅的背影，咬著牙吐出三個字：「殺了他！」

「哥哥，吳叔給我編的蚱蜢，還有我的畫，全部都在那個盒子裡。」顏布布被封琛抱在懷裡，風雪吹得眼睛都睜不開，只能附在他耳邊大聲喊。

封琛也大聲回道：「沒事，等會兒我們就回去找。」

「能找得到嗎？」顏布布問。

「能！」

顏布布原本還想說什麼，眼睛看向後方，立即驚叫起來：「他們，他們追上來了。」

封琛沉著地道：「我知道。」

礎石一群人划著雪橇，飛速追著黑獅。

黑獅速度很快，但積雪太深，終究不適合奔跑，他們的距離被逐漸

拉近。

「他們越來越近了，啊啊啊啊，我都能看清他們的臉了。」顏布布驚慌地拍著封琛後背。

封琛一雙冷靜的眼睛從帽檐下注視著前方，「別慌，我有辦法。」

黑獅奔到海雲塔下，毫不遲疑地飛身躍起，抓著塔身外的飛簷往上攀爬。封琛一手抓住牠鬃毛穩住身形，一手緊緊抱著顏布布。

就在牠爬到 12 層時，礎石等人也停在了海雲塔下方，取出鋼爪繩勾住塔身，也爬了上來。

海雲塔 20 層以上才有能進入的窗戶，黑獅一口氣爬上 20 層，推開其中一扇窗戶鑽了進去。

就像于苑說的那樣，海雲塔裡有溧石控溫設置，一進入窗戶便感覺到暖融融的氣溫，和外面的嚴寒像是兩個不同的世界。

封琛翻下黑獅背，對顏布布說：「你帶著比努努上樓，繼續往上爬，不要停下。」

「那你呢？」顏布布追問。

「我們分頭藏起來，你就藏在上面，我藏到塔下面去。」封琛說。

顏布布拒絕：「不，我要和你在一起。」

「聽話！」封琛急促地打斷他：「我有辦法對付他們，但是你必須要藏好，不能露面。」

顏布布驚慌地扯住他衣角，「不，我不聽話，我要和你在一起。」

封琛蹲下身，扶住他的肩膀，「顏布布，我答應你不會出事的，你放心，只要你好好藏著，我等會兒就來接你。」

顏布布對封琛的表情很熟悉，看著他堅定的眼神，知道這事已經沒有商量的餘地。

「那你，那你一定要來接我。」顏布布的聲音都快哭了。

封琛點頭，「一定。」

「那要多久？」顏布布又問。

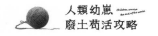
「要不了多久。」

「2 分鐘嗎？」

「10 分鐘。」封琛說。

顏布布抽了口氣，抓著他的衣角不鬆手，「不行，10 分鐘減去 6 分鐘，4 分鐘。」

「你這時候數學還挺好了，不用掰手指也能算對。」封琛看了眼窗外，催道：「10 分鐘後就來接你，你快帶著比努努上去。」

比努努已經被黑獅放下了地，正面無表情地看著窗外，聽到這話後，直接轉身往樓梯上走去。

封琛帶著黑獅往下行的樓梯跑，顏布布追了兩步後沒追上，只得跟在比努努身後往樓上爬。

比努努上樓梯，是一級一級地往上跳，顏布布便小聲問：「要我抱你嗎？你腿太短了，這樣上樓太難了。」

原本還在往上跳的比努努停下動作，倏地轉頭看向顏布布。

顏布布冷不防地被嚇了一跳，退後半步靠著牆壁，結巴問道：「怎、怎麼了？」

比努努盯著他看了兩秒，看得他心頭毛毛的，但牠卻又突然轉回頭，砰砰砰連跳兩下，每下都躍上四級樓梯地到了上層。

顏布布鬆了口氣，立即追了上去。

封琛一邊往塔下跑，一邊甩掉身上笨重的羽絨服和圍巾手套，當他跑到 10 樓時，便聽到頭頂傳來礎石那群人的呼喝聲。

但他並沒有放輕腳步，反而踏得更重，整座塔裡都迴蕩著他急促的腳步聲。

「在下面，那兩個崽子跑下去了。」

封琛一陣風似的往塔下跑，後面的人緊追不捨。

樓道裡還躺著他們上次撤離時殺掉的喪屍屍體。雖然過了幾個月，塔裡溫度也正常，但這些屍體沒有進一步腐爛，也沒有生出蛆蟲，只是體內的水分蒸發掉，形成了一具具焦黑色的乾屍。

乾屍密集地堆疊在通道和樓梯上，封琛直接從他們背上踩過。乾屍的骨骼鬆脆，每一步下去，都發出像是樹枝折斷的喀嚓聲。

10 樓、9 樓、8 樓⋯⋯

顏布布就蹲在 22 樓的圓弧形回廊裡，探出半個頭看著下面，看見那些人都追著封琛去後，他小聲問旁邊的比努努：「哥哥會打過他們嗎？我有點害怕。」

比努努沒有回應，靜靜地站著，就像一顆種在地裡的青皮馬鈴薯。

「我們去看看好吧？反正他們都下去了，我們不用待這麼高，下去一層看看，只下一層。」

顏布布邊說邊往樓梯口走，青皮馬鈴薯默默跟了上去。

下樓梯時，顏布布對比努努伸出手，「來，我牽你。」

比努努原本還慢慢跟在後面，聞言像是突然被上了發條，嗖一聲從顏布布身旁擦過，直接越過樓梯落在最下面。

牠昂起下巴看著顏布布，明明是自下而上的角度，顏布布卻覺得像是被牠俯視著，莫名就矮下了幾分。

顏布布到了 21 樓，但他並沒有停下，而是繼續往下走，腳步還越來越快。

20 樓以下喪屍屍體就多了起來，顏布布因為心裡太擔憂，在看見那些空洞的眼眶和大張的嘴時也不覺得害怕，甚至在路面完全被擋住時，也能毫無心理負擔地從它們身上爬過去。

他原本還擔心比努努跟不上，但比努努雖然腿短，卻勝在能靈活跳躍，如同一顆不斷彈跳的球，速度反而比他快上很多，很快就將他甩在後面。

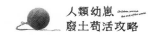
「比努努、比努努。」顏布布叫了兩聲。

比努努不理他。

前面樓梯口又撲著幾具喪屍屍體，被剛才衝過去的人踩斷了骨骼，胸部完全垮塌凹陷，像是樹皮一般貼在地面上。

顏布布剛跑到那幾具屍體前，旁邊的房門就被撞開，一隻活喪屍兜頭撲了出來。

「啊！」

突然而來的驚嚇，把顏布布駭得魂飛魄散，雖然腦內在這時已經刷刷亮起了大螢幕，他卻忘記做出反應，被那喪屍一把抓了起來。

喪屍一張嘴張大到極致，露出兩排帶著黏液的尖牙和烏黑的牙齦，對著他發出長長的嚎叫：「嗷——！」

兩張臉近到不過尺餘距離，顏布布已經嚇呆了，木木地盯著喪屍。

可就在這時，比努努突然從橫梁上倒掛下來，垂在顏布布和喪屍之間，對著那喪屍也發出了長長的一聲吼叫：「嗷——！」

牠此時的模樣不比那喪屍好看到哪兒去，喪屍竟然怔了怔，像是有些反應不過來。

而比努努的小爪上已經彈出鋒利的爪尖，撲一聲刺入喪屍的太陽穴。喪屍的手鬆開，顏布布掉下地，連滾帶爬地往前衝，在聽到身後喪屍倒地的重響後才回頭。

比努努從他身旁經過，不帶情緒地瞥了他一眼，繼續蹦跳著往前。

「比努努等等我。」

顏布布回過神，跟跟蹌蹌地追了上去。

封琛帶著黑獅，已經跑到了海雲塔最底層。

這一層面積很大，足足有半個籃球場大小，他站在塔中央茫然地環

視四周，礎石和那群手下也追了上來，氣喘吁吁地站在樓梯口。

「跑，繼續跑，老子看你還能跑出個什麼花樣來。」一名手下指著封琛怒罵。

礎石目光陰狠地盯著封琛，脫掉身上的獸皮衣，一邊活動金屬臂上的指節，一邊在咔嚓聲響中慢慢走向塔中央。那條灰狼浮現在他腳邊，用和礎石同樣森寒的眼神盯著黑獅。

黑獅喉嚨裡溢出威懾力十足的低吼，身體微微俯低，是一個隨時準備進攻的姿勢。

所有手下也帶著各自的量子獸跟了上去。

「小孩，我告訴你，這世上還沒有人敢將我礎石當傻子。」礎石伸出兩根金屬手指在空中晃了晃，「還是兩次。」

「本來我的確沒想過殺你，但是我現在很生氣。」礎石搖搖頭，「如果你痛快地交出密碼盒，說不定會讓我心情好一些。」

封琛一直看著他們沒有做聲，腳步卻在慢慢後退。

「執事，別和這個狗崽子廢話了，直接抓住，不說就殺。」一名手下凶狠地道。

他身旁那隻黃鼠狼也有些按捺不住，嘴裡一直往下滴著口涎。

他們一步步向前，封琛便一步步後退，直到背部抵上牆壁，再沒有後退的路。

「你沒法逃了，交出來吧。」礎石看著面色蒼白的封琛，緩緩伸出了手。

就在這時，他看見那名原本還滿臉惶惶然的少年突然鎮定下來，並挑起唇角，對著他露出了一個像是譏諷的笑。

礎石心頭一凜，剛暗道聲不好，就見少年迅捷地按下身旁牆壁上的一個按鈕。

「快跑！」他話音未落，就聽腳下轟隆一聲，整個地板從中分開，露出下面墨黑的水潭。

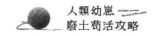

地板滑動的速度太快，塔底面積又大，他們才往邊上跑出幾步，就撲通掉下了水。

封琛在按下按鈕的同時就抓住了牆壁上的一根鐵欄桿，而這塔身一圈也有半尺寬的水泥沿，他正好站在上面。

掉下水的人紛紛往岸邊游，封琛便連續刺出精神力阻撓他們前進，並再次按下了牆上按鈕，要將他們關在隔斷門下。

兩扇門板轟然回縮，瞬間就已合攏了一半。礎石見狀不妙，立即抬起金屬臂，對準前方的水泥沿發出了一柄鋼爪。

那鋼爪刺入水泥身，卡住了半扇正在合攏的門。

黑獅撲向門扇被卡住的地方，但礎石那隻灰狼也高高躍起擋住牠，兩隻量子獸在空中碰撞，抓撓，再分別落在水裡，繼續撲出。

封琛對著水面連續刺出精神力，卻聽砰砰兩聲槍響。他超強的感應力讓他獲知了子彈射來的方向，立即後仰，兩顆子彈嵌入他頭頂的牆壁裡，飛濺起碎石。

阿戴露出水面，半張臉纏滿了紗布，只在面罩下露出隻眼睛，不斷向封琛開槍。

封琛在那窄窄的水泥沿上躲閃，發出的精神力卻沒有中斷。

那群掉在水裡的手下也往外游，嘴裡不停地罵罵咧咧。

「狗崽子以為這樣能把我們淹死，看老子上來後怎麼收拾他。」

可就在這時，一名手下突然大叫一聲：「我操！什麼咬了我的腿一口，我他媽的……」

那手下一句話沒說完，人就突然沉入水裡，沒了動靜。其他打手剛想去拉他，就見水面突然翻起波浪，水底像是有什麼東西要鑽出來。

「快上去！水裡有東西。」礎石看得真切，水裡有很多影影幢幢游動的身影，其中不少人都缺了胳膊或是腿，「是喪屍。」

隨著礎石音落，所有人拚命往岸上游，幾隻量子獸也在後面推著他們前進。

　　封琛一邊躲著阿戴的子彈，一邊往水裡的人刺去精神力，讓他們沒法靠岸。礎石也只能放出精神護盾，一次次替他們擋住。

　　封琛上次去地下安置點裡取溧石時，在水裡遇到過一隻喪屍，應該就是從緊急通道裡游出去的。他記得于苑說過，海雲塔裡有恒溫裝置，那麼塔下的水也不會結冰。

　　當初他們逃出海雲塔時，林奮關閉了隔離門，將那上千隻喪屍都關在塔下。既然喪屍不會死，水也沒有結冰，那他便將礎石這群人帶來，再找機會將他們關在隔斷門下，讓喪屍來對付他們。

　　「水下面好多喪屍，他們追上來了，快布上精神力護盾擋一擋！」水裡一名手下驚慌地喊。

　　「沒用的，精神力護盾只能擋住精神力攻擊，擋不住喪屍。」

　　「那就殺，用精神力殺牠們。」

　　只見水下四面八方都有喪屍游來，幾名手下立即發出精神力攻擊，將最先靠近過來的喪屍擊殺。

　　他們的量子獸也都潛入水裡，去撲殺游過來的喪屍。

　　封琛沒有停下攻擊，精神力如同箭雨般朝他們刺去，礎石只得騰出手一次次阻擋，將那些攻擊化解掉。

　　他們殺掉身邊的喪屍後，發現圍上來的喪屍越來越多，水面像是沸騰的開水，不斷有喪屍破水而出，嚎叫著撲向他們。

　　最前面的那名打手被他的黃鼠狼推著往前，馬上就要靠岸，他也顧不得其他人還被圍著，伸手去抓水泥沿。

　　可就在他手指快要碰到水泥沿時，封琛一道精神力刺來，狠狠扎中他的手腕。而他腳踝也被一隻手拽住，同時有喪屍從身旁衝出水面，衝著他耳朵狠狠咬去。

　　「啊——」黃鼠狼哨兵發出撕心裂肺的慘叫，半邊臉瞬間被鮮血染紅。他連忙用精神力殺掉這隻正在撕咬他耳朵的喪屍，但瞬間身旁又冒出三、四隻，張開大口撲向他，將他拖入水裡。

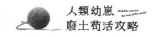
水面翻起紅色的浪花，水面上的那隻黃鼠狼也慢慢消失。

「別著急上岸。」礎石連忙吼道：「先解決掉身旁的喪屍，我來擋住那小子的攻擊。」

可喪屍太多，又是在水裡，雖然不斷殺掉周圍的，後面的喪屍又源源不絕地湧來。他們防得住左右卻防不住水底，有兩名手下終於還是被撕咬著拖了下去。

封琛不停對著水裡攻擊，那些人往哪邊移動，他的精神力便如飛蝗般刺落，將他們的前路封死。

他精神力毫不保留地盡數釋放，如同天羅地網，將礎石那幫人圍在水中。

「先殺喪屍，把周圍的喪屍殺掉才能上岸。」

「殺不光啊，全都是。這邊、這邊上去。」

「不行，那小子又把路封住了，得先解決掉他才行。」

「我在殺喪屍，分不出手……」

封琛雖然將這群人成功地困在水裡，但他精神力消耗太大，胸腹間隱隱有些悶脹，腦袋也開始昏沉。但現在這種情況，他絲毫不敢停下半分，也不敢保留精神力，攻勢依舊源源不斷且凶猛。

無論如何都不能讓這些人上岸，不然他和顏布布就算逃脫了也不敢再回去研究所。

如今這種天氣，他倆這樣離開研究所就是個死，橫豎沒有退路，乾脆放手一搏，將礎石這幫人解決在這裡。

他旁邊的水裡也湧動著喪屍，有些企圖抓他腳腕，有些已經躍出水面，伸出雙手向他撲來。

他不能被喪屍咬中，不得不暫緩攻擊，拔出匕首對付喪屍。手起刀落間，一隻喪屍又嚎叫著掉進水中。但那群人卻趁這機會，將身遭一圈的喪屍殺掉，往岸邊靠近了不少。

阿戴之前被比努努抓瞎了一隻眼，精神體也被重創，不能使用精神

力，便不斷對封琛開槍射擊。

封琛應對得很是艱難，他既要防著那些喪屍，又要躲避阿戴射來的子彈，還要放出精神力阻撓這群人上岸。

眼見他們離岸邊越來越近，封琛的頭卻越來越昏沉，眼前景物也有些扭曲，像是就要進入神遊狀態。

他知道這樣不行，必須要抓緊時間將隔斷門關上。

黑獅明白他的打算，一次次撲向門扇被卡住的地方，但灰狼卻如跗骨之蛆般纏著牠，凶猛撞擊、撕咬，讓牠始終不能靠近那裡。

兩隻量子獸都掛了彩，身上各處都冒著黑煙。量子獸的能力和主人的精神力有關，所以灰狼本該比黑獅厲害，但黑獅非常凶悍，在和灰狼的打鬥中絲毫不落下風，只是沒法再前進一步。

轟……一股熟悉的精神力突然進入封琛腦海，熟悉得他的精神域都不曾有半分阻攔，任由它直直闖入。

腦中瞬間清明，扭曲變形的景物恢復原狀，胸腹間的煩悶也被清掃一空。

封琛心頭一震——是顏布布！顏布布到了這層！

阿戴舉槍瞄準了封琛，就要扣下扳機，視網膜邊緣卻突然閃過一團黑影。

這團圓圓的黑影讓她有些熟悉，同時也伴隨著極度恐懼。可這黑影速度太快，如光如電，她根本來不及做出任何反應，眼前便是一黑，所有的光明徹底消失。

她半張臉纏著紗布，另外覆著銀色面具的半張臉上，也有鮮血蜿蜒而下。

比努努又朝著她手腕狠狠咬一口，那手腕上頓時血如泉湧，槍枝也啪嗒掉在水裡，發出一聲淒厲的慘叫。

喪屍加上量子獸，整個水面激起重重浪花，像是一大鍋沸騰的開水。各種精神力源源不斷地擊打在水面上，濺起沖天巨浪，喪屍跟著拋

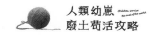
起落下，斷裂的肢體四處橫飛。

水裡突然躍出三隻喪屍，帶起沖天的水花向著封琛撲來。

狹窄的水泥沿沒法展開身手，單是一把匕首也無法對付同時衝來的喪屍。封琛不得不收回部分精神力對付喪屍，眼睜睜地看著礎石在沒有阻撓的情況下，帶著幾名手下游向岸邊。

比努努卻在這時擋了上去，對著他們又抓又撓，頓時又有兩名手下慘嚎著捂住了眼睛。那些人不得不停下，一邊大聲怒罵，一邊對付比努努和不斷湧來的喪屍。

「比努努，去把卡住門的鋼爪搞掉。」

封琛左手掐住一隻撲上來的喪屍脖頸，右手揮刀，割掉另一隻喪屍的頭顱，同時精神力也將面前水域裡的幾隻喪屍絞殺。但水裡喪屍越來越多地向他圍攏，爭先恐後地往水泥沿上爬。

比努努想去搞掉鋼爪，可剛停手，這群人就開始往岸邊游，牠只得繼續撕咬，不讓他們向前。

顏布布卻在這時出現在樓梯口，小跑上了水泥沿。

他剛才一直藏在樓梯後給封琛梳理精神域，現在見比努努走不開，便乾脆自己跑了出來。

他看見了那半扇關不上的門和嵌在門縫處的鋼爪，往那兒跑出兩步後又飛快回頭，從地上抱起一塊饅頭大的石頭，捧在懷裡重新跑去。

飛濺的水花澆了他一頭一臉，讓他都有些看不清腳下的路，濕滑的水泥沿也有些踩不穩，差點滑到旁邊水潭裡。

剛跑出去沒兩步，前方便爬上來一隻喪屍，烏青色的皮膚，怒凸的漆黑眼珠，張大嘴對著他迎面撲來。

饒是顏布布已經有了心理準備，仍然被這一下嚇得叫出聲。

刷刷刷！腦內的螢幕亮起，他看見自己正蹲下身，躲過喪屍這一撲後，再往前衝出兩步。

因為和棕熊對抗過，他已經知道了這個大螢幕圖像的厲害，便想也

不想地跟著蹲下了身，準備往前衝。

礎石此時也看見了顏布布，一隻喪屍嚎叫著從水裡撲向他時，他看也沒看地揮動金屬臂，那隻喪屍的脖子便被刀鋒齊齊割斷，頭顱掉進水中。接著便對著顏布布的後背，刺出了一道精神力尖刺。

封琛在顏布布衝出樓梯口的第一時間便看見了他，嚇得心臟都差點從嘴裡蹦出來。

在見到礎石的精神力攻擊目標是顏布布後，他飛快撐開一面護盾，準備攔住礎石的攻擊。

而正在撕扯水裡那幫人的比努努也突然停手，踩在水裡那些冒出頭的喪屍腦袋上，幾個彈躍就上了水泥沿。

顏布布卻在這時往下一蹲，緊靠牆壁縮成一團。那隻朝他撲來的喪屍便撲了個空，踉蹌著繼續往前衝，正好不偏不倚撞上礎石的精神力尖刺，頭顱被刺了個對穿，也將那道尖刺給化解掉了。

比努努原本正往顏布布這邊衝，看見他沒事後一個急剎，兩隻細細的腳在地面摩擦，竟然擦出了點點火花。但牠剎住後也沒有停歇，像一顆炮彈似的又掉頭衝向了水面。

「比努努，你小心啊，打不過就跑……」顏布布邊跑邊大喊。

比努努已經跳上一名手下的腦袋，剛咬中他耳朵就聽到顏布布這句話。牠突然更加怒氣騰騰，撕掉那手下一塊耳垂後，又轉頭咬上了另一個手下的鼻子。

顏布布兩條短腿拚命倒騰，不斷躲過那些喪屍從水裡伸出的利爪。小小的身體時而笨拙跳躍、時而下蹲，每次都是看似驚險，卻又無比巧妙地躲過了喪屍的撲咬。

封琛繼續朝水裡的人發出精神力攻擊，同時不斷擊殺身旁圍上來的喪屍。他幾次分神看向顏布布，都被嚇得心驚肉跳，差點被撲上來的喪屍咬住。

「回去！你快回去！」他對著顏布布大聲嘶吼。

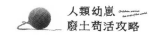

顏布布一邊躲著喪屍往前跑，一邊高聲回應：「哥哥別怕……我有魔力了，我的魔力又好了……哥哥我能幫你……這次是，是大電視魔力……」

顏布布終於衝到了門扇被卡著的地方，趴在地上，抱起石頭就去砸鋼爪。

砰！砰！這鋼爪的利齒雖然牢牢嵌入水泥沿，顏布布的力氣也不大，但被他這樣反覆用石頭砸，鋼爪周圍的水泥塊也就簌簌往下掉。

礎石見狀不妙，也顧不上水裡的喪屍，徑直對著顏布布發去數道精神力尖刺，而灰狼也捨棄黑獅，扭頭撲向顏布布。

礎石的精神力帶著凌厲殺意，如同滔滔巨浪般撲向顏布布。他要將顏布布的前後左右都封住，讓他無處可躲，一擊斃命。

封琛在礎石看向顏布布時便知道不妙，立即調動所有精神力，在他發動攻擊之前，在顏布布身體外罩上了一層護盾。

礎石不愧是 A 級哨兵，在他的精神力還未到達之前，封琛就已經感覺到了強大的壓迫感，讓他情不自禁地想要撤回精神力，想要逃跑，心頭開始恐懼地戰慄。

他知道這是哨兵的等級差距，不光是力量懸殊，還有心理壓制，便努力撐住，只一層一層地將精神力重疊在護盾上。

但他立即就感覺到顏布布又在給他梳理精神域，柔和地、安全地，替他掃除掉那些恐懼感，讓他勇氣倍增。

顏布布趴在地上，眼角餘光能瞟見水裡有喪屍游來。他雖然嚇得嘴裡在尖叫，但手上卻未停，一直用石頭敲擊著鋼爪。

砰！兩股精神力相撞，塔身都在跟著震顫，撞擊出的氣流向著周圍層層推去，濺起沖天巨浪。一些喪屍都被甩上了高高的空中，又跟著水流墜下。

比努努也飛了出去，在空中揮舞著細細的手腳。黑獅猛地高高躍起，在空中將牠給叼住。

倒是置身在護盾內的顏布布沒有遭遇到衝擊，但看見一顆喪屍頭，像是足球般滴溜溜對著他飛來，連忙側頭避開。那顆頭撞在他身後的牆壁上，又撲通掉進水裡。

封琛的護盾抗住了這一擊，但那種壓力還是讓他受了創。等到沖上天的水流落下後，他身形晃了晃，嘴角溢出了一股鮮血。

顏布布滿頭滿臉的水，眼睛都被蟄得睜不開。他高高舉起石頭再重重落下，每次都伴著一聲大吼：「加油！小紅花！加油！」

鋼爪一點點往下，搖搖欲墜地掛在水泥沿上。顏布布再一次舉起石頭，終於喊出了那句曾經讓他自豪過，也曾經讓他失望過的咒語。

「啊嗚嘣嘎啊達烏西亞！」

咔嚓一聲響，鋼爪跟著水泥塊掉落進水裡，隔斷門轟隆著往前彈出，開始關閉。

「要關門了，快上去！」

水裡幾人也顧不上封琛的精神力攻擊或是被喪屍撕咬，只爭先恐後往岸邊游。

礎石臉上肌肉痙攣，眼珠布滿了血絲，用精神力炸開撲上來的喪屍，飛快地游向水泥沿。

封琛將自己的精神力凝成數束，如同利劍般刺向礎石。精神力破開空氣飛速向前，撲撲幾聲悶響後，沒入礎石後背。

礎石身體一僵，後背汩汩湧出了幾道鮮血，血腥氣吸引了更多的喪屍，瘋狂地向他們撲去。

那些手下被拖入水中，發出絕望的慘嚎，瞬間又沒了聲息。礎石忍住封琛的精神力攻擊，滿頭是血地向水泥沿伸出手，卻又被黑獅一爪子給按了回去。

比努努站在往前延伸的隔斷門上，爭分奪秒地去抓撓水裡的人。眼看隔斷門只剩下最後一道縫，牠飛快地探下爪去抓了一把，在隔斷門合攏的瞬間，雙爪深深刺入一隻喪屍的眼眶，再將眼球抓了出來。

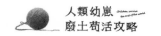

　　哐啷一聲，隔斷門徹底關閉，那些喧囂和慘嚎瞬間消失，塔內一片安靜。

　　顏布布喘著氣爬起身，向著封琛奔去，「哥哥！」

　　封琛將他接住，抱在懷裡。

　　「沒事吧？」封琛問道。

　　顏布布緊緊摟住封琛脖子，「沒事，就是、就是太嚇人了。」

　　封琛捧著他的腦袋，兩人額頭相抵，水流順著臉龐往下滴。

　　「以後再也沒有人追殺我們了，別怕。」封琛啞著嗓子笑了起來。

　　「我不怕了，不怕。」

　　黑獅轉身，看見比努努似是餘怒未消，皺著鼻梁齜著牙，眼睛盯著隔斷門的縫，手裡還抓著兩顆墨黑色的眼球。

　　黑獅：嗷……

　　封琛抱著顏布布往上走，兩人身上都濕透了，不能就這樣出塔，否則立即會被凍成冰棒。他爬到 22 樓，尋了處往外噴著暖氣的通風口，把兩人的衣服扒下來，掛在通風口處烘烤。

　　顏布布今天先是遇到熊，接著又遇到這件事，著實受了驚嚇。開始還不覺得，現在封琛就在身旁，他才開始害怕委屈。等封琛挨著坐下時，他就撲到封琛懷裡，開始抽抽搭搭地哭。

　　「我嚇死了，哥哥你再把我抱緊點……還不夠緊……嗚嗚……我今天也太厲害了吧……嗚嗚……」

　　封琛一手摟著顏布布，一手撥弄著他的濕髮，想讓那頭髮乾得快些，嘴裡說著寬慰的話。

　　「這不好好的嗎？別哭了，別把鼻涕蹭我身上，連張紙都找不到……不准哭了啊，何況你今天這麼厲害，又勇敢。」

　　「是啊，我超厲害……嗚嗚……」

　　封琛想起剛才的事情，便問道：「你是怎麼做到的？」

　　「什麼？」

「就是你跑去砸鋼爪的時候，為什麼會躲過那些喪屍的攻擊？」封琛回想當時的情景，覺得顏布布就像是未卜先知似的，每一步每一個動作都恰到好處地避開，非常不可思議。

顏布布抹著眼睛，「是魔力，我的魔力。剛才打熊的時候，那隻熊追著我跑，我躲啊躲啊，魔力就出現了，在我腦子裡放電視，教我怎麼躲牠。」

封琛立即緊張地坐直了身體，「那隻棕熊還追你了？」

他一直以為顏布布並沒有和棕熊對上，是比努努直接就將那隻棕熊殺死了。

顏布布點頭，「對啊。」他擦了下眼淚，兩手舉在頭側，做出棕熊撲食的動作，「嗷嗚……這樣的，非常凶。」然後又站起來左右閃，「看我，我當時就是這樣。」

「那你是怎麼躲開的？」封琛問。

「我說了啊，我的魔力在我腦子裡放電視，教我怎麼躲牠。」

封琛疑惑地問：「放電視？怎麼放？」

顏布布就開始繪聲繪色地講述。

「等等。」封琛打斷他：「你說會出現很多小電視機，每個裡面都有個你，那些你是在做什麼？」

「那些我都在躲，有些被咬中，電視就關了，有些沒有被咬中，就還在躲。」

「小電視很多嗎？」

顏布布點頭，「很多很多……」他將兩手使勁伸長，一直背到身後，搭配動作道：「我就要在那些電視裡自己選，選能躲掉的，跟著裡面的我一起做。」

「你還要自己選？」

「對，我要在那些電視裡選。」顏布布伸出雙手，在面前飛快地撥動空氣，「看見沒有？看見沒有？我要這麼快的去選。」

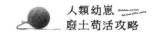
顏布布只穿了條小褲衩，做這個動作時，全身和頭髮都在跟著抖。

「不，比這還要快，快很多很多很多，數不出來的那麼多……」顏布布邊撥空氣邊說：「我一段一段看下去，就能找到最好的那個，跟著一起做。」

封琛一點一點詢問，顏布布絞盡腦汁地回答，封琛終於搞清楚了這是怎麼回事。

顏布布所說的電視機，應該是在他精神域裡出現的意識圖像。在他遇到危險時，精神力能在極短的時間內作出分析和預判，回饋給他應對當前危險的各種辦法。

那並不是未卜先知，而是顏布布的精神力在快速進行大量計算和分析，提前將每一種可能性都給出預判，並將每一種可能性的後續發展也給出預判。

這是一個相當複雜的過程。每一個可能會衍生出無數的可能，但顏布布竟然能在極短的時間內，將那個最恰當、最合適的可能給選出來。

封琛覺得這應該是嚮導的能力。

他對嚮導瞭解得不多，不知道其他嚮導是不是也能這樣，但顏布布的能力依舊讓他大開眼界，內心非常震撼。

顏布布又在演示他是怎麼挑選那些畫面的，封琛打斷他撥動空氣的動作，「你過來。」

顏布布喘著氣走過去，站在他面前，鼻梁上還掛著一層汗珠。

封琛神情複雜地上下打量著他，突然問：「46 減去 37 等於多少？」

「啊！」正意氣風發的顏布布頓時卡了殼，瞠目結舌地看著他。

封琛突然就笑了，搖搖頭道：「還好還好。」

他剛才被礎石的精神力震傷，現在一笑，忍不住就咳嗽了兩聲。

顏布布立即緊張地問：「你生病了嗎？你在咳嗽。」

「沒生病，就是喉嚨突然有點癢。」

「那我看看你的喉嚨，是不是有小蟲。」顏布布說著說著便伸手要

去掰封琛的嘴。

封琛將他手拍開，「別亂摸，你看你現在多髒。」

兩人又坐了會兒，等到衣服頭髮全都乾了後，收拾妥當準備離開。

「比努努，走了，回去了。」封琛從圍欄上伸出頭，對著塔下方喊了聲。

比努努一直沒上來，就在 20 樓，無所事事地將那些喪屍屍體往下扔，發出砰砰的動靜。

聽到封琛叫牠，牠只懶懶往頭上看了眼，沒表現出要走的意思，卻也沒表示反對。

「比努努，走吧。」顏布布也喊了聲。

兩人騎上黑獅從窗戶出塔，顏布布緊緊盯著頭上的窗口，見到比努努跟著出來後，鬆了口氣。

黑獅向著剛才遇到礎石的礦場方向一路飛奔，比努努綴在後面，和他們保持著一段距離，既不上前，但也沒有徹底掉隊。

顏布布不時抬起臉，越過封琛肩頭看牠一眼，見到風雪中那個蹦跳的小圓球後，又才放心地重新埋進封琛懷中。

「我覺得我的比努努很好。」

封琛大聲問道：「你說什麼？」

「我覺得我的比努努很好的。」顏布布也大聲回道。

「再說一遍，聲音大一點，我聽不清。」

這次顏布布放開嗓門高喊：「我覺得我的比努努很好！」

他的聲音被風捲著傳向後方。原本還和他們保持著較遠距離的比努努，突然往前加快速度，縮短了一些距離。

到了礦場，顏布布迫不及待地跳下地，開始在那塊雪地裡找尋。積雪已經將那些腳印和痕跡抹平，但填埋得不算深，封琛和黑獅都一起找，很快就從雪面下翻出了密碼盒、玻璃珠、草編螞蚱和那幅畫。

其他都還好，只是那幅畫被撕成了兩半，還被雪水浸濕，凍成了兩

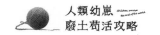

片冰塊。封琛將那兩片冰塊放進顏布布的布袋，說：「回去後弄乾了再黏上就行。」

顏布布卻在反覆數那幾隻螞蚱，「一、二、三、四、五……怎麼還少了一隻，還少了一隻螞蚱。」

封琛見時間不早，天色也已經暗沉下來，擔心氣溫還要下降，便說：「那一隻可能找不著了，我們先回去吧。」

「能找著的，一定能找著的。」顏布布跪在雪地上，用戴著厚厚手套的手去刨那些積雪，「一共六隻，都找著了五隻，那一隻一定也能找著的。」

封琛勸道：「但是天要黑了，溫度還會下降，那隻就先不找了吧，咳咳咳……」

顏布布在聽到第一聲咳嗽時，便停下刨雪的動作看向他。見封琛還在咳，立即爬起身走過去，伸手拍撫他的後背。

封琛咳嗽完，啞著嗓子對顏布布說：「沒事，可能有點著涼。」

顏布布伸手將封琛眉睫上的冰碴抹掉，乖巧道：「走吧，哥哥我們回去了。」

封琛看了眼他布袋，「你的第六隻螞蚱還沒找到。」

「不找了。」顏布布趕緊搖頭，抱著封琛胳膊扶他起來，「我們回去，不然天要黑了，溫度還要下降。」

封琛問道：「真的不找了？」

「不找。」顏布布堅決地道：「我們這就回去，我明天再來找。」

封琛知道那幾隻螞蚱對他很重要，但天黑了氣溫太低，留在這裡太危險，便也不再說什麼，召喚還在地上刨雪的黑獅，抱著顏布布跨上了黑獅背。

「比努努，回去了。」

比努努正四仰八叉地躺在雪地上看天，聞言只將眼珠子轉向他們，卻躺著一動不動。

黑獅走了過去，張嘴想將牠叼起來，不知想到了什麼又閉上嘴，用爪子抓起一捧雪，開始擦牠的身體。

比努努反射性地要躲開，黑獅將牠按住，飛快地用雪擦了一遍，著重是那兩隻爪子。

比努努又氣又怒，跳起來一口咬向黑獅的臉。黑獅頭往後微微一縮，比努努就咬住了牠的鬃毛，身體掛在牠頭側。

「嗚——嗚——」比努努喉嚨裡溢出凶狠的低吼，緊咬著黑獅的鬃毛不放。

黑獅卻很淡定，任由比努努咬住鬃毛懸掛在頭側，向著回家的方向奔去。

回到研究所家裡，兩人已經凍得面青唇白，手腳僵硬，顏布布更是打著顫，牙齒碰撞得咯咯作響。

封琛將兩人滿是積雪的外套扒掉，去浴室放了熱水，拎著顏布布一起躺了進去。

熱水熨帖地暖和了每一寸皮膚，封琛舒服地哼歎一聲，放鬆地閉上了眼。接著就感覺到顏布布的精神力鑽入他的腦海，開始梳理精神域。

封琛開始和礎石戰鬥時，顏布布也不時在梳理他的精神域，所以並沒有什麼要梳理的。但顏布布很喜歡在封琛精神域裡漫遊的感覺，無拘無束，安心且自由，就待在裡面沒有出來。

封琛似是動了玩心，也不斷用精神力去撓撓他，然後溜走。兩股精神力如同兩尾歡快的小魚，在漫無邊際的精神域裡追逐嬉戲。

「哈哈，哈哈哈哈……」封琛聽到躺在浴缸裡的顏布布在傻笑，他依舊閉著眼，嘴角卻也勾起了一個笑容。

將全身都泡得暖暖的，兩人才從浴缸出來，都穿上了乾淨的保暖

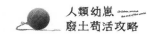

衣。封琛覺得渾身清爽,那股被礎石精神力震傷的不適感也消失了。

但顏布布還記得他在咳嗽,非要去找藥,封琛只得去藥箱裡翻出一瓶維他命 C,在顏布布的注視下吞了下去。

「你才吞一顆大白,生病以後要吞兩顆大白。」顏布布有些憂慮。

封琛說:「我已經不咳嗽了,只吃一顆大白就行了。」

「那好吧,只吃一顆。」

封琛道:「每種病要吃的藥都不一樣,以後不能隨便亂吃,不然會加重病情。」

「這樣啊,我知道了。」

吃完藥,封琛拿來顏布布的布袋,從裡面取出那張被撕成兩半的畫。這兩片紙上的冰塊已經化掉,紙張被濡濕,他便找來一塊玻璃,將紙張平鋪在上面。

顏布布看著那成了兩半的畫,「這樣就會好嗎?」

「嗯,等到乾了就好了。」封琛將玻璃板放進一間空屋子,關上了門,「明天我再黏上,就是一幅完整的畫了。」

封琛想起棕熊的屍體還躺在樓下,便叫上黑獅一起去處理。

「你就留在這裡,不要跟來。」他穿上厚厚的羽絨服,吩咐道:「我要開窗、關窗,太冷。」

「唔,好吧。」顏布布乖乖答應了。

封琛指揮黑獅將棕熊拖到樓外,扒下整張熊皮,熊肉分成了大塊。

冰櫃已經塞滿了魚,熊肉就埋在樓旁的積雪深處,這樣既不會腐壞,氣味也傳不出去,想吃的時候刨一塊出來就行。熊皮可以處理下,做成禦寒的獸皮衣,比羽絨服還要暖和。

封琛和黑獅離開後,顏布布就站在原地,一隻腳輕輕踢著地毯,眼睛不時瞟一眼窗戶,不動聲色地往那裡挪。

比努努坐在那窗臺上,漆黑的眼睛盯著窗外,也不知道在看什麼。

「哇,外面好好看啊。」顏布布順利到達窗戶,隨便胡說了句,便

轉頭盯著比努努瞧。

他看著比努努大大的腦袋，還有頭上那三片葉子，突然道：「你和我想的不一樣，但是也是很好看的。」

比努努不理他，他又沒話找話地道：「你的手好小。」

比努努依舊盯著窗外，就跟沒聽到似的，顏布布便小心地去拉牠瘦瘦小小的胳膊，想和牠牽手。

「吼——」比努努轉過頭齜了齜牙。

顏布布心頭一哆嗦，卻還是沒有鬆手，依舊握著牠的小爪，鎮定地看著窗外。

比努努氣咻咻地轉過頭，卻也沒有將那隻爪子掙開。

「你的手好小喔，你的腳也好小喔，可是這到底是手腳還是爪子呢？」顏布布虛心請教：「動畫片裡看不清楚，你的手腳看起來就是這樣一團。」

顏布布將手捏成拳頭，伸給比努努看，「動畫片裡只有這樣一團，根本看不清楚，像個饅頭。但是你現在的手腳好清晰……嗯，應該是爪子，小爪子。」

「我好久沒吃過饅頭了。」顏布布說著說著思維開始發散，將比努努的小爪捧到嘴邊，做出吃饅頭的動作，「好香、好香，好好吃……哈哈哈。」

接著又將自己的手伸到比努努嘴邊，「你吃我的，吃一口。」

比努努盯著他沒有動，顏布布又吧唧嘴，「像我這樣，看見沒？好好吃……嗯，好好吃……」

比努努的嘴跟著動了動，接著又抽回自己的爪子，面無表情地看著窗外。

顏布布還在繼續說：「明天讓哥哥帶我們出去堆雪人好不好？你什麼衣服都不穿，你會怕冷嗎？獅子有毛，但是你沒有毛欸，我給你找件衣服穿好不好？」

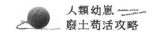

比努努忽地跳下窗臺，飛快地竄到樓梯口，再噔噔地彈跳下去。

封琛和黑獅正在扒拉熊皮，窗戶就砰地被推開，一個圓團子從他身旁竄過，迅速沒入了黑暗裡。

黑獅見狀後立即將爪裡的東西一扔，飛一般追了上去。

封琛看著那兩隻量子獸迅速消失的背影，只得通過精神聯繫告訴黑獅：你們早點回來⋯⋯

顏布布下樓梯走到 5 樓通道，敲了敲面前被冰霜遮蓋的窗戶。封琛聽到動靜，將窗戶上的冰霜抹去一團，對著顏布布做口型：回去。

顏布布沒動，他又說：「我馬上就好。」

顏布布指了指他身後，貼到窗戶上大喊：「比努努跑了。」

封琛搖頭，「沒事，牠和獅子去玩了。」

顏布布想了想，「我想去找牠。」

「獅子已經去了。」

「可是我還是想去。」顏布布堅持。

封琛豎起眉頭，手指樓梯口，「回去！不然揍你！」

顏布布只得一步三回頭地上了樓。

顏布布回到 6 樓，在窗戶邊坐了會兒，又將自己那個密碼盒打開，將裡面的幾隻螞蚱擺在桌子上。

「一、二、三、四、五。」

他垂著頭沉默片刻後，將那幾隻螞蚱小心地放回密碼盒，再下樓去坐在樓梯口等封琛。

封琛終於將棕熊處理好，跳進屋迅速關好窗。顏布布連忙迎上去，幫他拍身上的冰碴。

封琛攔住他，「別拍，我要脫了。」說完便脫掉厚厚的衣服，將上面的冰碴抖乾淨，掛到大廳的暖氣通風口旁邊。

「走吧，上樓。」封琛牽著顏布布往樓上走。

顏布布神情有些低落，小聲道：「我覺得比努努不喜歡我，所以牠

才跑的。」

封琛看了他一眼，「我倒是覺得牠其實是想出去玩。」

「是嗎？牠是想出去玩？」

封琛又道：「如果牠不喜歡你，下午就不會去海雲塔裡保護你，也不會跟著我們回來。」

「可是……」顏布布又看向窗戶方向。

「放心吧，我確定牠會回來的。」封琛輕笑了聲，「我也不擔心牠會遇到危險。」

「為什麼？萬一牠在外面遇到喪屍，或是遇到變異種呢？」顏布布語氣有些急促。

封琛安慰說：「別怕，你的量子獸很厲害，沒有什麼變異種或是喪屍打得過牠。」

「我的量子獸是很厲害。」顏布布煞有介事地點頭，想了想又道：「其實我還是覺得牠不是比努努。」

「是薩薩卡？」

顏布布猶豫著搖頭，「也不是。」

「那是什麼？」封琛問。

顏布布認真地思索，片刻後才道：「我覺得牠就是牠，不是比努努也不是薩薩卡，牠非常……非常……」

顏布布想不出來該怎麼形容，封琛補充道：「非常特別？」

「嗯，非常特別。」

封琛問：「那你要給牠換個名字嗎？」

顏布布連忙搖頭，害怕道：「算了吧，我怕換名字的話牠不高興，會想打我。」

封琛笑出聲，「好吧，那就別換名字了，但是你不要再把我給你做的那個比努努叫比努努。」

「為什麼？」

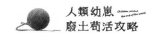

「我覺得牠也會不高興。」封琛揉了下顏布布的頭,「我覺得你量子獸的脾氣有點臭。」

顏布布非常贊同這點,「確實,脾氣有點臭。」

兩人上到6樓,顏布布跑到沙發旁,將那個玩具比努努抱起來,抱歉地道:「對不起啊,比努努,我要給你改個名字,以後你不能叫比努努了,不然那個比努努也許會打人,還會將你撕個稀巴爛。」

顏布布歪頭想像著那一幕,不由打了個冷戰。

「哥哥,我們給它取個什麼新名字?」顏布布轉頭問封琛。

「你自己想吧,板凳桌子椅子什麼的都可以。」封琛倒了杯水喝,漫不經心地道。

「那就叫板凳吧。」顏布布盯著自己的鐵皮玩偶比努努看了半晌,有些心酸地喊了聲:「板凳。」

「哎,你以後就改名叫板凳了,其實還是很好聽的,叫叫就習慣了……」顏布布在新出爐的「板凳」頭上親了親,又將它放進布袋。

「走吧,睡覺了。」

顏布布將密碼盒也裝進布袋,放在他和封琛臥室的櫃子上。

封琛閉著眼平躺著,顏布布就在身旁翻來翻去,有時候還抬起頭盯著封琛瞧一眼。

「你再動一次,自己就去大廳沙發上睡。」封琛冷冷開口。

「你沒有睡著啊。」顏布布驚喜地問。

「廢話。」

顏布布倏地爬起身,「其實我是給獅子想了個名字,很想告訴你,又怕你睡著了。」

封琛睜開眼,看著他不說話。

「薩薩卡。」顏布布道。

封琛皺起眉,「你在這裡興奮半天,就是想了薩薩卡這個名字?」

「對,薩薩卡。」顏布布的眼睛在黑暗中發亮,「你覺得薩薩卡怎

麼樣？」

「隨便你，只要安靜下來，別再打擾我睡覺就行。」封琛翻了個身隨口說道。

顏布布喜滋滋地躺下去，「那就這樣了，獅子叫薩薩卡。」

兩人都沒再說話，屋內恢復了安靜，封琛突然又開口，聲音裡帶著不悅：「你不是討厭薩薩卡嗎？為什麼讓獅子叫這個名字？」

「我不討厭了，我現在就不討厭薩薩卡了。」顏布布說：「因為比努努和薩薩卡隨時在一起，所以獅子得叫薩薩卡。」

封琛說：「牠們不是隨時在一起，是隨時在一集吧……何況牠們不是老在打架嗎？」

「對啊，獅子和比努努就老是在打架啊，所以獅子才得叫薩薩卡啊。」顏布布說。

封琛無言以對，終於不說話了。

清冷的月光灑下，照亮了這個被冰雪覆蓋的城市。

那些尚未完全垮塌的高大建築沉默佇立著，讓海雲城顯得愈加寂靜空蕩，也愈加孤單蒼涼。

一團圓球在月光下快速前進，時不時高高蹦起又落下，後方緊跟著一隻碩大的黑獅，四爪飛濺起積雪。一大一小在雪地上飛奔，打破了這座城市的死寂。

比努努甩不掉黑獅，威脅也毫無作用，看見旁邊還沒倒塌的半座大樓上有根管道，就嗖地鑽了進去。

黑獅追到那裡，一個急剎步，爪子在雪地上拖出長長的劃痕。

那管道還沒牠半個腦袋大，牠只能將眼睛湊到上面往裡看。看了片刻後比努努不出來，牠乾脆就守在那兒繼續等。

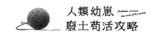
　　而樓道另一邊的管道出口，比努努鑽了出來，牠回頭看看還耐心守在那頭的黑獅，悄無聲息地跑向了遠方。

　　比努努在風雪裡蹦跳前進，小小的身影穿過那些殘垣斷壁，最後停在一塊空地。

　　空地不遠處有一個深洞，牠這是來到了白天遇到礎石的地方。

　　比努努左右看看，確定好位置，開始飛舞雙爪刨動身下的積雪。

　　牠刨一陣子後又俯下身，將小鼻子貼到雪地上仔細嗅聞，再換個地方繼續刨。

　　房門被輕輕推開時，封琛立即睜開了眼。

　　門口閃進一個圓滾滾的身影，他躺著沒有動，只半瞇著眼，不動聲色地觀察著。

　　比努努輕手輕腳地走到屋內，環視一圈後爬上了床頭對著的桌子，打開布袋取出了密碼盒。

　　牠在繭房時和顏布布精神相連，也就清楚這個盒子的密碼。牠小爪子在密碼上飛速點擊，打開盒蓋，將手裡攥著的什麼東西放進去，再關上，放回布袋。

　　比努努沒有發出半分動靜，屋子裡只有顏布布大貓一般的鼾聲。牠做好這一切，又跳下桌子出了門。

　　隨著臥室門被輕輕闔上，封琛閉上眼重新睡覺。

　　黑獅在天快亮時才捲著風雪回來，牠在通道裡抖落身上的冰塊，頂著一身寒氣進了屋，一眼就看見趴在 5 樓大廳的比努努。比努努躺在一堆沙發碎片中，嘴裡還叼著一塊木頭，看著很是愜意。

　　黑獅抬爪抓了下板結的鬃毛，將那還在叮噹碰撞的冰條抓碎，獸目森冷地走向比努努。

比努努依舊躺著沒動，但黑沉沉的眼珠看向黑獅，對視片刻後，上下牙齒關合，那塊木頭嚓地碎成幾塊。

黑獅對牠的威脅不為所動，但目光卻柔和下來，還帶上了幾分無奈。最後只在牠身旁趴下，安心閉上了眼睛。

顏布布一覺睡醒，看見封琛已經不在臥室內。

「哥哥、哥哥。」

他揉著眼睛剛走出套房大門，機器人就滑了過來，頭頂小燈閃爍，播放著封琛的一段語音。

「廚房裡熱著吃的，吃完早飯後就跟著投影上課。我出去一趟，中午回來要檢查你都學了什麼。」

聽完這段錄音，顏布布板著臉生氣了一會兒才回房穿襪子洗漱，再去廚房將保溫櫃裡熱著的早飯吃了。

吃完早飯，心情變好，他開始樓上樓下地找比努努和黑獅。

「比努努，薩薩卡。」

顏布布一邊呼喚一邊下到 5 樓，看見比努努躺在一堆沙發殘屑裡，沒有見著黑獅。

「比努努早啊。」顏布布很小幅度地揮了揮手，「你昨晚是出去玩了嗎？什麼時候回來的？」

比努努看也不看他，顏布布只得訕訕地上樓，片刻後再下來，手裡費勁地提了一張木凳。

「這是我在空房間裡找到的，那個沙發你已經啃光了，啃這個試試，看喜不喜歡這個味道。」

比努努翻了個身，拿後背對著他，他吭哧吭哧地將木凳放到比努努身旁，「嚐嚐，你嚐嚐。」

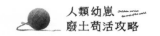
比努努不搭理，他便繞到牠身前蹲下，仔細打量著。

比努努似是最不喜歡他這樣盯著自己瞧，有些惱怒地翻起身，飛快竄進旁邊通道，不知道進了哪間空房，傳來砰的關門聲。

顏布布去那幾扇房門前聽了會兒，沒聽到什麼動靜，便也回了6樓。他開始做上課前的準備工作，將布袋拎到大廳，把比努努玩偶和密碼盒都拿出來。

「比努努……」顏布布剛對著玩偶叫出名字就立即頓住，小聲改口道：「板凳早啊……」

他把板凳放在沙發上，又拿起密碼盒打開，將那幾隻螞蚱擺放在桌子上，「小螞蚱早啊，我馬上要上課了，你們也陪著我聽。」

——一，二，三，四，五……六。

——六？

顏布布一怔，那幾隻螞蚱重新數了一遍。

沒錯，還是六隻。

他盯著那幾隻螞蚱愣了會兒，再一隻隻拿起來看。

這些螞蚱他很熟悉，每隻各有什麼特點都知道，這一隻的接頭處有個小疙瘩，這一隻腹部草梗上有顆黑點……

顏布布雖然不知道昨天掉的是哪隻，但是桌上的六隻他都檢查過，的確都是他的螞蚱。

掉的那一隻也回來了。

顏布布掌心捧著那六隻螞蚱，眼淚突然就湧出眼眶。

「是你自己回來的嗎？是你自己回來的嗎？」

他放下螞蚱四處看，又回到臥室床上床下檢查，一旁的衣櫃也拉開往裡看了一眼。

「吳叔、吳叔。」他輕輕喚了兩聲。

屋內很安靜，什麼聲音都沒有。

他不死心地去浴室找了一圈，馬桶蓋也掀起來看。最後回到大廳，

蹲在小桌旁，淚眼矇矓地盯著那幾隻螞蚱。

「是吳叔把你送回來的對不對？他還陪著我的對不對？」顏布布泣不成聲，伸出手指輕輕戳碰那幾隻螞蚱，「我知道他一直陪著我的，我知道……他知道我想他，他會一直陪著我……」

樓梯口的陰影裡站著一個小小圓圓的身影，在看見顏布布哭著哭著又笑起來後，那個身影才轉身，悄悄下了樓梯。

封琛此時在海雲山腳下，身旁是筆直的峭壁，一直往上會看到峭壁上有面洞口。

那是他曾經戰鬥過的海雲山西洞口，也是吳優墜崖的地方。

封琛戴著厚手套的手握住一把鐵鍬，正在鏟這處厚厚的積雪。地上已經挖出了一個半人深的大坑，黑獅也在不遠處用雙爪刨雪，不時湊近了在地上嗅聞。

天氣太寒冷，封琛呼出的熱氣瞬間成冰，凝結在圍巾上。從冰霜變為冰珠，又形成一根根細長的小條。

當他再鏟開一堆雪後，下面露出了一片布料。他扔掉鏟子，用手將周圍的雪刨開，漸漸顯出一具完整的屍體。

雖然屍體的容貌已經無法辨認，但封琛能從身形和衣著認出，他正是吳優。

積雪掩蓋了整座海雲山，昔日蒼翠的山峰再也尋不見一絲綠色。半山腰的山洞裡倒是沒有積雪，地上還散落著一些被褥和塑膠布，顯示著這裡曾經待過不少人，後來又匆匆離去。

這裡看上去和大撤退那天沒有什麼兩樣，只是原本平坦的西洞口多了一個隆起的土包。

封琛拖著一個用塑膠布做成的大袋，騎在黑獅背上攀進了洞。他到

土包前展開塑膠布，將裡面的泥土一捧捧填在了那個土包上。

　　土包終於填得差不多了，他這才收手坐下，眼睛看著洞外的風雪。

　　「吳叔，你不是說你最精了，永遠不會吃虧嗎？怎麼就躺在這兒了？」他伸手拍拍土包，「吹牛。」

　　「我想給你找個好地方睡，但現在整個海雲城都是雪，不管睡哪兒，第二天就找不著了。我怕以後想看你的話，還要拿把鏟子再刨出來，後面想想，要不乾脆就睡在這兒吧……」

　　「這兒沒人打擾，也不會被雪埋了，還是你生前最後待過的地方……過幾天我再帶著顏布布來……我知道他很想你……雖然我知道這話沒什麼用，但我還是想說，**謝謝**，**謝謝**你救了顏布布……放心吧，我們一定會好好活下去的。」

　　一滴晶瑩的眼淚從封琛眼眶墜下，在空中便凝結成冰，掉在地上發出輕微的聲響。

　　冰珠上映照出洞內那一抔黃土，也映照出海雲城那飄著雪的，灰濛濛的天空。

# 第四章

## 顏布布，你要是把這狡猾勁兒用在學習上，保管不會成為海雲城第一學渣

◆———————◆

封琛遲疑地問了個問題：「中心城現在怎麼樣了？」
這些年來，他從來不去想外面的世界成了什麼樣，
也不去想那些過往的人，只安心和顏布布守著這座空城。
他只想兩個人就這樣一直過下去，平靜但安寧。
但他終究還是問出了這一句。

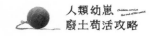

九年後。

空寂雪地上只星星點點露出一些建築，像是一些形態奇特的冰雕。

雪地上匍匐著一隻狼狗大小的野兔變異種，眼睛猩紅，嘴角露出食肉動物般長長的尖牙。變異種機敏地打量著四周，像是突然感覺到了什麼，牠跳到一堵冰牆後藏了起來。

大雪紛飛中，緩緩走來一隻體型壯碩，鬃毛上結著層冰霜的黑獅。

黑獅背上馱了個人，他穿著厚厚的獸皮衣，皮帽和圍巾裹著臉，全身上下只露出了一雙黑白分明的眼睛。

那雙眼睛大而澄亮，像是兩泓永不凍結的湖水。長而捲翹的睫毛被冰雪染成了白色，如同兩片搧動的蝴蝶翅膀。

冰牆後的變異種一動不動地蟄伏著，赤紅眼睛泛著貪婪的凶光，死死盯著獅背上的人。

黑獅漫不經心地走著，輕輕甩著尾巴，晃悠悠地穿過這片雪地。

獅背上的人完全沒察覺到危險來臨，只輕輕晃蕩著兩腳。那腳上也裹著厚厚的獸皮，用繩子纏了好幾圈，有些憨態的圓圓胖胖。

變異種雖然懼怕黑獅，但饑餓終歸戰勝了恐懼，在黑獅走到冰牆後的瞬間，牠飛速撲向獅背上的那個人。

牠在空中便張嘴露出獠牙，目標是那厚厚圍巾下的脖頸，牠能想像到在咬碎那脖頸的瞬間，鮮血淌過喉嚨時的溫熱。

獅背上的人絲毫沒有防備，依舊晃悠悠地坐著，可就在變異種的尖牙快要碰到後頸時，他像是沒坐穩般往旁滑了一下。

他滑動的弧度並不大，剛好只讓這隻變異種從頭側撲過。

變異種的牙齒咬空，喉嚨裡只嚐到冰涼的冷空氣，但牠在落地的瞬間便回身，準備再次撲出。

可牠強勁有力的後腿卻不聽使喚，身體內的力氣在快速流逝。牠踉蹌著往前走了幾步，便一頭栽倒在雪地上。

那長著淺色灰毛的腹部多出一道刀傷，血液還未淌出，便已凝固。

黑獅像是對這一切已經司空見慣，叼起那隻野兔變異種的屍體，不慌不忙地繼續往前走。

片刻後，停在一棟看上去有 5 層樓高的樓房前。

獅背上的人滑到地上，因為穿得太厚，動作看上去有些笨拙。他踩著噗哧噗哧的積雪到了窗戶前，按動密碼鎖，從打開的窗戶翻了進去。

黑獅則繼續留在樓外，熟練地給野兔變異種剝皮，清理內臟，再將內臟埋到離樓房比較遠的雪地裡。

屋內的人脫掉厚厚的獸皮衣和皮褲，抖掉上面的冰碴，露出穿著的淺灰色高領毛衫和絨褲。

這毛衫明顯是手工織出來的，毛線也粗細不勻，並不像是機器生產的毛線，反倒像是直接用動物毛搓成的線。

毛衫有些寬大，顯得他個子挺小。當他摘下圍巾和帽子後，便顯出一名長相非常漂亮的少年，一頭捲曲的頭髮亂蓬蓬地垂落下來，蓋住了耳朵，也蓋住了他白皙的額頭。

少年蹲下身，將纏在腳上的繩子和獸皮解掉，就那麼穿著一雙毛襪，腳步輕快地走向樓梯。

路過 5 樓大廳時，他看向躺在沙發上的一個大圓團子，「比努努，哥哥給你做的新褲子？穿起來很好看。」

那沙發是全木製，周身都被咬得坑坑窪窪，比努努穿著一條黃格子背帶褲，正躺在上面做放空狀。聽到少年的聲音後，牠連眼神都沒給一個，只翻了個身，用後腦杓對著他。

「心情不好？」少年扶著樓梯扶手問比努努，接著又自言自語：「算了，反正你心情隨時都不好。」

噔噔噔，少年一陣風似的上了樓，比努努又翻回來繼續放空，像一只發黴的大馬鈴薯。

「哥哥、哥哥。」少年喚了兩聲，沒有得到回應。他直接就飛速下樓，繞過 5 樓樓梯下到 4 樓，推開了樓梯口的封閉門。

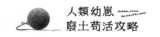

門開的瞬間，激昂的交響樂聲衝了出來，瞬間便衝破樓內的寂靜，旋風般席捲每個角落。

門內堆放著各種各樣的儀器和工具，還有一些木塊、鐵器和塑膠，像是一個雜亂的工坊。

屋中央的木架前，站著一名身材頎長的年輕男人，正背對著門，用刨刀刨著木架上的一塊長形木料。

他的頭髮有點長，隨意地在腦後紮了個啾，耳朵後別了一枝鉛筆。灰色T恤下的肌肉緊實有力卻不誇張，隨著動作拉出流暢完美的線條。

少年靠在門框上沒有進去，一絲精神力卻悄悄進入年輕男人的精神域，如同一尾調皮的小魚，在那些如絲般靜靜流淌的精神力上撓了撓。

接著就被那些精神力反過來按住一通撓。

少年笑起來，撤回精神力小跑進去，從後面抱住了男人的腰，「在做什麼？」

年輕男人嘴裡叼著一個捲尺，含糊地說了句什麼，但交響樂聲太大，少年沒有聽清。

「你在說什麼？」他將腦袋從男人胳膊旁探出去，自下往上看著他的臉。

從他這個角度看去，年輕男人的下頜線優美流暢，五官立體深邃，俊美得近乎耀眼。

從眉眼間依稀可以找到當年那名少年的影子，只是已經退去稚氣，多了種剛剛步入成年期的男性魅力。身上也沒有了那股冷漠，增添了幾分閒淡慵懶的氣質。

封琛拿掉嘴裡叼著的捲尺，大聲道：「顏布布，我說讓你走開，別擋著我。」

他話音剛落，頭頂天花板就傳來猛烈敲擊聲，那動靜甚至壓過了交響樂的聲音。

接著便砰一聲響，一塊木頭從樓梯上憤怒地擲落，砸在了門口。

「比努努在生氣了。」

「快去關掉。」

顏布布去將音響關上，喧鬧的世界立即安靜下來，天花板也不再響起敲擊聲。

封琛半瞇眼看著木頭，用刨刀將不平順的地方刨去，嘴裡問道：「今天的功課做了嗎？就在往外跑。」

他有一把好聲音，低沉中帶著磁性，顏布布卻假裝沒有聽見，走過來瞧那塊木頭，顧左右而言他：「你這又是做的什麼呀？」

「那就是沒做。」封琛點了下頭，「下午不准再出去了，把今天的功課補上。」

「喔。」顏布布乖巧應聲，站在旁邊繼續看他做木工，一下下撓著大腿。

封琛眼睛盯著木頭，嘴裡卻問道：「剛才出門沒在絨褲外穿毛褲？凍瘡又發了？」

「嗯，癢。」

「活該。」

顏布布趴在那根木頭上，斜眼看著他，「電影裡的那些人穿毛衣的很多，但我就沒見過穿毛褲的。」

「那又怎麼樣？」

「哥哥，你知道什麼叫時尚嗎？穿毛褲看著一點都不時尚。」

封琛將別在耳後的鉛筆取下來，「那些電影最少也是 10 年前的了，你管 10 年前的東西叫時尚？」

「我見到一句話，說時尚其實就是一個輪迴。我看了那麼多電影，還有幾十年前的電影，都沒見過輪迴到毛褲上的……」

封琛轉頭看他，見他還在撓，便道：「去擦點凍瘡膏，你上次用過的，就丟在那櫃子裡的。」

這層樓被封琛騰出來，一小半做工坊，一大半作為訓練房，屋子原

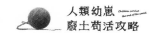
本的東西就堆放在工坊角落。顏布布去打開那裡的小櫃，取出來封琛自製的凍瘡膏。

封琛用鉛筆在木頭上做好標記，轉頭看了顏布布一眼。

「脫褲子前能不能看下場合？」

顏布布已經將那條絨褲脫到膝彎，正在往大腿上抹凍瘡膏，兩條筆直白皙的腿就暴露在空氣中。

「反正也沒有人嘛……」顏布布將那瓶凍瘡膏湊到面前，皺著鼻子聞了聞，「臭死了。」

「我不是人？」封琛反問。

「你是哥哥，算不得人。」

顏布布將兩條腿上的紅團都抹上凍瘡膏，再提上褲子走到封琛身旁，將凍瘡膏瓶遞到他鼻子底下，「你聞聞，臭不臭？」

「哪裡臭了？好不容易抓到的玃變異種，牠的油脂熬成膏對凍瘡最有效。」封琛警告道：「你可不准去把腿上的凍瘡膏洗了。」

「明明就是臭的。」顏布布一雙大眼睛斜睨著他。

「香，一股異香。」封琛面不改色心不跳地道。

顏布布：「臭，一股屁臭。」

「異香。」

「屁臭。」

封琛不理他了，埋頭在木頭上劃線。顏布布卻挖了一小點凍瘡膏，陡然抹在他鼻子下方，再一股風似地往外跑。

「你說香，那你就聞個夠。」

飛快的腳步聲中，封琛都沒回頭看他一眼，只慢條斯理地從旁邊紙捲上扯了一段，細細地將鼻子擦乾淨，再繼續在那木頭上劃線。

顏布布一口氣往 6 樓跑，經過 5 樓時，比努努抬起身對他齜牙，他連忙放輕了腳步。

6 樓已經不是以前的模樣，多了好幾樣家具。

沙發上鋪著手織的毛毯，窗戶旁有一張躺椅，墊著厚厚的獸皮。飄窗上丟著幾本書和一個工具箱，裡面裝著工具和手工半成品。

靠窗牆壁上靠著張大書櫃，最上面三層擺放著各種軍事書籍，中間三層則全是列印出來的裝訂本。

那些裝訂本用厚白紙做成書皮，書脊上寫著工整的鋼筆字：低年級數學、低年級語文、中年級數學、中年級語文、高年級數學……按照從低到高整整齊齊排放著，包羅各門學科，足足占了兩層。

最下面三層則是一摞摞的考試卷子，全是自己複印出來的。左邊幾摞卷子的內容頗為高深和專業，字體也工整飄逸，錯誤處還用紅筆注釋著正確答案。

右邊幾摞卷子，從低年級的數小鴨到高年級的複雜數學題都有，填寫的答案從幼兒式的胡寫亂畫到逐漸形成自己的字體，筆劃圓潤，像是一個個胖嘟嘟的小球。

那些卷子上雖然寫得密密麻麻，看得出做題的人很認真，卻批閱著很多把大紅叉，分外刺目。

這個大廳已經不再空蕩，被日常用品填滿，到處都充滿了生活氣息。屋中央的那個洞沒有再遮擋，只是中間豎著一根鐵杆。

顏布布跳到沙發上坐下，嘴裡吩咐機器人小器：「小器，幫我放一部電影。」又壓低了聲音：「……片名叫做《隱祕的愛戀》。」

「小器馬上播放《隱祕的愛戀》。」機器人大聲回應著從牆角滑過來，打開投影機。

「聲音小點！」顏布布探頭看向樓梯口，又連忙改口道：「算了，別放那個，就放……《危機重重》。」

「小器馬上播放《危機重重》。」

顏布布盤腿靠坐在沙發上，抓起旁邊被改名為板凳的玩偶。

板凳的鐵皮都被磨得發光，一隻耳朵的顏色也略有不同，應該是原來的耳朵掉了，後面補上的一隻。

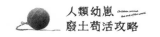
片頭音樂響起時，顏布布又撲到沙發一頭，拿起小桌上的通話器，對著音響方向。

5樓立即傳出同樣的音樂聲，但這次沒有聽到比努努憤怒地敲牆或是敲天花板。

顏布布將通話器擱好後，便看到屋中央那個洞口處，比努努爬著鐵杆上來了。

「你最喜歡的《危機重重》。」顏布布拍了下旁邊位置。

比努努目不斜視地走過來，兩隻小爪撐著沙發翻了上去，態度矜持而倨傲。

電影片頭曲結束，正片開始。

顏布布眼睛盯著畫面，一手端起面前茶几上的盤子，另一手拿起根木頭遞給比努努。

他抱著一盤子肉乾慢慢嚼，比努努則邊看邊啃木頭。

黑獅悄無聲息地走了上來，肉墊落在地板上，沒有發出半分聲音。牠已經處理好那隻變異種兔子，還用積雪擦過爪子，看上去無比乾淨。

牠走過來趴在比努努面前的地毯上，瞧見牠小爪上沾了木屑，忍不住就想舔掉。結果舌頭剛伸出來，比努努就在牠臉上抓了一把。

黑獅若無其事地側過頭，也開始安靜看電影。

「……你不要進那條巷子啊，你不要進去啊……」

這部電影是比努努的最愛，顏布布和牠一起已經看了無數遍。比努努滿臉緊張，黑眼珠一瞬不瞬地盯著螢幕，小爪將那根木頭捏得死緊。

直到女主停在巷子旁，走向左邊的草坪，一人兩量子獸才齊齊鬆了口氣。

樓梯上傳來腳步聲，一道頎長的身影出現在樓梯口。封琛一邊挽T恤袖，一邊問沙發上的人：「中午想吃什麼？」

「隨便。」顏布布目不轉睛地盯著螢幕。

封琛站在樓梯口，半瞇眼冷冷看著他，「那你去給我做個隨便。」

「呃……那就吃馬鈴薯燒兔肉。」顏布布晃了晃腦袋，一頭偏長的捲髮也跟著晃。

封琛走向廚房，「自己挖馬鈴薯去。」

「好，等我陪比努努把這一段看完，這段很精彩，等她從水牢裡逃走後我就去。」顏布布說。

封琛停步轉身，「如果你拖延……」

「不會不會。」顏布布豎起手指保證，「3分鐘。」

廚房裡很快傳來微波爐解凍，燒水剁肉塊的聲音。顏布布看完主角從水牢逃走那一段，慢吞吞地起身、慢吞吞地走向樓梯口。

「……你這個狡猾的凱特拉人，說的話沒有一句是真的。」顏布布跟著主角一起背誦臺詞，走到屋中央又停下來，對專注的比努努說：「要不我陪你把這段看完？」

「顏布布。」廚房方向傳來封琛警告的聲音。

「我去挖馬鈴薯了。」顏布布飛快地上了7樓。

7樓原本是實驗室，封琛拆掉那些實驗器材，從冰層下挖來泥土，再去物資點找到菜種，將大廳和幾個房間改成了菜地。

大廳被分成兩塊，一塊種馬鈴薯、一塊種著玉米，窗戶口透進來的陽光不夠，天花板上還吊著幾個高壓鈉燈人工補光。

顏布布拿起牆壁上的小鋤頭，從地裡刨出來幾顆馬鈴薯，又去小房間看了下，摘了兩根已經長好的黃瓜。

他抱著菜回到6樓廚房，封琛已經將兔肉下鍋，正在動作熟練地翻炒。他繫了一條用舊衣服改成的圍裙，幾絡沒有紮到腦後的頭髮垂落在頰邊，隨著他動作微微晃動。

顏布布蹲在他腳邊削馬鈴薯皮，聽見電影裡的插曲響起，也跟著唱起來。

「……你的嘴唇是玫瑰花瓣，淬著最甜蜜的毒藥……」

封琛的動作頓了下，開口打斷顏布布的歌聲：「馬鈴薯放著吧，你

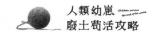

別忙了，我來削皮。」

顏布布卻道：「我幫你嘛，我來削皮就好……你的目光是出鞘的刀，藏著最鋒利的冷芒……」

封琛道：「真不用，你別唱歌了，去看電影吧，去陪比努努。」

顏布布停下歌聲，抬頭看了封琛一眼，「你不想要我陪你？」

「不想。」封琛果斷道。

「你也不想聽我唱歌？」

「不想。」

顏布布狡黠地一笑，「可是我想！你的嘴唇是玫瑰花瓣，淬著最甜蜜的毒藥……」

砰！門框發出一聲重響，一塊木頭撞擊上門框又掉在地上，咕嚕嚕滾到了顏布布身邊。

顏布布探頭往外瞧了眼，見比努努全身鐵青地盯著他，忙道：「行行行，不唱了。」

顏布布閉上嘴削馬鈴薯皮，封琛緩緩舒了口氣。

吃完午飯，比努努和黑獅都回了 5 樓。

顏布布不知道其他人的量子獸是不是這樣，但他家的兩隻完全就成了獨立的個體。

他和比努努一直沒有精神聯繫，所以黑獅也跟著不回精神域，那層樓已經歸了牠倆。

顏布布在廚房裡洗碗，小器在屋內滑來滑去地拖地。封琛靠在躺椅上看書，不時和顏布布對上一兩句話。

封琛：「那個沒吃完的兔肉放進冰櫃吧，下頓熱熱就能吃。」

顏布布：「我直接放在廚房窗外的檯子上就行了。」

封琛阻止道：「別開窗，太冷。」

「沒事的，就開兩、三秒。」

封琛：「隨便你，想開就開吧，反正耳朵長凍瘡的又不是我，癢得抓心撓肺的也不是我，我更不會嫌那凍瘡膏難聞。」

「……那我放在冰櫃裡吧。」

窗外風雪呼嘯，天氣陰沉，屋內卻溫暖而安寧。

顏布布洗完碗後來到大廳，拖過一條小凳，像隻小狗似的坐在封琛身旁，將下巴擱到他腿上，仰頭看著他。

「上午已經出過門，剛才還看了一部電影，作業還沒做。」封琛往下翻了一頁，目光落在書頁上，嘴裡淡然道。

「哥哥，你怎麼會這樣想我呢？不，我不是來要求出門玩的，我只是想來伺候你。」顏布布抬起封琛的一條長腿擱在自己膝蓋上，開始給他捏腿。

封琛繼續看書，端起小桌上的水杯喝了一口。

顏布布捏完封琛一條腿，又換了一條腿接著捏，嘴裡殷勤地問：「少爺，我伺候得好不好呀？」

封琛放下水杯躺下去，半闔眼看著顏布布，「力太小了。」

顏布布加重力道，額頭上的捲髮都在跟著晃動，「這樣呢？」

「湊合。」封琛拿起遙控器按下開關，大廳內便響起悠揚的小提琴聲。他將書放在胸口，閉上了眼。

顏布布一邊捏腿，一邊盯著封琛瞧。片刻後，見他低垂的長睫沒有顫動，像是睡著了，便輕輕鬆手。

「嗯？」封琛從鼻腔裡嗯了聲。

顏布布一驚，立即又接著按。如此又按了十來分鐘，他見封琛呼吸平緩，便試探地慢慢鬆手，躡手躡腳地起身離開。

靜躺著的封琛半睜開眼，瞧著他慢動作的背影，翻了個身繼續睡，唇角勾起一抹淡淡的笑。

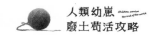

顏布布下到 5 樓，去沙發上挨著比努努坐下，湊到牠耳邊悄聲說：「哥哥睡著了，我們去看電影。」

比努努雖然整個眼珠都是黑的，但顏布布知道牠正斜著眼睛看著自己，他繼續說：「我帶你去看好電影，要偷偷看，不能讓薩薩卡去。」

顏布布看了眼趴在沙發旁的黑獅，「牠和哥哥有精神聯繫，純粹就是個奸細。那電影不能讓牠看，不然哥哥就知道了。」

比努努沒有反應，但顏布布明顯看出了牠的心動。

「是這種電影。」顏布布背著黑獅伸出兩個大拇指，互相對了對，又朝比努努擠了下眼睛。

比努努全身都寫滿茫然。

「走吧，去看了你就知道了。」顏布布低聲慫恿：「你是我的量子獸，我們倆是一起的，有好東西我第一時間就會想著你。」

顏布布站起身悄悄往 6 樓走，比努努跳下沙發，抓著屋中央的鐵杆往上爬。黑獅也想去 6 樓，比努努掛在鐵杆上低頭瞪著牠，牠便又趴了回去。

封琛還在窗戶旁的躺椅上睡覺，顏布布對著比努努做了個噤聲的手勢，一人一量子獸放輕手腳進了小套房，悄悄關門。

這套房和以前不大一樣，因為只有一間臥室，便打通了和隔壁房的牆壁，兩間房之間只隔著一道門。一邊是封琛的臥室、一邊是顏布布的臥室。

顏布布和比努努進的是封琛的臥室，因為自從他半夜看電影被封琛發現後，他那邊的投影機就被沒收了。

屋內有一座寬大的單人沙發，他們倆都坐在上面，顏布布用遙控器找著影片。

「你知道我經常去看以前那些人寫的東西，看著可有意思了。昨天我看到一個推薦，有人說有部電影非常好看。」斑駁光影中，顏布布轉頭看向比努努，眼珠在幽暗中灼灼發亮，「他說這個電影刺激得不要不

要的，會讓你欲罷不能，心臟爆炸……」

顏布布看了看房門，壓低聲音：「這部電影不滿 16 歲的不准看，我已經 16 了，我能看，但是你才 9 歲，所以我悄悄帶你來看。你說我對你好不好？」

大馬鈴薯沒有反應，但看上去隱隱有些緊張。

顏布布瞧牠的神情，又補充道：「剛剛說的心臟爆炸只是形容詞，不是真的要爆炸。形容詞懂嗎？就是……算了，說了你也不懂，你好像是個文盲。」

比努努臉上顯出怒意，剛想跳下沙發掉頭就走，片頭曲就響起，便坐著沒有動了。

顏布布扭頭看了眼房門，立即調低音量，螢幕上跟著出現片名《隱祕的愛戀》。

「就是這個，《隱祕的愛戀》。」顏布布擱下遙控器。

影片開始，一對年輕男女在草坪上嘻笑打鬧，互相深情對望，接著便開始親吻。

這個鏡頭緩而長，繞著他們慢慢旋轉，從不同角度放大拍攝，伴隨著黏稠的唾液聲。

屋內很安靜，比努努看了片刻後，沒有見到有什麼劇情發展，便顯得有些不耐煩，眉頭蹙成了倒八字。顏布布卻看得分外投入，身體微微前傾，眼睛瞪得溜圓。

咯。門口響起輕微的聲音，門把手轉動，門扇被啟開一條縫。

顏布布被嚇得三魂六魄飛了一半，才發現探進半個頭的是黑獅。

「別進來、別進來，等會兒。」他一個箭步衝過去，將黑獅關在了門外。

電影繼續，年輕男女回了屋，急不可耐地關門，互相熱烈地親吻。

顏布布覺得臉開始發燒，心跳不知怎麼的也開始加快，他眼睛看著螢幕，手卻下意識在旁邊摸索，想抱個墊子在懷中。

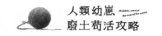
　　他摸到一個圓滾滾的東西便往懷裡拖，直到挨了比努努的一擊，才摸了摸被敲痛的手背，繼續在沙發上摸墊子。

　　影片裡男女的動靜越來越大，一邊親吻一邊發出些曖昧不清的聲音。比努努明顯對這部電影不大感興趣，但牠從來不會拒絕看電影，哪怕是最深奧晦澀的紀錄片也能堅持，所以便皺著眉繼續看。

　　顏布布卻看得屏息凝神。

　　他知道這兩個人在親吻，但對他們接下來將要做的事，隱隱明白又不大明白，似懂非懂中帶著緊張和期待。

　　門卻在這時毫無徵兆地被推開，一道高大頎長的身影站在那裡。

　　「啊！」顏布布嚇得差點跳起來，手忙腳亂地去按遙控器，不料按到了音量鍵，那曖昧的聲音便響徹整個房間。

　　顏布布一頓亂按，手指碰到了暫停，那令人臉紅心跳的聲音總算是沒了。

　　他驚慌地看向封琛，「我沒有，我隨便看看，我不知道怎麼找到的，哎呀，是自己跳出來的吧……」

　　封琛就那麼站在門口，一手扶著門框，一手抄在褲兜裡，目光淡淡地看著他。

　　「你在看什麼電影？」封琛問。

　　顏布布吭吭哧哧道：「就、就隨便……」

　　「如果你想撒謊就死定了。」

　　顏布布垂頭喪氣地道：「我看到很多年前的一個推薦，說有部電影很好看，我就找出來看……」

　　封琛收回扶在門框上的手，姿態閒散地走進來，垂眸看著顏布布，「怎麼個好看法？」

　　顏布布囁嚅著：「說讓人看了欲罷不能，心臟爆炸……刺激得不要不要的。」

　　「最後一句是什麼？大聲一點。」封琛俯身湊近了些。

「……刺激得不要不要的。」

封琛用很慢的語速重複念了遍：「刺激得……不要不要的。」念完後，他側著頭思索，又輕笑了一聲。

他的聲音已經是成熟男人的聲音，低沉中帶著磁性。

顏布布本來只有忐忑和驚慌，但聽到他用這樣的語速念出來時，突然覺得很羞恥。再聽到那聲低笑，他簡直只想鑽到地裡去。

封琛在顏布布的耳邊輕聲說：「好，那你現在去做點刺激得不要不要的事情。」

他呢喃一般的聲音鑽入顏布布耳膜，溫熱的呼吸撲打在他耳廓上，顏布布腦子突然就亂了，心臟沒來由地開始狂跳，聲音都有些發緊：「什、什麼？我做……做點什麼事情？」

「做點什麼事情……」封琛突然站直身體，那張俊美的臉上笑意頓失，語氣森冷地命令：「馬上去把樓上那塊玉米地翻了，如果沒把土翻透，我就讓你知道什麼叫做刺激得不要不要的。」

「啊……」顏布布沒想到他說翻臉就翻臉，有些懵懵地回不過神。

「啊什麼啊？」

「喔喔喔，好。」顏布布結結巴巴道：「我……我去翻地，我現在就去翻地。」

顏布布倉皇地逃出屋，噔噔噔一路上了6樓，封琛這才將視線投向暫停中的螢幕。

螢幕上的男女停止在一個親吻的畫面，封琛嘖嘖了兩聲，走到沙發旁拿起遙控器。

他看了眼還坐在沙發上的比努努，「還在等什麼呢？你知不知道你才9歲？」

比努努跳下沙發，板著臉往外走，封琛又道：「我讓薩薩卡在樓下給你放那什麼《危機重重》，你們兩個去看吧。」

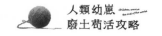

　　顏布布對翻地這個事情很在行，不到半個小時就做完了。他下到6樓，看見封琛坐在沙發上織毛衣，心頭不免還有些心虛，但見他神情平和，想來不會再揪著說剛才電影的事，便走過去想挨著他坐。

　　「那麼髒別往我身上蹭，去洗個澡，換個衣服。」封琛動作不停，那看著有些粗糙的毛線，在他修長有力的手指下服帖地織在了一起。

　　「喔。」

　　顏布布身上沾了土，便回到自己的那間臥室，打開了衣櫃。

　　他的衣服全是封琛疊放的，內衣襪子分門別類地擱在抽屜裡，還掛著幾件手工編織的毛衣毛褲。

　　顏布布取出乾淨衣物，去兩人共用的浴室沖了個澡，洗得臉蛋兒發紅地走了出來。

　　他膩在封琛身旁，濕漉漉的腦袋就擱在他肩膀上，「哥哥你又在織什麼啊？我毛衣毛褲都很多了。」

　　「你長個子了，毛褲短了，添一截。」封琛抽出一根多出來的棒針，熟練地插在腦後小揪揪上。

　　「哥哥你真厲害，什麼都會做。」顏布布膩乎乎地說著，伸手在封琛胸膛上摸。

　　封琛胸膛上有兩塊肌肉，不厚，但緊實，摸起來手感很好，顏布布只要挨著他坐著就愛動手摸兩下。

　　封琛不客氣地用棒針在他手背上敲了下，「把你的爪子收回去。」

　　「凍瘡膏擦了嗎？」封琛又問。

　　顏布布：「擦了，你聞聞，我身上好臭。」

　　「異香。」

　　「屁臭。」

　　「要麼臭，要麼癢，你自己選。」

顏布布想了下，「那還是臭吧。」

顏布布的頭髮有些長了，不時在封琛頸子上擦過，封琛轉頭瞥了他一眼，「綿羊，你該剪毛了。」

「不！不！」顏布布一個哆嗦，不動聲色地往旁移了兩步離封琛遠些，「我不剪，不要你給我剪。」

這麼多年來，每次封琛給他剪頭髮都是一場揮之不去的惡夢，這個惡夢要持續到頭髮長長後才能告一段落。

「你不剪怎麼辦？自己去照照鏡子，整個頭就剩張嘴還露在外面了。」封琛說。

顏布布坐得離他遠了些，「那你為什麼不讓我剪頭髮？每次都是太長了後自己用剪刀剪半截，剩下的就紮起來。」

「那是我能紮啊，你能嗎？」封琛伸手撚起顏布布的一縷捲髮，「你忘記你紮起來什麼樣子了？就跟頭上頂了一團花椰菜似的。」

「不……你剪得太醜了。」顏布布發出一聲哀嚎，接著又問：「花椰菜是什麼？」

那些小時候吃過的東西，顏布布只記得蛋糕和巧克力。至於蔬菜，也只記得安置點經常吃的豆芽，還有封琛用物資點的幾樣種子種出來的菜，對其他蔬菜的印象都很模糊了。

封琛遇到他提這樣的問題從來不會糊弄過去，立即打開投影機，在沙發旁的電腦上操作，一棵花椰菜便出現在螢幕上。

「看吧，這就是花椰菜。」

顏布布盯著那棵花椰菜瞧，「它看上去好奇怪喔。」

「對，如果你頭髮紮起來，就是這麼奇怪。」

「那它好吃嗎？是什麼味道的？」顏布布好奇地問。

封琛搖頭，「不好吃，我最不喜歡吃花椰菜。」

「喔……那肯定不好吃。」

最終顏布布還是沒有拗得過，被封琛按在洗手間的凳子上，圍了塊

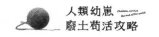

毛巾剪頭髮。

「別動，叫你別動。」封琛兩手將顏布布的頭固定好，「再亂動我就讓比努努來給你剪。」

顏布布發出慘嚎：「那你別剪短了，別剪短了，我看見你這一剪刀剪了不少……慢點、慢點，啊！我說慢點啊！」

封琛將梳子叼在嘴裡，衣袖高高挽著，露出兩條修長有力的小臂，面前幾絡垂落的髮絲便用小夾子夾在頭頂。

顏布布眼珠子盯著那雪亮的剪刀，嘴裡緊張地絮叨。

「我不想做聲，我只說一句，耳朵露一半就行了，不用全露……」

「我再說一句，只要眼睛在外面就夠了，不用剪到眉毛上去。」

「最後一句，左右要對稱啊，不要真的一半長一半短啊。」

半個小時後，封琛終於收好剪刀，站在顏布布面前打量。

「怎麼樣？」顏布布有些緊張地問。

封琛一手環胸，一手摸著下巴，露出個滿意的神情，「完美。」

「真的嗎？」顏布布驚喜交加。

「非常完美。」

顏布布立即就起身，衝到鏡子前看。當他看清鏡子裡的自己後，臉色陡然陰沉。

砰！身後房門發出重重聲響，他倏地回頭，發現封琛已經消失無蹤。顏布布就那麼圍著一張毛巾衝了出去，手裡拿著一把剪刀。但大廳裡沒有人，封琛不知道藏到哪兒去了。

「你出來！我也要剪掉你頭上那根屎橛子。封琛，你出來！」顏布布氣急敗壞地大叫。

6樓沒有任何動靜，顏布布覺得他一定不在這兒，便抓住大廳中間

那根鐵棍，嗖地滑到了 5 樓。

比努努躺在沙發上，黑獅趴在牠身旁，比努努的一隻小爪輕輕抓著黑獅的鬃毛，是難得的溫馨場景。

顏布布從鐵杆上滑下去，氣勢洶洶地問：「我哥哥呢？看見他藏在哪兒了嗎？」

比努努沒有反應，黑獅對著他搖頭。

「沒問你，薩薩卡你就是個奸細。」顏布布轉眼盯著比努努，「比努努，你看見他了嗎？」

比努努翻了個身，背對著顏布布——這就是沒有看見的意思。

顏布布去 4 樓工坊和訓練房找了圈，沒找著人，那麼剩下的只有 7 樓了。

他跑上 7 樓，將剪刀在手裡拋來拋去，「藏，繼續藏，我看你能藏到哪兒去。」

他倏地拉開第一間房門，「嘿嘿。」

房間裡空無一人，在高壓鈉燈人工補光下，地裡長著幾顆紅紅綠綠的辣椒，還有剛出苗兒的青菜。

顏布布關上門，躡手躡腳地走到第二個房間門口，猛地打開門，「嘿嘿。」

屋內依舊沒有人。

顏布布將 7 樓找了一圈，站在最後一個空房間裡思索，醒悟到封琛原來一直待在 6 樓沒有離開。

樓內突然傳來風聲蕭鳴，像是吹響了一個尖銳的哨子，有人剛打開了 5 樓的通道窗戶。

顏布布出了房間，跑過通道，一口氣衝到 5 樓。

「我哥哥出去了嗎？」他問比努努。

黑獅又對著他搖頭，比努努依舊用後背對著他——這仍然是沒有出去的意思。

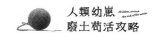
顏布布看見通道口剛結的一層冰霜正在化成水珠，便懊惱地在樓梯上坐下，拿著剪刀對空氣咔嚓咔嚓，喃喃自語：「你們變壞了，你們都成了奸細。」

「小器找到目標、小器鎖定目標、小器提醒目標，現在時刻是下午4點整，你應該學習了。」

機器人小器滑到6樓樓梯處，對著下方的顏布布不停念叨。

顏布布想起今天的作業還沒寫，也就悻悻上樓寫作業。

今天的作業不大多，但也不算少，他寫了一個小時才寫完。期間比努努去了外面玩，黑獅便也跟了去。

顏布布將筆扔在桌子上，打著呵欠，放鬆地伸了個懶腰，接著就看見封琛從他自己的臥室裡走了出來。

顏布布的嘴都忘記合攏，就那麼呆呆地看著封琛，保持著伸懶腰的動作。

「做什麼？作業寫完了？」封琛一副才睡醒的模樣，微微瞇眼看向顏布布，又嗤笑了聲：「這樣看著我幹麼？寫作業寫傻了？」

顏布布結結巴巴地問：「你、你什麼時候回來的？」

「回來？」封琛走到桌前，給自己倒了杯水，奇怪地問：「我又沒有出去，什麼回來不回來的？」

「啊⋯⋯」顏布布茫然地盯著他看了會兒，漸漸回過神，腦子突然變得靈活起來，「其實你只是將那窗戶開了下就關上了，你根本就沒有出去對不對？」

他偏著頭思索，「難怪薩薩卡說你沒有出去，比努努也背朝我沒有回頭。牠們其實都在說你根本沒有出門。」

封琛端著水走到他面前，突然伸手在他額頭上彈了一記，笑道：「笨蛋。」

顏布布瞧著他步履悠閒地下樓，忍無可忍地高聲道：「哥哥，你這個狡猾的、狡猾的狐狸變異種。」

「我還真見過一隻狐狸變異種，長得非常好看。謝謝你的誇讚。」
封琛的聲音從樓下傳來。

顏布布又追問道：「你現在要幹什麼？」

「訓練。」封琛已經走到了 4 樓。

顏布布倏地起身，「我也要訓練。」

訓練室在 4 樓工坊隔壁。

寬敞的房間內布置著沙袋、用履帶、電機和跑板自製的跑步機、啞
鈴等等器材，牆壁上還掛著測量體能的儀器。

顏布布進來時，封琛已經開始跑步，他便套上海綿皮套擊打著一只
沙袋，腳下不斷變化著步伐。

「看我靈活的走位，看我超強的瞬間爆發力，看我無人能敵的快速
力量……」

牆上儀器顯示著顏布布此時的資料：瞬間爆發力 136SJ、快速力量
14KS。

砰！一隻有力的拳頭砸在顏布布面前的沙袋上，發出一聲悶響。

儀器上的數字立即跳動：瞬間爆發力 632SJ、快速力量 153KS。

顏布布停下動作，面無表情地看向身後的封琛。

封琛拍了拍他的肩，指著右邊道：「那才是適合你的，去那裡練，
再繼續提高身法和敏捷度。」

顏布布又在沙袋上捶了兩下，這才摘下海綿套，走向訓練室右邊。

這裡是塊用黃線劃出的空地，但在顏布布跨過那道黃線時，室內突
然響起一聲滴，接著便從房頂上打下幾道光束。

光束落地的瞬間，顏布布便調整位置躲避，但那些光束飛快移動，
如同追光般緊緊追趕著他。

顏布布在那些錯落的光束間前進後退，左右騰挪，如同一隻靈活的
斑羚，穿梭在從森林枝葉間灑落的陽光裡。

他的腰肢充滿韌性，看似向後仰倒到了極致，卻又似壓彎的翠竹突

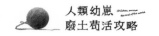
然彈起，迅速躲過擦身而過的光束。

他就這樣似玩似訓練地在光束中穿梭，轉身時看見封琛練完拳擊，已經在開始舉啞鈴。

沉重的啞鈴被他輕鬆舉到胸前再放下，每一次屈伸，手臂肌肉都呈現出流暢有力的線條。

封琛再一次曲起手臂，還沒將啞鈴舉到胸前，就感覺到一股無形的力量傳來，調皮地纏上了他的手臂。

他手臂頓時一軟，啞鈴幾欲脫手。

「顏布布，老實點。」封琛無奈地道。

「哈哈哈。」顏布布躲過一束追光，快樂地大笑。

兩人訓練完，分別去洗了個澡出來，天已經快黑了。

封琛從浴室裡走出來，半長頭髮帶著水氣，便沒有紮起來，就那麼隨意地披散著。他也穿著一件手織毛衣，卻不是顏布布那種高領，鬆垮垮的低領處露出兩道性感的鎖骨。

「晚上就吃手擀麵，再熱點中午剩下的兔肉怎麼樣？」他問沙發上躺著的顏布布。

他們的手擀麵是用玉米麵、馬鈴薯粉和豆粉混合在一起做的，口感還挺不錯。

「嗯，我的麵裡要放辣椒，很多很多辣椒那種，最好是把我辣得鼻涕都往麵碗裡流。」顏布布說。

「你噁心不？」

「有點噁心，但也不是太噁心。」顏布布晃著腿搖頭晃腦。

封琛進了廚房擀麵，顏布布便去到窗戶前，將面前一團擦亮往外看，想看比努努和黑獅什麼時候回來。

窗外的雪暫時停了，但依舊是極致的酷寒，一片茫茫白色。他盯著黑獅和比努努最愛玩的方向，看著看著，視野裡出現了一個黑點。

他本以為是黑獅，但隨著黑點越來越近，才發現那竟然是一輛履帶

車，車身就是普通的廂式麵包車，顯然是自己改裝的。

顏布布這些年一直沒見過其他人，身邊只有封琛、比努努和薩薩卡，乍見到這樣一輛車，竟然不知所措地愣在那兒。

他片刻後才回過神，想起以前也是這樣遇到了礎石他們，連忙躲去窗簾後，只露出雙眼睛往外看。

「哥哥、哥哥。」他整個人縮在窗簾後大叫。

封琛聽出他聲音裡的異樣，幾乎是瞬間就衝出了廚房，「怎麼了？你躲在那裡幹什麼？」

顏布布有些忐忑，又有些激動地指了指窗外，「我看到了車。」

「車？」

「就那種小汽車，裡面有人、有人的。」顏布布說話都結結巴巴的，臉色也脹得有些發紅。

封琛走到窗前往外看，幾秒後唰地拉嚴了窗簾，轉身走向廚房。

顏布布盯著他背影進了廚房，將窗簾撥開一條縫，貼上隻眼睛繼續看，嘴上不停。

「我認識這車，是麵包車，有四個輪胎，但是輪胎變成了履帶。」

「那車停下了。」

「下來了人，果然有人！還是兩個！」

「他們在往我們這邊走，啊啊啊啊啊，那兩個人停在我們樓外了，在抬頭看我們。」

雖然外面的人看不見屋內，但顏布布還是倏地合攏窗簾，背貼著牆壁。但緊接著，樓下窗戶就響起三聲有節奏的敲擊聲。

「哥哥，他們在敲我們窗，他們知道我們在這裡。」顏布布飛快地衝進廚房。

封琛不發一語正在和麵，衣袖捲到手肘上，修長有力的手指一下下揉著麵團。

「你聽你聽，他們又在敲窗戶了。」顏布布衝過去抱著他後背。

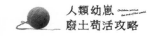

「他們敲他們的，你別搭理就行了。」封琛垂眸看著麵盆，臉上沒有表露出多餘的情緒。

顏布布明明激動得要命，卻也察覺到封琛現在不高興，便沒敢再做聲，只將臉貼在他背上，側耳聽著樓下的動靜。

研究所這棟樓的隔音效果很好，只隱約聽到有人在外面高喊，但聽不清具體說的什麼。

又敲了兩次後，敲窗聲突然停下。

顏布布倏地抬起頭，「他們走了嗎？」

但停頓幾秒後，敲窗聲又再次響起。

「呼……」顏布布鬆了口氣。

吃飯的時候，那兩人還時不時在敲樓下窗戶，顏布布一邊吃飯一邊偷看封琛，又瞟一眼窗外。

「不想吃飯就別吃了。」封琛垂眸淡淡道。

顏布布一個激靈，馬上往嘴裡扒拉麵條，發出呼嚕呼嚕的聲音。

「動靜小點，吵死人。」

「喔。」

吃完飯，封琛放下碗就回了自己臥室，關上了門。

顏布布也沒有心思洗碗，走到他臥室前伸手開門，發現門鎖了，打不開。他去到隔壁套房，擰兩間房之間的連接門，這次打開了。

封琛正坐在那座單人沙發上，仰頭閉眼靠著，兩條長腿架在前面的小桌上。

顏布布慢慢蹭到他身旁，擠著坐下，再抱住他的胳膊。

「哥哥，我錯了。」他一邊道歉一邊觀察著封琛的表情，發現他沒有什麼反應後，又將臉攤在他肩頭上蹭，「你別生氣，我錯了。」

封琛依舊閉著眼沒有作聲，顏布布接著補充道：「我不該看到有人就那麼高興。」

片刻後，封琛才嘆了口氣，聲音很輕地道：「顏布布，你沒錯，是

我心情不好，有些煩躁。」

顏布布抬起頭看著他，封琛繼續道：「這些來敲我們窗戶的人，應該是來尋求幫助的。如果讓他們進來，他們會說一堆感激的話，並詢問能不能給點吃的、能不能在這裡住上一晚。」

封琛微微睜開眼，側頭看著顏布布，「等到吃完飯，住上一晚，他們又會說，我們的車動不了，能不能給我們找點燃料？行，反正我們溧石都用不完，那就再給他們一點燃料吧。在我們這裡過上一晚後，帶上充足的食物和燃料，他們再次千恩萬謝，最後離開。」

封琛伸手拿起顏布布的一縷捲髮在指尖撚動，繼續道：「因為我們能提供他們所需的幫助，一切看上去就很正常。但你設想一下，如果我們只剩下一塊肉、一小包燃料，那將他們放進來的話，你覺得會發生什麼呢？」

「只剩下一塊肉、一小包燃料啊……」顏布布想了下：「那我們也要跟著走吧。」

封琛的手指頓住，盯著他沒說話，顏布布又補充道：「哥哥你也想想啊，如果只剩下一塊肉和一小包燃料，那我們也沒辦法住下去了呀，就要去找另外的地方，找到很多燃料後再回來。我們就這樣走的話，是走不了多遠的，正好他們有車，我們就拿出那一小包燃料，讓他們帶著我們一起走。路上再一起去打變異種，不就有吃的了嗎？」

封琛依舊那樣半瞇眼看著他，目光既銳利，又透出些許複雜。

顏布布湊前去，輕輕撞了下他額頭，問：「我說錯了嗎？為什麼這樣看著我？」

「哪樣？」

「就像我做錯了題，你教了很多遍我還是不會那樣。」

封琛突然就輕笑一聲，伸手捏住他臉蛋晃，又咬牙切齒地道：「顏布布，我都不知道你是太聰明了還是太笨。」

「肯定是太聰明了。」顏布布被扯住嘴，只能含混地道。

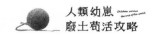

　　封琛鬆開他的臉，站起身走向門口。

　　「你去哪兒？」顏布布仰起頭問。

　　封琛伸手開門，隨口道：「我去看看那兩個一直敲我們窗戶的人到底有什麼事。」

　　「你不是不想理他們嗎？」顏布布追上去摟住他胳膊，「怎麼突然又要去理了？」

　　「你看你可憐巴巴那樣子。」封琛冷笑道：「在這裡磨蹭，不就是想我去看看嗎？」

　　顏布布莫名其妙地摸了下自己臉，「我沒有可憐巴巴。」接著又換了個表情，耷拉著一雙眼，「這才是可憐巴巴。」

　　封琛將胳膊抽出來，似笑非笑地道：「我怕那兩個人凍死在我們樓外，還要費力將他們拖去埋了。要不……我不去了，凍死了你去埋？」

　　「我才不要。」

　　叩叩叩。

　　「有人嗎？可以開下窗戶嗎？」

　　封琛下到5樓，5樓大廳的窗戶外有兩團黑影，應該是感覺到了有人的動靜，又開始敲窗。

　　他走到窗邊，將上面的白霧擦掉，看見窗外站著兩個裹得嚴嚴實實的人。

　　那兩人對上封琛視線後，激動得不斷揮手，也不斷懇求：「……車沒有燃料了……」

　　封琛面無表情地看著他們，做了個手勢，示意他們去右邊的通道窗戶等著，便刷地拉上了窗簾。

　　封琛又回了6樓，開始穿厚厚的獸皮衣和圍巾，顏布布問：「你是

不讓他們進來，自己出去嗎？」

「你還想讓他們進門？」封琛停下穿衣服，冷冷地看著顏布布。

顏布布忙搖頭，「肯定不能讓他們進來，萬一是壞人呢？」

封琛穿好衣服開始圍圍巾，顏布布嘟囔：「臭脾氣，都快和比努努一樣了。」

封琛立即動手解剛圍好的圍巾。

「我說我吶，我說我的脾氣就和比努努一樣。」顏布布將他手撥開，替他圍好圍巾，然後自己也開始穿衣服。

「你不准去。」封琛說。

顏布布說：「我要去，我不放心你一個人。」

「就算來個礎石也不是我對手，你還不放心我？」封琛道。

「萬一是兩個礎石呢？不准我去，我就對著你唱一晚上歌。」顏布布威脅道：「你躲起來也不行，我開擴音器唱。」

封琛閉上眼深呼吸了一口：「那你不准說話，別聽到人家想要什麼就給什麼，一個字也不准出聲。」

「我又不是傻子，人家想要什麼就給什麼。」顏布布湊到封琛面前甜言蜜語，「要是他們想要你，那行嗎？滾滾滾，都走，居然敢搶我的哥哥。別再敲窗戶，再敲我就讓比努努、薩薩卡咬死他們。」

「說些什麼胡話呢。」封琛語氣不耐，眉宇間卻隱隱舒展。

兩人去穿出門的衣服，封琛見顏布布拎起兩件羽絨服在身上比劃，挑起眉問：「你想穿羽絨服出門？」

顏布布嘟囔：「好多年沒見過人了，總得穿個好看的。穿獸皮衣的話，我看著像猴子，你看著像棕熊。」

「那你背上再長凍瘡的話，哪怕是爛了我都不會幫你上藥。」

顏布布瞥了封琛一眼，見他不似說笑，便擱下羽絨服，往身上套獸皮衣。

封琛嘆了口氣，妥協道：「你把羽絨服穿在獸皮衣外面吧，扣不上

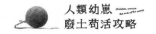
就敞開披著。」

顏布布想了下，「那不也像隻棕熊？就穿獸皮衣還好一點……只是這個髮型。」他摸了下自己腦袋。

封琛忍無可忍地在他腦袋上拍了一記，「戴著帽子呢，人家看不到你的髮型。」

10分鐘後，封琛和顏布布坐在一輛被改裝過的麵包車裡，一對中年夫妻有些緊張地坐在他對面。

封琛看著年輕俊美，但渾身散發著一股拒人千里的冷漠，明明坐姿閒散，卻又帶著種無形的壓力，讓他們自覺就坐得規規矩矩的。

自我介紹後，丈夫解釋道：「我們是從中心城過來的，想去竣亞城。離開前也是做好了準備，花高價改裝了這輛履帶車，也去黑市上買了一顆溧石。明明計算好這顆溧石足夠我們回到竣亞城，結果路上遇到了暴風雪，在車裡一待就是半個月。因為要供暖嘛，等到暴風雪停下，走到這兒的時候就發現溧石不夠了。還好我老婆發現這棟樓像是有人住，窗戶上都沒有什麼積雪……」

他說話的時候，顏布布就一直盯著夫妻倆看。不過就算被他這樣看著，那兩人也沒有覺得不適，就如同被一名好奇的孩童打量，那目光裡僅僅只有好奇。

妻子便對他友好地笑了下，顏布布也回了個笑，又有些不好意思地別開視線。

「先生，你弟弟長得可真好看。」妻子對封琛說著恭維話，語氣卻是真心實意。

封琛不置可否，只道：「我給你們半顆溧石，足夠你們的車到達竣亞城了。至於吃的，前面海雲山上有野兔變異種，自己去捕獵就行。」

他並不打算給他們食物。這兩夫妻能從中心城到達這裡，遭遇過暴風雪也能活下來，想來捕獵個變異種也不是什麼難事。

「謝謝、謝謝，真的太感謝了。」

溓石在黑市上都很難買，兩夫妻只想封琛給他們個落腳點，再慢慢想辦法，聽到居然能得到溓石，這簡直是他們想都不敢想的意外驚喜。

兩夫妻不住感謝，妻子更是從身上摸出一塊鑲嵌著寶石的蝴蝶胸針，就要往顏布布手裡塞。

「我確實沒有什麼好東西，只有這一塊胸針，還是地震後從家裡廢墟刨出來的。你們不要嫌棄，拿給弟弟玩。」

顏布布連忙縮手，「不用了、不用了。」

封琛也道：「我們不需要這些。」

見兩人態度堅決，妻子只得把寶石胸針收起來，封琛便帶著顏布布下車，「我回去取溓石，你們其中一個人在樓外等。」

「是是，我去、我去。」丈夫連忙跟著下了車。

封琛回到屋裡，見顏布布還在窗外盯著那男人瞧，便淡淡問道：「不準備回來了？」

「啊？回來、回來。」顏布布這才翻進了屋。

封琛去到電機房，從溓石桶裡取出顆溓石。這桶溓石還是他從地下安置點裡拖出來的，雖然過去了這麼 9 年，一直供應著這棟樓的能源消耗，但也沒有消耗多少。

他可以給那夫妻倆一整顆溓石，但他並不打算那麼做，只將那顆溓石切割開，拿起一半走到了窗邊。

「哪怕路上再遇到暴風雪，這溓石也足夠你們回到竣亞城了。」

男人原本還有些忐忑，生怕封琛只是說說而已，但見他真的遞給自己半顆溓石後，激動得話都說不完整。

「謝謝、謝謝，先生以後如果去竣亞城的話，一定要記得找我，我地址是……嗐，現在哪裡還有地址，但是竣亞城有安置點，安置點報我的名字就行了。不不不，我到了竣亞城，等到安定下來，一定回來感謝你們，要當面好好感謝，一定要。」

「回來感謝就不必了。」封琛眼底閃過一抹淡淡的嘲諷，「我幫助

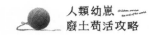

你們並不是需要你們的感謝，只是不幫的話，要是你們出點什麼事，我弟弟估計很長一段時間都睡不著覺。」

「那，那謝謝弟弟、謝謝弟弟，不，謝謝你們倆。」男人哪裡還顧得上封琛的態度好不好，只一個勁兒鞠躬，語無倫次地不斷感謝。

封琛將那半顆溧石遞給他，正要關窗時又停下了動作，遲疑地問了個問題：「中心城現在怎麼樣了？」

這些年來，他從來不去想外面的世界成了什麼樣，也不去想那些過往的人，只安心和顏布布守著這座空城。他只想兩個人就這樣一直過下去，平靜但安寧。

但他終究還是問出了這一句。

「中心城？哎，也就那樣吧。」男人嘆了口氣，「雖然地面全是喪屍，但好歹上不了底層。」

「地面，底層？」

男人反應過來：「你們應該是從地震後就沒去過中心城了吧？中心城重新修建後，和以前不一樣了。因為喪屍太多，新的中心城便只能建在空中。」男人用手指了指頭頂，「離地面隔了十幾公尺，下面全是喪屍，怕有十幾萬吧。」

「怎麼有那麼多喪屍？」封琛心頭劇震。

「中心城的人口多，地震後建立了好幾個安置點，結果總是會出事，好多人都變成了喪屍。後面其他城市的倖存者也陸續過來，喪屍就越來越多了。好在花了這幾年時間，終於將城市重建起來，還是懸在半空的，可以和地面的喪屍隔開。」

男人雖然只簡短地介紹了幾句，但不難想像到這段話背後的慘烈和沉重。

但封琛的重點不在這兒，他想到了另一個問題，神情變得凝肅，「現在還有人會變成喪屍？」

「變啊，怎麼不變？每天都有。」男人苦笑，「所有人都活得提心

吊膽，出個門都擔心遇到的人前腳還在和你打招呼，後腳就撲上來。就算是待在家裡，也不知道自己或是家人，什麼時候就厄運到頭，反正就過一天算一天吧。」

男人抹去臉上的冰霜，打量著四周，「我和老婆是竣亞城人，想到沒準哪一天我們就變成了喪屍，不如回到家鄉去，就請了一隊雇傭軍把我們送出了城。一路上歷盡艱難，走了一個月才到了這兒。地圖顯示你們這兒是海雲城，竣亞城比海雲城好，起碼還剩下了一個安置點……」

他並沒有問封琛兩人是怎麼活下來的。如今每個人都有心酸艱難的經歷，也對別人的事沒有了好奇，不想去打聽。

「沒有讓普通人不喪屍化的辦法嗎？西聯軍沒有？整個中心城沒有研發出來？」封琛追問。

男人搖頭，「沒有，一直都沒有什麼有效的辦法。」

封琛問：「那你知道西聯軍的林奮少將嗎？」

「林奮少將？沒聽說西聯軍有這個人。」

「沒聽說過？」

男人見封琛神情凝肅，不由帶上了幾分忐忑，「我只是普通人，認識的將軍就是出現在電視裡的那些。西聯軍到底有哪些將軍，其實我也不清楚。也許有這位林奮少將，只是我沒有聽到過。」

封琛沒有再說話，男人等了片刻後，便拿著那半顆涷石，再次千恩萬謝地回去了車上。

封琛關上窗戶，卻站著沒動，直到黑獅和比努努出現在窗外，他才回過神。

黑獅在通道裡熟練地甩掉鬃毛上的冰條。比努努在雪地上瘋跑了一下午，發洩掉過剩的精力，情緒不再暴躁，很是心平氣和。

牠只是將堵在窗戶的封琛撞開，再目不斜視地躺到 5 樓沙發上去。

封琛回到 6 樓，看見顏布布還站在窗戶往外看。聽到封琛的腳步聲後，他頭也不轉地道：「他們要走了，車子動了……啊！停下了……

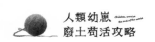

哎，又動了。」

　　夜裡，床頭燈給屋內鍍上一層柔和淺淡的光。封琛雙手疊在腦後躺在床上，靜靜地看著天花板。

　　兩間臥房相連的門被拉開，顏布布穿著睡衣，抱著一只枕頭走了進來。他將兩只枕頭並排放好，爬上床裡側躺下，頭擱在封琛肩上，並調整了個舒適的姿勢。

　　「哥哥，海雲城外面是什麼樣子的？」

　　顏布布用手撓了撓封琛胸口。

　　封琛依舊看著天花板，嘴裡道：「海雲城是什麼樣子的，外面就是什麼樣子的。」

　　「但是外面有很多人吧？就和以前地下安置點還有蜂巢船一樣。他們是都住在我們這樣的房子裡，還是住在一起呢？」顏布布興致勃勃地設想著：「中心城的房子一定很多，還有蛋糕房、巧克力房……」

　　「中心城都是喪屍。」封琛淡淡地打斷。

　　「喪屍？」顏布布驚訝地問。

　　「中心城修建在半空中，下面全是喪屍，就像是海雲城的雪，一眼望不到邊，城裡面也有人每天都在變成喪屍。」

　　顏布布倏地坐起身，「可密碼盒不是交給了林少將和于上校，以後都不會再有喪屍了嗎？」

　　封琛喃喃著：「……我也不知道。」

　　顏布布怔怔地想了片刻，「會不會密碼盒裡的東西沒用啊？」

　　「不會，我確定那個密碼盒裡裝著能對抗變異的資料。我以前在清理 9 樓時發現了一段影像資料，應該是東聯軍撤離時忘記帶走的，就混在一堆普通檔案裡。」

「影像資料？那裡面是什麼？」顏布布追問。

「是一名研究員的觀察日記，記錄了一名快要異變成喪屍的人，在經過治療後一週內的表現情況。」

「那人治好了嗎？」

封琛搖搖頭，「沒有好，但是也沒有惡化。」

顏布布問：「就是沒有徹底變成喪屍的意思？」

「對。」封琛深思道：「林奮曾經說過，東聯軍在對付變異上已經取得了關鍵性的突破，從那段影像資料上看來也的確如此。本來只需要進行最後的研究步驟，結果就遇到了地震，研究不得不中斷。那密碼盒裡就裝著那些研究資料，按說中心城拿到資料後，是完全可以研究成功的，可過去了這麼多年，中心城依舊處於喪屍危機中。」

顏布布茫然地喃喃：「那是為什麼呢……也不知道林少將和于上校他們有沒有事，還有蘇上尉和我那些同學，余科、王穗子、陳文朝、劉星辰他們。」

顏布布 6 歲時，只在蜂巢船上念過短短一段時間的書，卻能將那些同學的名字記得那麼清楚。

封琛在心裡嘆了口氣。

兩人沉默了一陣，封琛說：「他們應該沒事的，只是密碼盒已經交給了林奮，外面變成什麼樣了也和我們無關，反正喪屍也到不了海雲城。別想了，睡覺吧。」

「喔，是的，睡吧。」

顏布布嘴上答應，卻又怔怔出了會兒神才躺下去，枕在封琛臂彎裡翻來翻去。

「動來動去的做什麼？回你屋去睡？」封琛搖了下他肩膀。

顏布布立即不動了，發出震天的呼嚕聲。

「你再發出這種噪音試試？」

顏布布的呼嚕聲小下來，還咕噥著發出兩聲夢囈，咂了咂嘴。

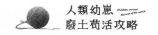

　　封琛忍不住搖頭，「真的，顏布布，你要是把這狡猾勁兒用在學習上，保管你不會成為海雲城第一學渣。」

　　「煩不煩？老提，就老提。」顏布布翻了個身背對他。

　　封琛捏了捏他後頸，看他像貓一樣縮起脖子，這才滿意地收回手。

　　顏布布滿 12 歲後，封琛便騰了間屋子作為他單獨的臥室，但他每晚都會抱著枕頭站在門口撬門，「哥哥、哥哥，我想和你一起睡⋯⋯」

　　封琛便在兩間房之間開了扇門，晚上不關閉，敞開著，讓顏布布不會害怕，習慣一個人睡覺。

　　但顏布布還是想方設法往他房裡鑽，總是在半夜悄悄溜進來爬上床，像隻小狗般，小心翼翼地蜷縮在床側。

　　封琛最開始還要趕人，次數一多也就隨他去了。顏布布就更加光明正大地每晚抱著枕頭進來，睡醒後再抱著枕頭回去。

　　只要枕頭回去了，就表示他在自己的房間內獨自睡了一晚。

　　耳邊傳來顏布布平穩的呼吸，封琛卻輕身起床，關門下到了 5 樓。

　　比努努和黑獅是不睡覺的，正在一起看電影。

　　比努努看得滿臉不耐煩，可當封琛走到樓梯口時，牠慌忙拿起遙控器，小爪子飛快按下關閉。

　　但封琛還是瞧見了螢幕，用手指凌空點了點比努努，「《隱祕的愛戀》⋯⋯不喜歡看就不要強行看，小孩子好奇心不要那麼強。」

　　比努努鎮定地坐著，等封琛下了 5 樓後才拍了拍黑獅，示意牠一起出門玩。

## 第五章

### 哥哥你想做什麼就去做吧，
### 不管怎樣我都會和你一起

◆━━━━━━━━◆

「我們去中心城待多久？什麼時候再回來？」
顏布布將手搭在眼睛上，遙遙望著海雲城。
封琛沉默片刻後，道：「我也不知道。也許幾個月、也許幾年。」
顏布布突然情緒就不是那麼高昂，低低地說了句：
「這是我們兩個人的海，是我們兩個人的海雲城。」
封琛伸手將他眉毛上的冰霜拍掉，
「我們兩個人的海一直都在這兒，海雲城也在這兒，
只要想回來，隨時都可以。」

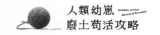

　　顏布布一覺睡醒，發現封琛不在身旁，便也起身出了臥室。

　　6 樓大廳很安靜，也沒有開燈，5 樓的比努努和黑獅也不在，應該是出去玩了。

　　那兩隻不用睡覺，每晚都在空蕩蕩的城市裡瘋跑，有時候還會抓一隻咬死的變異種回來，所以他和封琛的飯桌上從來就沒少過肉。

　　顏布布下到 4 樓，看見門縫裡透出燈光，他輕輕推開門，便聽到了一聲聲拳擊的沉悶聲響。

　　訓練房裡，封琛戴著海綿手套，對著面前的沙袋一次次出拳。

　　顏布布不知道他在這兒已經練了多久，只看到他 T 恤和頭髮都被汗水濕透，整個人像是從水裡撈出來似的。

　　顏布布沒有出聲喚他，靜靜地看了片刻後，走到那塊用黃線劃出的空地裡。滴一聲響，房頂上投下數道光束，他便開始快速閃躲。

　　顏布布練習得很認真，躲著那些飛快移動的光束，左右騰挪，前進後退，耳朵裡只聽見身後不斷傳來的拳擊聲。

　　半個小時後，當那砰砰的悶響終於結束，他才轉回身，任由光束落在身上，氣喘吁吁地看向平躺在地上的封琛。

　　滴。「目標被命中，訓練失敗。」機械女音響起。

　　顏布布搖搖晃晃地走向封琛，也在他身旁躺下，兩人都喘著粗氣盯著天花板。

　　「顏布布，密碼盒我已經交給林奮了。」封琛突然沒頭沒腦地道。

　　顏布布回道：「是的，你交、交給他了。」

　　「所以外面變成什麼樣子和我無關。」

　　顏布布又道：「對，和你、和你無關。」

　　封琛將戴著海綿手套的手伸到顏布布面前，顏布布便也抬起手和他撞了撞，兩人都道：「和我們無關。」

　　沉默地休息了片刻，封琛的呼吸漸漸平靜下來，汗水將他身遭的地板浸濕了一圈。

他眼睛依舊盯著天花板，突然喃喃道：「我只想和你在這兒平靜地生活，不去管外面的世界成了什麼樣，也不管那些人成了什麼樣⋯⋯我不應該多嘴去問那一句的⋯⋯」

顏布布伸過手，摘掉他的海綿手套，兩隻汗涔涔的手十指交握。

「顏布布⋯⋯」封琛喚了他一聲，卻又沒有了下文。

顏布布側頭看著他，封琛也看了過來。

顏布布的眼睛如同一泓湖水，柔和明澈，裡面沒有質疑，也沒有彷徨，滿滿都是信賴。

「這中間到底出現了什麼問題呢？」封琛看著顏布布的眼睛，遲疑地問。

顏布布肯定道：「不管出了什麼問題都和你無關。」

「林奮拿走了密碼盒，但是喪屍化並沒有被解決。」

顏布布擰起了眉，「沒有解決也不是你的問題。」

「我明白不是我的問題，可是我⋯⋯」封琛欲言又止，眼底閃過掙扎的情緒。

「可是你怎麼了？」

封琛喃喃道：「可是我的心靜不下來了。」

「我聽聽。」顏布布翻過身，將耳朵貼在他胸口，感受著那裡有力的跳動，片刻後才道：「它在說我不高興、我不高興、我不高興⋯⋯」

封琛沉默著沒有說話。

顏布布拿起他的手放在自己心口，輕聲問道：「那你聽得到我心裡在說什麼嗎？」

「在說什麼？」封琛輕聲問。

顏布布：「它在說，哥哥你想做什麼就去做吧，不管怎樣我都會和你一起。」

「你知道我想做什麼？」封琛問。

顏布布眨了下眼睛，將黏在睫毛上的一顆汗珠眨掉，「我知道。」

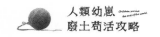

封琛沒有再繼續往下說，只定定地看著顏布布，片刻後笑了起來。

這個笑容驅走了他眼底的迷茫，重新恢復了輕鬆。

顏布布也跟著傻笑，卻被封琛拉到懷裡，不顧他的反對，將他腦袋按在胸前大力揉搓。

顏布布哀嚎著掙扎：「你好臭啊，放開我，你臭死了……」

「你敢嫌棄我？你聞聞你自己臭不臭。」

封琛鬆開顏布布，慢慢斂起笑意，鄭重地道：「我再考慮一下，明天告訴你答案。」

深夜房間裡，兩個熟睡的人發出沉沉鼻息。如同以前的每一個夜晚，顏布布的精神力又自動進入了封琛的精神域。

封琛的精神域對他不設防地敞開著，他在裡面歡快地遊蕩，和封琛的精神力追逐嬉戲。

他逐漸不滿足這片虛空，一直往前、往前……直到看見那一片白色。那像是一顆懸浮在浩瀚宇宙中的白色星球，又像是一個黑暗空間裡的水晶球，被一束追光照亮，兀自發著瑩瑩柔光。

被一種莫名的情緒吸引，顏布布好奇地靠近，看清那是一片冰雪的世界。雪花飄灑，發出簌簌輕響，既沒有冷冽的風，也沒有刺骨的冷，只讓他感覺到平靜安寧。

嚮導的本能在提醒他不要往前，就停在這兒。但猶如飛蛾看見光、魚兒看見了餌，他不但沒法離開，反而試探地一點點接近。

他越來越清楚地感覺到那地方對他的吸引。那裡沒有危險、沒有寒冷，只有哥哥溫柔的耳語和氣息……

沉睡中的封琛突然睜開眼，定定注視著天花板，接著又轉頭，看向靠在他頸窩處的顏布布。

顏布布依舊睡得很沉，還大貓似的打著鼾。但封琛目光很清醒，裡面沒有半分睡意，甚至還帶著一分凌厲。

往前、往前……

顏布布伸展出精神力，就要碰觸到那塊地方，卻突然被封琛的精神力擋住。

他還沒來得及反應，就只覺得一陣天旋地轉，精神力像是給打了個結，團成一團後被扔出了精神域。

顏布布有些懵地睜開眼，他睡得迷迷糊糊的腦子中，有點記不起剛才發生了什麼。

好像是進入了哥哥的精神域，又好像在做夢，夢見自己變成了個大蝴蝶結，被哥哥一腳踢得飛向了天際。

顏布布抬頭看了眼封琛，見他睡得正香，心道果然是個夢。便呲呲嘴，腦袋在他頸窩蹭了蹭，接著繼續睡。

顏布布又響起大貓一樣的鼾聲，封琛這時才睜開眼，定定看了顏布布片刻，再給他掖好被子，也閉上了眼睛。

第二天起床，顏布布照例是睜眼就找封琛，在樓下找了一圈後，最後發現他在 10 樓。

10 樓是他們以前修改身分資訊的地方，這些儀器都還完好，封琛正坐在一堆儀器中間擺弄著什麼。

顏布布往屋內走，封琛頭也不抬地道：「注意腳下。」

他避開腳邊一堆小鐵球，在封琛身旁蹲下。

「哥哥，你在幹什麼？」

「沒見過吧？這叫做收音機，好不容易才翻出來的，修一修的話應該能行。」

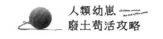
　　顏布布蹲在那兒看了會兒，封琛放下螺絲刀，給收音機接通電源，問他：「你來按開關還是我來按？」

　　顏布布說：「你的運氣比我好。」

　　封琛挑了下眉，「為什麼這麼說？」

　　顏布布：「你如果也是捲頭髮的話，就不能這樣紮起來了，必須讓我給你剪頭，你說你運氣好不好？」

　　「嗯，你這樣說的話也沒錯，我運氣比你好。」封琛還是將收音機朝向顏布布，指著其中一個按鍵，「但是還是讓你來吧。」

　　顏布布搓搓手，對著掌心吹了口氣，在那個按鍵上按了一下。

　　收音機毫無反應。

　　「哎呀，壞的，你根本就沒有修好。」顏布布失望地道。

　　封琛皺起了眉頭，「為什麼會這樣呢？明明我修好了的。」

　　「說了捲頭髮運氣不好，你偏偏要讓我按。」

　　封琛回頭看了眼插座，「……電源也是通的。」

　　顏布布手指依舊放在那按鍵上，卻對著封琛露出個笑容，笑得像隻狡黠的小狐狸。

　　「快按，別做假動作。」封琛明白過來，斥道。

　　顏布布這下真的按下了開關。

　　嘶嘶——收音機裡傳出來一陣電流雜音，除此之外什麼也沒有。

　　「這是好了還是沒好？」顏布布問。

　　封琛慢慢旋轉著旋鈕，收音機就傳出來各種雜音。

　　「這到底好沒好啊？」

　　「噓，別吵。」

　　當封琛旋轉到某個位置時，一道清晰的女聲在屋內響起。

　　「……Ａ區出現的這樁變異者咬人事件，造成了180人死亡。政府再次呼籲，人群儘量不要在沒有軍隊管轄的區域聚集……」

　　顏布布凝神聽著，當女聲開始播報其他新聞時，他疑惑地問道：

「這是說的哪裡？不是以前的事吧？」

研究所裡有很多以前的影像資料，包括每一天的新聞，顏布布無聊了會翻出來看，但聽這新聞內容不像是 10 年前的。

「就是現在，應該是白天的新聞重播。」封琛說。

顏布布小聲問：「說的是中心城嗎？」

「是吧，現在只有中心城才有新聞播報。」

顏布布伸手摸了下收音機，又倏地收回手，彷彿會碰觸到那個正在說話的人似的。

兩人就坐在房間裡靜靜聽著，當聽到某一段新聞，封琛的神情突然變了，人也霍然起身。

「……東聯軍的執政官陳思澤和西聯軍的執政官冉平浩也到了現場，並分別就這樁突發事件發表了意見……」

顏布布被封琛嚇了一跳，「怎麼了？」

封琛怔愣了片刻，問他：「你聽見新聞了嗎？」

「……種植園裡的小麥快要成熟了，今年的糧食收成比去年提高了三成……」

「聽見了，小麥要成熟了。」顏布布說。

封琛道：「不是，剛才那條新聞。」

「剛才啊，好像是說東聯軍和西聯軍都到了突發事件的現場。」

封琛直接追問：「你剛剛有沒有聽到陳思澤？有沒有聽到陳思澤這個名字？」

顏布布回想了一下，「有吧，好像是有兩個人名，但是我沒注意是不是陳思澤。」

顏布布見封琛臉色有些泛白，擔憂地問：「你認識這人嗎？到底怎麼了？」

封琛沉默片刻後，聲音艱澀地問：「顏布布，你記得我父母地震時在哪兒吧？」

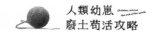
「記得，他們在宏城參加一個會議。」顏布布剛回答完便意識到什麼，不由屏住了呼吸。

封琛點點頭，「對，他們是去參加陳思澤競選總統的演講，他們當時就在一起。」

顏布布想了想，輕聲問道：「陳思澤還活著，所以說，宏城的人沒有全部出事？」

封琛深深吸了口氣，突然就轉身去開身後的一臺儀器。儀器螢幕亮起，進入了啟動程式。

顏布布雖然不知道他要做什麼，卻也沒有問，只一言不發地看著。

啟動成功，封琛在按鍵上快速輸入，進入了某一個隱藏軟體，點開。顏布布眼底頓時跳出來一行字。

未讀

【父親，我是封琛，我還在海雲城，如果看見了這條訊息，請儘快來接我。】

封琛在看見「未讀」兩個字時，眼裡的光頓時黯淡下去，整個人看上去有些失魂落魄。

顏布布看看螢幕，又看看封琛，什麼也沒問，只站到他面前，緊緊摟住他的腰。

「父親如果安全的話，會打開這個軟體的，但是他從來沒有看過……」封琛喃喃著。

顏布布擔心地看著他的臉，封琛又道：「沒事的，本來就不抱什麼期望，沒事的。」

他輕輕推開顏布布，走出了這間房。

顏布布關好儀器下到 6 樓時，看見封琛正坐在窗前躺椅上，手裡摩挲著那把無虞，側頭看著窗外。灰濛濛的光線透進來，將他影子投落在地板上。

顏布布走過去，拖了張矮凳坐下，側頭靠在他膝蓋上。

「那是你寫的嗎？」他手指摳著封琛褲子上的紋路，臉部被擠壓得聲音也含混不清。

「嗯。」封琛的聲音有些低啞：「還記得小時候我帶你來改身分資訊嗎？就是那一次，我在這裡留下的。」

「如果封先生看過，就不會是未讀了，對吧？」

「對。」

兩人沉默了會兒，封琛突然道：「你別再摳了，我另外一條褲子都被你摳毛了。」

顏布布停下手，又去撚封琛毛衣上的絨毛。

「哥哥。」

「嗯。」

顏布布遲疑地道：「我在想啊，會不會是封先生不記得打開這個看呢？他根本不知道你在這裡留字了呢？」

封琛苦笑了一聲：「應該不會的。」

「你說應該不會，就是也不完全肯定對吧？」顏布布問。

封琛抓著他撚自己毛衣的手，說：「基本上可以肯定。」

顏布布拍了下他的腰，「基本上可以肯定，但不是絕對肯定。」

封琛冷冷看向他，「你別和我鑽字眼。你把鑽字眼的本事拿去學習，還能上著高年級的課，卻連中年級的題都不會做？」

顏布布頓時不高興了：「幹麼沒事就提這個啊，隨便做什麼都要扯到學習，掃興。」

「那我要說你學習優秀，你自己相信嗎？」

「信啊。」顏布布說：「你每次給我出考題，我都是第一。」

封琛冷笑一聲：「第一是你，倒數第一也是你。」

「那你可以讓比努努和薩薩卡跟我一起考試啊。」顏布布道。

封琛嗤笑一聲，忍無可忍地道：「顏布布，每次我都會被你的厚顏無恥震驚到。」

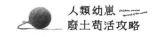
「咬死你。」顏布布突然就低頭在他膝蓋上咬了一口。

「嘶，你是變異種嗎？」

封琛伸手要去捏顏布布的臉，顏布布卻像兔子一樣跳起來，衝到臥室門口對著他做鬼臉。

看著顏布布進了屋，封琛端起桌邊的水杯喝了口水，目光落到旁邊的窗戶上，看到上面的自己嘴角帶笑。被顏布布這樣一打岔，那些鬱鬱和失落也一掃而空。

他站起身走向廚房，開始做早飯。

顏布布吃完早飯，發現封琛早就放下碗筷，雙手交握放在桌上，只靜靜看著他，目光是前所未有的鄭重。

他知道封琛是已經做好打算，就要告訴他答案了，便也坐直了身體，專注看著封琛。

「顏布布，我想去趟中心城。」

「嗯，那我們就去。」這個答案並不讓顏布布感到意外。

封琛道：「中心城還在繼續喪屍化，我不知道林奮和于苑到底發生了什麼，想去看看他們，順便也找陳思澤執政官打聽我父母的情況。」

「好，我也想去看看于上校還有……林少將，余科和王穗子他們。」顏布布偏頭想了會兒，眼睛開始發亮，「去中心城啊……真的要去中心城啊……」

「高興嗎？」

「高興！」

封琛沒理他，站起身去收拾衣櫃，聽到顏布布噔噔噔往樓下跑，又在大叫：「比努努、薩薩卡，我們要去中心城了！」

顏布布又噔噔噔跑上樓，見封琛在穿出門時的獸皮衣，連忙問：

「你要去哪裡？」

「想去看好東西，要去嗎？」

「要去。」

「那去把你毛褲穿在中間，外面再穿獸皮褲。」

顏布布穿好一身毛衣毛褲走出來，這毛褲還挺合身，將他的兩條腿拉得又長又直，褲腿最下面微微撒開，垂在腳背上，看上去和毛衣還是一套。

兩人出了門，黑獅和比努努也跟在身後。

顏布布深一腳淺一腳地走在快淹到膝蓋的積雪裡，不時從雪裡刨出一棵羞羞草，用手指去觸碰草葉，看它嗖地縮回去。

當世界一片冰霜時，所有的植物都跟著消失，只偶爾會從雪地裡看見這種草。它的藤葉在雪地下生長，看不出來是什麼品種，可能是極寒時才出現的新植物。它像含羞草一樣，被觸碰時會縮回雪地深處，顏布布便叫它羞羞草。

顏布布發現這片雪地下長了很多羞羞草，便一路將積雪刨開，慢慢往前挪，饒有興致地將每一株羞羞草都碰到縮下去。

「走了，別玩了。」封琛等了他一會兒後道。

半個小時後，顏布布站在物資點的大門口，斜睨著旁邊正在開門的封琛，「還說是看好東西，結果是讓我來當苦力。」

封琛按著密碼鎖上的按鍵，「等會兒你就知道是不是好東西了。」

物資點大門口原本早就被積雪淹沒，但黑獅和比努努經常會來掏一掏，將門口掏出一條路。這樣封琛來取物資時，便沒有冰層，只需要將鬆軟的雪稍微挖一下就行。

進入物資點，脫掉獸皮衣，封琛直接走到倉庫中央，扯下一層篷布，露出下面兩輛嶄新的車。

他拍了拍其中一輛廂型車，問顏布布：「怎麼樣？」

顏布布既驚喜又不敢置信：「我們要開車？我們要開車！」

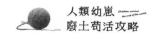

「當然，難道還要走著去中心城？」封琛臉上露出了淺淡的笑容，「我早就把這車改裝過了，輪胎換成了可以在雪地上行進的履帶，車廂內部也做了改動，普通發動機換成了溧石發動機。」

顏布布走到車旁，伸手去摸那光滑的車門，問道：「你是不是早就打算去中心城啊？連車都改裝好了。」

「那倒沒有。」封琛道：「我是怕以後再出現什麼意外狀況，我們有輛車的話，會方便很多。」

他拉開車門，「上去看看？」

「好。」顏布布爬上車，比努努和黑獅一直在旁邊看著，也好奇地跟了上去。

這是一輛中型廂型車，比顏布布曾經在停車場住過幾天的那輛校車要小一些，但是又比普通的麵包車大。車內的座椅被封琛拆掉，改裝成了另一副模樣。

「房車嗎？我在電視裡見過這種車，有床有廚房還有洗手間，叫做房車。」顏布布驚喜地道。

顏布布去駕駛位坐下，胳膊肘搭在車窗上，做出一臉深沉狀，對著封琛喊了聲：「小姐，陽光正好，想要去海邊兜兜風嗎？」

封琛雙手環胸，閒散地靠在另一輛車身上，似笑非笑地道：「可以啊，如果你能打得過我男朋友的話。」

「喔——抓到你了！」顏布布拖著長長的聲音：「你也看過《踏雲者》！你不是說那部電影很無聊，只有最無聊的人，比如我和比努努才會看嗎？」

比努努正在車裡好奇地到處摸，聽到這話後猛地回頭，怒目而視。

封琛上了車，對黑獅和比努努說：「去把門口的雪道刨寬點，我要把這輛車開出去。」

黑獅立即就往車下走，比努努卻坐在沙發上沒動。

「這輛車是可以像電影裡那樣跑的。」封琛抬手對比努努做了個快

速行進的動作，「如果你把路刨出來，就能坐上那樣的車。」

比努努果斷起身，跟在黑獅身後下了車。

「你，也去鏟雪。」

封琛將駕駛座上的顏布布拎了下來。

顏布布走到車門口，瞧見封琛坐在駕駛座上，在看手裡的一本小冊子，便問道：「你在看什麼？」

封琛慢悠悠地翻開一頁，「我要研究一下怎麼開車。」

「你不會開車？」顏布布驚訝地問。

封琛撩起眼皮瞟了他一眼，「你什麼時候見過我開車的？」

「……好吧。」顏布布慢吞吞地走到車下，又忍不住問：「這樣看看就會開了嗎？」

「你是在懷疑我的智商？」封琛危險地瞇起了眼睛。

「沒，就隨便問問。」

顏布布和比努努、薩薩卡在外面挖車道時，封琛就坐在車裡研究駕駛手冊。

因為積雪鬆軟的緣故，不到半個小時，一條爬上地面的車道就挖好了，等他們仨回到倉庫裡面時，封琛已經研究完畢，將溧石裝進了發動機。「薩薩卡，你下去開門關門，等會兒再上車。」

因為溫度太低，大門若是敞開幾分鐘不關，裡面的物資就會凍上一層冰，所以黑獅必須下去手動開關門。

黑獅下了車，封琛準備啟動車輛。

「準備好了沒有？」他轉頭問顏布布和比努努。

顏布布爬到副駕坐好，既緊張又興奮地點頭，「準備好了。」

比努努坐在車廂沙發上，不耐煩地用爪子敲敲車身，示意他搞快點別廢話。

**轟！轟轟！**啟動鍵按下，車輛發出連續的轟鳴聲。

「哈哈哈，車要開了！」顏布布驚喜大叫。

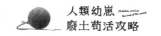
　　比努努則是被嚇了一跳，警惕地四處打量，在尋找這聲音是從哪兒發出來的。

　　封琛兩手鬆鬆地搭在方向盤上，側頭看向顏布布，「小姐，陽光正好，想要去海邊兜兜風嗎？」

　　顏布布笑得嘴都合不攏，「走啊、走啊，兜風啊，我打死我男朋友，我要跟你走……」

　　「矜持點。」封琛勾起嘴角，露出一個帥氣的笑，「看看後面那位小姐，坐得多端莊。」

　　「哈哈哈哈——啊！」

　　顏布布還沒笑完，廂車就猛地衝了出去，直直對著前方的物資堆，他的笑聲就也瞬間化成了尖叫。

　　吱——一聲刺耳的剎車，房車剛好停在了離那座物資堆不到半公尺的地方。

　　顏布布嚇得半探起身，連忙道：「哥哥，你慢點、慢點。」

　　「坐好，別慌，理論化為實際行動還需要幾分鐘的熟練過程。」封琛鎮定解釋，並換擋準備後退。

　　「我不慌，但是你還是要慢點——啊！啊！」

　　廂車急速倒退，目標是後方物資堆。吱——又是一聲長長的急剎，車尾堪堪停在即將撞上物資堆的地方。

　　「哥哥你慢點啊，慢點，別亂撞啊。」顏布布尖叫。

　　封琛做了個稍安勿躁的手勢，「還有點不熟悉踩能量板的力道，現在我知道了。」

　　黑獅薩薩卡已經愣在大門口，呆呆地看著這邊。

　　比努努跌跌撞撞地衝向車門，伸手去推，沒推開，便兩隻爪子伸進車門縫，想要暴力拆卸。

　　「要不你再多看會兒冊子，我下去給你再把外面的路刨一下，剛才有些地方還沒有刨平整。」顏布布驚魂未定地道。

「我已經將整本冊子的內容記下來了，這是履帶車，也不需要你下去刨路。」封琛抬手將腦後的小揪揪紮緊了些，從後視鏡瞥見比努努的動作，大喝一聲：「想逃是不是？一個都不准下車，都給我坐好！」

比努努威脅地齜著牙，封琛卻已經踩下能量板，牠一個踉蹌，連忙抱住身旁小冰櫃的門把手。

轟！轟轟！房車的速度雖然不快，卻一衝一頓，歪歪扭扭地駛向大門。比努努被前後甩動，難得露出了驚慌的神情，緊緊抱著小冰櫃把手不鬆，那冰櫃門便被牠拽得不停地開門、關門。

顏布布不停地去開旁邊的車門，「哥哥，我要下車！我要下車！」

封琛不為所動，將車門鎖得死死的，在顏布布的驚叫聲中，廂車行進得看似驚險，卻也沒有真的撞上什麼，最終平安地上到了地面。

顏布布驚魂未定地看向封琛，見他正好整以暇地看著自己，眼底帶著促狹的笑意，這才後知後覺地反應過來。

顏布布氣憤大叫：「你故意的對不對？你早就來開過車了，就是想嚇唬我們對不對？」

封琛笑了聲，沒有回答，只將房車穩穩地駛了出去。

「壞蛋。」顏布布就要撲上去，封琛忙道：「我在開車，別來碰我。」抬眼看了下後視鏡，見比努努也正齜著牙往駕駛座走，「快去把比努努抓住，免得我真手滑翻車了。」

房車在平坦廣闊的雪原上行駛，載著大家穿梭在海雲城中。

顏布布趴在車窗上，雖然被風雪吹得睜不開眼，卻也將頭探出去，興奮地大叫：「啊啊啊啊啊啊嗷……」

黑獅看上去也挺高興，只是比努努的狀況不大好，每過一陣子就要到車門旁扒門縫，封琛便停車開門讓牠下去站會兒。

比努努站在雪地上大口喘氣，皺著眉頭一副痛苦模樣，黑獅也跟了下來，擔憂地看著牠。

「沒事，牠是暈車。」封琛大聲問車外的兩隻：「要不你倆就不上

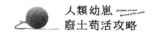
車了？」

黑獅剛想點頭，原本還彎著腰的比努努便顫巍巍地轉身，堅持往車上爬。

「牠喜歡坐車，再難受也要坐。」顏布布給封琛解釋：「每次電影裡出現車，牠看得最專心了。」

房車穿過這座冰雕城市，來到了曾經的碼頭。這裡海水都結了厚厚的冰，平坦得一眼看不到盡頭。

「來，你來試試。」封琛拍了下方向盤，示意顏布布來開車。

「我也可以嗎？」

「當然可以。」

顏布布坐在駕駛位，既激動又興奮，在封琛的指導下鬆剎車、踩能量板，房車便在冰面上飛快往前奔。

「哈哈哈哈——」顏布布臉脹得通紅，一邊大笑一邊尖叫，「我會開車了，我也會開車了。」

封琛面帶微笑地坐在副駕駛，有些後悔沒有早些把車弄出來讓他玩。顏布布開了一個小時後，停車起身想讓封琛來，沒想到比努努卻飛快地站到駕駛座旁。

「你也想開？」顏布布問。

比努努雖然難受得眉眼都皺成了一團，卻還是點點頭。

顏布布說：「那你先下車休息下，等到恢復得差不多了再開。」

比努努和黑獅蹲在車旁休息，封琛便和顏布布牽著手，在冰面上隨意地慢慢行走。

「我們去中心城待多久？什麼時候再回來？」顏布布將手搭在眼睛上，遙遙望著海雲城。

封琛沉默片刻後，道：「我也不知道。也許幾個月、也許幾年。」

他轉身去車上拿來簡單的工具，將冰層鑿出了一個洞，準備捕條新鮮的魚，但是出來時沒有帶魚叉，只能讓黑獅下去捉。

黑獅潛入海裡，顏布布趴在冰面上看著洞口，突然情緒就不是那麼高昂。

「這是我們兩個人的海，是我們兩個人的海雲城。」顏布布低低地說了句。

封琛伸手將他眉毛上的冰霜拍掉，「我們兩個人的海一直都在這兒，海雲城也在這兒，只要想回來，隨時都可以。」

顏布布抬頭對他笑了下，「嗯，我知道。」

黑獅很快就游了回來，出現在冰洞口，嘴裡叼著一條活蹦亂跳的海魚。封琛接過那條魚在冰面上摔暈，詢問顏布布：「今晚咱們吃烤魚、烤肉怎麼樣？」

「好，吃烤肉。」顏布布歡喜地爬起身，手舞足蹈地說：「要放很多辣椒的那種烤肉。」

回到車上時，比努努已經坐在了駕駛座上，封琛看著牠短短的手腳，犯難地噴了一聲。

「你怎麼握方向盤呢？」

比努努身體前傾，趴在方向盤上。

「那你的腳又怎麼踩煞車和能量板呢？」封琛又問。

比努努想了下，跳到座位下站著。一隻小腳放在煞車板上，兩隻小爪抓住方向盤下沿。

「我理解你想開車的心情，可是你這樣也看不到路啊……要不等你個子長高點再來開？」

比努努不回應，卻握著方向盤不鬆爪，留給兩人一獅一個倔強的背影。時間一分一秒地流逝，車內安靜無聲。

顏布布試探地去拿比努努放在方向盤上的小爪，牠沒有轉頭，卻也沒有鬆爪，旁邊車窗上牠的倒影正怒氣騰騰地齜牙。

封琛開始挽袖子，當一隻量子獸完全聽不進任何道理時，便只能用武力來解決。

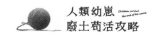

黑獅連忙從車廂鑽到前面來，擋在封琛和比努努中間。

顏布布扶著座椅俯下身，對比努努小聲道：「其實你也可以開車的，如果你和我建立了精神聯繫，我看到什麼，你也就能看到什麼。」

車窗上比努努的倒影原本還橫眉冷目，聽到顏布布的話後，那怒氣突然就消散一空。

顏布布摸了下比努努頭頂的一片葉子，「你是我的量子獸，我知道你是怕將喪屍病毒再傳回給我，所以一直不願意和我有精神聯繫。其實我們可以試試呀，也許根本就不會呢？如果試試不行的話，再馬上中斷也來得及的。」

「胡說什麼呢？一邊去。」封琛突然插嘴，拎著顏布布後頸，將他從駕駛座旁邊拖開。

原本一直抓著方向盤的比努努也鬆了手，爬出駕駛座，默默讓出了位置。

封琛開著車往回走，顏布布和比努努並排坐在沙發上，黑獅子蹲在他們對面。

顏布布不管比努努的抗拒，又輕輕摸了下牠頭頂的葉片，想了想再湊到牠耳邊低語：「你是我的量子獸，我想你開開心心的。雖然你總是那麼不講理，我還是很在乎你。要不我們什麼時候試試看吧？建立一下精神聯繫？」

撲撲、撲撲。那條原本凍僵的魚，在溫暖的車廂內回緩過來，在地上開始撲騰。

比努努沒有搭理顏布布，而是從沙發上起身，小爪子握成拳，砰一聲將那條魚砸昏死過去。接著走到小冰櫃前，抓著那冰櫃把手當扶手，擺明了不回沙發，不想聽顏布布說話。

顏布布看著比努努的側影，起身走到駕駛座旁，「哥哥，讓我來開車吧，我想帶著比努努開。」

封琛看了眼後視鏡，停下車讓開了位置。

顏布布回頭將比努努抱起來，在牠開始掙扎時噓了一聲：「想不想開車了？我帶你開車。」

比努努立即停下掙扎的動作。

顏布布坐在駕駛座上，將比努努放在自己腿上，他負責踩剎車和能量板，讓比努努控制方向盤。

廂車歪歪扭扭地在冰面上行進了片刻，終於能正常行駛。履帶飛快地駛過冰層，濺起細小的冰碴，被風吹成了一片濛濛白霧。

「嗚——啊嗚嗚——嗚——」顏布布乾脆打開窗戶，在灌入的風雪中興奮叫嚷。

比努努握著方向盤，全神貫注地注視著前方，雖然依舊沒有什麼表情，但在場的人都太瞭解牠，看得出牠此刻非常開心。

那條被比努努砸昏又剛剛清醒的魚，再次被凍得結上了一層冰。

黑獅原本趴在車廂裡沒動，這時也起身走到副駕駛，用腦袋拱了拱封琛。

「你也想開車？」封琛輕聲問。

黑獅點了下頭。

「啊……我想想。」

片刻後，坐在駕駛座上的顏布布便換成了黑獅。牠負責用後爪踏煞車和能量板，比努努坐在牠懷裡，掌控著方向盤。

廂車在冰面上疾馳，時不時來個急轉彎，好在目及之處都平坦無遮攔，隨便怎麼亂衝也不會有撞牆的危險。何況黑獅和封琛有著精神聯繫，至少煞車有了保障，不會出什麼問題。

幾人開了一下午的車，直到天快黑時才回到研究所。

顏布布累癱在沙發上一動不動。

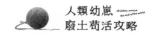

封琛在廚房準備烤肉和烤魚的材料，黑獅負責幫忙。

比努努坐在顏布布身旁，兩眼放空，但時不時會伸出兩隻小爪，在空中做出轉動方向盤的動作。

所謂的烤肉，就是抹上鹽和辣椒麵放在爐上烤，烤熟後裝在盤子裡端出來。

封琛將烤好的魚和肉端出廚房時，卻發現 6 樓的燈光被關掉，只有大廳小桌上點著一根蠟燭，發出瑩瑩柔光。

桌上的那些零碎物品也被拿走，擺放著一個空玻璃杯，裡面插著一根辣椒枝，上面掛著幾顆紅紅綠綠的辣椒。

而顏布布就坐在桌旁，托腮看著他。

封琛走過去將兩個盤子放下，又回廚房去拿了筷子，盛了兩碗豆飯出來，回來時看見桌上又多了兩個高腳杯。

「不開燈，我們就要離開這兒了，臨行前吃一頓燭光晚餐。」顏布布解釋。

封琛勾了勾唇，在桌邊坐下，拿起筷子去夾魚肉。

顏布布趕緊將他筷子按住，「要先碰杯。」

封琛端起面前的高腳杯和顏布布碰了下，喝了一口後讚美道：「白開水的味道很好。」

「謝謝。」顏布布抿嘴露出一個微笑。

「音樂呢？燭光晚餐難道不應該有音樂嗎？」封琛問道。

顏布布茫然地問：「音樂？」

封琛指了指杯子裡的辣椒和蠟燭，「這些不是你從電影裡學來的？難道人家吃燭光晚餐的時候沒有音樂？」

顏布布傻了：「是有的……但是我以為那只是電影的配樂。」

封琛揮揮手，「趕緊的，去把音樂放上，小提琴。」

「好。」

屋內迴蕩起悠悠小提琴聲，顏布布胸口紮了條布巾，袖子高高挽上

小臂，滿嘴油汪汪地對付著手裡的兔腿。

「哈嘶……辣……辣得好香……哈嘶……」

封琛見怪不怪地扯過一段紙巾，「過來。」

顏布布將臉湊過去，讓封琛給他擦掉辣出來的汗水和眼淚，又繼續大嚼特嚼。

封琛將紙巾丟進垃圾桶，「吃完飯就收拾行李，明天出發，你把你自己的東西都收在一個袋子裡。對了，我們速度不快，停停走走，到中心城估計要一個月左右，你把書帶上，在路上也要學習。」

「啊！」顏布布大驚失色，「去中心城的路上也要學習？難道不是一路玩玩走走嗎？」

「上次考試，你平均分多少？」

「……36。」

「平均分 36 分，你好意思一路玩玩走走不學習？」

封琛的語氣和視線都變得嚴厲，顏布布沒敢將那句好意思說出來，只默默地吃肉。

吃了兩口後，他突然擱下筷子，伸手將瓶子裡那株辣椒取出來，面無表情地揪掉上面幾顆辣椒，丟到了自己碗裡。

想了想，又撲地吹掉了桌上的蠟燭。

兩人在黑暗裡坐了片刻，封琛低沉的聲音響起：「去把燈開了。」

顏布布不動，還故意將一顆辣椒丟進嘴，嚼得咔嚓響。

封琛站起身，走到牆邊開關位置打開了燈，接著再回來吃飯，只淡淡地說：「除了帶上書，還要帶上作業本。」

「什麼？還要帶上作業本？啊啾！啊啾！」

封琛喝了一口水，冷聲問：「你有意見？」

顏布布迎上封琛的視線，那點反抗的勇氣終於一點點消失殆盡：「……沒有意見。」

封琛擱下碗，拿紙巾擦擦嘴，轉身往樓上走，嘴裡輕描淡寫地道：

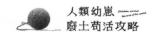
「既然沒有意見，證明你挺愛學習。這樣的話，那就把還沒做的兩套卷子也帶上吧。」

顏布布如同五雷轟頂般呆呆坐著，看著封琛走到樓梯口又回頭：「吃完飯把碗洗了，洗完後上樓幫忙。」

晚上，兩人兩量子獸都開始忙碌，各自收拾東西。

封琛和黑獅除了將衣物、毛毯、食物、溧石這些必用品帶上，還將水杯、水壺、臉盆、飯盒這些東西也搬上了車，日常需要的物品可說是應有盡有。

7樓種的那些菜，能摘的便摘下來帶上車，還沒長成的就只能留著，若是成熟後爛在土裡，也算是養土的肥料。

顏布布在整理自己的行李，去櫃子裡拿出來他那個大布袋。布袋已經被洗得褪色，表層有種濛濛的白，天天超市幾個字也不是很清楚，看著像是天大超市。

他按照封琛吩咐，在大袋子裡放了幾本書和作業本，還有兩套卷子。又帶上了板凳玩偶，從櫃子裡取出那個密碼盒，打開了盒蓋。

裡面的東西依舊和多年前一樣，兩顆玻璃珠、一片堪澤蜥甲片，還有一幅折疊的畫和六只草編螞蚱。

那六只草編螞蚱被封琛精心處理過，不知道刷了一層什麼東西，幾年過去了，既不會散架變形，草桿也沒有褪色腐壞。

顏布布將那六只螞蚱取出來，在桌子上擺成兩列，用手指輕輕摩挲過每一隻，再珍惜地裝回盒子裡。

比努努也在收拾東西。

牠有個從研究所裡找到的小背包，估計是某個研究員留下的，平常就把自己喜歡的東西裝在裡面。

牠不光裝了自己的物品，還包括黑獅的，諸如梳理鬃毛的梳子，將那背包塞得滿滿的。

顏布布收拾好自己的物品，便叫上比努努和黑獅看電影。

「這電影叫《傾情不夜城》，講的就是中心城的故事。雖然電影裡的畫面都是以前的中心城，但是你們也可以看看那是什麼樣的，心裡好有個數。」

這電影內容很簡單，就是一名生活在邊陲小鎮的年輕人去中心城闖蕩，不光有了自己的事業，同時也收穫了一份愛情的故事。

「中心城以前很漂亮的，好多車和人，還有摩天輪，看見了嗎？在天上轉……」

顏布布原本看得很認真，只是播放到年輕人到中心城不久便獲得了一名女孩的垂青，兩人談上戀愛後，他便不那麼專心，開始頻頻走神。

顏布布擔憂道：「比努努，中心城那麼多的人，很容易就被人看上，然後就結婚了吧？」

比努努專心看電影，沒有理他。

顏布布又看了一會兒，便起身下樓走到工坊，倚在門框上，看著裡面正在收拾器具的封琛。

封琛半蹲在地上，將一把刨刀收進木箱，頭也不側地問：「站在那兒發什麼愣？」

顏布布慢慢走進去，俯下身趴在他肩上。

封琛就那麼用肩背托著他，又拿起一把小銼刀道：「這不是以前我給你做的小銼刀嗎？」

顏布布抬起頭看了眼，又重新趴回他肩上，「對啊，我小時候玩了幾天就不見了。」

封琛看著那把小銼刀，回憶片刻後微笑起來，「想起來了，你拿著這把小銼刀到處銼，把我剛做的桌子腿銼得慘不忍睹，我後悔給你銼刀了，就把它藏在了這兒。」

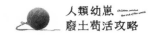

顏布布輕輕搖晃著身體，喚了一聲：「哥哥。」

「嗯。」

「哥哥，我們別去中心城了吧。」

「為什麼？」封琛還在打量那把小銼刀，不經意地應了聲。

顏布布嘟囔著：「反正突然不想去了。」

封琛反過手在他額上彈了一下，「白天還那麼興奮，恨不得馬上就出發，怎麼突然不想去了？」

「不知道。」顏布布眼望著對面的牆壁，目光有些怔忪，「我也不知道……」

封琛站起身，直接將他揹起來往樓上走，「那就好好睡一覺，睡醒了就知道了。」

顏布布輕輕歎了口氣，摟住他的脖子，「我也就是說說，我不會不去的。」

封琛將顏布布揹回臥室，放到床上，「睡吧，我就在這兒陪你。」

顏布布閉上眼睡覺，他便坐在床邊，從床頭櫃裡取出那塊他很久沒有戴過的多功能軍用腕錶，小心地揭開後蓋，將一小粒切割好的溧石裝了進去。

腕錶螢幕又重新亮了起來。

第二天一大早，兩人便站在 6 樓大廳。封琛最後將屋內檢查了遍，見顏布布滿臉惆悵，便拍拍他的肩，「反正還會回來的，別傷感。」

「我知道。」顏布布點了下頭，「除了傷感，還有些擔心。」

「擔心什麼？」

顏布布語帶擔憂：「我們走了後，房子內就沒有人，那些菜會不會變成變異種把我們屋子給占了，把我們家裡的東西全部吞掉。比如家具啊、床啊、沙發啊、卷子啊什麼的，等我們回來就找不著了。」

封琛瞥了他一眼，淡淡地說：「自己去把藏好的卷子拿出來。」

顏布布沉默片刻後，走到沙發旁，伸手在沙發底下摸索，取出來了

幾張卷子。

封琛說：「既然你擔心我們的菜成了變異種吞卷子，那就全部帶上，在路上做完吧。」

顏布布：「呃……」

檢查門窗，關好所有的房間門，再關閉機器人小器，兩人離開了這幢他們生活了 9 年的樓房。

廂車就停在雪地上，封琛拉開車門時，看見黑獅抱著比努努已經坐在了駕駛位，便給牠倆指了個方向，「開，一直往前開。」

「等等。」剛上車的顏布布卻阻止道：「先等等。」

他對封琛說：「我想先去一趟海雲山。」

海雲山洞顯然經常被清掃，裡面乾乾淨淨，洞壁上還擱著一把笤帚。顏布布蹲在西邊洞口的墳塋前，打開密碼盒，取出裡面的六只螞蚱，在地上擺成了一排。

「爸爸，我要去中心城了，也許幾個月就回來，也許要好幾年。這些螞蚱我要帶走，以後沒法經常來這裡看你，看螞蚱就當看你了吧。不過我留下了一幅畫，你要是想我了，就看看畫吧。」

顏布布從懷裡掏出一張紙，小心展開，露出一幅嶄新的畫——亂七八糟的天空，看不出形狀的大船，還有罈子一樣的人。

他將紙放在墳前，用石子壓住邊緣，「我仿照小時候的畫再畫了一幅。本來只有兩個人在看星星，我又添了一個，那就是你……」

顏布布對著吳優的墳墓輕聲講話時，封琛就遠遠地站在東洞門口。直到顏布布走到他身後才回頭問道：「可以了？」

「嗯，可以了。」

顏布布被圍巾包著的臉上只露出了雙泛著紅的眼睛。

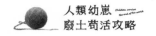
封琛將他攬到懷裡拍了拍，「那走吧。」

兩人順著洞口垂下的繩子往下滑，山洞內又恢復了安靜。

一陣風吹來，墳塋前的畫微微鼓動，上面三個罈子似的小人，坐在大船上，看著頭頂的夜空。

因為海水都結了冰，不用從陸地繞行，可以從海上直線去往中心城。封琛原以為這一路都是自己開車，最多有事時讓顏布布替換一下，沒想到他根本連方向盤都摸不著。

比努努沉迷上了開車，雖然是無遮無擋的平坦冰面，無需怎麼掌控方向盤，也絲毫無損地對開車的喜愛，依舊興致高昂。

反正不用踩剎車，封琛便將能量板卡住，把黑獅解放出來，只留比努努自己操控方向盤就行。

一路暢行，白天就是比努努開車，夜裡集體休息。雖然比努努用行動表示夜裡牠也可以繼續開車，但封琛還是拒絕了，堅持不管是人還是量子獸，夜裡都要休息。

白天時，顏布布被迫寫作業，封琛則坐在他旁邊做手工，用工具搗鼓一些小玩意兒。

這幾年他在研究所那個手工坊裡也做出了不少東西。

有些很有用，諸如新家具、新沙發，和蔬菜房裡的自動噴水器。機器人小器也被他改進過，能精準識別顏布布在跟著投影機裡的老師上課時，是在認真聽還是在走神。

但也有很多東西看似有用，實則沒有多大用處。比如自動炒菜裝置，得將所有食材給準備好，按照順序放進裝置裡，有這閒工夫，早就將菜做好了。

封琛偶爾會使用一下燒菜裝置，一般是用來烤魚。畢竟烤魚花費時

間長，又枯燥，還得不停翻動，用這個裝置就挺好。

顏布布倒是對那個燒菜裝置產生了興趣，有段時間每頓飯都搶著去燒。封琛由此得到了某種啟示，一鼓作氣研發出了自動抹灰器、自動擦窗器、自動洗馬桶器。顏布布那段時間對家務的熱愛，並不亞於如今比努努對開車的熱愛。

到了飯點，封琛就去厚厚的冰面上鑿個洞，讓黑獅潛下去抓魚。因為隨車裝著新鮮蔬菜和變異種肉，他在這個快轉不過身來的逼仄空間裡，竟然每頓都能做出來兩、三樣菜。

夜晚來臨，他便拉出靠在車身上的隱藏小床，和沙發並在一起，兩人就可以睡覺。

比努努雖然不用睡覺，但牠是隻很重儀式感的量子獸。

牠坐在鋪了層軟墊的車廂底上，打開自己的那個背包，開始往外掏睡覺需要的東西：一張絨毯；一副在電影裡見過後，也扯著封琛給做的眼罩；還有一條同樣是封琛縫製的小睡裙；一個投影機的遙控器；一塊布滿牙印的木頭。

顏布布拿起那個投影機遙控器，驚訝地問：「你怎麼把這個也帶上了？那投影機帶了嗎？」

研究所裡的投影機挺大，比努努那個背包肯定裝不下。

比努努搖頭，表示沒有帶投影機。

兩人一獅便看著比努努穿上那條黃底白花的睡裙，展開絨毯搭在身上，拿過遙控器放在旁邊，再套上眼罩躺了下去。

2秒後，絨毯下伸出一隻小爪在左右摸索，黑獅趕緊過來，叼起那塊木頭放到牠爪心。

比努努躺在那裡慢慢啃著木頭，黑獅便趴在了牠身旁。

車身壁並不隔音，海上的風很大，特別是夜裡更甚，風嘯聲像是鬼哭狼嚎。車內卻一片暖融融，和車外是兩個截然不同的世界。

顏布布身上搭著毛毯，靠在封琛懷中，耳朵貼在他胸口，只覺得無

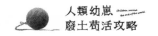

比安全和平靜，很快便沉沉睡去。

　　就這樣在結冰的海面上循著直線前進，雖然只是白天趕路、晚上紮營休息，速度卻也不慢，7 天後就行進了一半距離。

　　比努努對於開車的熱情終於減退了些，有時候便讓封琛開，自己和黑獅去冰原上奔跑。

　　黑獅鬃毛飛揚，身姿矯健，牠則蹦跳著前行，兩隻量子獸將廂車遠遠甩在身後，等到在外面玩夠了後才回來。

　　第 8 天晚上，廂車裡一片安靜，封琛和顏布布都在沉睡中。

　　天快亮時，趴在軟墊上搖晃著尾巴的黑獅倏地抬起頭，兩隻耳朵簌簌抖動，比努努也摘掉眼罩，翻身坐了起來。

　　正在睡覺的封琛突然睜開眼，起身走到車窗旁，擦掉上面的霧氣往外看。天空欲明未明，窗外只有一層濛濛光線，再遠處就有些瞧不清。

　　他看了眼腕錶，顯示時間是清晨 5 點半。

　　外面雖然看上去一切正常，但他總覺得哪裡不對勁，便放出了一縷精神力，順著冰面往前飛速延伸。

　　精神力一路往前，隱約聽到了隆隆聲，接著便看見一條黑線從遠方往這邊推進，在曚曨天光下濺起飛揚的冰塵。

　　隨著天空變亮，那道黑線變得清晰，封琛看清那是足足上千隻野狼變異種，正踏著風雪呼嘯而來。

　　顏布布還在酣睡中，便被封琛拍醒，「快起來，把衣服穿好。」

　　他迷迷瞪瞪地睜眼，問道：「天亮了？」

　　封琛將頭髮在腦後紮好，簡短地說：「遇到野狼變異種，我們要趕緊出發。」

　　「野狼變異種啊⋯⋯海雲山上也有⋯⋯」

「上千隻。」封琛打斷他。

上千隻野狼變異種？顏布布一個激靈，睡意盡數飛走，立即翻起身穿衣服。

比努努去發動車輛，黑獅將能量板踩到底後，用小楔子給卡住，廂車發出隆隆聲響，全速駛向前方。

封琛將車窗打開，冷風和各種聲音瞬間灌入。顏布布不知道是不是自己太緊張的緣故，居然沒有覺得太冷。

他也擠到窗邊，和封琛一起往後看，看見魚肚白的天際下，野狼群正在向這邊狂奔，並逐漸拉近距離。

「牠們來了！要追上我們了！」顏布布嚇得驚慌大叫。

封琛半瞇眼看著遠方，「別慌，牠們應該只是經過，不是衝著我們來的。」

野狼變異種越來越近，冰碴雪沫漫天飛揚，伴著此起彼伏的嚎叫。兩人果斷縮回頭，將車窗關上。

顏布布屏住呼吸看著窗外，緊緊抓著車身上的扶手。

2分鐘後，狼群出現在車窗外，每隻都身形高大，齜著長長的獠牙。牠們像是潮水般湧向前，卻沒有理會他們這輛車。

「牠們果然不是衝著我們來的。」顏布布緩緩出了口長氣。

封琛沉聲道：「是的，只要奔跑途中別撞著我們的車就行。」

砰一聲巨響，履帶車突然橫著衝向右前方，半邊履帶浮空，車身傾斜成一個快要側翻的角度。

「啊！」顏布布被甩得差點飛出去，被封琛眼疾手快地抓住。

比努努大力回正方向盤，履帶車發出一道長長的刺耳摩擦聲後，又穩住了平衡。只是車尾右側方出現了一個凹坑，那裡原本裝著一張軟椅，都已經跟著變形。

「哥哥！」顏布布急促地喊。

封琛俯身看著窗外的群狼，「沒事，牠們很快就會經過，只要別連

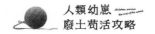

續撞我們的車。」

砰砰，接連又是兩聲巨響。

履帶車被撞得飛離地面，車內的人和量子獸都跟著騰空，幾秒後重重砸落回冰層。

「咳……」顏布布被顛得五臟六腑都快從嘴裡出來，看見車尾又多出了兩個凹坑，而那張沙發也變形碎裂開來，木條散落一地。

比努努極快地回正方向盤，讓履帶車繼續行駛。牠臉上露出怒意，突然按下身旁車窗，也不管方向盤，側身就撲了過去。

牠兩隻爪尖刺入緊貼車門的那隻狼頭，在那隻狼踉蹌著倒下時才收回爪，關窗，抱住方向盤繼續往前。

「這樣不行，我們必須要把車後面跟著的狼清理掉。」

封琛一把拉開車門，風雪瞬間灌入。黑獅如同光電般衝了出去，高高躍過奔跑的狼群，撲向了車身後。

一隻奔跑在車門旁的野狼變異種，瞪著猩紅的眼對著車內咬來。封琛手起刀落，那狼脖子上噴出一道血箭，嘶嚎著倒在了風雪裡，屍體立即被其他野狼踩踏成肉餅。

封琛大半個身體懸在車外，只用一隻手抓住車門框。他半瞇著眼看向後方，頰邊的幾縷髮絲在風中飛舞。

「顏布布，準備協助我。」

顏布布靠在門旁車身上，手裡也握著把匕首，高聲應道：「好！」

封琛用力一個翻身，雙腳穩穩地站上了車頂。

封琛站上車頂，這才發現狼群後面還跟著數頭猛獁象變異種，龐大的身軀如同小山，每一步踏下，厚厚的冰層似乎都在跟著顫抖。

他攀附在車尾，手中匕首刺向履帶車旁邊的野狼。同時將精神力化作無數利箭刺向後方，車後緊跟著的那片野狼紛紛倒地。

黑獅綴在車後，跟在野狼群中奔跑，不時撲咬那些對著履帶車衝去的野狼，將牠們擊殺在地。

顏布布靠在大開的車門旁，在看見一隻野狼變異種從側面撞向車身時，飛快地閃到門口。

雪亮刀光閃過，他又迅速貼回車身，而那隻野狼隨著慣性往前衝出幾步後，一頭栽倒在冰面上。

但野狼變異種太多，剛將履帶車旁清空，瞬間又圍上了一群。封琛從車尾躍下地，將最近的幾隻殺掉，再轉身追上行進中的履帶車，伸手抓住車後的鐵槓，乾淨俐落地翻上車頂。

顏布布也放出精神力，一邊替封琛梳理精神域，一邊給企圖撕咬封琛的野狼施加精神力束縛。

那些野狼剛躍至空中就沉重地往下跌落，要麼被封琛刺死，要麼被後面的變異種踩踏成肉泥。

整個狼群很快便越過他們這輛車，但那數頭奔跑著的猛獁象變異種已經追了上來，腳步震得履帶車都在跟著顫動。

顏布布從車門口往外望，在看見那些小山似的大象時，心裡一陣陣發緊。

「哥哥，怎麼辦？」他探出頭看向車頂。

封琛緊抿著唇沒有回話，髮絲間露出的那雙眼睛分外凌厲。他盯著象群最前方的頭象，喝道：「別慌，你讓比努努開好車，我去引走頭象，注意接應我。」

「引走頭象？用精神力殺掉牠就好了，你別去引，太危險。」顏布布驚慌道。

「不行，距離太近，頭象死了，剩下的象群依舊會往前衝撞，我們的車沒有牠們速度快。」

黑獅一直跟在車旁，封琛說完便跳上牠的背，一人一獅朝著狂奔的象群迎面衝去。

象群捲起漫天冰塵，被風攜捲而來，灑在封琛的頭臉上。他躬身騎在黑獅背上，滿身都是冰霜，眼睛緊緊鎖定那隻頭象。

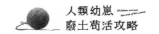

在離象群還有十幾公尺時，黑獅猛地向著前方空中撲出，封琛也在此時腳下用力，踩著黑獅背高高躍起，一手抓住頭象背上垂落的長毛，將自己懸在了象身上。

顏布布也爬上了車頂，眼看著這驚險的一幕，緊張得心臟都快要停止跳動。

封琛穩住身形，揚起匕首扎向頭象的前大腿。

整個匕首沒入象腿，頭象發出一聲吃痛的嘶鳴，卻依舊往前狂奔，沒有改變方向。

封琛拔出匕首，果斷再次刺入。

頭象終於察覺到自己被攻擊，甩著長鼻子想將封琛從身上撥下去。

顏布布趕緊放出精神力，讓頭象在此刻動作凝滯，封琛趁機再次對著牠左腿上部刺了一刀。

頭象雖然皮厚，這三刀對牠來說沒有什麼傷害，但到底被疼痛激怒，邊跑邊甩動身體，想將封琛甩下來。

封琛掛在龐大的象身上，僅僅只靠手抓著牠的長毛，就像一片在風中搖搖欲墜的樹葉。

「比努努，向哥哥靠近，去接他！」顏布布趴在車門上方，對著開車的比努努大喊。

黑獅一直跟在象群中間奔跑，靈活地避開那些粗壯的象腿。就在象群距離履帶車不過十幾公尺距離時，牠突然竄了出去，從頭象眼前經過，斜斜衝向左前方。

暴怒中的頭象並不知道正在攻擊自己的到底是什麼，在看見黑獅後，立即就向著牠追去。

履帶車不斷調整著方向，向著頭象靠近。

在頭象和履帶車並肩而過的瞬間，封琛鬆開手，猛地往旁邊一躍，向著車頂撲來。

而這時象群已經衝到了履帶車後，整輛車都被巨大的陰影罩住。顏

布布眼看就要和牠們撞上，瞬間釋放所有精神力，大喝一聲：「停！」

他的精神力如同巨浪般洶湧而出，衝向整個象群，正在奔跑中的象群如同被按下了暫停鍵，竟然齊齊都頓住了。

一秒、兩秒、三秒。

履帶車急速行駛，和象群之間又拉開了十幾公尺距離。

3秒後，整個象群繼續衝出，卻是跟著頭象衝向了左前方。

零星還有幾隻沒來得及拐彎的大象，比努努便開著車在牠們腿間快速穿梭。履帶車如水中的一葉小舟，艱難地漂漂浮浮，卻始終沒有被浪頭打翻。

等整個象群終於和履帶車擦身而過後，封琛及時將黑獅收回了精神域，頭象失去了目標，便也重新調整路線，對著正前方衝去。

變異種們來勢洶洶，去得也非常迅速，整個冰面很快恢復了平靜，只留下一地狼屍，有些已經被踩成了一張薄皮。

封琛和顏布布都回到車裡，封琛如同以前每次遇到險況那般，第一時間就去捏顏布布的手腳。

「沒事吧？」

「沒事。」

顏布布發現封琛沒有戴帽子和圍巾，連忙摘掉手套去摸他耳朵，焦急地問：「耳朵凍不凍啊？有沒有事啊。」

雖然封琛在車外只待了十幾分鐘，但以現在這種極寒溫度，足以將他耳朵凍傷。

「沒事，我剛才沒感覺到有多冷。」封琛握住他的手安慰道。

顏布布覺得他耳朵雖然涼，卻也帶著微溫，應該沒有被凍壞，這才放下心來。

封琛前去駕駛座，拔掉卡在能量板裡的楔子，踩下煞車，「比努努，休息一會兒，我們檢查一下車輛。」

雖然他們剛才已經盡可能地清除那些撞車的野狼，但整輛車還是被

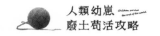

撞得四處都是凹洞，車內的物品也四處散落。

比努努站在車內環視四周，看著那滿車的沙發碎塊，忽地就衝下車，對著最近的一具狼屍憤怒撕扯，將那狼屍扯得七零八落。

黑獅從封琛精神域出來，剛落地就跑向比努努，看到這幕後一個急煞，小心地放緩了腳步。

封琛就要下車，顏布布連忙拉住他，念叨著：「等等啊，你又不戴帽子圍巾。」

顏布布給封琛戴好帽子，將圍巾在他脖子上繞了兩圈，擰著眉，嘴裡絮絮叨叨：「給你說啊，要是你耳朵上生凍瘡，爛掉了我都不會幫你上藥。」

他說的都是平常封琛教訓他的話。

封琛垂眸看著顏布布。從這個角度，只能看見他長長的睫毛和翹挺的鼻尖，那上面還綴著幾顆緊張出來的汗珠。

「行，不要你上藥。」封琛輕輕彎了下嘴角。

「可以了，下車。」

顏布布將他裹得嚴嚴實實的，這才滿意地轉身下車。

雖然車身上都是凹洞，保險槓也被撞掉了，但好在車還能開，應該沒有什麼太大的問題。

封琛檢查車時，顏布布看著那遍地的狼屍，伸出手指一隻隻數：「五，十，十五，二十……」他數著數著停了下來，疑惑地問：「哥哥，那些狼和大象剛才在跑什麼？是在遷徙嗎？」

封琛上半身躺在車底下，一邊用鉗子擰著螺絲，一邊回道：「這是冰原狼和猛獁象變異種，都是成群結隊地生活在雪原。我覺得剛才牠們不像是大規模遷徙，倒像是慌不擇路的在逃命。」

「逃命？」

「是啊。」封琛從車身下鑽出來，拍拍身上的冰碴，「但是具體原因我也不清楚，猜想大概是遇到什麼天敵了吧。」

檢查完車，封琛拿上鑿子帶上黑獅，準備去取點冰塊回來煮水喝。

他去敲冰時，顏布布就四處轉悠，轉到一具碩大的狼屍前，伸出被獸皮裹得圓胖的腳踢了下。

他這腳踢上狼屍後，沒有想像中像是踢中一塊堅硬大石的感覺，而是覺得被踢中的部位帶著些微的彈性。

——這狼屍竟然沒有凍成冰？

顏布布心中生起詫異。他在極度低溫的海雲城內殺過很多隻變異種，每隻變異種在死亡後會迅速流失體溫，血液凝固，屍體在幾分鐘內便凍結成冰。而地上的這些狼屍死了快十來分鐘了，按說早就該凍得硬邦邦的，不應該還這麼軟。

顏布布轉頭打量四周，這才發現風雪不知道什麼時候已經停了。一望無際的冰川白茫茫一片，亮得有些刺眼。

他感覺到了有些不對勁，卻又說不出哪裡不對。直到被一片冰塊晃得半眯起眼後，才找到了這種感覺的來源。

——太亮了，現在的光線太亮了。

陽光灑落在冰層上，如同多棱鏡般閃爍著光點，晃得人眼花繚亂。

顏布布在原地轉了一圈後，又抬頭看天，竟然看到了久違的太陽。

這一刻，雪停，風止，世界安靜得出奇。

他慢慢摘下手套，將自己的手展開在陽光下，那隻手久未見過陽光，皮膚近乎蒼白。他將手舉到頭頂，從指縫間注視著太陽，哪怕被刺得流出眼淚，也沒有移開目光。

十幾秒後，顏布布的尖叫聲這才響了起來。

封琛明顯也發現了不對勁，正轉頭打量著四周，顏布布衝到他身旁，抓著他的胳膊搖晃，激動得語無倫次：「哥哥，太、太陽，看到了嗎？太陽，好大的太陽。」

封琛抬頭看天，怔立片刻後才震驚地喃喃道：「對，太陽，那是太陽……」

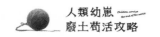

　　兩人就肩並肩站著，不時抬頭看一眼天空，又看向那些如同被撒了一層碎金的冰原。

　　「好安靜喔，一點風都沒有，我都有些不習慣。太陽怎麼就出來了呢？我覺得好晃眼，眼睛都睜不開了，哈哈哈哈。」

　　黑獅和比努努也在打量四周，仰望天空。牠們打來到這個世界就沒見過這樣的天氣，黑獅還好，比較鎮定，比努努明顯很緊張，一雙小爪子攥得死緊。

　　「不冷了，哎，不冷了哎。」顏布布摘下手套，感覺不到冷，接著又摘下帽子和圍巾，最後乾脆去脫身上的獸皮衣。

　　封琛連忙阻止：「等等，我先看下溫度。」

　　他抬起腕錶，看清上面的數字：14℃。

　　「怎麼樣？可以脫嗎？怎麼樣？」

　　顏布布手指搭在獸皮衣的搭扣上。

　　封琛卻沒回答他的問題，只盯著腕錶喃喃著：「怎麼回事？為什麼就只過了一晚上，極寒天氣就沒有了……」

　　顏布布見他神情嚴肅，突然也想到了一個嚴重的問題，臉上笑容消失，「溫度這麼高……冰會不會化啊？」

　　他們現在可是在海面上，要是冰層融化那就糟糕了。

　　封琛手指在腕錶螢幕上點擊，頭也不抬地回道：「沒事，我們現在就回到岸上去。光是氣溫高還不算太大的問題，冰層融化不會那麼快，只要不起烏雲。」

　　顏布布鬆了口氣，繼續看著天空。可就在這時，他看見天邊出現了烏雲，向著太陽方向翻騰滾動，便拉了拉封琛，「哎，哥哥你看啊，起烏雲了。」

　　封琛詫異地抬頭，在看見那團黑沉沉的烏雲後，臉色頓時驟變。

　　「糟了！」他轉身對著顏布布道：「我終於知道那些冰原狼和猛獁象為什麼逃了。」

顏布布很少見他露出這樣緊張的神情，像是有大事來臨，便嚇得一動不動地站在了原地。

「快快快，上車！」封琛拉著顏布布就往車上跑，同時大喊：「比努努、薩薩卡，上車！快點！」

履帶車開啟，迅速調換了個方向，朝著左邊海岸直直駛去。

封琛將能量板踩到底，飛快地脫掉身上的獸皮衣，一邊疾馳一邊對顏布布和兩隻量子獸解釋：「剛才的烏雲叫積雨雲，看那面積範圍和雲層厚度，可能會有一場暴雨。如果光是氣溫升高，冰層不會那麼快融化，但有了暴雨，可以在一天之內將這海面上所有的冰融化掉，我們必須趕緊上岸。」

顏布布坐在駕駛座旁，惶惶地問：「如果出現你說的情況，我們可以在冰化前趕到岸上去嗎？」

「說不準。」封琛緊擰著眉頭，「我們是履帶車，速度沒有那麼快。只希望現在能起風將那雲吹散，就算沒有風也別打雷，最怕的就是開始打雷。」

**轟轟**！話音剛落，頭上就連接響起了幾個炸雷，震得車窗玻璃都在嗡嗡響。

顏布布好多年沒聽到過打雷聲，條件反射地抓緊了封琛的肩膀。

比努努如臨大敵般齜著牙四處張望，想將那發出異響的東西找出來，黑獅安撫地舔舔牠的腦袋，示意牠別緊張。

「現在在打雷了……」顏布布驚惶地問：「打雷了會怎麼樣？」

這句話問出口，顏布布就後悔了，伸手去捂封琛的嘴，「哥哥你別出聲！」

「就會下暴雨。」

但他動作慢了一步，封琛還是將這句話說了出來。

顏布布跺著腳催促：「你快補救，你快點補救。」

「別這麼迷信。」封琛斥完，卻還是補救了一句：「希望這場暴雨

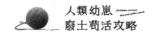
不要落下來。」

話音剛落，嘩啦啦的雨點傾盆而下，如同撒下的豆子般，打得車頂啪啪作響。

顏布布和封琛都沉默了。

雨水瞬間沾染了車前窗，封琛嘆口氣打開雨刷器，嘴裡道：「我補救了。」

「你那就不叫補救，叫下咒。」顏布布絕望地大叫。

「這也能怪我？」封琛有些無語，無奈道：「其實我說不說，那雨都會下的。」

## 第六章

## 哥哥，我想隨時和你在一塊兒，
## 永遠在一塊兒

◆━━━━━━◆

「誇我吧，快，誇我。」顏布布笑了起來。

封琛一言不發地收回視線，看著湛藍如洗的天空。

「還不錯，有鼻子有眼的。」

雖然封琛只說了句還不錯，但顏布布知道這句話對於封琛來說，

已經算是極高的褒獎之詞了，頓時笑開了花。

比努努不知道什麼時候也游在了封琛身旁，一雙黑沉沉的眼靜靜看

著他。

「你也還不錯，有鼻子有眼。」封琛又道。

比努努滿意地游到前面去。

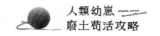

　　帶著微溫的暴雨傾盆而下，澆落在這片久未見過雨水的冰川上。冰面很快有了層淺淺的積水，履帶車一路飛濺起水花。

　　比努努和黑獅擠在車窗前看著外面，顏布布也湊了過去，三顆頭都貼在車窗上。

　　近處還不明顯，但顏布布看向遠方時，看見那些地方不再是一片白色，而是出現了淡淡的墨色。

　　冰層在飛速消失、融化，越來越薄，已經能看到下面的海水。

　　封琛一直將能量板踩到底，也不斷在看腕錶上的地圖。

　　按照履帶車的速度，全速行駛也還要半個小時才能上岸，但冰層融化得太快了，估計再過 10 分鐘，這輛車就會沉到海裡。封琛再看了眼腕錶上的即時地圖，果斷將能量板卡死，起身收拾行李。

　　「顏布布，儲物櫃裡有抗壓潛水服，去取出來穿上。」

　　「好。」顏布布立即行動。

　　黑獅去和封琛一起收拾車內物品，比努努也去將牠那個背包揹上。

　　顏布布往身上穿抗壓潛水服，見比努努一動不動地站在面前盯著自己，便道：「你不需要這個的，你總不能見什麼都想要。」

　　封琛正在收撿溧石，也道：「這個也太大了，以後我給你做一套合身的。」

　　比努努這才滿意轉身。

　　封琛掏出了一個充氣袋，將車內能裝的物品都往裡面裝。除了必備的溧石、毛毯和衣物，連溧石小爐和鍋碗瓢盆都裝了進去，鼓鼓囊囊的一大袋。

　　「你自己的東西都收拾好了嗎？」

　　封琛見顏布布過來幫忙，便問道。

　　顏布布點頭，「收拾好了。」

　　「確定？」

　　「確定。」顏布布果斷回答。

封琛手下不停，看也沒看他，「把藏在儲物櫃裡面的卷子和作業拿出來，我放到充氣袋裡。」

顏布布身體僵了幾秒，接著便去櫃子裡掏出卷子和作業本，訕訕地遞給封琛。

封琛將能帶的東西都帶上，食物就不帶了，岸上有很多變異種，不會缺吃的。

兩人都套上抗壓潛水服，封琛打開了車門，牽著顏布布站在門口。

車身下的冰層趨近透明，整片冰川已經變成了海水一樣的墨藍色。履帶飛濺起水花，讓這輛車看著就像行駛在海面上一般。

顏布布被封琛牽著，心裡撲通直跳。雖然他知道有封琛在身旁，一定不會有危險，卻還是有些緊張。

時間又過去了幾分鐘，封琛抬腕看了下錶。

當幾聲清脆的碎冰聲響傳入耳中，車身也瞬間下沉時，他先將充氣袋推下去，再喊了聲：「跳！」

封琛隨即拉著顏布布撲入海裡。

雖然穿著抗壓潛水服，也有足夠的氧氣，但顏布布被冰涼海水淹沒的瞬間，還是感覺到了窒息，不停大口大口喘氣。

他轉頭看向他們的那輛履帶車，看著它緩緩沉向海底，看見黑獅圍著那車轉悠，也跟著往下潛。

顏布布正想問黑獅在做什麼，就聽到封琛微微失真的聲音在通話器裡響起：「比努努還在車裡。」

「啊！牠在車裡做什麼？」

「不知道，看看去。」

封琛拉著顏布布追上那輛車，看見比努努竟然端正地坐在駕駛座上，兩隻小爪扶著方向盤，鎮定地跟著車往下沉。

顏布布連忙游到車窗旁，敲了敲，又對著比努努大喊：「走啊，快走，別坐著了。」

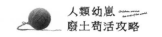

「牠沒穿潛水服，聽不見。」

「我去拖牠。」顏布布想繞到另一邊從車門進去，封琛卻拉住了他，「不用。」

他連續敲擊駕駛位車窗，在比努努轉頭看來時，對牠做出口型：「買，新，車。」

黑獅這時已經游進了車廂裡，張嘴咬住了比努努的背包。比努努不再抓著方向盤，鬆開爪子，順從地任由黑獅叼著牠離開車。

水面冰層並沒有都破裂，有些地方還是完好的。

顏布布被封琛牽著從冰層下游過，仰頭看著天空，像是隔了層磨花玻璃，有些霧濛濛的看不清。

「冷不冷？」封琛問道。雖然抗壓潛水服能隔溫，但剛化冰的海水刺骨冰寒，封琛怕顏布布受不了。

顏布布回道：「不冷。」

任誰在極度低溫裡生活數年，也有了一定的抗寒能力。

從海裡游上岸需要半個小時左右，這半個小時裡，顏布布的嘴就沒有閉上過。

「哥哥你想像一下，要是突然從海裡冒出來一隻大海怪，張嘴向我們咬來，你怕不怕的？……算了，你不要回答，不准做聲。」

「我好心疼我們的車，就這麼沒了。」

「我看到了一個名詞，叫深海恐懼症，就是深不見底的海水帶給人的心理壓力……我會不會有？啊……我不敢看下面，好像頭暈目眩了，你把我抓緊點。」

「你看比努努一直游在最前面，牠不累嗎？牠會不會也是個充氣的？哈哈哈。」

封琛時不時回上一句，大部分時間都充耳不聞。

顏布布游了十來分鐘後，體力快要耗盡，呼哧呼哧地道：「我讓薩薩卡托著我游吧。」

「不行。」封琛說。

「為什麼？」

封琛轉頭看了他一眼，「這幾天我們都沒有訓練，現在就當體力訓練了。」

「……可你不是說我只要訓練身法和敏捷度嗎？」

「光有身法和敏捷度也不行，體力必須要跟上。」

顏布布繼續往前游，抬頭看了眼天空，看見冰層上的雨水不知道什麼時候停了，太陽鑽出了雲層。

陽光穿透冰層，照亮這片海域，海水從墨藍變成天空一樣澄澈的藍，顏布布如同置身在巨大的藍色琥珀中。

「哥哥你看。」

「嗯，看見了。」

黑獅嘴裡咬著充氣袋的繩子，游到顏布布身下，將他托了起來。他仰面躺在黑獅背上，靜靜地隔著冰層看天空，看海水，看身旁的封琛。

封琛頭套下的臉被海水映亮，每一處線條都完美得無可挑剔。

「你盯著我幹什麼？」封琛頭也不側地問。

顏布布的聲音從通話器裡傳出，微微有些失真：「哥哥，你知不知道你長得好好看。」

「知道。」封琛說。

顏布布問：「你怎麼知道的？」

「因為你一直在盯著我。」封琛淡淡地道：「把頭轉回去。」

「不，除非你也誇我好看。」

封琛也翻了個身躺著，伸手摟住黑獅的脖子，讓牠帶著自己前進，半瞇的目光則落在顏布布臉上。

「誇我吧，快，誇我。」顏布布笑了起來，光點在他臉上和眼底跳躍，像是撒了一把爍金。

封琛一言不發地收回視線，看著湛藍如洗的天空。

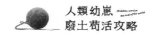

「還不錯，有鼻子有眼的。」

雖然封琛只說了句還不錯，但顏布布知道這句話對於封琛來說，已經算是極高的褒獎之詞了，頓時笑開了花。

比努努不知道什麼時候也游在了封琛身旁，一雙黑沉沉的眼靜靜看著他。

「你也還不錯，有鼻子有眼。」封琛又道。

比努努滿意地游到前面去。

雖然大家都掉進了海裡，連車也沒了，卻都沒有多少難過和沮喪，依然像平常一樣有說有笑，半個小時後游上了岸。

說是上岸，其實也有齊腰深的水，終年的積雪終於融化，匯成河流湧向大海。

「都拉緊了，不要被水沖走。」

水流太急，封琛牽著顏布布艱難地往前。

現在的氣溫是 19℃，他倆已經把潛水服上的頭套摘了下來。黑獅叼著裝了物品的充氣袋跟在後面，比努努就坐在牠碩大的頭頂。

往前走了片刻，看見幾座連綿群山。山上沒有半分綠色，只有冷硬的黑色山岩。

「上山去，找個地方歇一下。」

山坡並不陡峭，兩人在那些石頭上跳躍攀爬，很快就找了處平坦的地方歇腳。

顏布布脫掉厚重的潛水服，讓暖暖的太陽曬在身上，仰面呼吸著帶有溫度的濕潤空氣。

「原來太陽曬在臉上是這樣的感覺……」

封琛將兩人的潛水服塞進充氣袋，低頭看腕錶，「按照原本的路線，我們還有一週就能到中心城，現在沒有了車，又要繞行，會多花上一倍的時間。」

「好舒服啊，多一倍就多一倍吧……」顏布布已經四仰八叉地躺在

石頭上，閉著眼睛曬太陽。

封琛垂眸看了他片刻，乾脆也躺下去，一併閉上了眼。

「哥哥，這天氣會越來越熱，又變成以前那種嗎？」顏布布摸到封琛的手，在他手背上撓了撓。

封琛將他手反握在掌心，道：「我不知道。」

「如果又熱起來怎麼辦？」

封琛想了想，無所謂地道：「總能想到辦法的。比如挖個洞暫時待著，白天睡覺，晚上出來找吃的，酷熱應該持續不了多久，堅持個一年半載就行了。」

「……還一年半載。」顏布布默默地出神，想著那場景，突然撲哧笑出聲。

「你在笑什麼？」封琛問。

顏布布說：「那樣的話，我覺得我們好像鼴鼠喔。」

「你見過鼴鼠？」封琛抬手躺在額頭上，語氣閒適。

「電視上見過。」顏布布用門牙咬住下唇，「看，這個樣子。」

封琛轉頭看了他一眼，「這是老鼠。」

顏布布茫然：「老鼠啊……比努努，鼴鼠是什麼樣的。」

比努努正平攤在黑獅背上曬太陽，轉過頭對著顏布布兩人瞇起眼睛伸長嘴。

「喔，知道了。」顏布布道。

大家都曬夠了太陽，這才起身趕路。

封琛將懶洋洋往下墜的顏布布拉住，「站直了，我們能早點到中心城就早點，能不做鼴鼠就不做鼴鼠。」

充氣袋外的氣體放掉，便成了行李袋。

黑獅重新揹上了行李袋，雖然袋裡裝了很多東西，大而沉重，但對牠來說，這點重量完全可以忽略不計。

「先翻過這座山，比努努去前面探路，薩薩卡揹行李……」

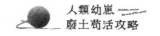

接下來一週，顏布布和封琛便白天趕路，夜裡找處地方過夜。

植物的生命力永遠最強大，氣溫回暖也不過幾天，那些光禿禿的山梁上便出現了綠色，猶如畫筆無意灑下的油彩，星星點點。

到了第八天，那些綠色就瘋狂地蔓延開去，油彩潑染了整張畫紙，目及之處一片濃冽的綠色。

動物們也不再蟄伏，紛紛出洞。

經過一場長達 9 年的酷寒，現在還安好的動物基本上都是變異種，不過倒也方便了黑獅捕獵。

黑獅將捕捉的變異種處理好後帶回來，封琛便用溧石小爐煮一鍋。有種烏山雀變異種的肉特別鮮美，顏布布很喜歡，黑獅便不再抓其他變異種，只抓烏山雀。

下午時分，太陽快要落山，封琛找了一處山洞鋪好毛毯，等黑獅帶著捉到的烏山雀回來後，就要開始燒火做飯。

「哥哥，要我給你按摩嗎？」顏布布問道。

封琛半靠在一塊石頭上休息，眼也不睜地道：「給我把頭髮重新紮一下。」

封琛頭後的揪揪有些鬆，髮絲垂散在頰側，顏布布便蹲在他身後，將頭髮重新紮好。

「我想去附近玩一下。」顏布布開始提要求。

封琛撩起眼皮看了他一眼，吩咐道：「別跑遠了，注意安全，把比努努帶上。」

「知道了。」顏布布高興地轉身，去戳旁邊躺著的比努努，「走啊，我們去逛逛。」

比努努站起身往洞外走，顏布布便跟了上去。

山坡上雖然沒有高大樹木，卻也綠草成蔭，中間還盛開著一些不知

名的小花。

顏布布和比努努看到這些花都很激動，他們蹲下身，將每一朵都仔細地看一遍。

「我在一本書上見過這種花，說是能吃的。」顏布布輕輕碰了下花瓣，「我們要摘掉它吃嗎？」

比努努搖頭。

顏布布笑起來，「我也覺得不要吃，讓它開在這裡多漂亮。來，你也摸摸。」

比努努將小爪放上花瓣，但它沒有想到這朵花如此脆弱，咔嚓一聲就折斷了。

顏布布見比努努身體僵硬，便道：「沒事的，反正已經斷了，那我就吃了吧。」

他撿起小花塞進嘴，嚼了幾口後道：「不好吃。」

比努努轉過身，在草叢裡發現了什麼，目不轉睛地看著。顏布布也挪過去，看見草叢裡長著兩朵小傘似的東西。

「這是蘑菇啊！我見到活的蘑菇了！」顏布布驚喜地大叫：「比努努，這就是蘑菇。我小時候吃過，現在都還記得那味道，和肉一起燉的話，很鮮美、很好吃。」

他摘掉那兩朵蘑菇，發現前面一片的蘑菇更多，有大有小，密密擠擠地挨在一起，像一簇簇花花綠綠的小傘。

「好多蘑菇啊，我要全摘掉讓哥哥煮來吃，等會兒正好和烏山雀一起燉湯……」

比努努也來幫忙，很快將那堆蘑菇摘完，顏布布用毛衣下襬兜著，準備返回山洞。

他用手撥弄著那堆蘑菇，看見有一朵最小的，只有指甲蓋大，紅豔豔的非常好看。

「比努努，你看這個，好不好看？」顏布布將那朵蘑菇拿起來，吞

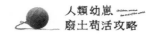

嚥了下，「這個這麼小，我先嚐嚐吧。」

在比努努的注視下，顏布布將那朵小蘑菇的蓋咬進嘴裡，慢慢地嚼，評價道：「可能是沒有煮過的原因，味道有點怪，不過有股清香⋯⋯但是這個傘柄我不想吃了⋯⋯走吧，回去。」

顏布布繼續往回走，但這次走了沒幾步，他便覺得眼前的景物在開始晃動，腳下也像踩著棉花，輕飄飄地站不穩。

「地震了嗎？這是地⋯⋯震⋯⋯了⋯⋯嗎⋯⋯沒有地震⋯⋯」

顏布布聽到自己聲音也變了，拖得長長的，面前的空氣出現奇怪的扭曲，飄起了五顏六色的彩條。

「這是⋯⋯什麼呀⋯⋯好多泡泡，肥皂泡泡⋯⋯」

他看到比努努飛了起來，停在自己面前，像分身一般分成了七、八個，每一個比努努腦袋上都插滿鮮花，手牽手圍成一圈。

「比努努，你好像一朵大花⋯⋯哈哈哈，這麼多的比努努，飛吧，快飛吧⋯⋯」

比努努一臉怒氣地看著躺在地上胡言亂語的顏布布。看了一陣後，牠臉上的怒意漸漸消失，神情變得驚疑不定起來。

牠蹲下身，推了推顏布布，聽到他又在哈哈笑：「我也飛起來了，好多比努努，我們一起飛⋯⋯我要飛去找哥哥，帶著他一起⋯⋯」

比努努瞧了會兒顏布布，眼底越來越驚慌。

牠扭頭往回跑，跑了幾步後不放心顏布布一個人在這兒，又跑回來，手足無措地站在他身旁。

顏布布手指在空中撚動，像是在摘花，「這朵給哥哥、這朵給比努努、這朵給薩薩卡⋯⋯」

比努努瞧著顏布布，突然想到了什麼，臉上的驚慌消失，露出掙扎的神情，像是正在心裡進行某種思想鬥爭。

「多摘一朵，插在哥哥的頭髮上⋯⋯」

片刻後，比努努像是下了某種決心，深吸了一口氣，閉上了眼睛。

顏布布正躺在地上傻笑，突然笑聲僵住，雙眼死死地盯著天空，背脊強直，兩手痙攣地扣緊身旁地面。

他明亮的瞳仁突然失去了光澤，變成一種極致的黑，且飛快擴散至整個眼球。那瓷白的肌膚也透出了青色，蛛網狀的毛細血管在皮膚上迅速凸起。

也就過了短短幾秒時間，比努努睜開了眼。

與此同時，顏布布瞳仁裡的黑水如同潮水般飛快褪去，青灰色的蛛網也隱沒在他皮膚上。

「嘿，小花傘，滿天都是小花傘⋯⋯」顏布布又開始吃吃傻笑。

比努努依舊盯著顏布布，但牠像是已經搞清楚了顏布布並沒有大礙，神情不再慌張，鎮定了下來。

封琛剛將烏山雀肉剁成塊丟進鍋裡，就聽到了顏布布的歌聲。

「⋯⋯晚霞映照著你的笑臉，那是我遠行時唯一的眷念⋯⋯晚風吹拂著我的臉龐，吹不走心頭那淡淡的憂傷⋯⋯」

隨著歌聲越來越近，苦著一張臉的黑獅出現在洞口，旁邊跟著摀住耳朵的比努努。

正在唱歌的顏布布，被一根樹藤牢牢實實捆在黑獅背上，臉蛋兒泛著紅，像是喝醉了酒一般。

「這是怎麼了？」封琛驚愕地問。

比努努上前一步，對封琛舉起小爪子。

封琛攤開手，一小截筷子頭似的東西就掉在他掌心。

「這是什麼？」封琛手指撥弄著那東西，

比努努又舉起一整朵蘑菇遞給了他。

封琛終於明白過來，臉上神情變得一言難盡，「他吃了一朵野蘑

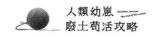
菇，就變成這樣了？」

比努努點頭。

封琛掰開顏布布眼皮看，又解開繩子，將他抱到洞外小山坡上，掏他的喉嚨口進行催吐。

「去把水給我端來。」封琛吩咐一旁的比努努，「我給他灌水洗一下胃，再去行李袋裡把藥箱拎來。」

比努努站著沒動，等封琛看過來時，對著他搖搖頭。

封琛遲疑了下，問道：「你是覺得他沒事？」

比努努點頭。

「你確定？」

平常若是被封琛這樣質疑，比努努必定要火冒三丈，但牠現在卻沒有發脾氣，只擰起眉重重點頭，表示確定顏布布沒事。

封琛相信比努努能這麼篤定，那必然有牠的理由，便對黑獅道：「薩薩卡再去燒點開水，我給他多餵點水。」

封琛抱著顏布布進洞，原本還在唱歌的顏布布突然停下聲音，目光迷離地看著他。

「……哥哥你真好看。」顏布布吃吃地笑了聲。

封琛瞥了他一眼，「雖然吃了毒蘑菇，審美還挺正常。」

「你現在……鼻子長在額頭上，嘴巴……嘴巴也歪的，還是……還是很好看。」

封琛將顏布布攔在洞裡鋪好的毛毯上，準備另外再取條毛毯給他蓋，剛轉身就被扯住了褲腿，「哥哥你別走，你陪我，這山洞裡有妖怪，在對著我耳朵嗚嗚地吹風。」

封琛說：「我去給你端水喝。」

「別走……」顏布布委屈得眼睛都紅了，「雖然你現在看上去就和妖怪差不多，我也不要你走。」

封琛看看自己被抻得變形的毛褲腿，又看看可憐兮兮的顏布布，只

得在他身旁坐下，吩咐黑獅去端水。

接過黑獅叼來的水壺，封琛餵給了顏布布。不管是喝水還是躺下去，顏布布都緊拽著他的褲腿不鬆。

「小狗汪汪汪，小鴨嘎嘎嘎，小羊咩咩咩，小雨嘩啦啦……」

顏布布開始唱一首兒歌，封琛記得這歌詞，當初西聯軍在蜂巢船上開辦學校時，小班最愛唱這首歌。

「山坡上盛開著花朵，雲兒下流淌著小河，啦啦啦，啦啦啦，啦啦啦啦啦啦啦……」

9 年來，封琛從未聽顏布布唱過在蜂巢船上學過的歌，本來以為他忘記了，沒想到他現在卻一首接一首地唱，半句歌詞都沒有忘記。

「啦啦啦，啦啦啦，啦啦啦啦啦啦啦……」

黑獅和比努努早就躲出了洞，封琛沉默地靠坐在洞壁上，任由顏布布扯動他的褲腳，兀自沉浸在思緒中。

直到感覺小腿傳來一陣涼意，封琛有些無語地看著顏布布，看他雖然側躺著，手裡卻在挽一個線團，而自己的毛褲已經被拆到了小腿上。

「我是蠶寶寶，我要吐絲做繭子……我是蠶寶寶……」顏布布一邊挽線團，一邊弓起身蠕動了兩下。

封琛將線團從顏布布手裡取出來，去角落換了條戶外褲，毛褲和線團都塞進充氣袋，以後補一補還能穿。

顏布布裹在毛毯裡翻來翻去，嘴裡不停咕噥著什麼，倒也比剛才安靜了不少。

那像是喝醉了似的紅臉蛋也在退色，毒蘑菇的作用正在消退。

封琛見他好了許多，便繼續去做飯，顏布布翻騰了會兒便盯著他看，又開口喚了聲：「哥哥。」

「嗯。」

「你以後會和別人結婚嗎？」

封琛沒想到他突然問這樣的問題，有些詫異地看了過去，「為什麼

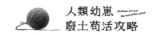

這麼問？」

顏布布說：「書裡說，每個人都要結婚。」

封琛揭開鍋蓋，用筷子翻鍋裡的肉，隨口道：「胡扯，也有很多人不結婚的。」

「那你呢？你會結婚嗎？」

「不知道。」

顏布布眼神有些迷蒙，「哥哥，那你知道什麼是愛情嗎？」

封琛吹著鍋裡的白氣，「不知道。」

「你不知道啊……但是我知道。」顏布布說。

封琛看向他，挑了下眉，「你知道？」

「書裡說，兩個人有了愛情，就想隨時在一塊兒，永遠在一塊兒，不允許有第三個人的存在。」顏布布將兩隻手從毯子裡伸出來，大拇指對了對，「我看電影裡那些人，只要親個嘴兒就成了愛情，別人再沒法摻和進來。」

他舌頭有些大，但封琛還是聽清楚了，發出兩聲低笑。

顏布布看著他俊美的側臉，幽幽地道：「哥哥，我想隨時和你在一塊兒，永遠在一塊兒。」

封琛神情不變，也沒有應聲，只不緊不慢攪弄著鍋裡的肉塊。

顏布布笑了聲，把毯子拉上來將臉蓋住，甕甕的聲音從毯子下傳出來：「我們只差親嘴兒了，還差那麼一點點，親嘴兒後就是愛情，沒有人再能摻和進來。」

封琛往碗裡舀了幾勺湯，吹涼後端到地鋪前坐下，一隻手去攬顏布布起身。

手才剛碰到顏布布的肩，他的頭就從毯子裡鑽出來，揚起下巴嘬起嘴，滿面泛紅地閉上了眼睛。

封琛垂眸看著他，舀起一勺湯遞到他嘬得高高的嘴邊。

顏布布察覺到不對，剛張嘴想說什麼，一勺子湯就餵了進去。

咕嚕……顏布布喝下湯，「哥哥，我不是想喝湯。」

「那你想做什麼？」封琛平靜地問。

顏布布眨了眨眼睛，用氣音做口型：「我想親嘴。」

「什麼？」

「我想親嘴。」顏布布聲音提高了些。

封琛面無表情地道：「聽不清。」

顏布布這次清晰響亮地回答：「我想親嘴。」

封琛攏下碗，兩隻手互相一按，骨節發出咔噠聲，「聽不清，再大聲一點。」

顏布布就算腦子昏沉，也清楚現在情況不妙，改口小聲道：「我想喝湯。」

封琛這次倒是聽清了，端起碗舀了塊肉餵進他的嘴裡，「把這碗湯喝光就睡覺，休息一晚就好了。」

顏布布到底不舒服，吃完這碗肉，將湯水喝得一滴不剩，倒頭就睡了過去。

封琛坐在他身側，垂著眼簾不知道在想什麼，片刻後才端著空碗起身。他看見比努努站在洞口，便用手指凌空點了點牠，「你要是也跟著他去看那些亂七八糟的東西，我就要揍你。」

比努努莫名其妙挨了一頓罵，立即就開始齜牙。

「你這是什麼態度？管教不得了？」封琛厲聲道。

比努努沒有再齜牙，恨恨地轉身離開去找黑獅。

顏布布徹底清醒已經是第二天。

他恍惚記得自己吃了那個蘑菇後，出現了一些奇怪的幻覺，也似乎給封琛說了一些關於愛情和親嘴兒的話。

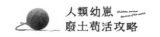

他想找封琛確定下，卻不敢開口，封琛也不主動談起，兩人就沒再提過這事。

接下來幾天，氣溫始終維持在 21℃ 左右，那些積雪化成的水也消退蒸發。

植物瘋狂生長蔓延，地殼表面終年不變的白色成了濃濃淺淺的綠。

這個世界看上去每天都在變化，顏布布每天都處在興奮中。

比努努和黑獅也盡情地撒歡，看見濃密的草坪就跳進去打滾，滾得一身全是草根和野花瓣。

「啊啊啊啊啊……極寒終於過去了……天空好藍好美啊……雲朵好美啊……」

封琛雖然沒有他們表現得那麼興奮，但看見他們仨嬉鬧時，眼底也閃著愉悅的光。

這天早上，兩人兩量子獸一大早便出發，繼續前往中心城。

比努努穿著一條小花裙，揹著背包走在最前面。黑獅跟在牠身側，將那大袋行李馱在背上。

封琛看著腕錶上的地圖，「前面有一座大山，我們得在今天白天翻過山，晚上就在山下的城市過夜。」

雖然如今的山上和城市也沒有大的差別，但山上夜裡露水重，睡到半夜毛毯上都結著水珠，如果能在山下找間沒垮的房子過夜，還是要好得多。

這一帶地貌和海雲城不同，四處都是連綿的群山，好在山峰並不陡峭，也不算太高。

相比封琛和兩隻量子獸，顏布布的體力最差，沒爬多久便有些氣喘吁吁。

「累了嗎？要不我揹你？」封琛擦掉顏布布額頭上的汗珠。

顏布布說：「你不是讓我鍛鍊體力嗎？我還是自己爬吧。」

「當心石頭。」封琛牽著他繞過一塊大石，「這幾座山之間有一個

深谷，形狀像是一滴眼淚，傳說是阿貝爾神女曾經流下的眼淚，所以那個山谷叫做阿貝爾之淚。」

「阿貝爾之淚，好好聽。」顏布布說。

翻過這座山頭，果然就看見了阿貝爾谷。谷底呈現出植被繁茂的墨綠色，和周圍淺綠色的山巒界限分明，像是墜落在淺淡湖水中墜的一顆淚滴形墨綠寶石。

「好漂亮，哥哥你看，好漂亮。」顏布布指著谷底興奮大叫。

比努努和黑獅也停下了腳步，目不轉睛地看著那處。

「好好看的山谷，走，我們下去。」顏布布去拉封琛的手，卻發現他緊鎖眉頭，神情顯得凝重。

「怎麼了？」顏布布問。

封琛說：「那谷裡的植物不像是這幾天剛長出來的，看著也太茂密了些。」

顏布布一琢磨，也發現了不對勁。

「是喔，你看這些山上的小草都才半尺高，可那下面都是樹哎，很高很高的樹，難道是以前沒有被凍死的？」

封琛覺得那山谷不大尋常，但是環谷的山峰是一座又一座峭壁，要從這裡去往中心城，只能橫穿山谷。

「走吧，反正要小心些，注意點周圍的情況。」

順著山坡往下，很快就到了谷底，進入了一片樹林。這林子裡枝幹虯結，樹冠將陽光擋得密不透風，光線變得陰暗下來。

封琛感覺到氣溫驟然變低，抬起手看了下，腕錶顯示為 15℃，比林子外的 21℃ 低了 6 度。

灌木肆意橫生，他拔出匕首割斷藤條清路，比努努和黑獅已經往前鑽去查探，很快就不見了影子。

「哥哥，這裡面一定有變異種。」顏布布緊緊抓住封琛的手，警惕地左右張望，「你看這些樹，沒準就是變異種。」

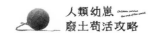

「為什麼？」封琛割斷一根藤條，嘴裡問道。

「因為我手臂上涼颼颼的，都起了雞皮疙瘩。」顏布布壓低了聲音，神祕道：「電影裡要出現什麼壞東西的時候，主角會摸著自己的手臂說好冷。」

封琛說：「好像有點道理。」

「你不是說我看的電影都是垃圾嗎？」顏布布開始摸自己手臂。

「雖然有點道理，也改不了那是垃圾的事實。」

顏布布不滿意地道：「反正你不喜歡的你就說那是垃圾……」

「噓——」封琛突然做了個噤聲的手勢，顏布布立即閉上嘴，順著他視線看去。

只見右邊生著幾棵碗口粗的樹，深褐色的枝幹光滑筆直，樹下方是半人高的灌木，中間還探出幾株野花，在微風中輕輕搖曳。

顏布布沒看到什麼異常，正想問封琛怎麼了，就見其中一棵樹忽然彎折，樹冠從頂上垂落下來。

那團膨大的樹冠從中分成上下兩半，就像是張開的大口，對著兩人咬來。

封琛將顏布布往後推了幾步，極快地閃到那棵樹旁，快速將匕首刺入樹幹。

「嘶！」那棵樹扭曲著樹身，發出蛇一樣的痛嘶，樹冠也跟著顫抖，樹葉簌簌搖晃。

封琛拔出匕首，對著樹冠下方，就像是對著蛇的七寸位置連接扎了幾刀，那樹身上便汩汩流出墨綠色的液體。

接著牠轟然倒下，整棵樹匍匐在地上，竟然像是一條蛇般靈活地往前遊。

封琛彈出一縷精神力追了上去，鑽入牠的樹冠，在裡面砰然炸開。樹葉散落一地，牠長長的身體抽搐掙扎了幾下後便不再動彈。

顏布布看得心驚肉跳，走到封琛身旁觀察一會兒後問道：「這到底

是樹還是蛇？」

封琛說：「應該是蛇變異種，沒有看到牠的樹根。」

顏布布看向其他幾棵一模一樣的樹，扯了扯封琛的胳膊，「你看它們，它們也是嗎？」

「不是，那些是普通的樹，我剛用精神力檢查過，只有這根才是。」封琛道。

兩人繼續往前走，路上可以看到一些被折斷的樹枝，那是比努努和薩薩卡經過時留下的痕跡。

「牠們倆去哪兒了？」顏布布問。

封琛和黑獅取得精神聯繫，「牠們在前面探路，就在幾十公尺遠的地方。」

「那前面有發現什麼嗎？」

「暫時沒有。」

顏布布被封琛牽著繼續往前，腳下踏著厚厚的腐敗枝葉，發出吱嘎吱嘎的聲響。這聲響原本並不大，但在這寂靜得沒有半分聲音的叢林裡，顯得格外清晰。

「這些樹是新近長出來的，還是冬天沒有被凍死的？」顏布布問。

封琛說：「不是新近長出來的。」

他指著旁邊一棵興許是剛被比努努踹斷的斷樁，「看見這些紋路了嗎？這棵樹在這兒起碼生長了十幾年。」

封琛說到這兒，抬起腕錶看了下，「15℃。剛才剛進樹林的時候，氣溫顯示就是 15℃，和外面的氣溫是斷崖似的下降。雖然有樹冠遮擋了陽光，也應該有一個逐漸變低的過程。我感覺這裡就像是一個控溫場，以樹林為範圍，保持著 15℃的恒溫。」

顏布布聽得迷迷糊糊的，卻也不斷點頭附和。

封琛看出他沒有聽明白，便道：「這樹林有點不尋常，可能還有其他東西，我們得小心點。」

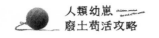

顏布布這下聽懂了，精神一凜：「好。」

封琛突然停下腳步，看向了叢林右方。

「怎麼了？」顏布布問。

「牠們倆在右邊有了發現。」

10分鐘後，兩人和兩量子獸都分別藏身在幾棵大樹後面，大樹前方五十公尺處是一排高高的金屬網。

金屬網圍住了一片區域，中間有棟圓弧頂的白色房子，大門就那麼敞開著，也不知道裡面有沒有人。

封琛看著那棟白色房子，目露深思，「這不是民宅，修建在這片叢林裡很不正常，林子裡的恒溫可能也和這房子有關。我和薩薩卡去看看，顏布布和比努努留下。」

「不！我也要去！」

「吼！」

顏布布和比努努同時發出反對聲。

封琛對顏布布說：「行，那我們留下，你自己進去。」

顏布布：「不！我才不要一個人去。」

比努努：「吼！」

封琛轉向比努努，嚴肅道：「你想進去是吧？那你自己去，我們在外面等你。」

比努努倏地起身往樹外衝，被封琛一把拉住，「我說錯話了，忘記了你是名勇士。」

封琛原本想去那屋子裡一看究竟，但顏布布和比努努都要跟著去，他不大放心，便只得放棄這個想法：「別管那屋子裡有什麼，我們還是繼續趕路。」

「啊……」顏布布很失望，「我還想進去探險的。」

封琛看了他一眼說：「這林子很有問題，我們探到這棟樓附近，已經很險了。」

「這算什麼探險啊？我不幹。」

「吼……」

顏布布還想要遊說，突然被封琛摟在懷中，往後迅速倒退了幾步。還沒站穩，就駭然發現面前竟多出了一隻喪屍。

而比努努和黑獅也竄了出去，分別和兩隻喪屍廝打在了一起。

這三隻喪屍都穿著藍色病號服，像是從某家醫院集體逃出來的病人。面前這隻喪屍身材高大，和身高近一米九的封琛不相上下，且身形比他還要魁梧。

它和顏布布之前見過的那些殘缺不全的喪屍不同，肢體完整，衣服整潔乾淨，如果不是那全黑的眼睛和滿臉的青黑色蛛網，看上去就像是個活人。

「去樹後藏著！」

封琛將顏布布推向樹後，同時用精神力刺向最近那隻喪屍的太陽穴。但他精神力在進入喪屍顱腦時遇到了阻礙，被擋在了外面。

那喪屍已經橫臂向他面門抓來，他向後仰身躲開，那隻生著長長烏青指甲的手就從頭上擦過。

短短瞬間，封琛連接放出幾道精神力，從不同方向刺向喪屍的顱腦和面門。但剛刺入皮膚，就像是撞上了一層無形的牆，將他的精神力給擋住。

封琛心頭一驚，這喪屍居然可以阻隔掉精神力對它頭部的攻擊。

他不再使用精神力，直接用匕首插向喪屍的太陽穴，可就在匕首快要接近時，喪屍往旁一側，匕首刺空。

封琛剛成為哨兵時便是 B 級，這幾年還提升了不少，按照剛才那一招的瞬間爆發力和速度，普通喪屍是不可能躲得過去的。

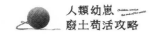

這壓根兒就不是一隻普通喪屍。

封琛揮刀直直刺出，那喪屍不避不閃，並用手抓向他的腹部。

封琛連忙收刀，下劈，將喪屍的手給震開，同時另一隻手握拳擊向了喪屍的胸膛。

砰一聲皮肉相撞的悶響，封琛和喪屍都往後退了幾步。

封琛這一拳是正常人無法承受的力量，面前這隻喪屍雖然強悍，胸骨也斷裂幾根，胸部凹陷下去了一大塊。但它絲毫感覺不到疼痛，又飛速衝了過來。

封琛見它來勢凶猛，便往旁邊躲閃避過，那喪屍徑直撞向前方的樹，將那成人腰粗的樹幹直接撞斷。

黑獅和比努努也分別在對付兩隻喪屍。

那兩隻穿著病號服的喪屍身形同樣高大精悍，格鬥能力很強。黑獅和比努努對付喪屍最是得心應手，卻也不能將牠倆給迅速解決掉。

封琛連接又刺中那喪屍兩刀，但都被它護住了頭部，分別只刺中胸膛和小腹。

顏布布一開始便聽從封琛吩咐，躲在了一棵大樹後。

現在見他倆越打越靠近，便往旁邊躲。誰知腳下樹葉咔嚓一聲，那喪屍聽到動靜後突然轉頭，放棄封琛對著他撲來。

喪屍轉眼便撲至眼前，顏布布都能清楚看見它墨黑色的牙齦和喉嚨口的懸壅垂。但他卻沒有逃，只往右邊偏了下頭，一隻生著長指甲的手就從他臉側劃過，一縷髮絲被風帶得飄了起來。

他接著又往後退了小半步，剛好躲過喪屍的一次撲咬，像是不經意的一個動作，又那麼合適地恰恰避開。

撲一聲刀鋒入肉的聲響，封琛的匕首已經插入喪屍後頸，再斜斜上刺，戳進顱腦。

那喪屍便怒瞪著雙目，慢慢撲倒在顏布布面前的地上。

封琛再去幫黑獅和比努努，有了他的幫忙，戰鬥很快便結束，地上

多了三具喪屍的屍體。

　　黑獅對付的那隻喉嚨被咬斷，比努努殺掉的那隻更是遍體鱗傷，五官都抓得看不清。

　　但黑獅和比努努也被擊傷，身上都有地方冒著黑煙。比努努還沒遇到過這樣難對付的喪屍，憤怒地扒掉小裙子，想衝上去撕咬喪屍屍體，被顏布布一把抱住。

　　「算了，別管它了，我看看你們身上怎麼樣。」顏布布看看黑獅又看看比努努，心疼地道：「別生氣，你看你都氣得頭頂冒煙了。」

　　黑獅顧不上自己，過來舔舐比努努頭頂冒黑煙的地方。不過量子獸的自癒能力很強，兩隻身上的黑煙很快就消失乾淨。

　　黑獅擔心還有喪屍埋伏在叢林裡，便四處去查看。封琛卻在翻看那三具喪屍屍體，眉頭緊鎖，神情凝重。

　　「你發現什麼了？」顏布布不想靠近喪屍，便蹲在封琛身後問他。

　　封琛說：「這三隻喪屍很古怪，不大正常。」

　　顏布布問：「你是說它們非常凶嗎？撲咬起來是怪厲害的。」

　　「對，它們不光撲咬厲害，還具備了格鬥技巧。如果光是這點的話，我還覺得沒什麼，以前在海雲塔遇見那些士兵變成的喪屍，也具有一定的格鬥技巧。但它能擋住我的精神力攻擊。」

　　「擋住精神力攻擊？」

　　封琛突然停下手，轉頭看他，「我要剖掉這隻喪屍的頭，你要不要避開？」

　　顏布布眨了眨眼睛，「各種喪屍的頭我都見過，包括那種爆得像爛西瓜似的腦袋。」

　　「行吧，去行李袋裡拿兩只袋子套在我手上做手套。」封琛開始挽衣袖，「我來把這個西瓜皮剝掉。」

　　鋒利的刀刃刺入喪屍頭頂，像是拉開一層薄薄的紙張，發出輕微的嘶啦聲。

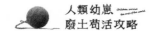

「這頭皮被縫合過。」封琛神情凝肅地低聲道：「整塊頭皮都留下了被切開過的痕跡，刀口整齊。」

封琛沿著喪屍頭頂原本的刀口用匕首劃開，露出下方青黑色的頭骨。頭骨和頭皮之間多了一層透明膜。

他用匕首尖戳了下，那透明膜便被刺穿出了一個小孔。

「應該就是這個擋住了我的精神力攻擊，但是本身並不堅硬，用匕首能輕易戳穿。」

封琛又將喪屍面部從中切開，同樣在皮層下方發現了那種透明膜。

「這是將它整顆頭都包起來了嗎？」顏布布有些驚訝，「它這個東西是專門用來對付哨兵嚮導的？」

「對，而且是人為的。」

封琛轉頭看向身後的白房子，輕輕瞇起了眼，「本來沒打算進去，但現在我要進去看看。」

「那要我去嗎？可以讓我也去嗎？」顏布布湊到他跟前。

顏布布沒有再吵著非要跟去，神情卻全是央求。封琛擔心林子裡還有喪屍，也不放心將他留下，這次便同意了。

黑獅留下放哨，顏布布、封琛和比努努進去。留下黑獅放哨還有個好處，如果有什麼情況，牠能通過精神聯繫直接告訴給封琛。

比努努心急火燎地衝在最前面，被封琛揪住了頭頂的一片葉子，「慢點，輕點，穩重點。」

「吼——」

「敢齜牙出聲就回去和薩薩卡一起放哨。」

比努努立即收聲。

封琛走在前面，跨過沒有關好的鐵門，後面兩隻緊緊跟隨，一口氣跑到那棟白色房子前。

房門虛掩著，封琛一拉便開了，他放出一絲精神力，確定門口附近沒有人才閃身進去。

顏布布和比努努趕緊跟上。

這是一間大廳，遍地散落著紙張，還有一些傾倒的桌椅。對面便是向下的樓梯，顏布布和比努努正要往樓梯口走，就被封琛拉住。

「你們倆就在這兒給我放哨，我下去看看就回來。」封琛道。

顏布布滿心失望：「怎麼還是放哨？」

「你倆不給我放哨，萬一從外面進來人怎麼辦？」封琛嚴肅地問。

「……那你下去遇到了喪屍又怎麼辦？」顏布布壓低聲音。

「我會喊你們的，你們就在這兒等著，給我放好哨就行。」封琛說完後便轉身下了樓梯。

顏布布都跟進了房子，沒想到還是放哨，比努努一臉憤憤，但也只能忍聲吞氣地站著。

封琛順著房頂角落一直往前，穿過向下的樓梯，進入一條通道，看見兩側都是有著透明玻璃的房間。

那些房間裡很亂，儀器倒在地上，摔碎的玻璃瓶碴散落滿地，看得出原本是個規模不小的實驗室。

整層樓沒有一個人，封琛走進最近的那間實驗室，看見投影機歪倒在桌上，紅燈還在閃爍，處在通電狀態。

這裡的人剛撤走不久，像是突發了什麼狀況，撤離得非常匆忙。

封琛走到投影機前，按下播放，牆上便投影出也歪斜著的畫面。

鏡頭裡出現了一名喪屍，就和剛才在林子裡碰見的三隻喪屍一樣，穿著藍白條紋的病號服。

而它身旁竟然站著名實驗員，正拿著小木錘敲擊它的膝蓋，像是在測試著膝跳反射。

喪屍就那麼溫順地坐著，漆黑的眼瞳直直看著前方，沒有去攻擊房間裡的其他人。

那名實驗員手持遙控器，按下其中一個鍵，喪屍立即起身，衝向前方的一個人形沙袋進行攻擊。當實驗員按下另一個鍵後，喪屍原本還在

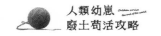
撕咬的動作瞬間中止，安靜地回到屋中央坐好。

看著這段畫面，封琛背心發涼，腦海裡浮出一個可怕的猜測——有人在這裡對喪屍進行實驗，剛才在林子裡遇到的喪屍便是他們的實驗品。只是不知道出了什麼事，整個實驗室的人在這之前不久全部撤離。

顏布布和比努努正站在大廳，便聽到一陣腳步聲，封琛從樓梯口走了上來。

「走，先離開這兒。」封琛簡短地道。

顏布布和比努努便跟了上去。

走在林子裡，顏布布跟在封琛身後，不斷向後張望，去看那棟白色的房子。

「看著點，腳下有藤。」封琛提醒他。

顏布布問：「你剛才在裡面看到了什麼？」

封琛說：「裡面是一間實驗室，我們剛才遇到的那種喪屍就是他們的實驗品。而且不知道用了什麼辦法，能讓喪屍聽從他們的指揮。」

「啊，讓喪屍聽從指揮。」顏布布神情一凜，腦中飛轉起念頭，嘴裡也不斷叭叭：「實驗室裡的人想加強喪屍的能力，還讓喪屍聽從指揮，肯定是想建立喪屍大軍，下一步就是去各個地區統領喪屍，然後攻打中心城，最後占領我們整個星球。」

比努努聽得頻頻點頭。

封琛瞥了顏布布一眼，「這又是哪部電影？」

「……《天地末日災難》。」顏布布追問：「那你發現這實驗室是誰建的嗎？」

「不知道，裡面沒找到關於這個實驗室屬於……」

「舉起手來，不准動！」背後突然傳來一聲厲聲高喝，打斷了封琛的話。

封琛動作一頓，摸向腰間匕首，那聲音又喝道：「舉起手慢慢轉過來，否則立即開槍。」

封琛見顏布布滿臉驚慌地向他看來，立即給他一個安撫的眼神，做出嘴型：轉過去。

兩人轉過身，看見兩名穿著野戰服滿臉塗滿油彩的士兵，正舉槍對著他們。

「是不是安倓加的人？馬上回答我，是不是安倓加的教眾！」一名士兵高聲喝問，聲音都有些發顫：「給你們三秒時間，不回答就開槍了。一，二……」

「不是，我們不是安倓加的教眾，我們只是路過這裡……」顏布布舉著手道。

「撒謊！你們就是。」士兵喊得脖子上都鼓起青筋。

「不是不是不是，真的不是。」顏布布迭聲解釋。

封琛瞧著這兩士兵比他們還緊張，生怕那手裡的槍走火，忙放緩了聲音道：「鎮定一點，不要怕，我們不是……」

「誰他媽說我們怕了？誰他媽說我們怕了？」士兵用變調的聲音叫喊，咔噠一聲子彈上膛。

「是，你們不怕，但是你們要冷靜一點。」

封琛話音未落，一條小黑影從旁邊閃出，比努努跳上一名士兵頭頂，伸爪要去撬他眼睛。

「比努努，先別動他們。」封琛趕緊阻止。

比努努停下了動作，只將爪子懸在半空。

那士兵眼珠轉向頭頂，一動不敢動，腿邊卻竄出來一隻狼犬，躍起身撲向比努努。

比努努對著那狼犬凶狠齜牙，發出哈氣聲，接著一爪子拍了上去。狼犬被拍得臉側向一旁，嗷一聲後摔出去七、八公尺。

另一名士兵驟然色變，一隻恐貓在他身旁憑空出現，和那隻狼犬一起撲向比努努，卻被猛然竄出的黑獅擋住。

「開槍！」槍聲還未響起，封琛便對著前方衝出，下一秒就已經出

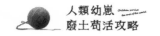

現在兩人身前，左右手分別下劈，他們手上的槍枝就掉落在地上。

他再穿到後方，分別踢中兩人的膝彎，握住後脖頸往下一按，就將他們摁在了雪地上。

那兩人猛地一個彈身想起來，顏布布連忙放出精神力，他們渾身一顫，便軟軟地撲倒在草坪裡。

恐貓和狼犬怒吼著朝封琛撲去，黑獅和比努努也躍出，和牠們廝打在了一起。

「別打狼了，攔住就行。」封琛這句話是對比努努說的。

顏布布的精神力控制只有短短一瞬，兩名士兵恢復過來後就要掙扎，顏布布撿起地上的槍，學著他們剛才的話大吼：「不准動！都不准動！舉起手來，否則立即開槍。」

那兩名士兵不敢再掙扎，封琛命令道：「收回你們的量子獸。」

顏布布見場面被控制，頓時也不慌了，見他們在遲疑便又吼道：「聽見了嗎？叫你們收回量子獸，不然開槍了！」

正在跟比努努和黑獅對打的兩隻量子獸，果然就消失在空中。

見到兩人老實了，封琛長長舒了口氣：「現在我來問，你們回答，如果撒謊的話……」

他瞧了眼顏布布的槍，發現那槍口晃晃悠悠的實在是驚險，便對他使了個眼色。

顏布布將槍口朝向草坪，不再對準他們的腦袋，但嘴裡卻惡狠狠地接著封琛的話道：「……那就崩了你們。」

「你們是什麼人？」封琛問。

「東聯軍。」

「西聯軍。」

兩名士兵同時回道。

封琛曲起手指敲他們頭上的鋼盔，敲得砰砰作響，不耐煩問道：「到底是什麼人？」

「西聯軍。」

「東聯軍。」

「一會兒東聯軍、一會兒西聯軍，你們這些狡猾的凱……安佽加人，說的話沒有一句是真的。」

顏布布念著看過的電影臺詞，氣勢洶洶地抬起槍口，作勢對準他們的腦袋。

封琛拿手將槍擋開，對黑獅和比努努道：「不用再問了，耽攔時間，去找根樹藤來把他們捆在樹上，我們直接走。」

「捆在樹上？為什麼要把我們捆在這裡？」恐貓士兵掙扎著道：「捆在這裡會被變異種弄死的。」

封琛反問：「死兩個安佽加教眾和我們有什麼關係呢？」

恐貓士兵震驚了：「什麼？我們是安佽加教眾？難道不是你們才是安佽加教眾嗎？」

「我們說過只是從這兒路過，是你們自己聽不進去。」封琛站起身，冷聲道。

趴在地上的恐貓士兵和狼犬士兵面面相覷，開始大聲嚷嚷：「誤會、誤會，這是一場誤會。我們雖然不是東西聯軍的士兵，卻也不是安佽加教眾。」

「我現在對你們是誰不感興趣。」封琛接過黑獅叼來的藤條，就要開始捆人。

「我們是埃哈特哨嚮學院的學員，也是東聯軍的預備役哨兵。」狼犬士兵見他來真的，頓時慌了，竹筒倒豆一般地道：「埃哈特哨嚮學院在中心城，我們倆都是哨兵三班的學員，本來是在附近山上執行清理變異種的任務，結果前幾天氣溫升高又下大雨，積雪化成山洪，我倆被沖到山腳，又順水沖到了附近。通訊器也壞掉了，和學院失去了聯絡。」

封琛放緩了動作，「東聯軍預備役哨兵？」

「是的，我們倆從學院畢業後，直接就是東聯軍士官。」

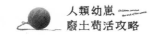

　　5 分鐘後，四人面對面站著。兩名士兵不停地打量封琛兩人，在看清他們的穿著打扮包括年齡和長相後，神情變得輕鬆起來。

　　封琛也在不動聲色地查看面前兩人。

　　兩名士兵都穿著軍隊制式的野戰服和防彈衣，武器和背包也是軍隊制，但手臂上卻沒有標明所屬軍隊的臂章，想來所說的應該是真的。

　　「那你們是誰？為什麼會在這兒？」恐貓士兵小心開口。

　　「過路的。」封琛道。

　　兩名哨兵對望一眼，「那你們從哪兒來，準備到哪兒去？」

　　封琛回道：「海雲城來的，準備去中心城。」

　　「海雲城還有活人？」狼犬哨兵驚訝地問。

　　封琛說：「有。」

　　「有？」

　　封琛回道：「我們兩個和量子獸。」

　　哨兵：喔……

　　兩名哨兵沒有再問什麼，封琛轉頭打量四周，「前面有間研究所，你們知道那是誰開設的嗎？」

　　恐貓哨兵道：「這是安俶加的研究所。」

　　「安俶加的研究所……」封琛其實剛才也猜測到了，所以對這個答案並不很意外。

　　恐貓哨兵道：「前幾天我們就聽說了中心城要派軍隊來剿滅這個研究所。據說安俶加教眾在這裡培養植物變異種，將這片林子控溫，再在上方搭建透明隔層撒上人工雪，如果不下到谷底根本就看不出來。以前是沒被發現的，結果極寒消失，氣溫回暖又下了場大雨，沖掉了那層人工雪，這才被中心城發現了下面的樹林。」

　　顏布布看了眼頭頂，卻只看見茂密的樹冠。

「你看不見的，隔層是透明的，還在樹冠上面。」狼犬哨兵立即為他溫聲解釋。

「只是培養植物變異種，沒培養別的？」封琛追問。

恐貓哨兵搖頭，「那我們就不知道了。」

狼犬哨兵補充：「我們也是看地圖才知道被沖到了這兒，想到那個研究所就在附近，便過來看看，結果人都跑光了。再遇到你們後，自然就把你們當成了安俶加的教眾。」

「那你們現在相信我們不是了？」封琛扔掉手上的藤條，語氣淡淡地問。

狼犬哨兵有些不好意思地笑了笑，「我們又不是傻子，剛才被你一招制住，如果你是安俶加的人，我們倆現在已經沒命了。」

封琛心道，就這麼短短一會兒工夫，把該說的、不該說的都說了，就算不是傻子，也沒聰明到哪兒去。

顏布布卻在一旁語重心長地道：「你們這樣是不對的。往往意外死掉的，就是好奇心太重的。」

兩名哨兵似乎很少盯著顏布布看，總是瞟一眼就移開視線。現在聽他這樣說，兩人既不惱也不反駁，恐貓哨兵只飛快地看了他一眼，狼犬士兵卻指著他身旁的比努努問：「牠是你的量子獸嗎？」

顏布布點了下頭。

「牠可真凶啊，不是，可真厲害啊。我怎麼看不出來牠屬於什麼種類，瞧著還有些像喪屍啊，所以剛才才當你們是安俶加教會的人。哈哈哈……」狼犬士兵笑了幾聲，在比努努對著他怒目齜牙時，訕訕地收起了笑。

封琛道：「你們最好不要再談論牠，牠脾氣不大好。」

「看出來了。」兩名哨兵果然不再問。

封琛把話題扯回來，繼續問：「中心城現在由誰執政？」

「東西聯軍聯合執政。」

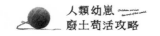

「合眾國政府呢？」

「可以說還在，也可以說已經不存在了。」

封琛狀似隨意地問：「既然你們是東聯軍，那聽說過封在平將軍的消息嗎？」

「封在平將軍……」恐貓哨兵回想了下，「封在平將軍在宏城地震時便遇難了。」

「喔，這樣啊。」

封琛聲音依舊淡淡的，神情也沒有什麼變化。

顏布布不動聲色地去拉他的手，卻感覺到那掌心冰涼一片，往外滲著冷汗，便將手指嵌進他指縫，和他緊緊相握。

封琛飛快地讓自己平靜下來，又問道：「西聯軍的林奮還在嗎？」

「林奮？」兩名哨兵齊齊搖頭，「沒聽說過這個人。」

「沒聽說過？他是西聯軍的少將，9 年前帶著海雲城的倖存者去到了中心城。」封琛聲音變得低沉嚴肅。

恐貓哨兵繼續搖頭，「西聯軍的高級將領裡沒聽說有林奮這個人，不過我是 5 年前才到的中心城，欸，蔡陶，你是 7 年前到的中心城吧？有沒有聽過這個名字？」

「我也沒聽說過林奮。」狼犬哨兵道：「但是 9 年前的確有海雲城的倖存者到了中心城，據說好像有幾千名吧。」

「那于苑呢？聽說過于苑沒有？」

「也沒有。」

短暫地交談幾句後，兩名哨兵就要離開。

他們目光從顏布布臉上掃過，說道：「那……再見了，希望在中心城能見到你們。」

「再見。」封琛簡短地道。

顏布布看著兩名哨兵的背影消失，便轉身摟住封琛的腰，將臉埋在他胸口。

　　封琛拍了拍他的肩，「其實我自己也清楚父母不可能還在，只是不死心罷了。」

　　話雖如此，他的聲音依舊艱澀沙啞，顏布布沒有回話，只將他的腰摟得更緊。

　　沉默片刻後，封琛才道：「我只是不知道林少將他們究竟發生了什麼事。之前那對夫妻不認識他也就算了，這兩人也算是軍隊的人，可他們也不知道。」

　　顏布布低聲道：「他們說自己是什麼學院的哨兵，還是東聯軍的預備役，可能不認識西聯軍的高級將領吧。」

　　封琛緩緩搖頭，「林奮是名少將，只有他才能帶著幾千人去到中心城，不管是東聯軍還是西聯軍，他都是赫赫有名的人物，起碼軍隊中的人沒有誰會不認識他。」

　　「欸、欸。」身後突然傳來聲音，兩人轉頭，看見那兩名哨兵又回來了，高聲詢問：「你們不是要去中心城嗎？願意和我們一起去嗎？我們有車的。」

　　「有車？」

　　「有車？」

　　顏布布和封琛同時發問，包括一直面無表情的比努努聽到後都瞪大了眼睛。

　　「你們怎麼會有車？」封琛記得他倆是被山洪給沖了很遠，一直沖到了這附近。

　　「現在是沒有，但是明天就有了。」狼犬哨兵神神祕祕地道：「我說有車就有車，一起走吧。」

　　封琛看了眼身旁的顏布布，想到從這裡去中心城還要走好多天，便客氣應道：「行，一起走，那多謝你們了。」

　　「不客氣、不客氣。」狼犬士兵趕緊擺手，笑出一排門牙，「你們可是哨兵、嚮導啊，埃哈特合眾國最珍惜的物種，我倆可得要將你們平

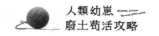

平安安地帶進中心城。」

　「我們明明比他們厲害，怎麼還得他們帶才平安呢？」顏布布不滿地對著封琛小聲嘟囔。

　封琛也低聲回道：「現在有車的最厲害。」

　顏布布轉頭去喚黑獅和比努努，卻只看見黑獅。再一回頭，發現比努努已經站在了那兩名哨兵身旁，在等著他和封琛。

# 第七章

## 好看的就要拍下來記在心裡

「在拍照嗎？」封琛問。

「對，好看的就要拍下來記在心裡。」顏布布道。

晚風拂過，封琛撥開面前的水氣，攪動鍋裡的兔肉。

顏布布側頭看著他，看夕陽勾勒出他臉部的完美輪廓，

將他垂著的長睫也鍍上一層暗棕。

「咔嚓！」顏布布又對著封琛按了一張。

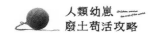

四人很快便穿過樹林，開始翻越眼前的大山，一邊走一邊不時交談幾句。

「我叫丁宏升，目前是 B 級哨兵，量子獸恐貓。」

「我叫蔡陶，目前是 B 級哨兵，量子獸狼犬。」

封琛現在沒有了隱瞞身分的必要，便也簡短地自我介紹：「封琛，B 級哨兵，量子獸是獅。」

「怎麼可能？你怎麼可能是 B 級哨兵？」丁宏升和蔡陶都驚訝地叫了起來：「你剛才的瞬間爆發力和快速力量絕對不是 B 級，不然我們兩個能那麼快被你制住？」

「我就是 B 級。」封琛將顏布布拉上一個坡坎，淡淡陳述。

丁宏升怔愣片刻，突然道：「好像是的，是 B 級，剛才你壓住我們的時候，我沒有感受到 A 級哨兵對 B 級哨兵的等級壓制。」

「可是這、可是這 B 級和我們的 B 級完全不一樣啊。」蔡陶道。

封琛沒有就這個話題繼續下去，對著顏布布方向側了下頭，「他叫顏布布，沒測試過嚮導等級。」

「反正最低也是 A 級嚮導。」顏布布補充。

他以前每次向封琛追問自己的等級，封琛都說他最低也是 A 級，他便深信不疑。

封琛輕咳了聲：「量子獸的話……」

顏布布有些得意地說：「量子獸你們自己看吧。」

丁宏升和蔡陶都看向了穿著碎花裙走在最前面的比努努。

「顏布布的量子獸有些特別，是喪……呃……是硒固蛙吧？對，硒固蛙，這腦袋就像硒固蛙，大大的……頭頂那三片是什麼？是量子獸對實體的一些改變吧。」狼犬哨兵蔡陶遲疑地道：「不過，我覺得……哎，反正有些……真的不是喪屍嗎？」

恐貓士兵丁宏升思索道：「硒固蛙我沒見過，但我覺得牠看上去有點眼熟，一時又想不起來。」

顏布布笑起來，很自然地回道：「牠不是那什麼蛙，也不是喪屍，牠是比努努。」

「比努努？你說牠是比努努？」蔡陶也跟著笑了起來，轉頭看向他，「原來你也喜歡比努努嗎？不過你這麼一說，我覺得牠確實很像比努努。要是給牠裝扮一下，皮膚染染色什麼的，沒準真會有人當牠是比努努。」

「可牠就是比努努啊。」顏布布認真地道：「牠頭上那不是量子獸對實體的一些改變，是牠的葉子。」

這下丁宏升也笑了起來。聽著一個漂亮的小嚮導說著這樣天真可愛的話，兩名哨兵都有被取悅到，眼神裡也都帶上了縱容。

封琛勾了勾唇角，移開了話題：「我和顏布布一直生活在海雲城，也不知道中心城現在的情況，可以給我們詳細說一下嗎？」

「沒問題。」丁宏升思索了下才開口：「地震過後，其他城市的倖存者都源源不斷地湧向中心城，所以中心城的人口比其他城市要多得多。可是人多，也就代表著進化失敗的喪屍也多。在進入極寒後，中心城的幾個地下安置點都徹底淪陷，東西聯軍決定重建中心城，並且建在半空中，那些喪屍就全部留在地面。」

顏布布這些天偶爾會琢磨那對夫妻的話，想像著半空中的城市是什麼樣，便問道：「是像米秋莎的王國那種嗎？」

「啊？」丁宏升茫然地問。

封琛平靜解釋：「一部電影，城市是懸浮在半空的。」

蔡陶微笑著看向顏布布，「其實是有支撐的，也不算浮在半空，但城市的確沒有挨著地面，等你去看了就知道了。」

丁宏升道：「大多數普通人都在努力生活，但也有些人抱著活一天算一天的想法，搶劫、報復性殺人等惡性事件不斷，自殺率也很高。好在有東西聯軍在，繼續維持著中心城的秩序。」

「你們都是東聯軍培養的士官？」封琛又問。

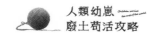
「是的。埃哈特哨嚮學院是東西聯軍聯手開辦的，裡面的學員也都分別來自兩軍。我和丁宏升都是東聯軍送進去學習的，畢業後肯定是回東聯軍，成為高級軍官。」蔡陶回答完後，飛快地瞟了眼顏布布，脊背也挺直了幾分。

顏布布卻在心裡撇嘴——有什麼了不起的，我哥哥不也是東聯軍的高級軍官，不，高高級軍官。

封琛想了想：「那有沒有可能，西聯軍有了對付喪屍化的辦法，你們也不清楚？」

「沒有那種可能。」兩人都回答得斬釘截鐵，丁宏升道：「這就不是某軍的事，而是整個人類的事。何況東西聯軍現在是聯手在研究進化的問題，不管誰有了解決方案都絕對不會隱瞞。」

封琛在這個問題上不好深問，便換了個話題：「你們經常見到陳思澤執政官嗎？」

「你認識他？」丁宏升問。

封琛道：「以前還沒地震的時候，經常在電視上見到。」

蔡陶摸了下腦袋，「我們哪裡會經常見到東聯軍的執政官先生啊，不過只要在學校好好表現，畢業時獲得三等功以上的嘉獎，執政官先生會親自頒獎的。」

封琛沒有再問什麼，只低頭往山上走。

顏布布見封琛神情落寞，知道他必定是又想起了父親封在平，便安慰地在他手背上撓了撓。

翻過這座山頭，天也快黑了，山下就有個荒廢的鎮子，幾人決定在這裡住一晚上。

整個鎮子的房屋差不多都已垮塌，斷牆根處爬上了深深淺淺的青

苔，但還是讓他們找著了一間還有三面牆的房子作為落腳點。

丁宏升和蔡陶負責清掃房子裡的碎石瓦礫，黑獅和比努努去鎮子旁的溪水裡打水。封琛和顏布布則動手處理他們在路上獵到的一隻野兔變異種，開始做晚餐。

「哥哥，我們到了中心城後，是去找陳思澤執政官，還是先去找林少將？」顏布布坐在封琛身旁問道。

封琛將剁好的野兔肉塊丟進鍋裡，回道：「先去找林少將。」

「嗯，我們先去找他。」

顏布布將頭靠在封琛肩上，仰望著遠處的絢爛霞光，「哥哥你看天空好美。」說完便舉起手，對著天空按了下食指，嘴裡咔嚓一聲。

「在拍照嗎？」封琛問。

「對，好看的就要拍下來記在心裡。」顏布布道。

晚風拂過，封琛撥開面前的水氣，攪動鍋裡的兔肉。

顏布布側頭看著他，看夕陽勾勒出他臉部的完美輪廓，將他垂著的長睫也鍍上一層暗棕。

「咔嚓！」顏布布又對著封琛按了一張。

封琛正要說什麼，就聽左邊遠處傳來一聲驚呼，聽上去像是蔡陶的聲音。兩人轉過頭，就見蔡陶從一堵破牆後跑了出來。

正在打掃屋子的丁宏升衝出屋，大聲問道：「出什麼事了？」

「沒事。」

「沒事那你叫個屁？」

蔡陶說：「沒事，就是剛遇到個喪屍，不過已經解決了。」

「什麼？這裡還有喪屍？」

蔡陶已經走近了些，臉色有些不好，「我想方便一下，結果那貨突然就竄出來，我他媽的都不知道是該先提褲子還是先殺喪屍。」

他說完這句話後察覺到不妥，立即看向了顏布布。

但顏布布絲毫不覺得什麼，還在嘻嘻笑地追問：「那你到底是先提

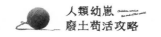
了褲子還是先殺了喪屍？」

蔡陶神情有些不自在，語氣裡也帶著尷尬：「……我量子獸在呢，它咬不到我。」

吃完晚飯，太陽落山，天空呈現出深沉的墨藍。

蔡陶和丁宏升的行軍背包裡有睡袋，鋪在了左牆邊，兩人便坐在睡袋上，看著封琛和顏布布鋪床。

封琛打開行李袋，取出了兩張塑膠布在地上展開，再將薄墊鋪在塑膠布上，最後搭上兩條絨毯。

蔡陶兩人原本以為這兩張地鋪是顏布布和封琛分別睡的，豈料剛鋪好，兩隻量子獸就躺上了其中一張。

黑獅只在地鋪上趴著，但那隻奇奇怪怪還穿著小裙子的硒固蛙量子獸，竟然掏出了一只眼罩戴上，還似模似樣地扯過絨毯搭在身上。

「牠們……晚上也要睡覺的嗎？」蔡陶實在是忍不住好奇，「我以為量子獸都是不睡覺的。」

顏布布正幫著封琛將地鋪理順，聞言也有些詫異：「你們的量子獸不睡覺？」

這房子少了面牆，恐貓和狼犬正在那處走來走去地巡邏。

「不睡。」兩名哨兵齊齊搖頭，「到了晚上就收回精神域，除了這種在野外的情況下要放出來放哨。」

「喔，我們的量子獸是躺著放哨的。」顏布布解釋：「雖然看著在睡覺，其實是在放哨，我們睡覺時牠們也躺著，這是牠們的習慣。」

這算什麼習慣？兩名哨兵面面相覷。

封琛沒說話，只在鋪好床後低聲問顏布布：「要去解手嗎？」

「要。」顏布布道。

兩人一起出了屋子，比努努拿掉眼罩也跟了上去。

顏布布低頭看見牠，「你要去解手嗎？喔對了，你每晚睡覺前也要去洗手間站站的。」

蔡陶看著兩人的背影消失在拐角，才碰了下丁宏升的手臂，「欸，你覺得這個小嚮導和嚮導班的莊弘相比，誰更好看？」

丁宏升正在擦拭自己的槍，聞言回道：「不知道。」

「別不好意思嘛。」

「都好看。」丁宏升笑了聲。

蔡陶也笑起來，「我更喜歡這個小嚮導。你看他頭髮和衣服奇奇怪怪的都那麼好看。」

丁宏升繼續擦槍，蔡陶問他：「你說他們倆是什麼關係？」

「小嚮導不是在叫哥哥嗎？兄弟關係吧。」丁宏升道。

「兄弟關係一個姓封、一個姓顏？」

「表兄弟？」

蔡陶皺起了眉，「可我總覺得不大像是兄弟。」

「為什麼？」丁宏升問。

「就是一種感覺，覺得他們太親密默契了，不像是兄弟，反倒更像是情侶。」蔡陶摸著下巴，「我要問一下，如果他們不是那種關係的話，我就想要追他……」

丁宏升放下手中的槍，嘶了聲，猶豫道：「我看他才 15、16 歲吧，年紀太小了。」

「年紀小可以慢慢培養感情嘛，等到他長大出現結合熱的時候，感情也就成熟了。」

蔡陶還要繼續，丁宏升突然噓一聲打斷了他的話。他順著丁宏升目光看去，便迎上了對面地鋪上黑獅的視線。

黑獅的眼神冷得像冰，帶著森森寒意，讓蔡陶下意識打了個冷戰，背心也開始冒涼氣。

他這才醒覺這隻量子獸一直都在屋裡，頓時有些訕訕。

雖然剛才沒說什麼過分的話，但量子獸如果和主人保持著精神聯繫，那他那番話便會被主人原封不動地聽見，還是很丟臉。

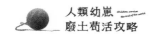
「我去溪旁洗澡，你去嗎？把臉上的油彩也洗掉。」他硬著頭皮撿起自己的鋼盔，準備避開這隻冷冷看著他的黑獅。

丁宏升道：「你去吧，我等會兒再去，先把槍擦一擦。」

蔡陶出了門，丁宏升繼續低頭擦槍，沒注意到黑獅也悄無聲息地跟了上去。

鎮子裡的小溪離他們住的地方並不遠，就在一堵斷牆後。

反正不會有人，蔡陶便將自己扒得精光，用鋼盔舀水洗澡。雖然如今氣溫回暖，但溪水是山上的雪水，澆在身上依舊被凍得齜牙咧嘴。

蔡陶把臉上的油彩洗淨，再將身上沖過幾遍，哆哆嗦嗦地去抓搭在斷牆上的衣物，手裡卻抓了個空。

斷牆上的衣服不見了。

他在地上找，又將頭探過斷牆四處望，依然沒看見衣服的蹤跡。

「丁宏升，是不是你把我衣服藏起來了？」

「丁宏升，你小子別躲了，我知道你在，把衣服還給我，什麼都沒穿呢，開什麼玩笑？」

四周一片黑暗，靜悄悄的沒有半分聲音，一絲涼風吹來，蔡陶打了個突，身上起了層雞皮疙瘩。

狼犬出現在他身旁，開始在四周尋找衣服，蔡陶光溜溜地不好出去，只能抱著胳膊站在斷牆後。

沙沙沙……左邊突然傳出窸窣聲響，像是有人踩動了砂礫。

「誰？」蔡陶猛然轉頭喝問，狼犬已經迅速撲了過去。

但狼犬撲了個空，那裡半個人也沒有，只有一堆碎石瓦礫。

「老丁，是你嗎？是不是你？老丁？」

沒有聽到任何回應。

　　蔡陶知道依照丁宏升的性格，現在不可能還不出聲，胡亂猜測中，突然就想起下午小解時遇到的那隻喪屍。

　　如果現在冒出來一、兩隻喪屍沒問題，狼犬就可以對付，可要是來個四、五隻那就麻煩了。

　　槍枝沒帶在身旁，匕首掛在衣服腰帶上，跟著衣服一起失了蹤。他現在唯一能當做武器的，就只有扣在關鍵部位的那個鋼盔。

　　咔嚓！右邊傳來一聲砂石被踩動的聲響。

　　狼犬低吼一聲撲了過去，依舊撲了個空。

　　兩秒後，左邊又響起一聲不知道是什麼東西的低嚎。那聲調怪異，既像喪屍又像野獸，陰森詭譎，令人毛骨悚然。

　　蔡陶決定馬上離開。衣服暫時找不著，再待下去不定還會出什麼事，乾脆把丁宏升喊出來和他一起找。

　　黑暗中，蔡陶飛快地往回跑，一隻手緊緊按住下方的鋼盔。他現在這樣子也沒法進屋，只能藏在門旁的某個地方，把丁宏升喊出來就行。

　　可就在他快要跑到時，前方突然亮起一團光芒，像是一個灼灼燃燒的小太陽，這強烈的光線刺得他眼前一片白茫茫，瞎了似的什麼也看不著。雪亮的光束打在身上，他只能一隻手按住鋼盔，一隻手去擋面前的光，嘴裡急聲問：「誰？是誰？丁宏升？」

　　「哎呀，是你呀。」

　　當小嚮導那清脆中帶著驚訝的聲音響起時，蔡陶內心經歷了一場絕望的地震，所有建築轟隆著倒下，同時颳起了十級龍捲風，頓時將他整個人攪得稀碎。

　　封琛的手電筒光束在蔡陶身上又停留了兩秒後才轉去其他方向，問道：「蔡陶，你這是……」

　　片刻後，蔡陶沙啞而蒼涼的聲音才響起：「我在那邊洗澡，衣服不見了。」

　　「衣服不見了？被風吹走了？」顏布布驚訝地問。

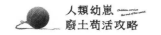

「……被什麼東西給偷走了。」

顏布布問：「連內褲都偷掉了？」

蔡陶沒做聲，但隱約光線中可以看到他別過了臉。

封琛道：「那你先回屋吧，我們去幫你找找。」

「哎，謝謝封哥。」蔡陶現在只想他們快走，聽到這話後無比感激，對封琛的稱呼也變成了封哥。

顏布布跟著封琛往溪邊走，路過蔡陶身旁時，嘻嘻一笑，「你身上的肉好白啊。」

蔡陶內心再次天崩地裂，整個人似被翻湧的海嘯吞噬淹沒。

等兩人經過後，他又對上了比努努的視線。

比努努就站在他身側，緊盯著他的鋼盔。雖然牠沒有表情，但蔡陶竟然能從那一團黑的眼裡看出了驚訝和好奇。

蔡陶弓著身，狼狽地往屋內跑去，比努努也一直跟著他看，並跟回了屋子裡。

封琛打著手電筒，牽著顏布布走到溪邊時，顏布布一眼就看見搭在斷牆上的衣服。

「這不是他的衣服嗎？就掛在這裡他都沒看見，居然還說被偷了。」顏布布嘖嘖稱奇。

封琛將那幾件衣物抓在手裡，「走吧，找著了就回去。」

轉身時，目光落到左邊瓦礫上，黑獅的身影一閃而過，封琛如同沒瞧見似的，只牽著顏布布往回走。

涼風習習，卻不會讓人覺得寒冷。

顏布布聽著兩人踩在碎石上沙沙的聲響，幽幽開口：「哥哥，我好希望天氣再也不會冷了，我們每天都可以這樣在外面慢慢走。」

封琛抬頭看了眼天空，看見漫天星斗，瑰麗璀璨。

「可能不會冷了吧。」

顏布布說：「不過就算冷也沒什麼，我們在屋子裡手牽手走圈圈也

是一樣的。」

「誰想和你手牽手在屋子裡走圈圈？」封琛的聲音慵懶放鬆。

顏布布將頭擱在他肩上，「你呀，你想和我走圈圈。」

兩人回屋，蔡陶已經鑽到了睡袋裡，封琛便將衣服丟在他睡袋上。

「謝謝封哥。」蔡陶連忙將衣服抓進睡袋，躲在裡面穿。雖然他現在很不想說話，但還是忍不住問：「你們是在哪兒找到我衣服的？」

顏布布說：「不用找啊，你衣服就搭在溪邊的牆上，我們過去一眼就看見了。」

「什麼？就搭在牆上？」蔡陶音量提高了，一顆頭也鑽出了睡袋，「不可能，明明我在那裡找了好久也沒找到。」

「那是你眼睛不好吧，人家一下就找到了。」丁宏升顯然剛才已經取笑了蔡陶一番，現在臉上的笑容都沒散去，只拿著自己的鋼盔往外走，「我也去洗洗，看我的衣服會不會飛。」

丁宏升說完這句後，故意將手裡的鋼盔在蔡陶面前晃了晃，在他一張臉又開始脹紅時，才忍住笑，走出了屋子。

黑獅這時從屋外走了進來，嘴裡還叼著一桶水。封琛接過水，去斷壁處點上小爐燒熱水。

「這可真奇怪，明明找不到的……」蔡陶皺起眉，陷入迷惑。

顏布布卻盯著他道：「原來你洗了臉後是這樣的啊，長得還是挺好看的。」

蔡陶臉上的油彩已經被洗掉，年紀看著和封琛差不多。顏布布覺得他那長相只要不去和封琛比，也算得上俊朗，很自然地便說了出來。

如果蔡陶之前聽到了顏布布這句話，一定會心中竊喜。但經過剛才那一幕，他在顏布布眼前出了那麼大的醜——全身光溜溜地只扣著一頂鋼盔，還被手電筒光直直照射。他那點剛萌芽的小心思已經夭折，心底剛騰起的小火苗也被掐掉引線，只剩下一片死灰。

蔡陶沒有做聲，頂著顏布布的視線，慢慢將頭縮回了被子，封琛的

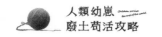

聲音卻從屋外傳了進來。

「煩人精，來洗臉洗腳，準備睡覺。」

「來了。」

封琛先洗，顏布布後洗，封琛洗臉時他就蹲在旁邊看著。

封琛今晚洗臉特別仔細，動作慢條斯理，透出一種令人賞心悅目的閒適和瀟灑。他洗完臉後，下巴上還掛著幾滴欲墜未墜的水珠，便解開腦後的小揪揪，讓頭髮披散下來。

幾絡濕潤的髮絲垂落在頰邊，又給他平添了幾分不羈的性感。

每一個角度，每一個動作都剛剛好。

「這麼看著我幹什麼？」封琛捲著袖子，漫不經心地問。

顏布布一直仰頭看著他，聞言呆呆地道：「哥哥，你可真好看。」

「是嗎？不覺得其他人更好看嗎？」

封琛從臉盆下抽出一個重疊的盆，坐在旁邊開始洗腳。

顏布布回過神，嘴裡道：「我敢說全海雲城，中心城，不，全埃哈特合眾國，就找不出來能比你更好看的人。」

「這些膩歪話留著去哄比努努吧，我受不了。」

「我不是哄你，是真的。不過比努努還用得著哄嗎？牠肯定覺得全宇宙都沒有比牠更好看的量子獸了。」顏布布撲哧撲哧地笑。

封琛洗完腳站起身，什麼話也沒說，只曲起手指在顏布布腦門上敲了兩下，砰砰！然後冷笑一聲，轉身回屋。

「嘶——」顏布布摸著被敲得生疼的腦門，想追上去報復回來，又怕水涼了，還是抓緊時間洗漱。

安靜的夜裡，四周一片沉寂，只有睡著的幾人發出均勻的鼻息。

趴在比努努身旁的黑獅突然睜開眼，警惕地看向那處斷壁。牠的動

作驚動了趴在兩名哨兵睡袋旁的恐貓和狼犬，都盯向那斷壁，片刻後又茫然地收回目光。

封琛也醒了過來，將縮在他懷裡睡覺的顏布布放回地鋪，悄悄起身，走到了斷壁外。

黑獅跟了上去，比努努將眼罩拉下了一點，用半隻眼睛看著他的背影。恐貓和狼犬也支起腦袋，片刻後繼續趴了回去。

封琛站在屋外，沒有看到什麼異常，但敏銳的感知力讓他總覺得哪裡不對勁。

一縷精神力彈出，順著微風蔓延，如蛛絲般飄飛出去。

封琛發現在鎮子外半里處，夜空中有一些細小的絮，和蒲公英大小差不多，輕若無物地朝著這個方向飄來。

他環視四周，目及之處都飄著這種小絮，漫天飛舞，無邊無際。

路旁有幾隻體型像貓一樣大的田鼠變異種，興許要去哪裡覓食，聳動著鼻頭停停走走。

而那些在空中飄飛的小絮，有一些就沾在牠們身上。

那幾隻田鼠變異種突然吱吱慘叫起來，身上被小絮沾染的地方變成焦黑色，像是被硫酸腐蝕似的出現了幾個黑洞。黑洞繼續擴散、蔓延，不過短短幾分鐘，田鼠變異種就化成一小堆黑色的粉末，被風吹過，飄散無蹤。

路旁有一棟尚未完全垮塌的房屋，破爛的磚石間懸掛著幾根搖搖欲墜的鐵窗欄。

當小絮飛過後，那些磚石沒有什麼異常，但鐵窗欄上冒出了一個又一個的黑泡，滋滋響著開始融化。

封琛倏地收回精神力，大步回屋，將還在酣睡的顏布布一把抱起來，丟在黑獅背上趴著，再飛快地將被褥之類的東西往充氣袋裡裝。

「怎麼了？」丁宏升和蔡陶被驚醒，見到這陣勢立即鑽出睡袋，去抓身旁的槍。

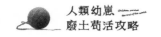
「馬上離開這裡，我剛才出去查看，看到空中飄來了毒絮。」

「毒絮？」顏布布也清醒了，從黑獅背上下來，揉著眼睛。

「那毒絮可以腐蝕田鼠和鐵，對泥土磚瓦沒有傷害。這地方沒屋頂還少面牆，我們得馬上離開。」封琛將收拾好的充氣袋丟到黑獅背上，「往前跑，找一處可以躲避的地方。」

兩分鐘後，幾人出了村子，順著唯一的那條路向著前方跑去。

「我們的速度有那些毒絮的速度快嗎？」蔡陶問道。

封琛搖頭，「不行，必須要找個地方躲起來。」

顏布布被封琛牽著奔跑，他見到丁宏升在往後頻頻張望，便也跟著往後看。

「那麼遠你能看見嗎？」顏布布問。

丁宏升道：「能看到一些，我的哨兵五感側重於視覺。」

話音剛落，他便神情一變，「不行了，我們必須找個地方藏起來，後面起了一陣風，那些毒絮在幾分鐘後就要追上我們。」

顏布布眼尖地指著左邊的山壁，大聲道：「看啊，那裡有個洞，我們躲進去。」

山壁下方有個天然形成的山洞，雖然光線太暗看不清裡面，但應該還挺深，可以藏下幾個人。

「走，過去。」封琛一聲令下，幾人都往山洞處跑。

顏布布邊跑邊轉頭看，就算他沒有哨兵的視力，也能看見不遠處的天空上，密密麻麻飄飛著白色的毒絮。

毒絮鋪天蓋地而來，像是張密不透風的大網，沿途的草木被沾染上後盡皆枯萎，化成一團一團的黑灰。

蔡陶跑在最後面，一條爬藤突然從黑暗中悄無聲息地射出，捲住了他的腰往後拖。

他被捲著飛速往後拖行，看了眼左邊天上正在逼近的毒絮，便沒有吭聲喊人，只拔出匕首去割腰間的藤。

顏布布被封琛拉著衝進了山洞，黑獅和比努努也跟了進來。

丁宏升卻站在洞門口，對著外面高喊：「老蔡，你怎麼還在後面？快點，蔡陶，快點！」

封琛和顏布布轉頭看去，看見蔡陶剛從地上站起身，正飛快地往這邊跑。但是毒絮已經飄到距他不過十幾公尺的地方，他最多跑到一半，就會被追上。

「蔡陶！」丁宏升發出聲嘶力竭的呼喊，咬咬牙就要衝出去接應，被封琛一把拉住。

他現在衝出去的話不但救不了蔡陶，還要將自己也給搭上。

一道人影卻在這時從洞裡衝出，飛快地奔向蔡陶。他柔軟的捲髮在夜色裡跳動，身形瘦小卻靈敏。

「放心，我能把他救回來。」顏布布一邊奔跑一邊高聲大喊。

顏布布對著蔡陶飛奔，不斷側頭去看左邊毒絮，推估著和兩者之間相遇的時間，同時腦內刷刷亮起了大螢幕。

在毒絮飄到身旁的同時，他也和蔡陶匯合，一把抓住蔡陶的胳膊，命令道：「不要自己走！跟著我！」

蔡陶在看見顏布布衝過來時，就已經震驚得差點忘記了繼續跑，直到被顏布布抓住，聽到他命令時才反應過來。

哨兵對嚮導天生便具有保護欲和責任感，蔡陶反抓住顏布布的手就往前衝，「跟著我跑，我保護你。」

話音剛落，一片最先到達的毒絮就飄到了他肩上，那處衣料頓時化開，肩上的皮膚也被腐蝕了一小團。

蔡陶痛得渾身一抖，卻沒有發出聲音，只將外層衣服快速剝掉。

「活該！叫你跟著我跑！」顏布布將他拉回身旁，循著腦內意識圖像的路線往前。

最先到達的毒絮並不密集，顏布布拉著蔡陶的胳膊，時而原地停頓半秒、時而向左踏出一步，又快速前進兩步，再往右移。

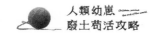

　　他的步伐看似毫無章法，卻總是能巧妙地避過那些飄飛的毒絮。他看上去並不緊張，反而姿態輕鬆，像是小鹿在早晨的樹林裡，和那些透過枝葉的光線玩著你追我逐的遊戲。

　　蔡陶也察覺到了這一點，不再魯莽地往前衝，跟隨著顏布布拽住他胳膊的那隻手，一起左右移動。

　　「看見了嗎？看見我是怎麼走的嗎？你就像隻蠢大象，明明前面是屎坑也要往下蹦躂，喊都喊不住。看我多靈活，看我，眼睛看哪兒去了？看這步伐，哎呀，鬼來了都抓不住我……」顏布布一邊走一邊叽叽數落加自我褒獎，蔡陶心服口服，一聲不吭。

　　丁宏升原本還在聲嘶力竭地喊蔡陶，這下也收了聲，只傻傻盯著兩人，看他們從那些毒絮裡安全穿行。

　　封琛始終緊抿著唇，一言不發地盯著顏布布，看似沒有什麼表情，身體卻呈現出隨時準備衝出去的緊繃。

　　雖然顏布布每天都在家裡練習躲避光束，而且躲避光束的難度比現在更大，他也還是緊張，生怕哪裡出現失誤就被毒絮沾上。

　　在大片密集的毒絮到來前，顏布布終於拉著蔡陶進了洞。蔡陶這才發出一聲痛呼，伸手按著自己的後肩。

　　丁宏升將他轉過來，拿手電筒照著他肩膀，看清後嚇得啊了一聲。

　　就在這短短一兩分鐘，蔡陶後肩上已經被腐蝕出了一個核桃大小的洞，周圍一圈皮肉都呈現出被燒灼過的黑色。

　　封琛也瞧見了他後肩上的傷口，直接把蔡陶反按在洞壁上，拔出匕首，將那一圈還在繼續往裡侵蝕的腐肉割掉。

　　精妙的刀法加上迅捷的手速，直到封琛收手往後退了兩步，蔡陶才後知後覺地發出一聲慘叫：「疼疼疼啊疼——」

　　封琛對還在目瞪口呆中的丁宏升說：「我去點汽燈照明，你去給他上點藥吧。」

　　丁宏升一個激靈反應過來：「好好，上藥。」連忙手忙腳亂地去翻

行軍背包裡的緊急藥箱。

10分鐘後，四人都在洞深處坐了下來。

蔡陶到底是哨兵體質，雖然臉色白了些，但傷口被處理過，看著精神還算不錯。

洞外的大片毒絮已經飄走，但還有少量在空中飛舞，現在是肯定不能出去的。

「哥哥，這些毒絮是什麼啊？」顏布布問。

封琛反問：「你沒在電影裡見過？」

顏布布搖頭，「沒見過。」

「你在電影裡都沒見過，那我怎麼會知道？」

顏布布說：「你猜的話呢？」

「我猜的話……」封琛皺起眉，「我猜是某處山上飄下來的蒲公英變異種。」

「那它們會消失嗎？還是就一直這樣飄下去？」

封琛說：「估計有些飄著會掉進土裡，有些會在半途沾染上其他物體，慢慢就會沒了。」

丁宏升心有餘悸地感慨：「這次多虧了封哥和布布，要光是我和蔡陶，絕對要栽在這兒。」

蔡陶也道：「剛才全靠布布了，真的，你那身法太絕妙了，要是我一個人橫衝直撞的話，早就成了淹死在糞坑裡的恐龍……」

顏布布：「大象。」

蔡陶：「對，大象。」

封琛聽完這些感謝的話，並沒有什麼反應，顏布布卻面露得色，很想繪聲繪色地詳細描述，再站起身重新演示一遍。但他也知道現在不是顯擺的時候，便將那念頭生生壓住。

「不知道這些毒絮是什麼，從哪兒來，要飄到哪兒去，最終會不會消失……」丁宏升臉上生起了擔憂，「希望不要飄到中心城。」

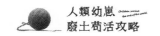

顏布布肯定地道：「你不要擔心，這是山上飄下來的蒲公英變異種，飄著飄著就會折損沒了，不會飄到中心城去。」

丁宏升沒有做聲，心裡卻道——這些話明明只是你哥哥的猜測，我又不是沒有聽見，你怎麼轉口就這麼確定了呢？

現在才半夜，又不敢出去，幾人便決定就在這洞裡對付一晚上。

這處山洞並不大，地面倒是平整。丁宏升和蔡陶原以為大家就在洞壁上靠靠，不想卻看見封琛打開了行李袋，又在往外一樣樣掏。

塑膠布、床墊、絨毯……

兩張地鋪鋪好，那隻奇怪的硒固蛙量子獸又戴上眼罩，接過封琛遞去的一塊木頭，和黑獅躺上了一張地鋪。

丁宏升看看蔡陶——算了，也把睡袋打開吧。

連量子獸都這麼有儀式感，他倆也不好顯得太粗糙。

丁宏升兩人原本將量子獸收進了精神域，現在見識了別人家的量子獸，便也將牠們放了出來。

蔡陶拉開自己的睡袋，示意狼犬鑽進來一起睡。狼犬一頭霧水地鑽進睡袋，和對面睡袋裡也一頭霧水的恐貓面面相覷。

四人在洞裡休息了一夜。

封琛睜開眼，轉頭看向洞外，想看看外面還有沒有毒絮，卻發現洞外洞內都還是一片黑暗。

他的生理時鐘告訴他現在已經是上午 8 點左右，便疑惑地抬起手腕看了下，時間顯示是 8 點過 5 分。

丁宏升和蔡陶也相繼醒來，看看洞外的天色再看看錶。

「怎麼天還沒亮啊。」丁宏升嘟嚷道：「我記得昨天早上 6 點不到天就亮了。」

封琛將顏布布擱在自己肩上的腦袋移開，起身將汽燈點亮。

燈光照亮洞內，顏布布皺著眉將臉埋進毯子裡。

封琛到洞口用汽燈照了一圈，確定外面已經沒有了毒絮。他抬頭看

天，發現昨夜那片璀璨星空，一顆星星也見不著了，只剩下一片黑沉。

蔡陶和丁宏升也走了出來，站在他身旁，一起看向天空。

「怎麼天還沒亮啊。」蔡陶喃喃道。

封琛神情凝重：「你們沒看出來有問題嗎？」

「什麼問題……是沒有星星了嗎？」

丁宏升瞧了片刻後卻臉色大變，「封哥，這不是正常的天黑，像是天空被什麼給擋住了。」

蔡陶經由丁宏升這樣一說，頓時也發現了不對勁。

那種黑暗不是天空本身高遠通透的黑，而是一種暗啞低沉的黑，像是半空有一層巨大的黑布，罩住天空，隔阻了光線。

「這是怎麼回事……」他喃喃道。

丁宏升問封琛：「封哥，你知道這是怎麼回事嗎？」

經過這兩日的相處，封琛表現出的沉穩和能力，已經讓他倆不知不覺產生了依賴感，遇到事後很自然地便詢問他的意見。

「我還真不知道。」封琛回道。

丁宏升不死心：「那你猜呢？」

封琛搖頭，「猜也猜不出來。不過管他是什麼，我們也要儘快離開這裡去中心城。」

顏布布還在酣睡，就被捏著臉搖晃腦袋，「醒醒，我們上路了。」

顏布布眼睛睜開一條縫，往洞外瞥了一眼，口齒不清地道：「天還沒有亮……再睡會兒。」

封琛將手錶湊到他面前，顏布布卻又閉上了眼睛，他便將顏布布的眼皮撐開，「自己看看時間。」

顏布布撥開眼皮上的手，轉動眼珠看向錶盤，「8點半了？」

「對，8點半，起床吃點東西，準備出發。」

黑獅已經將旁邊的鋪位收好，又來叼走顏布布身上的絨毯，往行李袋裡裝。

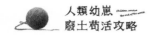
顏布布頂著一頭亂雞窩似的捲髮坐起身，疑惑詢問：「可是外面為什麼還是黑的呀？」

「我也不知道。」

封琛邊說邊加熱昨晚吃剩下的變異種肉做早飯，顏布布就沉著臉坐在旁邊。

丁宏升經過時笑問：「沒睡醒？」

顏布布垂眸入定不應聲。

封琛頭也不側地道：「起床氣，這時候在自動放氣，整個過程會持續 10 分鐘左右，別管他就行。」

熱好變異種肉，大家隨便吃了點，查看過蔡陶的傷勢，發現情況不錯後，四人便上路出發。

天空其實不算盡黑，像是黑布縫隙裡也能投下一些光線，將地面照得影影綽綽，宛如剛入夜時分。

但地震過後，地面上總會有大大小小的裂縫，怕人看不清楚踩空，封琛便提上了汽燈。

比努努從顏布布身旁走過，顏布布看見牠沒有穿裙子也沒有穿短褲，但肚子上有掛著東西，便好奇地喊住了牠。

「誒，你穿的是什麼？我看看。」

其他人聞言，也都看向了比努努，封琛還將汽燈湊近了些。

只見比努努腰間栓了條細繩，細繩穿過一個圓形物品上的孔洞，將它掛在小肚子下方。顏布布好奇地戳了下，發現那是個搪瓷杯蓋。

「你把這個掛在身上做什麼？」顏布布問。

他剛問完這句，場面便詭異地安靜下來，三人都慢慢轉頭看向蔡陶。汽燈光照下，只見蔡陶的臉快速脹紅，神情似惱似羞，頭頂都快要冒煙了。

「走吧走吧。」丁宏升強行忍住笑，拉著蔡陶往前走。

封琛打量著比努努，挑起眉道：「新衣服不錯，設計大膽，令人眼

前一亮……只是，那好像是我的水杯蓋。」

比努努用漆黑的眼睛盯著他。

封琛又道：「送給你了，我水杯不需要蓋子。」

顏布布伸手將水杯蓋揭開看了下，嘻嘻一笑，又給它蓋了回去。

黑獅將比努努叼起來，熟練地甩在自己背上，讓牠坐在行李袋前方，小跑著去了隊伍最前面。

幾人走在曠野裡，封琛牽著顏布布，不時提醒他注意腳下。只是蔡陶的狼犬總是會四處張望，兩次都突然從地面消失，片刻後又從裂縫裡爬出來。

兩個小時後，幾人穿過了曠野，汽燈照亮的範圍內可以看見一些亂石堆，那是在地震中倒塌的民房。

丁宏升看著即時地圖，嘴裡跟封琛說明地理環境：「這裡叫楛達城，以前是一個小城市，不是很繁華，但人口還挺多。這一帶全是懸崖峭壁，所以楛達城是我們的必經之路，沒法繞行。封哥，我們是在這兒休息會兒還是先進城？」

「城裡還不知道是什麼情況，就在這兒休息吧。」封琛道。

四人隨便找了處石頭坐下休息。

黑獅放下行李袋，讓封琛在裡面取水。比努努背靠一塊石頭癱坐著，蔡陶目光落在牠腿間那個茶杯蓋上，又飛快地移開。

恐貓和狼犬一直對比努努挺好奇，試圖向牠靠近。但還沒走兩步，比努努就滿臉凶相地亮出爪子，那兩隻量子獸又只得回到主人身旁。

丁宏升和蔡陶拿出各自的行軍水壺喝水，封琛用水壺蓋倒了杯熱水遞給顏布布。

「腳疼不疼？」封琛問。

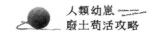
顏布布搖搖頭，「不疼。」

封琛點點頭，有些遺憾地道：「本來想說你腳要是疼的話，我就揹著你走。」

顏布布皺起眉，「我自己能走，不需要揹的，嘶——哎喲，腳底好像起泡了。沒事，我忍忍就行了，我可以自己走，嘶——」

封琛似笑非笑地看著顏布布，「疼嗎？那我看一下。起泡了我就揹你，要是沒有泡的話，薩薩卡的行李就由你來揹。」

「看就看嘛。」顏布布彎腰去摸自己的腳，又驚訝地道：「欸，沒事了，奇怪，又不疼了。」

安靜片刻後，顏布布仰頭看著天空，「這天什麼時候才會亮？明明是白天，我總覺得我們是在夜裡趕路。」

「不知道，中心城肯定正在找原因，我們回去後就清楚是怎麼回事了。」丁宏升道。

蔡陶情緒有些低落：「地震之前，我住在森阿諾島，地震後跟著家裡人去了米斯特城的地下安置點。後面又是酷暑、海嘯……地下安置點湧進來成千上萬的老鼠變異種，我們只好去中心城，七、八萬人到了中心城後只剩下兩萬人不到。前幾天極寒結束，我就覺得有些不真實，這種苦日子不會那麼容易結束，果然，天又黑了……該來的總要來，我看到天黑了，心裡反而還踏實了。」

丁宏升轉動著手裡的水壺，「我家在西邊一個小鎮，名字說了你們也不知道。那裡地震後就遭遇沙塵暴，我們一百多人去最近的地下安置點，最後只有我一個人安全到達……」

沒有人再說什麼，氣氛一時有些沉重，直到封琛收起水壺站起身，「走吧，進城後看看情況，如果可以的話，就在城裡吃午飯。」

進入楷達城，汽燈照亮的範圍觸目所及全是殘垣斷壁，遠處則陷入無盡的黑暗。除了幾人的腳步聲和呼吸，再也聽不到其他聲音，整座城市一片死寂。

顏布布被封琛牽著，旁邊便是黑獅和比努努，雖然很安全，卻也覺得胳膊和背心都有些發涼。

「哥哥，憑著我 A 級嚮導的敏銳，我覺得這城裡可能有問題。」顏布布將封琛整條胳膊都抱在懷裡。

「什麼問題？」

「暫時不清楚。」顏布布在一堵斷牆下看到了幾株半尺來高的植物，便搖了下封琛胳膊，「那是羞羞草嗎？」

封琛轉頭看去，「對，就是羞羞草。」

「羞羞草原來可以長這麼高。」顏布布有些驚訝，「以前我還以為它們只能長在雪地下面。」

「因為雪層化掉了，它們露出來後看上去就高。」

丁宏升指著右邊牆上的一片爬藤，「封哥，那毒絮沒有飄到城裡來，這些植物都好好的。」

「嗯，應該在路上逐漸消失了。」

「你們看，這城裡還是有不少建築沒有垮塌的，地震造成的影響沒有其他城市那麼大。」蔡陶走到旁邊一棟小樓前，仰頭看牆上的金屬牌，藉著汽燈光辨認著上面的字：「廣場西街 62……」

「小心。」丁宏升失聲大叫。

蔡陶還沒來得及做出反應，身旁就閃過一道人影。

下一秒，封琛便出現在前方那扇敞開的門裡，手中匕首對著前方刺去。手起刀落，一具喪屍屍體從門口緩緩倒了下來，沉重地砸在地上，太陽穴上多了一個深深的刀口。

而蔡陶的狼犬這才發現不對勁，低吼著衝了過去。

「我、我剛才，我……」蔡陶結結巴巴的。

封琛收好匕首，「喪屍沒有呼吸，也沒有發出動靜，你察覺不到也是正常的。」

「對對，就是這樣的。」蔡陶很感激封琛給的臺階，忙不迭點頭。

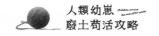
一行人繼續往前走，只是大家不再那麼輕鬆，也沒有說話，都警覺地打量著四周。

「等等。」封琛突然停下腳，

從發現那隻喪屍開始，顏布布神經就緊繃著，聞言立即壓低聲音問：「怎麼了？發現什麼東西了？」

「我覺得不對勁，你們等等。」

封琛放出一絲精神力，向著黑暗中的城市延伸而去。

精神力所經之處見到的場景，皆讓他暗暗心驚。

就像蔡陶說的那樣，這個城市很多建築沒有垮塌，但那些建築裡站著一些喪屍，或三三兩兩或單獨一個，有些在黑暗中一動不動，有些則漫無目的地緩慢遊走。

封琛收回精神力，轉頭看向三人，皺眉道：「不能從這裡走，前面全是喪屍。」

「全是喪屍！」蔡陶驚訝道。

封琛點頭，「這個城市的房屋保存得比較完好，估計很多人在度過酷暑以後就回到了自己的家。因為居住點分散，出現喪屍後軍隊來不及處理，就發展成了現在這樣。」

丁宏升一直拿著即時地圖，手指在顯示幕上滑動。

「我們可以從左邊繞著走。左邊是一個大廣場，還有一些公司和一間劇院。那裡不是住宅區，應該沒有什麼喪屍，有那麼一些零散的，我們幾個加上量子獸也能對付。」

封琛想了下：「行，我們就從左邊走，從現在開始，所有人不要大聲說話，汽燈也關掉。量子獸的視力不受影響，哨兵也可以用精神力探路。」說完便蹲下身，對顏布布說：「光線不好，上來。」

顏布布提著關掉的汽燈，再飛快趴在了他背上。

「讓量子獸走在最前面。」封琛揹起顏布布後低聲吩咐。

恐貓、狼犬和黑獅都走前去了，只有比努努還跟在封琛身旁。

234

封琛察覺到蔡陶在偷睽比努努，便道：「你不用將牠當做是量子獸。」畢竟比努努從來都沒有身為量子獸的自覺。

蔡陶見到比努努黑漆漆的目光看了過來，連忙移開視線，故作自然道：「我知道。」

——就當牠是個喪屍吧。

顏布布的眼睛逐漸習慣了黑暗，能看清周圍的房屋輪廓。他趴在封琛背上，湊到他耳邊小聲問：「現在可以小聲說話嗎？」

「你要說什麼？」

顏布布低笑了一聲：「你剛才不揹我，現在還是只能揹我。」

封琛沒有理他，他便用手指在封琛肩膀上戳了戳，封琛就捏了下他膝彎。

顏布布又戳，封琛再捏。

「再不老實我就把你扔下去。」封琛低聲道。

顏布布戳他一下，「扔。」又戳一下，「快扔。」

封琛果然作勢要扔，顏布布連忙抱緊他，「我老實了，別扔別扔，不然以後誰伺候你，給你捏腳捶背？難道你還能指望比努努嗎？」

封琛沒有理他，只揹著他繼續往前。

蔡陶一直走在他們兩人前面，這時卻加緊腳步追上更前方的丁宏升，湊到他耳邊用氣音道：「我受不了了，我寧願被一群喪屍追，也不想受這種刺激。」

「人家是兄弟、兄弟，明白嗎？別瞎想。」丁宏升也壓低聲音。

「就你個傻貓還認為他們是兄弟。」

丁宏升道：「你個傻狗明明走在他們前面，精神力還往後拐偷看，這他媽不是自找虐嗎？」

蔡陶唏噓：「我也不想看啊，可不受控制啊……」

一行人走過這片廢墟，前面就出現一些樓房。雖然是辦公樓，但指不準曾經有人離開安置點後找不到合適的房子，乾脆就住在辦公樓

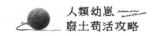

裡,最後也成了喪屍。

「不要說話了,全部安靜。」封琛低聲提醒。

所有人都閉上了嘴不再吭聲,腳下也放得很輕。

顏布布雖然身處黑暗中,但被封琛揹著,身旁走著比努努,還能看到前方黑獅的模糊背影,所以也沒覺得害怕。

他怕比努努緊張,手指伸出去在身旁摸索,想安慰地輕拍牠兩下,讓牠安心。結果手指才碰到比努努腦袋,就被牠一爪子粗暴撥開。

顏布布安心了。

走過幾棟大樓,前面就是那間劇院。劇院後半部分已經完全垮塌,只殘留著前廳和大門部分,大門便正對著廣場。

在經過一棟辦公樓後,前方的丁宏升和蔡陶突然停住了腳步,封琛也走到他們身旁停下。

「前面廣場上全是喪屍,好多。」丁宏升用幾不可聞的聲音道。

蔡陶嘴裡輕念:「五、十、十五……」

「你他媽還數個屁啊,你數得過來嗎?」

蔡陶問:「那怎麼辦?現在回頭另外選路嗎?」

「另外也沒得選啊,那些地方也都是喪屍。」

封琛身旁的比努努突然朝著旁邊一棟辦公樓衝去,在幾人的注視下,牠飛快地從外牆爬上 2 樓,躍到空空的窗架上,爪子刺入一隻喪屍的眼眶。

再往前一推,那喪屍就無聲無息地倒在了房間裡。

「封哥,我們現在怎麼辦?」丁宏升問道。

封琛說:「如果換其他路線的話,大街上到處都分散著喪屍,我們怎麼走肯定都會被發現。這裡廣場上的喪屍雖然多,但它們很集中,我們可以悄悄從劇院門口過去,不驚動它們就行。」

「好,那就悄悄過去。」

幾人和幾隻量子獸都貼著劇院這一側的牆根往前走。

隨著慢慢前移，走過擋住視線的樓，整個廣場便出現在眼裡，還有廣場上那些正在緩慢移動的身影。雖然光線不好，但從那面積也看得出喪屍的數量眾多，不會少於幾千隻。

顏布布頭皮發麻，緊摟著封琛的肩，大家都輕手輕腳，生怕踩中小石頭發出動靜，連呼吸的頻率都放得很低。

這次是黑獅和狼犬在最前面，緊跟著蔡陶，中間是揹著顏布布的封琛，旁邊走著比努努。再後面便是丁宏升，恐貓在隊伍最後押陣。

這座劇院不算大，臺階也只有幾級，一行人就順著臺階下方慢慢往前行進。

封琛眼睛看著前方，精神力卻一直注意著廣場。

廣場上的喪屍不光有普通人，還有士兵，估計當時正在集合，結果突然發生了喪屍事件，很多人還來不及逃跑就被咬中。

咔。蔡陶腳下突然發出一聲輕響，一顆被踩中的石子橫飛了出去。

啪啪啪！那石子在階梯上一路跳躍向下，和地面發出的每一聲清脆撞擊，都像是一道驚雷，攜著閃電劈中幾人的心臟。

廣場上離他們最近的幾隻喪屍被驚動，朝著他們這邊轉身，慢慢地晃來。

「別動，都別動，它們還沒發現我們，等它們接近再說。」封琛低聲命令。

所有人都站著沒動，包括幾隻量子獸。

過來的喪屍有四隻，它們被石子聲響吸引，搖搖晃晃地接近劇院。就在距離大門三十多公尺遠時，其中一隻終於發現了臺階上的幾人，飛快地衝了過來。

封琛一直盯著它，估計著這個距離已經不會驚動其他喪屍，在它還未開口嚎叫時，果斷用精神力刺入了它的顱腦。

那喪屍往前踉蹌幾步後倒在地上，只發出撲通一聲悶響。

這聲音雖然沒有引起廣場上喪屍的注意，但那三隻跟在後面的喪屍

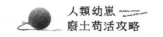

卻聽見了，都加快腳步向著劇院衝來。

丁宏升和蔡陶如法炮製，儘量讓它們多跑一段路，距離廣場越遠越好，並在它們就要張嘴嘶吼時，發出精神力將它們擊殺。

後面跟著的喪屍連接倒地，一聲未吭，廣場上那些喪屍依舊保持著原樣。

所有人都出了口長氣，轉過身繼續往前。

顏布布緊摟著封琛肩頭，大氣也不敢出，眼見這條臺階就要走出頭，突然感覺到自己後背被碰了下。

他嚇得猛然回頭，但身後並沒有看見喪屍，只有一條長長的空臺階，而原本走在最後的丁宏升和恐貓不見了。

顏布布立即搖晃封琛的肩，湊在他耳旁著急低語：「等等，丁宏升不見了。」

封琛轉頭，「怎麼不見了？」

「不知道，他好像碰了我一下就不見了。」

封琛看了下四周沒人，便將精神力探進旁邊的劇院。剛進大廳，就瞧見丁宏升懸掛在半空，腰間和胸膛上各纏著一條黑藤，正將他往旁邊的水泥圓柱上拖。

而那根兩人合抱的大圓柱上開著數朵臉盆大的牽牛花，花瓣上生著細密的牙，齊齊都朝著丁宏升，看上去像是一張張蠕動的嘴。

丁宏升緊抱著頭上一根鐵質橫梁不鬆，因為怕驚動喪屍便一直沒敢出聲呼救，只不斷用精神力去刺身上的黑藤。他那隻恐貓也躍上橫梁，對著黑藤又啃又咬。

不想這黑藤竟然不懼怕精神力攻擊，藤身被丁宏升刺出一個個對穿窟窿，立即又修復長好，藤身看上去完好無損。

身為精神體形成的恐貓對它也構不成什麼傷害，撕咬出的裂痕瞬間便修復完整。

封琛衝進劇院，黑獅在同時躍到他身旁。封琛邊跑邊反手摟過背上

的顏布布往旁邊放，黑獅配合默契地接住，顏布布便騎到了牠背上。

封琛對著大圓柱高高躍起，匕首扎向纏繞在上面的黑藤。那些原本朝向丁宏升的牽牛花倏地轉頭，張開著花瓣朝他撲來。

封琛躲過那幾朵牽牛花，一刀扎下去，黑藤的主藤便滋出一股黑水。他繼續往下扎，那條主藤不斷噴出黑水，如同爛麻繩般從圓柱上滑脫，上面生著的兩朵大牽牛花也迅速枯萎。

蔡陶這時候也衝了進來，只瞧了一眼便清楚了目前狀況，手握匕首扎向另一根圓柱上的黑藤。

因為怕驚動廣場上的喪屍，不管是吊在空中的丁宏升，還是下面正在砍殺黑藤的蔡陶和封琛，沒有一個人出聲。

緊縛在丁宏升身上的那些黑藤一條條鬆脫，圓柱上的牽牛花也隨著逐漸枯萎。

蔡陶揮刀去砍最後一條黑藤時，頂上那朵牽牛花不斷探頭往下攻擊，都被他躲過。那朵花便停下攻擊，緊縮成一束，不停簌簌顫動，像是在蓄力似的。

蔡陶心中剛冒出個不好的猜想，就見那牽牛花瞬間怒放，花瓣張大到極致，從花蕊中心發出一聲長而尖銳的嘯鳴。

這聲嘯鳴經過喇叭狀的花瓣擴音，震得廳內幾人耳膜嗡嗡作響，極具穿透力地衝出劇院，響徹整個廣場。

「我操，這他媽還真的是個大喇叭精！」

蔡陶手起刀落，那條黑藤被整個砍斷，正在尖嘯的牽牛花瞬間消聲，枯萎成了一小團。

顏布布三人立即轉身往後看，剛墜下地的丁宏升都顧不上爬起來，也扭著頭看向廣場。

只見廣場上的喪屍們正齊刷刷轉身，接著便開始奔跑，如同一片黑壓壓的洪水往劇院湧來。

封琛已經衝了出去，丁宏升和蔡陶還傻在原地，直到看見封琛在關

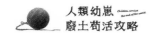
大門才反應過來，一起衝過去幫忙。

劇院是兩扇開合的鐵門，不光生滿鐵銹，門下方還有經過高溫的痕跡，曾經融化變形的鐵水將門和地板澆築在了一起。

封琛邊跑邊用精神力割開融成一團的門下方，再大力推動其中一扇門，丁宏升跑向另一扇，嘴裡喊道：「蔡陶，去關後門。」

這裡只是劇院前廳，對面牆上左右各有一扇小門，都通往已經垮塌的大廳。蔡陶立即轉身，奔向左邊的那扇。

刺耳的咔嚓聲響起，兩名哨兵分別推門，兩扇沉重的鐵門往裡合攏。可還差一公尺左右距離時，衝在最前方的喪屍已經衝上了臺階。

顏布布一直騎在黑獅背上，安靜得沒有發出半分聲音。只是在喪屍群就要撞進鐵門時，釋放出大量精神力，那最前方的十幾名喪屍頓住腳步，停滯了 2、3 秒。

哐啷！鐵門合攏，鎖舌彈入鎖孔。

蔡陶也關上左邊的小門，但右邊小門已經衝進來兩隻喪屍，被比努努堵在那裡殺掉。

封琛和丁宏升衝去右邊小門，兩人一起用力推動門扇，將後面跟著湧入的一群喪屍全都頂了出去，再將門重重關上。

砰砰砰！砰砰砰！三扇門都發出了劇烈的撞擊聲，門扇不斷往下掉落大塊鐵銹，看著也堅持不了多久。

「顏布布開燈。」封琛喝令。

顏布布立即擰亮了手中汽燈。

封琛看向頭頂，急忙吩咐：「這門只能幫我們稍微緩一下，都抓緊時間上房。」

黑獅背著顏布布和行李袋往上一躍，雙爪摳住大圓柱的石身，再繼續撲出，穩穩落在那根橫梁上。

丁宏升和蔡陶一人抱著一根圓柱往上爬，很快也上了橫梁。

封琛看見比努努還在右邊小門口，爪子從門縫伸出去抓撓喪屍，趕

緊喊道：「比努努快走。」

「比努努快上來！」顏布布也跟著大喊。

等比努努飛快地上了橫梁，封琛最後一個爬上去，剛站穩腳，兩扇小門就被撞開，喪屍嚎叫著衝了進來。

喪屍立即就發現了站在橫梁上的人，齊齊昂著頭嘶嚎，生著長指甲的手在空中抓撓。

這個前廳很快就被喪屍擠滿，少說也有兩、三百隻。雖然知道它們搆不著橫梁，但看著那一張張殘缺不全的猙獰臉孔，站在橫梁上的人也仍然覺得心驚膽戰。

顏布布扶著黑獅站著，手裡提著汽燈。

丁宏升抹了把額頭的汗，問封琛道：「封哥，現在我們怎麼辦？」

封琛打量著頭頂，那圓拱形的屋頂原本是大幅油畫，現在已經斑駁褪色，像是一團一團的污痕。

「這劇院修建的年頭很久了，房頂是用一種很薄的鋼筋水泥板砌成的，可以捅穿。」封琛站直身體，用匕首去敲擊房頂，等外面一層牆皮刷刷掉落後，露出裡面的水泥板。

有些喪屍已經在抱著圓柱往上爬，蔡陶和丁宏升便不斷用精神力擊殺，那些喪屍掉了下去，其他喪屍卻又瞬間填上。

「喪屍屍體越疊越高，它們快爬上來了。」丁宏升焦急地道。

封琛繼續敲房頂，大塊水泥板往下掉落，顯出幾根筷子粗的鋼筋。他兩手握住鋼筋往外掰，這鋼筋本就被銹蝕過，啪啪幾聲後盡數折斷，露出了一個大洞。

「顏布布，快上去。」封琛轉頭道。

顏布布立即將汽燈提手咬在嘴裡，被封琛握住腰舉過頭頂鑽出了洞。他半趴在圓拱形的房頂上，看見牆外一圈也圍著喪屍，密密麻麻地將劇院圍了個水泄不通。

丁宏升和蔡陶往洞外鑽時，他們的量子獸直接回到精神域，等兩人

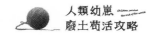
鑽出房頂後再出現。

黑獅卻是先叼起行李袋遞出去，再叼著比努努躍出洞。

顏布布將頭探在洞口，急聲道：「哥哥你快上來。」

封琛正要伸手去抓洞沿，不料腳下的鐵架橫梁突然往下垮塌，他整個人也跟著往下陷。

「哥哥！」顏布布尖叫著往下撲，伸長的兩手抓住了封琛手腕。

但他體重遠輕於封琛，也被那股力帶著不可控制地往下滑。就在他上半身也快滑入洞口時，黑獅將他按住。

封琛整個人懸在空中，只有左手被顏布布抓著，兩條腿就垂在喪屍群的頭頂。

他瞧見下方那些喪屍對著他的腳抓來，便放出精神力，刺入身遭這一群喪屍的頭顱，狠狠攪碎。

蔡陶和丁宏升趕緊幫忙，和黑獅一起抓住顏布布往上拖。

封琛身形不壯，但肌肉緊實，重量也不輕。顏布布咬緊牙關，額頭都爆出了青筋，用盡全身力氣抓著他不鬆手，並不斷使用精神力，將那些喪屍給束縛住。

封琛一點點往上，在終於搆著洞沿時，抓住洞沿翻了上去。

「有沒有事？你有沒有事？」顏布布蒼白著臉驚惶地問。

封琛回道：「我沒事。」

顏布布又要去撩他褲腳看，結果兩隻手都在脫力地發抖，連他褲腿都撩不起來。

「別怕，我真沒事。」封琛捏了捏他的小臂，安撫地道。

丁宏升提起汽燈照向前方，「封哥，剩下的房子都是連在一起的，而且都不是高樓，我們可以直接從房頂上走。」

封琛看了眼腳下那些黑壓壓的喪屍，拍板道：「那走吧，越快離開這裡越好。」

# 第八章

## 我只要你和我，
## 還有薩薩卡和比努努

封琛認真地說：「顏布布，現實不是電影，
我是個真實的人，不是電影裡的角色，
你不要把那些匪夷所思的情節往我身上套，明白嗎？」
顏布布怔怔看著封琛，眼眶微微發紅，「那我們會永遠在一起嗎？」
「只要你願意，我們就永遠在一起。」
「我們只差個親嘴兒就是愛情了。」顏布布吸了吸鼻子。
封琛說：「你現在還不懂，等你長大了以後，
才能明白真正的愛情是什麼樣的。」

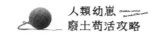

這條街的房屋鱗次櫛比，緊挨在一起，而且當初應該是同一規模建造，都只有兩、三層高。他們在那些房頂上跳躍前進，喪屍就跟著在街上奔跑，偶爾會有喪屍爬上牆，被比努努一爪就戳穿了腦袋。

顏布布對於這種奔跑再熟練不過，便沒讓封琛揹，還提著汽燈跑在前面，給後面的人帶出一條最便捷的路。

如此往前了十來分鐘，丁宏升突然出聲：「布布，先停下。」

顏布布正跑到一棟樓的天臺邊緣，轉身問：「怎麼了？」

「我看到前面沒房子了，應該要出城了。」

幾人站在房頂上往前看，藉著朦朧的天光，可以看見這條街確實已經到了盡頭。再前方是一條峽谷，峽谷邊上的圍欄已經七零八落，一座鋼架結構的大橋橫過峽谷，延伸進遠處的黑暗裡。

丁宏升打開即時地圖：「這條峽谷只有這座橋可以出去，也是出城的必經之路，我們跑過這座橋就能離開這裡。」

喪屍已經追了上來，在樓下仰望著他們，嘴裡發出陣陣嘶嚎。

「封哥，我們現在怎麼辦？」蔡陶問封琛。

封琛又揹上了顏布布，「沒有其他辦法，只能衝過去。」

「好……」蔡陶一聲好還沒說完，就見封琛已經揹著顏布布躍下房頂，衝向了大橋。與此同時，擋在路前方的幾隻喪屍也被他精神力擊殺，悶聲不吭地倒在了地上。

丁宏升瞬間反應過來：「快走，趁喪屍大部隊還沒有追上來。」

汽燈在顏布布手中不停晃動，搖曳不停的燈光中，幾個人加上幾隻量子獸朝著大橋發足奔跑，十幾隻喪屍在後面緊追不放。再往後幾十公尺處，則是浩浩蕩蕩的喪屍大軍。

「讓我下來自己跑。」呼呼風聲中，顏布布湊到封琛耳邊大聲吼。

「我揹著你還快些。」封琛揹著他率先衝上了大橋。

顏布布覺得封琛說得沒錯。

雖然封琛背著他，但兩條長腿邁開，旁邊的橋欄飛速後退。

他在房頂上移動速度快，但在這種比拚體力和爆發力的時候，還是封琛要快得多。

他摟住封琛脖子頻頻往後張望，看見追在最前面的是幾名士兵喪屍。這些士兵原本生前體質就好，加上成為了喪屍，奔跑速度驚人，很快就和他們拉近了距離。

顏布布不斷放出精神力，讓那些喪屍跑得卡卡頓頓，這才勉強拖住了它們。

比努努一直蹦跳在最後，和恐貓一起壓陣。哪隻喪屍衝得最前，牠倆就躍上誰的頭頂撕咬，直到那隻喪屍倒下。

比努努正在殺一隻喪屍，眼睛瞥到旁邊的喪屍飛撲向封琛，便一把扯下身前吊著的那個搪瓷杯蓋，朝著它後腦砸去。

砰一聲響，喪屍的頭顱被砸得凹陷了一塊，踉蹌著往前撲倒。

比努努解決掉手上的喪屍，才把那個還在地上滴溜溜打轉的杯蓋重新撿起來。

這座鋼架橋不算太長，眼看就要跑到盡頭，但前方卻出現了一道足有十來公尺寬的斷口。

衝在最前方的黑獅腳下不停，一個縱身飛躍過深壍，扔掉背上的行李袋，轉身朝向後方。

封琛和牠配合默契，反手就將背上的顏布布抱在懷中。

顏布布猜到了他要做什麼，驚恐地道：「不不不。」伸手就要去摟封琛脖子。

「你看那是什麼？」封琛邊跑邊指著左邊，顏布布剛轉頭，就覺得一陣天旋地轉，整個人已經被扔了出去，飛在空中。

「啊──」顏布布發出一聲慘叫。

黑獅在這同時高高躍起，用脊背接住了被擲過來的顏布布，馱著他穩穩落下。

「老丁，能跳過去嗎？」蔡陶邊跑邊問。

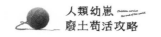

丁宏升問：「你呢？」

蔡陶：「我是 B 級哨兵，肯定能跳過去。」

丁宏升：「你他媽是 B 級哨兵，難道我不是？」

蔡陶：「封哥……算了，不用問封哥。」

三名哨兵也衝到了斷口處，伴著一聲大喝，都騰身躍起，撲向對面。三隻量子獸也緊跟著撲了過去。

蔡陶一個翻滾後摔在地上，也不忙爬起身，就坐著朝對面追來的喪屍大軍高聲罵道：「老子讓你追，你他媽追呀，我看你怎麼追過來。」

丁宏升撐著腰大口喘氣，「退、退後點，沒準真的能過來。」

「打賭，10 塊埃幣。」

蔡陶話音剛落，衝在最前面的一隻士兵喪屍就凌空撲來，在空中時還邁動雙腿，對著坐在最前方的他張開烏青色大口。

「他過不來，肯定過不來。」蔡陶鎮定地道。

那隻喪屍飛速接近，但蔡陶還是強撐著不動，直到快和喪屍臉貼臉，才被丁宏升一把拖後，再一腳將那喪屍踹飛下斷崖。

丁宏升怒道：「你他媽為了 10 塊錢就不要命了？」

「我心裡有數，不會讓它咬住的。」蔡陶雖然還在嘴硬，卻往後退了好幾步。

喪屍呼嚎著連接往這邊撲，但大多數都直接墜下崖。也有個別的能躍過斷口，不過還不等幾人動手，就被量子獸們撲上去擊殺。

「走吧。」封琛轉身往前走，「我們只要離開這兒，那些喪屍就不會再往這邊撲了。」

比努努走在最後面，意猶未盡地回頭張望。在看見一隻越過斷口的喪屍追來時，又將手中的搪瓷杯蓋朝著它腦門砸去。

杯蓋帶著巨大的衝擊力，喪屍被砸得後退幾步跌下斷橋，比努努滿意地撿回杯蓋，重新拴在肚子前。

往前又走了半個小時，確定不會有喪屍追來，大家才喝水休息。

「腳疼不疼？」封琛問顏布布。

顏布布捧著水杯搖頭，「不疼。就是這天是黑的，總覺得是到了半夜，坐下後想睡覺。」

封琛：「現在不能睡的。」

「我知道，就是說說而已。」顏布布打了個呵欠，突然想到什麼，問蔡陶兩人：「你們之前不是說有車的嗎？車呢？」

比努努原本靠著黑獅癱坐著，也倏地看了過去。

丁宏升摸了下腦袋，帶著幾分赧然：「其實真的有車，只是我們那車在雪崩時被壓壞了。」

蔡陶也道：「而且我們現在走的也不是那條路線啊。」瞧見顏布布滿臉不信，比努努也齜著牙要發怒，他趕緊補充：「不過剩下的路也不多了，再前面是靖安城，過了靖安城再走上 2 天就到了中心城。」

「那靖安城裡會不會又是滿城的喪屍？」

蔡陶道：「不會，從中心城前往南方都要經過靖安城，我和老丁出來時也經過了，城裡非常安全。就算曾經有過喪屍，也早就被清理得乾乾淨淨的。」

丁宏升道：「再堅持一下，我們很快就能到中心城了。」

下午時分，一行人就進入了靖安城。

整座城空無一人，殘垣斷壁爬上新長的綠藤，牆身上留下遭遇過洪水的痕跡。

「這城裡的人都去哪兒了？他們還活著嗎？」顏布布小聲問封琛。

靖安城並不是重要大城，地震前沒有修建海雲城那樣的地下安置點，他不知道這裡的人是如何度過最初高溫期的。

他撿起一塊半埋在土裡的相框，抹掉玻璃上的泥土，看見裡面有張

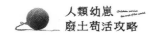

照片。只是那照片經過高溫，上面的圖像早已淡去。

「總有人會找到活下來的辦法的，也許離開這兒去了中心城，畢竟離中心城也並不算太遠。」封琛看向遠處跑來的一群似狼似狗的變異種，手指摸上腰間匕首，「你看這些野狗能活下來，人也必定能。」

十幾條野狗變異種穿過那些廢墟，朝著幾人飛奔而來。四隻量子獸迎了上去，在距離這裡還有百多公尺的地方和牠們相遇。

利爪翻飛，尖嚎聲響起。隨著幾條變異種倒下，剩下的變異種逃掉，戰鬥飛快結束，整個過程不到 3 分鐘。

晚飯就在城裡解決。

因為這座城算是出入中心城的必經點，所以雖然有一些變異種卻沒有喪屍，算得上安全。再加上房屋保存也比較完整，四人就分別住進了兩間相鄰的房子。

封琛在房內轉了圈，發現廚房和浴室都在。浴室淋浴花灑完好，只是沒有水。

黑獅叼上廚房找到的水桶去附近井裡打水，打回來後燒熱，封琛在桶身上鑽孔再連上花灑，一個簡易淋浴器就做好了。

顏布布站在浴室裡歡呼：「哇，可以沖澡喔。」

「你快去洗，我去做飯。」

「好喔。」

雖然廚房的燃氣灶已經沒法使用，但可以將自帶的溧石小爐放上去，再架好鍋。封琛覺得抬頭轉身都是櫥櫃，置身在這種廚房氛圍中，做飯也會有感覺些。

顏布布洗完澡，剛走出衛生間，比努努就進去了，後面跟著叼了一桶熱水的黑獅。

「條件這樣不好，你也要洗澡嗎？」

顏布布一邊用毛巾擦頭髮一邊問牠：「量子獸不出汗不生皮屑，沾了灰毛巾一擦就行了，也要洗澡嗎？」

比努努不理他，等黑獅進去後，砰一聲關上門。

顏布布對著門問：「你們兩個都要洗呀？」

屋內沒有回應，只傳出來嘩嘩水聲。

顏布布走到廚房，看見封琛正站在小爐前煮東西，便將毛巾頂在頭上，走過去抱住他的腰，臉貼在他背上黏糊糊地道：「我要告狀。」

「告什麼狀？」封琛拿勺子在鍋裡攪。

「我要告比努努和薩薩卡洗鴛鴦浴。」

封琛低笑了聲，轉身扯下顏布布頭頂的毛巾給他擦頭髮。

「輕點，哎喲哎喲輕點。」顏布布被封琛揉得左右搖晃。

封琛將毛巾取掉，顏布布的一頭捲毛炸成了個雞窩。

「行李袋裡有梳子，去把頭髮梳了。」

「喔。」

顏布布梳好頭髮，就站在廚房門口看封琛做飯。

他剛洗過澡，眼睛也帶著濕漉漉的水氣。穿著一套米灰色的毛衣毛褲，勾勒出修長單薄的身體線條，一段白皙的脖頸露在領口外，顯得既美好又脆弱。

封琛瞥了他一眼就轉回頭，一直看著鍋裡煮著的野狗變異種肉，片刻後突然道：「別站在這兒，去寫作業。」

「啊？」顏布布大驚。

「這段時間你一個字都沒寫，外面有個石桌，你去那裡寫作業。」封琛道。

「可是還沒吃飯啊，吃完飯再寫行不行啊？」顏布布開始央求，手指撬著門框，發出吱嘎吱嘎的聲響。

「吃飯還要 20 分鐘，去做三道題，做不完就別吃飯。」

顏布布不敢反抗，但心裡又憋悶，便沉著臉踢了門框一下，這才轉身去行李袋裡拿本子做題。

20 分鐘後，封琛煮好野狗肉，讓黑獅給隔壁兩名哨兵也送了去。

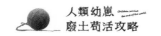
顏布布已經收好作業，坐在石桌前等著開飯。

吃完飯，封琛往外走，顏布布既想問他去哪兒，又怕他讓自己繼續做作業，就眼巴巴地盯著他沒敢吭聲。

封琛卻道：「我要去這城裡逛逛，你去嗎？還是留在這裡做作業？讓比努努和薩薩卡陪著你。」

顏布布喜出望外，立即上前親親熱熱地摟住他胳膊，「我怎麼放心讓你一個人到處逛呢？我還是要陪著你的。」

兩人提著汽燈，手牽手地在這城裡逛了一陣。好多殘垣斷壁上的金屬門牌還沒有損壞，只是退了色，顏布布念著那些依稀可辨的門牌號，猜測著一個又一個故事。

「茶湯巷 45 號。這條巷子的人肯定很愛喝茶，每天太陽落山後，家家戶戶都搬個椅子在外面坐著，大家在一起喝茶聊天。」

「金帝飯店，這是飯店兩個字嗎？我在電影裡見過飯店的，好高好大。」顏布布小時候也是在街上見過飯店的，但是那些記憶都已經模糊不清。對於人類世界曾經的文明和繁華，他只能在過去留下的電影和電視裡見到，並努力回憶它們真實的樣子。

經過一間欲垮未垮的大房子時，顏布布看到地上有一張很大的金屬招牌。他用腳踢開上面的灰土，將汽燈湊近，驚喜地道：「哥哥，這裡是影院。電影院！」

封琛也俯下頭去看，又抬頭打量著面前的房子，「嗯，是一家私人小影院。」

「走啊，我們進去看看啊。」顏布布拖著他去那間大房子。

大房子的門窗都沒有了，裡面還剩著一些鐵架，排列得很是整齊。顏布布好奇地往下看，原來那些鐵架都被焊接在了地板上。

「這是沙發嗎？」顏布布問。

「對，沙發。皮面破了，填充物被洪水捲走了，只剩下了這些架子。」封琛伸手拍了拍身旁的鐵架，「那些大影院基本上都是單人單

座，這裡是家小影廳，裡面只有情侶沙發雙人座。」

顏布布不知想到了什麼，喃喃念道：「情侶沙發啊……」他眼底閃過一抹亮光，接著就對封琛道：「哥哥，我走累了，腳有點疼，我們在這沙發上歇會兒吧。」

「這沙發就剩個鐵架，怎麼坐？要歇的話去外面找塊石頭坐吧。」

顏布布卻不幹：「哪裡只剩鐵架了？你看還有坐墊的。」

「那不是坐墊，那是鐵欄。」

「反正也能坐啊，我一步都不想動了，休息一會兒嘛。」

顏布布硬拉著封琛坐，封琛便只得在那一排鐵欄上坐下，汽燈就放在旁邊地上。

「其實還是挺舒服的，哈哈，情侶沙發。」顏布布摟著封琛胳膊，打量著四周，「那些情侶就是坐在這兒看電影嗎？」

「對。」封琛回道。

「你知道他們看的什麼電影嗎？」顏布布眼神飄忽。

封琛看上去有些心不在焉，隨意地回道：「不知道，總是關於北極的紀錄片吧。」

「不是的。」顏布布突然湊近些，在他耳邊說：「他們是在看《隱祕的愛戀》。」

封琛沒有再說什麼，只架起腿往後靠在沙發鐵欄上，沉默地注視著前方原本是銀幕的位置。

顏布布將腦袋擱在他肩頭上，輕聲說：「哥哥，那天我吃了毒蘑菇，後來跟你說我忘記發生了什麼，其實我記得一些。」

封琛不應聲，顏布布自顧自悶聲笑：「我記得黑獅馱著我回去時，我在唱歌……山坡上盛開著花朵，雲兒下流淌著小河……」

「說話就好好說話，不要說著說著就開始唱。」封琛打斷他道。

顏布布停下唱歌：「我只是想告訴你，那天發生的事，我其實能記得好多。」

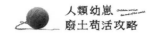
「嗯，那你記憶力很棒。」封琛手指輕輕敲著膝蓋。

顏布布將聲音放得更輕，像是耳語一般：「我記得我跟你說了什麼是愛情……」

顏布布沒有繼續往下說，只觀察著封琛的神情。

封琛慢慢轉過頭，「顏布布，我總覺得最近你哪兒有些不對勁。」

「不對勁？我怎麼不對勁了？」顏布布問。

「我想想，這種不對勁是從什麼時候開始的？」封琛微微瞇起眼思索，「……是從我們準備去中心城開始的。你在想什麼？告訴我，你這些天到底在想什麼？」

封琛目光帶著洞悉一切的敏銳，顏布布突然就心虛起來，聲音飄忽地道：「我就是想和你有那個啊……」

「有哪個？你是什麼想法，一五一十地告訴我。」封琛雙手環胸，「先坐好，不要這樣歪著倒著，態度端正點。」

顏布布便規矩地側坐著，雙手放在膝蓋上，肩背挺直。

「好了，說吧，我聽著。」封琛放下翹著的腳，也擺出個認真聽的姿勢。

「那我就開始了啊……」顏布布清了清嗓子，終歸還是有些不好意思，便小聲念道：「那個，就是，人世間有一種美好的感情，那就是愛情……」

封琛做了個暫停的手勢，「等一下。」他站起身，將一根翹起的鐵欄壓好，重新坐下後道：「你繼續。」

「啊？喔，好吧，繼續……」顏布布想了想，吶吶地問：「我說到哪兒了？」

「人世間有一種美好的感情。」

「人世間有一種美好的感情，叫做愛情。」顏布布在封琛的注視下，結結巴巴地開始表白：「書裡說過，兩個人有了愛情，就想隨時在一塊兒，永遠在一塊兒……」

「這一段你上次念過了，接著往下說。」封琛又打斷他，語氣像是個不帶感情的考官。

顏布布拖著封琛在情侶卡座坐著，就是想藉這個機會傾訴衷腸，但沒想到這發展和他設想的好像不大一樣。

但箭在弦上不得不發，在哪兒表白，怎麼個表白法，終歸都是表白，所以他也硬著頭皮繼續道：「風兒從海邊吹過，那是我對你傾訴的愛戀。」

封琛就那麼淡淡地看著顏布布。他背對汽燈，光線從身後照來，他的臉部陷在陰影裡，但輪廓卻被勾勒得更加鋒利。

顏布布被他這樣看著，那些原本背熟的話也開始磕巴：「雨絲從你耳邊擦、擦過，那是我、是我在親、親吻你的頭髮。」

「去哪兒背的蹩腳詩？」封琛問。

顏布布停頓了一瞬，小聲回道：「6 樓有個房間，床頭櫃裡有一本詩集。」

「不用鋪墊了，直接說你的目的。」

「直、直接說啊，會不會太直白了。」

「沒事。」

顏布布吶吶地道：「那我就直接說了？」

「嗯，說吧。」

顏布布頓了下：「能不能先關掉汽燈，讓我在黑暗裡說。」

「你閉上眼就黑暗了。」

「喔⋯⋯」

顏布布深呼吸，再一鼓作氣道：「哥哥，我想和你結婚，還要親嘴兒。先親嘴兒，等親完嘴兒有了愛情，我們馬上就結婚。」

封琛聞言也不驚詫，只平靜地問：「所以你還是覺得親嘴兒了才是愛情？」

「那、那不然呢？不然白親了？必須得有愛情啊。」顏布布說完

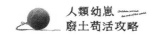
後，便用手背擦了下嘴，先提前做好準備。

封琛瞥了一眼他這個動作，眉心跳了跳，但還是保持著平和的語氣，道：「顏布布，你是不是覺得我去了中心城，就會和別人在一起？再找個什麼人結婚？」

這句話剛出口，顏布布神情就變了，慢慢放下手，「你會嗎？」

「你覺得呢？」封琛淡淡地問。

顏布布低頭琢磨了會兒，試探地問：「你的意思是你會？」

封琛還是那句話：「你覺得呢？」

顏布布像是被什麼咬了屁股，從鐵欄上嗖地彈起來，脹紅著臉道：「你不准和別人在一起！中心城的人再多，你也不准看上別的人和他們結婚！」

影院廢墟裡一片安靜，汽燈光微微晃動。封琛定定看著顏布布，神情和目光都帶上了幾分嚴厲，但顏布布毫不退縮地和他對視著。

片刻後，封琛嘆了口氣，神情也軟化下來，「顏布布，平常我就讓你少看那些亂七八糟的東西，你偏偏不聽。」

「這和那些沒有關係，你就說吧，中心城那麼多好看的人，你會不會就要和誰結婚，然後去和別人住一塊兒了？」顏布布追問，話語裡透出掩飾不住的緊張，嗓音也有些發緊。

封琛扯了他一下，「你先坐下。」

顏布布跟著坐下，卻側頭看著一旁。

封琛捏著他下巴掰回來，讓他面對自己，再認真地說：「顏布布，現實不是電影，我是個真實的人，不是電影裡的角色，你不要把那些匪夷所思的情節往我身上套，明白嗎？」

顏布布忸忸看著封琛，眼眶微微有些發紅，不安問道：「那我們會永遠在一起嗎？」

「只要你願意，我們就永遠在一起。」封琛鬆開他下巴，手掌落在他柔軟的髮頂，輕輕揉了把。

「我們只差個親嘴兒就是愛情了。」顏布布吸了吸鼻子。

封琛說：「你現在還不懂，等你長大了以後，才能明白真正的愛情是什麼樣的。」

「可是我也想和你結婚。」

「你只是想霸著我，不讓我和別的人親近。」

「那你會和別的人親近嗎？」

封琛說：「不管我會不會和別人親近，顏布布，你都不能用這樣的方法來達到目的。」

顏布布雖然沒做聲，但眼睛裡全是惶惶，封琛在心裡嘆氣，將他攬到懷裡拍了拍，「難道你還擔心我把你扔了？」

顏布布雙手摟住他的腰，「我不擔心，我知道你不會扔掉我。我只是不想你身旁出現另外的人。我只要你和我，還有薩薩卡和比努努。」

「好，只有你和我，還有薩薩卡和比努努。」封琛輕輕應聲。

顏布布將臉埋在封琛懷裡，「真的嗎？我只要想到你和別人在一起，心裡就像有火在燒，難受得像是要死了。」

「胡說八道。」

「快點回答我，是不是真的。」顏布布搖晃著封琛身體。

封琛：「是真的。」

顏布布聽到他肯定的回答，雖然還將臉埋在他懷中，嘴角卻慢慢露出了個笑。

封琛無奈道：「我們這都還沒到中心城，你居然就在想這些東西，真不知道你平常腦子裡裝的都是些什麼。」

「裝的都是你呀，全是你。」顏布布心裡歡喜，便開始甜言蜜語。

封琛將他往外推，「警告你啊，別膩歪，肉麻死了。」

「就肉麻，就膩歪，就膩死你。」

顏布布摟住封琛的腰不鬆手，還捏著嗓子道：「少爺，我好喜歡你呀，我要伺候你一輩子，做你的量子獸。我要給你端茶送水、捏腿捶

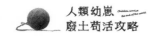
肩，每一個腳指頭都要給你捏得舒舒服服的。」

　　離開靖安城再走了兩天，第三天下午，當顏布布爬上一座山頭時，眼前出現了無比恢宏的場景。

　　懸崖下，曠野上，一座燈光明亮的巨大城市浮在半空。

　　城市離地面約莫十幾公尺，還分為了上下兩層。細看的話，城市是由一些鋼鐵大板塊構成的，交錯的鐵橋將那些板塊連在一起，形成了這座堅固的空中堡壘。

　　城市的燈光穿破混沌和黑暗，帶著強烈的衝擊力撞入幾人視野，既不可思議卻又如此真實。

　　顏布布這些年來看見的只有廢墟和荒涼，世界似乎正在走向末日。但這座龐大的鋼鐵之軀就佇立在這裡，像是在無聲地告訴世人，人類還在，文明和工業還在，這個世界也不會消亡。

　　顏布布內心陣陣激蕩，眼裡蘊起了水光，封琛顯然也被這一幕震撼到，看著前方沒有說話。

　　丁宏升和蔡陶都靜靜站在一旁，等兩人情緒平靜下來後才介紹道：「極寒以後，所有人同心同力，花了幾年時間才將這座空中城建好。城市底座全是一塊塊的鉅金屬板，再由很多的鉅金屬柱支撐著。看似浮在半空，其實不算是懸浮。」

　　顏布布順著他手指的方向看去，在那片燈火照耀下，可以看見城市下方每隔一段距離便佇立著一根細長的圓柱，無數根圓柱將這座巍峨城市穩穩地托在半空。不過細看的話，每根圓柱下都圍著很多人，還有人在順著圓柱往上爬。

　　「那些人……」顏布布剛問出口，就反應過來那些應該不是人，即時收住了話頭。

「對，那些就是喪屍。」蔡陶卻道。

城市頂上的探照燈晃動，被照亮的地面每處都是喪屍，**螞蟻一般蠕動著**，和這城市似的一眼望不到頭。

「走吧，我們進城了。」蔡陶道。

丁宏升邊走邊解釋：「你們也看見了，地面全是喪屍，所以出入中心城的關卡在山頭上。環繞中心城的山全是懸崖，喪屍被關在山這邊爬不上來。」

一行人順著山頂走了半個小時，前方出現了一座關卡。

關卡一邊是峭壁，另一邊是條蜿蜒至山下的車道，行駛著幾輛剛剛離開中心城的軍車。

眼見關卡越來越近，丁宏升對封琛道：「封哥，你們進了中心城後，只要表明自己是哨兵、嚮導，那東西聯軍肯定就會來找你們，邀請加入。如果，我說如果你們還沒有做出選擇的話，我希望你們能考慮加入東聯軍。」

蔡陶也連忙插嘴：「對啊對啊，我早就想說這個事了，又一直不好開口。封哥，你要是和布布加入東聯軍，肯定會被送去埃哈特哨嚮學院的，那我們就又會見面了。」

封琛既沒拒絕也沒答應，只笑了笑，「我們要先去找個熟人，找到以後再說吧。」

丁宏升猶豫了下：「如果你不想被打擾的話，進城時就不要表明哨兵、嚮導身分，不然在關卡處就會被留下，接著東西聯軍就會以最快速度來將你們帶走，你們根本沒機會去做自己的事。」

「這樣啊……」封琛轉身取下黑獅身上的行李袋自己提著，黑獅便回到他的精神域。

他又摸著下巴看向比努努，「你怎麼辦呢？」

顏布布從行李袋裡取出自己那個天天超市的大布袋，將裡面東西騰空，拉開布袋口對比努努說：「勞駕。」

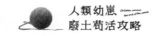

比努努盯著他不動，顏布布低聲下氣地道：「大人，您也聽見了，我們現在不能暴露哨響身分，就委屈您一會兒，一小會兒。」

比努努這才不情不願地跳進布袋。

顏布布將布袋挎上，都不敢去扣頂上的扣子，就那麼微微半敞。

蔡陶和丁宏升在一旁看著，蔡陶低聲道：「看看人家量子獸的待遇，我都覺得我平常在虐待狼犬了。」

丁宏升也低聲回道：「我以後也要對我的恐貓好一點。」

關卡就建立在山頭上，和對面的中心城遙遙相望，中間隔著幾十公尺距離。關卡處沒有其他人進出中心城，只有一隊值崗的士兵。

蔡陶和丁宏升驗過身分後，封琛和顏布布便走了過去。

封琛已經將兩人的身分資訊改了回來，士兵掃描著身分晶片，「封琛，顏布布，這是第一次來中心城？」

「是的。」封琛回道。

士兵嘟囔著：「出生地海雲城……那你們是從哪兒來的？」

「海雲城。」

士兵好脾氣地解釋：「我知道你們出生地是海雲城，問的是來中心城之前，你們倆是住在哪兒的？」

顏布布插嘴道：「對呀，就是海雲城，我們一直住在那兒的。」

另一名士兵驚訝地問：「你們是海雲城的倖存者？一直生活在海雲城沒有離開過？」

「是的。」顏布布點頭。

兩名士兵對視了一眼，「居然還有海雲城的倖存者。」

封琛立即追問：「請問一下，如果我要找9年前來中心城的那批海雲城倖存者，應該去哪裡找？」

士兵道：「9年前來中心城的倖存者，那早就分散了吧，不清楚去哪兒找，要不你問問接待中心有沒有留下過資訊。」

「好的，謝謝。」

「對了，你們倆度過變異期了沒？」士兵問。

封琛道：「應該度過了吧，就是一陣子莫名其妙的低燒，再高燒了一場，也不確定究竟度過了沒有。」

士兵抬眼問道：「不確定度過了沒有……痊癒成了普通人？」

「可能是的。」

不遠處的蔡陶和丁宏升只靜靜地聽著，在士兵詢問結束後，便上前打聽天色突然變黑的事情。

「軍部說是一種暗物質擋住了天空，目前不知道這種暗物質的來源，也還在尋找清除的方法。不過可以確定的是，這種暗物質對人體沒有什麼傷害。」士兵知道他倆是東聯軍的哨兵，所以回答得很仔細。

「謝謝。」

顏布布低聲問封琛：「哥哥，暗物質是什麼？」

「暗物質就是暗物質。」封琛敷衍地回道。

顏布布斜著眼睛看他。

封琛道：「如果我說暗物質是一種弱相互作用的有品質粒子，它的主要成分可能不是已知的任何微觀基本粒子，你能聽懂嗎？」

「不懂。」

「所以暗物質就是暗物質，你知道是這麼個東西就行。」

士兵見他倆是跟蔡陶和丁宏升一起的，便沒有過多詢問，也沒有搜查行李，只登記身分資訊再測過體溫後，便分別遞給兩人一張通行卡，「進城以後會有人帶你們去居住地。」

士兵按下通話器，對著裡面說了聲什麼，就見對面地下城方向突然伸出來一架鐵橋。那鐵橋在空中往前延伸，直到和關卡這頭的裝置卡住，才哐啷一聲停下。

「走吧。」封琛提上行李袋，幾人一起走上了鐵橋。

這鐵橋很寬，可容兩輛車並行，雖然遠處一團黑暗看不清，丁宏升也手指著山外那些地方介紹：「那邊是我們的種植園，不過緊挨著一片

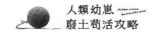

沙地，有沙丘蟲會去破壞園地。我們哨響學院的學員，經常會輪流出去捕殺沙丘蟲。這邊是正在建造的工業園區，包括溧石礦場都在那裡。至於這一邊就不用我介紹了，是我們來時的方向，都是荒山……」

顏布布緊跟著封琛，丁宏升每介紹一個地方他都努力去看，雖然什麼也瞧不清，也不妨礙他的好奇，並頻頻點頭應聲。

當他們走完鐵橋，進入一條通道後，鐵橋又自動往回收縮，哐啷著縮回中心城。

通道盡頭又有關卡，由一隊荷槍實彈的士兵把守。但這裡不再檢查身分，直接任由幾人通過。

「地下城有東西北三座城門，設置了好幾道關卡，除了第一道會檢查身分資訊之外，其他關卡都不會檢查，只是預防萬一有喪屍和變異種進了城。」

在丁宏升的介紹中，顏布布牽著封琛的手走出了關卡大門。

迎面是一條筆直街道，兩邊都是平房，清一色的水泥磚外牆外只塗著一層簡單的白灰。街道上鋪著水泥磚，兩側還有人行道和路燈，除了看上去很簡陋，和以前的街市沒有什麼區別。

「左邊就是接待中心，如果你們不願意暴露哨兵、嚮導的身分，現在就要去那裡，接待中心自然會有人將你們送去其他分區。」

丁宏升和蔡陶停下腳步，「封哥、布布，那我們就在這兒分開了。希望你們辦好事後也能來哨嚮學院，我們會等著你們。」

四人結伴走了這麼多天，也一起經歷過險境，丁宏升和蔡陶在分別時就有些依依不捨。

丁宏升只和兩人握手告別，因為封琛雖然出手救過他們，但態度一直是客氣中保持著距離，所以他也不敢表露得太熱情。

倒是蔡陶沒有那麼多心思，張開雙臂上前，想和封琛來個大擁抱。

封琛不動聲色地往後退了半步，對他伸出手，「再見。」

蔡陶緊握住他的手，還要再搭上一隻手時，封琛已經將自己的手抽

了回去。

蔡陶又看向顏布布。

顏布布正要張開雙臂，封琛便將他的手握在掌心，「那麼再見。」

兩人離開後，顏布布一直對著前方揮手，直到他們的身影消失在街道拐角處。

「走吧，以後總能見面的。」封琛曲指在顏布布額頭上彈了一記。

兩人往接待中心走，顏布布見比努努從布袋裡探出頭四處打量，便俯下頭低聲道：「第一次看到這麼多房子吧？像不像電影？其實我小時候也見過這麼多房子，還有這麼筆直的街道……」

接待中心是一幢兩層高的小樓，一名面色帶著疲態的中年婦女接待了他們。

她也沒有什麼興致詢問，收走兩人的通行卡後便在電腦裡查找，嘴裡喃喃著：「A 區人員已滿，B 區人員已滿，C 區倒是有空鋪位。」

中年婦女雙手在鍵盤上快速操作，旁邊的機器發出咔噠一聲，吐出來兩張卡片。

「歡迎你們來到中心城。這是你們的信用點卡，原始點 100 點，足夠你們在 C 區生活一個月。你們的鋪位是 C 區 59 房 3 號床上下鋪，乘坐外面的 3 號無人駕駛公車，直接在 C 區月臺下車，車站對面就是。找到接待人員，報出你們的姓名就行。」

中年婦女應該重複說過無數次這段話，語速飛快，顏布布豎起耳朵盯著她的嘴，生怕自己聽漏了一個字。

啪！中年婦女將兩張卡片拍在桌上，便站起身往裡面那屋子走去。封琛連忙喊住她：「請問一下，妳知道 9 年前海雲城來的那批倖存者現在都在哪兒嗎？」

「那誰知道啊。」中年婦女繼續往屋子裡走，頭也不回地道：「我在這裡也才工作了 2、3 年。何況每年都會來很多倖存者，各地都有，誰還記得住 9 年前的人？說不準都在下頭地面上待著嘍……」

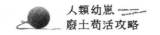

「當初沒有人員登記嗎？」封琛追問。

「今天登記了的人，也許明天就沒了。誰會登記？」中年婦女已經進了裡屋，大聲問裡面的人：「怎麼樣了？新聞出來了嗎？天上到底是什麼東西……」

封琛也就不追問，伸手去拿那兩張信用點卡。

顏布布滿臉茫然，「哥哥你剛才記住她說的話了嗎？Ｃ區5號樓……多少房來著？」

「Ｃ區59房3號床上下鋪。」封琛拿起那兩張信用卡，提起地上的大行李袋，「走吧。」

走出接待中心，顏布布習慣性地抬頭看天，張大嘴哇了一聲。

原本露出個腦袋東張西望的比努努也跟著抬起頭。

顏布布又問：「哥哥你看，頭上是鐵板，是不是中心城的第二層就在我們頭上？」

封琛也看了上去，看見距頭頂4、5層樓的地方，是一眼望不到邊的鉅金屬板，被路燈映照出冷金屬的黑色光芒。

「是的，那就是中心城第二層。」

「好神奇啊，我們可以去第二層看看嗎？不知道那上面是什麼樣的。」顏布布一直仰著頭走路，差點撞在前方的路燈柱上，被封琛手疾眼快地拉開。

「看著點，到公車站了。」

公車站很簡陋，只立著塊金屬站牌，月臺上正好停著一輛3號公車，車身上被人塗畫得亂七八糟，已經看不出原本的顏色。

封琛拉著人從前門上去，車內一個乘客也沒有，兩人便在最前面一排坐下。

比努努眼睛一亮，就要跳出布袋，顏布布連忙將牠按住，「這個車不需要開的，你看，都沒有駕駛座。以前海雲城也有這種公車，是無人駕駛。」

比努努伸著頭往前看，果然沒有瞧見方向盤，這才又悻悻地趴回了布袋。

叮一聲響，公車前後車門關閉，向著街道前方駛去。

「哥哥，換位置，我要坐在窗邊。」顏布布將封琛擠出去，臉貼在玻璃窗上往外看，比努努就將臉貼在窗戶右下方。

因為頭頂就是中心城第二層，所以第一層的房屋全是平房，只是所有房門都緊閉著，街上也沒有什麼行人。

「這些房子是誰住的？有沒有住人的？」顏布布轉頭問封琛。

封琛看了下窗外，「應該是用信用點租住的人吧。」

「不知道我們住的地方會怎麼樣，也會是這樣的房子嗎？」顏布布用手指摳了摳車窗，好奇的眼中倒映著燈光。

封琛懶洋洋地靠在座椅背上，「想得美，我們去的地方估計就是收容所一類的，連蜂巢都趕不上。想要住這樣的房子，得以後去掙信用點才有辦法租用。」

顏布布轉頭看向封琛，嘻嘻笑道：「那我去掙信用點，我要讓你住上這樣的房子。」

「行，那我就等著住進你掙的房子。」封琛閉上眼微笑道。

公車往前行駛，和相向而行的一輛公車交錯而過，那輛車上也是空空的沒有人。

街上行人很少，都低著頭匆匆趕路。公車停靠了兩、三個月臺，車門在女音報站聲中開了又關，沒有一個人上車。

顏布布一直看著車窗外，視野裡出現了一名拎著編織袋的中年男人。當公車和他並行時，後方卻突然衝上來個年輕人，用把雪亮的刀子對準了他。

「欸！」顏布布剛倏地起身，就見那中年男人已經將手裡乾癟的編織袋遞了上去，他神情平靜而麻木，就像以前遭遇過很多次這類事，已經非常習慣。

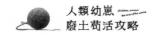
年輕人接過編織袋，便收起刀子，不慌不忙地往前走。

**轟轟！**後方傳來摩托車轟鳴，幾輛造型奇怪的組裝摩托車衝來，其中一輛還是汽車式的圓形方向盤。在經過年輕人身旁時，那輛車後座上的人突然伸手，將他手中的編織袋給一把奪走。

摩托車屁股冒出一陣尾煙，很快就駛前去，那名年輕人和中年男人都若無其事地繼續往前走，兩人之間依舊保持著十幾公尺的距離——就像之前什麼事情都沒發生過，他們只是兩名互不相干的陌生路人。

顏布布震驚地看完這幕，伸手去推身旁的封琛，「哥哥，你剛看見了嗎？那人被搶了袋子，搶他的人又被另外的人搶了，他們卻一點反應都沒有。」

封琛也剛轉回視線，只淡淡地說了聲：「坐好。」

遠處傳來警笛聲，還有好幾處都冒著黑煙。顏布布總算明白為什麼街上行人這麼少，路旁的房屋也都大門緊閉著。

顏布布沒有再看窗外，只怔怔注視著前方，片刻後問封琛：「這裡是大家好不容易才建好的城市，為什麼又要亂來呢？」

封琛微閉著眼，一盞盞路燈從車窗外閃過，照得他的臉也跟著明明暗暗。

「因為絕望。說不準哪一天就變成喪屍了，根本看不到希望。」

公車到了 C 區站，兩人下車。月臺上依舊看不見一個人，只有張紙皮在隨風打著轉，發出沙沙的聲響。

「我總覺得這是在夜裡啊……」顏布布縮了縮頭，將脖子藏到毛衣高領裡，抱住了封琛的胳膊。

公車站對面就是一個大型棚區，大門上方貼著一行醒目的字：C 區安置點。

這個安置點面積頗大，罩著圓弧形穹頂，應該是某種隔熱隔寒的材料，有些像是海雲城的種植園。

進入安置點大門，到達接待廳，封琛給工作人員報出兩人姓名。工

作人員在電腦上查詢後，起身道：「跟我走吧。」

穿過空地，進入安置點宿舍區，各種喧嘩人聲頓時灌入耳中。

顏布布被封琛牽著，走進一條兩邊都是房間的狹窄通道。通道上方每隔一段距離便會有盞燈，但很多燈泡已經壞了，光線時明時暗。

他左右打量那些房門大敞的屋子。每間屋子只有十幾個平方，卻放了八架雙層床。有人躺在床上，有人在坐著聊天，當看到顏布布兩人經過時，都轉頭看著他們，目光中不帶任何情緒。

「借過、借過。」有人從通道裡擠過，封琛往旁挪了半步，伸手護在顏布布身前。

比努努探出頭打量，緊緊皺著眉，一副很不開心的樣子。

顏布布知道牠怕吵，便俯下身低聲道：「如果把布袋蓋上聲音會小些，我給你蓋上行不行？」

比努努又縮回袋子裡，顏布布便將布袋合嚴實。

安置點宿舍區大得像迷宮，工作人員領著他們左拐右拐，顏布布的腦子很快就被轉迷糊了。如此走上十來分鐘，工作人員才停下腳，指著旁邊的屋子道：「59 房，進去吧。」

兩人進了屋，發現這屋子比他們見到的其他房間都要大，但床鋪也多，一間房恐怕塞了二十多架上下床。

房間裡的人聽到動靜，都齊刷刷轉頭看來，目光在兩人身上打轉。

「3 號床上是誰的東西？快拿走。」工作人員走到門右側的第三架床旁，拍了拍上面的幾只大編織袋。

「我的我的，是我的，馬上就拿走。」好幾道聲音響起，有人跳下床過來拿走了編織袋。

工作人員便對封琛道：「上下床，你們倆自己安排，每天要做兩次體溫監測，如果出現發燒或者是感冒之類的症狀，要立即向室長彙報。軍隊士兵每小時巡邏一次，拐彎處也有值崗的士兵，有異常情況的話找他們。」

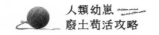

「王權。」工作人員喚道。

「在。」左角落一名男人在應聲。

「這是剛來中心城的倖存者，你是室長，要注意觀察一下他們的身體情況。」

「明白，放心吧。」

等工作人員走後，封琛便打開了行李袋，從裡面取出被褥床單之類的物品鋪床。

他鋪床時，顏布布便站在床邊打量四周。

雖然換氣扇一刻不停地轉動，屋子裡也有著一種說不出的異味。屋子裡的床都是面對面擺放著，床底堆放著各種物品，床與床之間狹窄得連轉個身都困難。

所有人都躺在自己床上，有些在蒙頭大睡，有些怔怔望著頭頂發呆。一名5、6歲的小孩在吵鬧著要出去玩，他母親便帶著他去了屋外，站在門口看著他在通道裡跑來跑去。

顏布布揭開布袋蓋，小聲問比努努：「你要出去玩嗎？想玩的話，就去通道裡玩。」

比努努沒有反應，只蜷縮在布袋裡，兩隻小爪子按住了耳朵，身體還有些緊繃。

顏布布知道牠是第一次見著這麼多人，既不習慣也有些緊張，便只幫著封琛快快鋪床。

兩人先鋪好上床，顏布布將裝著比努努的布袋抱上去，對著布袋說：「床已經鋪好了，你先休息會兒？」

比努努便從布袋裡鑽了出來，躺下，扯過絨毯將自己從頭到腳地蓋住。幾秒後，一隻爪子從絨毯下伸出來，左右摸索。

封琛已經從行李袋裡取出比努努的背包，從裡面掏出眼罩和木頭，還有那個投影機遙控器，一起放在牠爪子邊上。

比努努便將它們一個個地拖進了絨毯裡。

外面突然響起了一陣鈴聲，屋內躺著的人紛紛起身，那名站在門口的母親也出聲喚小孩：「快回來，別玩了，我們要去打飯了。」

室長王權拿著自己的飯盒，對封琛兩人匆匆道：「C區安置點有十五個分區，三個飯堂，每個分區只有半個小時的打飯時間。我們是2號飯堂，現在該我們打飯，你們要快點去。」

「好的。」顏布布應聲。

「你們有飯盒嗎？沒有飯盒的話要用信用點去買。」

「謝謝，我們有飯盒。」

屋內的人打飯都很迅速，通道裡也響起了奔跑的腳步聲。

顏布布問封琛：「哥哥，我們要不要去打飯？」

「要，不然晚上吃什麼？」

封琛從行李袋裡拿出兩個飯盒，將袋子放到床下，對上鋪的比努努道：「你就躺著休息吧，但是看著點行李，我們去打飯了。」

比努努默默翻了個身，封琛知道牠是表示聽見了，便帶著顏布布出了門。

2號飯堂離這裡不遠，跟著人群走了幾分鐘後就到了。飯堂裡已經排起了長長的隊伍，還曲折地繞了好幾圈。

飯堂四周都站著士兵，穿著相同的墨藍色制服，只是領子和袖口上有著不同顏色的條紋。有些士兵的條紋是暗紅色，有些士兵的則是白色，應該就是東西聯軍的區別。

顏布布和封琛排進去，跟著人慢慢前行。

顏布布小時候在地下安置點打飯時，周圍的人會聊個不停，再講下自己的隱憂和猜測，有時候還會大聲爭論。

這裡排隊的人雖然多，卻沒什麼人說話。偶有相熟的人遇見，會談

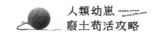

幾句天空突然變黑的事情，語氣也不大熱心，更像是隨意找個話題閒扯兩句。似乎就算中心城明天便毀於一旦也不重要，都帶著一種聽天由命的漠然。

「讓讓、讓讓。」

旁邊隊伍傳來一道囂張的聲音，引起了稍許紛亂。

顏布布轉頭看去，看見一名身形魁梧的年輕男人正將一名排隊的人拉出列，他自己站了進去。

那被拉出列的人也不做聲，只默默排去了最後的位置。

年輕男人昂著頭打量四周，也看見了正盯著他的顏布布。他眼睛一亮，目光在顏布布臉上打轉，再放肆地將他從頭到腳地打量了一遍。

顏布布覺得這人的目光讓他很不舒服，像是被一層黏膩的膠水糊住，頭皮都一陣陣發麻，趕緊轉回了頭。

但那年輕男人已經離開隊伍，向著他走了過來。

年輕男人走到顏布布身後側，朝著他肩膀伸出了手。但那隻手還沒觸碰到衣料，突然就被一拳擊中面門，整個人向後飛出了幾公尺遠，重重地摔在地上。

砰一聲重響後，人群並沒有起什麼紛亂，只避開那名躺在地上的年輕男人，繼續沉默地排隊。

那名男人躺在地上，看著封琛朝他走去，連忙爬起身，吐出一口混著斷牙的血，捏著拳頭衝上前。

封琛又是一腳踹去，那男人再次向後飛出，這次終於沒忍住，發出了一聲慘嚎。

「怎麼了？發生什麼事了？」牆邊執勤的士兵走了過來，在看清地上那年輕男人的臉後，露出個幸災樂禍的表情，「欺負人沒欺負下來，終於吃癟了？」

這人顯然平常就是個愛鬧事的刺頭，士兵說完後只轉頭看了封琛一眼，問也不問地重新走了回去。

年輕男人手捂著胸口半躺在地上，恨恨地瞪向封琛。封琛迎上他的視線，臉上雖然沒有什麼表情，目光卻森寒如刀，帶著鋒利的冷意。

那男人心裡生出了懼意，也清楚面前這名長相俊美的男人不好惹，爬起身後咳嗽了兩聲，用舌頭頂著破了皮的唇，強裝鎮定地回到了隊伍裡繼續排隊。

顏布布一直轉頭看著，直到封琛回到他身後繼續排隊，才驚詫地低聲問：「你剛在打他？」

「嗯。」封琛淡淡應聲。

「為什麼打他？」顏布布並不知道那男人剛才已經到了他身後。

封琛道：「他插隊。」

「啊？喔……」顏布布轉回了頭，片刻後又轉過去小聲問：「插隊要打這麼狠嗎？」

「對。」

顏布布：「……這樣啊，還好我從來不插隊。」

在窗口打好飯，兩人端著飯盒回了屋，並排坐在還沒鋪好的下床邊吃飯。

「好熟悉的味道啊，是小時候地下安置點的味道……」顏布布舀了一勺白水煮大豆餵進嘴，陶醉地閉上了眼睛。

封琛道：「在咱們家的時候，我就該天天給你做白水大豆，讓你頓頓都能感受到安置點的熟悉味道。」

顏布布將頭擱到他肩上，撒嬌道：「那可不行，我要頓頓感受到你的味道。」

吃完飯，封琛將兩只飯盒拿去水房洗了，回來後開始鋪下床。

比努努依舊沒有恢復過來，反倒拿毯子將自己裹得更緊。封琛便在床外掛上了一張布簾，將整架床罩在其中，這樣比努努感覺會好一些。

鋪完床，兩人就端上盆去水房旁的浴室洗澡。

封琛從行李袋裡往外取乾淨衣服時，顏布布就趴在他身上小聲說：

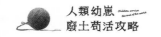

「別拿毛褲，今天好多人都在盯著我的毛褲看，他們一定覺得我穿得很奇怪。」

「哪裡奇怪了？他們看你是覺得你時尚。」封琛道。

顏布布嘟囔著：「可是我沒見到有人穿毛褲。」

「那是他們沒有，他們看你的毛褲是覺得既好看又暖和，恨不得也能有上這麼一條。」

「真的嗎？」顏布布滿臉狐疑。

封琛轉頭看他，「我什麼時候騙過你？」

「你騙我的時候可多了……」

封琛將乾淨衣物連帶著毛褲塞他手裡，「別廢話，快拿著，等會兒就換上。」

兩人進了浴房，就在相鄰的隔間洗澡。

顏布布一邊搓著頭髮一邊道：「哥哥，這種感覺好神奇，真的就像回到了在地下安置點的時候。」

現在不是洗澡高峰期，浴室裡空空蕩蕩，顏布布將那顆濕漉漉的腦袋探出簾子張望了下，便光溜溜地鑽出來，伸手去撩隔間的簾子。

「幹麼？」封琛眼疾手快地將那隻正在撩簾子的手按住。

「我們一起洗，就像以前在安置點那樣。」顏布布催促：「快快快，讓我進來。」

「回去自己洗。」封琛急忙斥道：「你知道你多少歲了？以為自己還是 6 歲？」

顏布布被封琛攔著不准進，又怕外面真的進來人，便回到自己隔間，悻悻地道：「不是 6 歲又怎麼了？就找找以前的感覺嘛……我們很久沒在一起洗過澡了，其實我還可以給你搓背的。」

「不需要。」

「哥哥你變了……變了……和我越來越生分了。」顏布布沖著水仰頭感嘆：「變得好陌生，面目模糊，讓我越來越看不清了。」

封琛冷笑一聲：「是嗎？那前幾天是誰還要和我結婚的？」

「是我啊。」

「臉皮怎麼能那麼厚？」

顏布布將臉上的水抹去，「其實我臉皮還可以更厚的。」

「你不說我也知道。」

洗完澡，兩人一起將髒衣服洗掉，晾在專門用來晾衣服的位置，這才回到房內。

顏布布站在下鋪床沿上，看著裹成繭的比努努，伸手將絨毯揭開一條縫，輕聲問牠：「要不要我上來陪你？」

比努努伸出爪子將他推遠了些，又扯回了絨毯。

「好吧，要是你覺得不舒服的話就出去玩吧，沒事的，讓薩薩卡陪你。」顏布布湊到縫隙邊說。

被絨毯裹住的大腦袋搖了下。

顏布布知道這是「別煩我讓我靜靜」的意思，便不再勸說，只道：「你想出去玩的話就去，不要憋著。」

封琛靠在下鋪床頭上，顏布布鑽進去和他擠在一塊兒。床太小，他只能半個身體都躺在封琛懷裡。

「比努努這是怎麼了？」封琛問。

顏布布問：「你聽說過社交恐懼症嗎？」

封琛挑了下眉，「牠社交恐懼症？」

「可能是吧，畢竟牠以前沒見過這麼多人，估計過兩天就好了。」顏布布道。

宿舍內沒人交談，掛在牆上的電視被摁掉了聲音，無聲地播放著一部枯燥的老電影。有人用舊手機循環播放著一首歌曲，柔美女聲在這狹小空間裡響起，將那令人窒息的感覺沖淡了一些。

有人突然道：「誒誒，停下放歌，現在是中心城新聞時間。」

歌聲停下，電視被摁大了音量，顏布布枕在封琛胳膊上，一起聽著

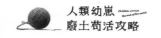
裡面的新聞。

「據中心城研究所剛給出的消息，遮蓋住天空的物質確定對人體沒有傷害，請大家不要擔心，而軍方也正在尋找此物質的來源……」

有人拍了下床板，評論道：「都過去好幾天了，還沒搞清楚這是什麼東西嗎？」

「哪有那麼容易啊，沒聽昨天的新聞嗎？就分析不出來這種物質的成分組成，要搞清楚源頭的話，怎麼著也還得花上一段時間吧。」

「中心城研究所有個屁用，研究喪屍病毒這麼多年了，有一丁點進展嗎？看看我們城下面的喪屍有多少了？沒準明天我們也會變成其中一員。唉……」

「沒準就今天吧……」

「其實我聽說過一個小道消息，說東聯軍在很久之前研究出過對抗喪屍化的辦法的，只是最關鍵的東西在地震時被搞丟了。」

「是什麼東西？」

「那我怎麼知道呢？」

「不可能，絕對是假消息。那麼早就研究出來的辦法，就算是丟了，現在也能按照當初的老法子繼續研究吧？」

「不都說了是小道消息嗎？也當不得真，就隨便聽聽。」

顏布布聽到這兒，仰頭看向封琛，見他一直閉著眼，便也沒有做聲，繼續安靜聽著。

很快就響起了鈴聲，通道裡來來往往的腳步聲也很快消失，士兵的聲音從擴音器裡傳出來：「所有人回房，準備測量體溫。」

顏布布聽到這話，連忙又去推封琛。封琛知道他想說什麼，語氣淡淡地替他說了出來：「好熟悉的感覺，就像回到了地下安置點。」

一列列士兵從門口經過，每兩名士兵停在一間房前，「起來了，測量體溫。」

所有人都起身站在門口，顏布布便也和封琛排在了最後面。

測試體溫時，他發現面前兩名士兵的軍裝依舊不同，袖口和領子上的豎條分別是兩種顏色。體溫測試結束後，便和封琛講了這個發現。

封琛回道：「白色條紋的是西聯軍，暗紅色條紋的是東聯軍。」

顏布布好笑道：「東西聯軍還在鬥嗎？光是測體溫都要兩邊各派出一個人。」

封琛靠著床頭，眼睛盯著上方的床板，「世界全變了，唯一不變的就是東西聯軍的明爭暗鬥。」

整個 C 區測完體溫已經是晚上 11 點了，等士兵們離開後，一間間房內的燈光熄滅。整個安置點都安靜下來，除了屋內此起彼伏的鼾聲，還能聽到一些像是野獸的嘶吼，在那些鼾聲的間隙裡傳入耳中。

顏布布對這種嘶吼很熟悉，那是喪屍的嚎叫聲。

「哥哥，你聽到了嗎？」他輕聲問。

封琛嗯了聲：「沒事，是在城下面的。」

聽著喪屍無休止的嚎叫，顏布布雖然很疲倦，卻怎麼也睡不著，在封琛懷裡翻來翻去。

「睡不著吧？我剛來的時候也睡不著。」左邊床上躺著的那名老人突然開口。

顏布布一怔，立即反應過來他是在和自己說話，忙回道：「是有些不習慣。」

「再住上一段時間就習慣了，你聽他們的鼾聲。他們剛來的時候都不習慣，現在睡得一個比一個穩。」

砰，砰砰。床腳下又傳來敲擊聲，顏布布越過封琛身體，從床沿探出頭往下看去。

老人又道：「是喪屍爬上了柱子，在敲底層呢。」

封琛怕顏布布掉下床，伸手將他攬住，嘴裡低聲解釋：「我們床下只鋪了一層地磚，地磚下面就是鉅金屬板。」

顏布布想起在中心城外的山頭上，見著那些喪屍抱著鉅金屬柱不斷

273

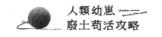
往上爬的情景，背上就有些毛毛的。

「他們爬在我們床下哎，和我們就隔著一層金屬板，我們就躺在喪屍頭上睡覺。」

封琛安慰道：「湊合一晚上吧，明天我就去打聽下怎麼搬去第二層，到時候在二層租個房，就聽不到這些聲音了。」

老人笑道：「其實習慣了就好。現在我每天晚上不聽到這些動靜還睡不著，聽著這些動靜才知道自己還活著。」

封琛聽這老人已經在安置點住了很久的樣子，便問道：「爺爺，可以向您打聽一點事情嗎？」

「你問吧。」老人道。

封琛問：「大概是 9 年前，中心城來了一批海雲城的倖存者，您有沒有印象？」

「9 年前……海雲城的倖存者……我想想。」老人喃喃著陷入回憶中，片刻後才道：「我記得當初是有一批倖存者是從海雲城來的，因為那時候剛剛進入極寒，他們是乘坐一艘貨輪來的中心城，所以我還有點印象。」

「對，他們就是乘的一艘貨輪。」顏布布激動道。

「我還記得那時候中心城沒重建，大家都住在地下安置點裡，突然就來了很多人，個個凍得不行。他們說是船在海上遇到結冰，最後一段路是走來的，有些人在路上就被凍死了。」

顏布布沉默幾秒後問道：「那他們最後到了安置點的有多少人？」

「具體多少人不清楚，應該有個好幾千人吧，當時的那個地下安置點都要被塞滿了。」老人道。

封琛又問：「那您知道他們現在在哪兒嗎？這個安置點裡有沒有海雲城來的人？」

老人道：「那我可就不知道了。畢竟重新修建了中心城，以前住在一個地下安置點的人都被打散重新分區。何況這麼多年過去了，也有好

多人看著看著就沒了……」

「誒對了，我前幾天在礦場做工的時候，遇到過一個和我一起推車的人，好像聽他說他住在 A 區，是海雲城的人。」屋角落一道聲音插進了話題，顯然也一直沒有睡著。

封琛精神一振：「那你還聽他說了什麼嗎？」

那人回道：「我做工是為了掙信用點找軍部租房子，他當時怎麼說的……喔對了，他說他有房子，就住在 A 區一租住點那帶，其他就不知道了。」

旁邊床上有人插嘴：「一租住點那麼大，去哪兒找人啊？」

「嘿，這你就不知道了吧。」那人道：「中心城重建後，相熟的人可以申請分在一個區。如果那人是海雲城來的，那 A 區一租住點就不止他一個，應該還有很多，去打聽下就能找得到。」

「也是，除了我這種從小地方自己來的，那些大城過來的人都愛扎堆住在一塊兒。」

他們也說不出來更多的消息，但也已經足夠了，封琛道了謝，沒有再繼續詢問。

「明天我們去找他們嗎？」顏布布問道。

封琛嗯了聲：「明天找他們去，先睡吧。」

顏布布將臉埋在封琛懷裡，聽著他沉穩的心跳，漸漸也就不再那麼注意喪屍敲床底的動靜，沉沉睡了過去。

深夜裡，當門外第一聲慘叫響起時，封琛便倏地睜開眼睛。

「救命啊，有人變異了，喪屍啊……」

紛亂的腳步聲響起，往通道前方跑去，一路都是驚恐的慘叫和哭喊。這動靜太大，顏布布也跟著醒了，和封琛一起從床上坐了起來。

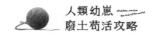

「你別動，我去看看。」封琛剛起身，就聽到通道裡響起數聲槍響，震得耳朵都在嗡嗡作響。但他剛走到門口，槍聲便停下，所有的慘叫和哀嚎也跟著一併消失。

咔嚓一聲，室長王權將屋內的燈開了。

封琛轉過頭，發現所有人都醒著，卻全都躺著一動不動，沒有一個人起床。

那名小孩也被槍聲吵醒，咕噥咕噥地說著話，他媽媽輕拍著他，「沒事，就是有人變喪屍了，已經沒事了。」

小孩像是對這樣的情況已經習以為常，在他媽媽的拍撫下重新睡了過去。

「肯定是哪間房裡的人變成喪屍了，別出去，自然會有士兵去解決。要是出去了反而要被咬。」有人見封琛站在門口，便提醒道。

封琛聽門外的確沒了動靜，便也沒說什麼，回到了自己鋪位。

「睡吧睡吧，我關燈了啊。」

室長王權打了個呵欠，伸手關上了燈。

屋內很快就安靜下來，顏布布在黑暗中睜著眼，聽著各種各樣的聲音。有人已經極快地睡著了，發出陣陣鼾聲；床下喪屍依舊在敲擊地板；剛被擊斃的屍體從門外拖過，像是在拖動沉重的水泥袋，有士兵在沖水清掃地板，嘩嘩水聲響個不停。

顏布布越聽越清醒，只覺得掌心陣陣冰涼，不停滲著冷汗。

但他的手很快就被包裹進一個溫暖的掌心，封琛另一隻手橫過他的肩，將他摟在懷裡，「睡吧，沒事了。」

顏布布緊貼在封琛胸口，汲取著他身上的氣息和熱量，小聲道：「你也拍拍我。」

封琛就輕輕拍著他肩頭。

# 第九章

## 我就是他的專屬嚮導

「宿舍樓還要分這麼多嗎?」顏布布立即警惕起來,「那我和哥哥要住在哪裡?」

陳宏指著最左邊,「那棟是男性嚮導的宿舍,你就住在那兒。」

「那我哥哥呢?」

陳宏輕咳一聲:「他當然是住在男性哨兵宿舍。」

顏布布立即抱住了旁邊封琛的手臂,「不,我要和哥哥住在一起。」

陳宏道:「嚮導宿舍條件好得很,每人都是單獨一間,你會住得很舒心的。」

顏布布搖頭,「不舒心的,很不舒心。」

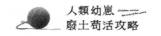

第二天早上，兩人起床後吃過早飯，便帶著比努努出了安置點。

雖然很多人都只是躺在安置點裡混吃等死，但也有部分人還是選擇出去做工。哪怕是看不到什麼未來，不知道自己還能平安多久，也希望能在這中心城裡租住一間房子，讓接下來的生活能過得好一點。

無人駕駛公車一輛輛駛出月臺，等到去往 A 城區的公車到來後，封琛兩人便上了車。

車內人很多，已經沒位子了，兩人只能在車廂裡站著。顏布布將布袋揭開一道縫隙想看看比努努，比努努刷地又將縫隙合攏。

公車向著 A 區出發，沿途經過了幾個月臺，車上的人都下了個乾淨，整輛車又只剩下了兩人。

「坐下吧。」

封琛在靠近過道的位子坐下，將靠窗那邊留給了顏布布。

顏布布進去坐好，比努努便也從布袋裡探出頭，兩個都趴在車窗上看外面。

車窗外的街景並沒有什麼變化，依舊是每隔一段距離便會有的路燈，還有清一色刷著白灰的低矮房屋。

唯一不同的是行人多了不少，都低著頭，步履匆匆地拐進一些小巷，去往自己做工的地方。

A 區和 C 區是兩個不同的板塊，中間有鐵架橋相連。當駛過那座鐵架橋後不久，報站聲便響起：「即將抵達 A 區一租住點站。」

公車在月臺上停穩，兩人下了車。

A 區比 C 區看上去要破舊得多。人行道上雖然也鋪著棕紅色的磚塊，但好多已經消失不見，只剩下一層鉅金屬板。

街道邊的房屋全是亂七八糟的塗鴉，還噴著各種顏色的字。有人就躺在路邊牆根下，身上裹著一張髒得看不出顏色的破爛絨毯。

「哥哥，他怎麼不進安置點住？」顏布布問封琛。

封琛看了眼窗外，「不知道，可能不喜歡和別人住在一起吧。」

顏布布低頭問比努努：「你是不是寧願睡大街也不想進安置點？」

比努努沒有反應，算是默認了這句話。

兩人順著長街往前走。因為底層是由很多鉅金屬板拼接而成，隨著地勢高低變化，有些地方的連接處便是網狀鐵橋或是鐵梯。

當他們走過一座網狀鐵橋時，可以透過鉅金屬絲的空隙，看見下面那些仰頭朝他倆嚎叫的喪屍。

有一隻喪屍爬上圓柱，伸手拍擊頂上的鉅金屬網，顏布布都懷疑它那長長的指甲會從網孔裡鑽出來。

砰砰砰、砰砰砰。整座鐵橋被喪屍敲擊得像是隨時都要斷裂，網格下都是喪屍猙獰的臉孔。

比努努想從布袋裡跳下去抓撓，顏布布連忙將牠按住，「別管它們，我們還要去找人。」

「吼！」比努努對著下方吼叫，顏布布趕緊快速過了橋。

橋這邊的房屋就不再是那麼規整排列，到處都是低矮的小房子，水泥牆面蓋著波棱瓦，密集地擠在一塊兒。

顏布布正想問封琛去哪裡找海雲城的人，封琛便已帶著他拐向右邊的巷子。

「你知道這裡的路？」顏布布好奇地問。

「不知道。」封琛說：「但巷子口有生活垃圾，這裡面一定住了不少人。」

巷道裡沒有路燈，地面也不平整，散發著腐敗和污水的味道。和外面的筆直大街不同，這巷道裡彎彎折折，且通往四面八方，讓顏布布以為自己掉進了什麼蜘蛛網。

「兩位小哥哥這是去哪兒啊？」

左邊突如其來的一道女聲嚇了顏布布一跳，他轉頭看去，這才發現旁邊房門陰影裡還站著一個人。

那人往前走了兩步，封琛警覺地將顏布布拖到身後。

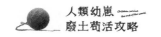

「這麼早就要去酒館喝酒嗎？先來我這兒玩一會兒嘛。」

一名瘦弱的女人出現在亮處，唇上塗抹著豔紅的口紅，臉色蒼白，眼睛下方有著一層淡淡的烏青。

她伸手去拉封琛胳膊，封琛避開了，只牽著顏布布繼續往前走。

顏布布邊走邊回頭，看見女人已經收起臉上的笑，垂著眼睛又退回到房門口坐著。

「她是誰啊？認識我們嗎？還讓我們去玩。」顏布布問。

封琛：「你看過那麼多電影，沒看出來她是誰嗎？」

「啊？她是……電影演員？哪部電影裡的演員？」

封琛只看了他一眼便轉回了頭，但顏布布卻從他那意味深長的目光裡反應過來：「她、她……」

封琛問：「那你想去玩嗎？」

「不不不。」顏布布臉都開始脹紅，拚命搖頭，「我還小，我還小著呢，還有三個月才滿 17。」

「喔──大了就可以了？」封琛拖長聲音，臉上露出似笑非笑的神情瞧著他問。

顏布布差點被腳下一塊磚石絆倒，低吼道：「那肯定也不行。」

封琛眼疾手快地將他拉住，出聲提醒：「行了行了，這裡沒有路燈，注意點腳下。」

「我們現在去哪兒？」顏布布站穩後問道。

「她剛才提到酒館，那應該就在裡面，酒館之類的地方最好打聽消息，我去找一家問問。」

隨著兩人繼續往裡走，沿途遇見的人也就更多，男女都有。他們和那女人一樣，搭個小凳坐在黑暗的房門口，當顏布布兩人經過時就站出來，小心翼翼地問他們要不要進屋玩一會兒。

「謝謝，不用了。」

「不玩了，我們有事。」

顏布布緊拉著封琛的手忙不迭地拒絕，生怕那些人會直接將他扯進去似的。但那些人被拒絕了也不會再詢問，甚至還會對他笑笑，再退回去繼續坐著。

「他們還挺和氣的。」顏布布對封琛說。

封琛眼睛注視著前方，「應該是遭遇過很多次搶劫或是毒打吧，人也就會變得小心起來。」

「那他們可以去安置點裡住啊，不用在外面擔驚受怕，還要做這樣的⋯⋯工作。」顏布布思忖著道。

封琛道：「昨晚是我們第一次住進安置點，結果就發生了喪屍事件。單獨住在外面的話，比住在安置點裡面總要安全那麼一些。現在只要能活命，有些事也就變得不那麼重要了⋯⋯」

「可我們出來的時候看見很多人也在做工，還有做工點在街邊招人，他們不能去做工嗎？」

「這是他們自己的選擇。」

兩人都沒有再說話，沉默地往前走著。

「兩位先生，要進來坐一會兒嗎？」前方有人又站在了路燈下。

那是名身形單薄瘦弱的少年，看上去和顏布布年紀差不多，還帶著幾分稚氣的臉上有團烏青，還有幾道血痕。

「不了，謝謝。」顏布布輕聲拒絕，卻又在經過那名少年身旁時忍不住說了句：「車站旁有家製衣廠在街邊招做工的人，是釘紐扣，活兒不重的。」

少年一怔，有些遲鈍地喔了聲。

顏布布聽不出他這聲喔是什麼意思，在走出幾步後回頭，看見他又坐在了房門口。

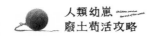

　　兩人往裡走了一段後，巷道裡燈光亮了起來，也多了好些人。他們經過兩旁有著酒館招牌的屋子，音樂聲傳了出來。

　　封琛停在一間酒館門口，對顏布布道：「你和比努努在這兒等我，我去問問就出來。」

　　顏布布原本想要跟著進去，但怕那音樂聲吵到比努努，便答應了：「那你快點喔。」

　　「好。」

　　封琛進去後，顏布布就站在門旁，有人進出時會將他上下打量，目光在他臉上流連。

　　顏布布不喜歡這種目光，往旁走了一段，等在一處緊閉的房門前。

　　斜對面屋簷下也站著個人，穿著一件髒得看不清顏色的長袍，手裡還拿著塊木牌。

　　顏布布看向他時，他也正好看過來，髒亂的頭髮下只有一雙眼睛發著亮光，他朝著顏布布大喊：「神在召喚我們……接受吧，服從吧，神在召喚我們去往安俶加聖殿……」

　　——安俶加教眾？

　　顏布布慌忙轉開了眼。

　　有醉醺醺的人路過，搖晃著站在那人面前，「如果我、我加入安俶加，能不能給我發、發酒？」

　　顏布布聽到那人回道：「只需要花費五個信用點，我就可以將你帶去安俶加聖殿……」

　　「呸，冒、冒牌貨，裝什麼安、安俶加的人，老子在、在前面也遇到一個。」

　　酒館的門打開，封琛走了出來，顏布布忙迎上去問道：「怎麼樣？打聽到消息了嗎？」

　　封琛搖搖頭，「他們都不知道海雲城的人住在哪裡，我們去其他地方問問。」

　　兩人剛走出幾步，身後就響起了紛亂的奔跑聲，幾名穿著破爛長袍手持木牌的人越過他倆，朝那名還在和醉鬼說話的長袍人喊道：「快跑，士兵來了。」

　　長袍人立即推開醉鬼，跟著其他人往巷子前奔跑，木牌掉在地上都顧不得撿。

　　「站住，別跑！」一隊士兵從顏布布兩人身旁衝過，很快就將那幾人按在地上，反扭住胳膊。

　　幾人開始驚慌地求饒：「長官、長官，我們不是安儆加教眾，真的不是。」

　　領隊士兵圍著他們轉了一圈，蹲在其中一人面前，「你說不是就不是？先帶走關起來，仔細審問，查清楚到底是不是安儆加教眾。」

　　「長官，真不是啊，我們就是 A 區安置點 46 房的人，您去查一下就知道了。我們錯了，不該鬼迷心竅來騙錢。」

　　旁邊就是間酒館，有些人站出來看熱鬧，手裡還端著鐵製酒杯，邊喝邊議論。

　　「別管他們，我們走。」封琛道。

　　他帶著顏布布從幾人身旁經過時，低頭看了眼。突然發現其中一名被按在地上的人，臉色在飛快變青，額角處也爬上了一層青紫色血管。

　　他倏地頓住腳步，在那人轉頭咬向身旁的領隊士兵時衝上前，將那領隊士兵一把推開，手裡無虞同時刺向那人的太陽穴。

　　撲一聲悶響，匕首扎入顱腦再拔出，那人一聲不吭地倒在地上，腦袋旁的刀口往外淌著黑血。

　　這一切只發生在短短 2 秒時間內。在封琛收回匕首牽著顏布布往前走時，所有人都沒回過神，包括被按在地上慘嚎的幾人也沒有吭聲。

　　「等等，你等等。」

　　封琛停步，看見那名領隊士兵追了上來。

　　領隊士兵臉色發白，猶有些驚魂未定地道：「謝、謝謝。」

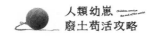
「沒事。」封琛繼續往前走，領隊士兵看著他的背影，又問：「你這是去哪兒？需要什麼幫助嗎？」

封琛知道他是想感謝自己，本想拒絕，但轉念一想又停下了腳步，「我想向你打聽一下，這一帶有沒有住著從海雲城來的人。」封琛道。

領隊士兵面露詫異：「海雲城來的人？9年前來的？」

「你知道？」封琛追問。

領隊士兵打量著封琛和顏布布兩人，回道：「我就是9年前從海雲城來這兒的。」

10分鐘後，封琛和顏布布跟在領隊士兵身後進入了A區西聯軍駐點，坐在一間像是專門招待來客的房間裡。

「你們等等，我這就去叫汪隊長。」領隊士兵匆匆出了房間。

顏布布打量著這間屋，輕聲問封琛：「這士兵都不知道于上校他們的下落，那個汪隊長會知道嗎？」

封琛搖頭，「我不清楚。」

「要是他也不知道怎麼辦？」

封琛沉默片刻後回道：「那我就只能回東聯軍，和陳思澤執政官聯繫上，他應該會知道林少將他們的下落吧。」

砰一聲響，房門被推開，一名30歲左右的上尉軍官大步走了進來。

他停在封琛面前，將他從頭到腳看了一遍，突然笑起來，伸出手，「秦深，好久不見。」

封琛也站起身和他握手，同時叫出了他的名字：「汪屏，汪哥。」

「長成男人了，更帥了，但是模樣還是能認出來。」汪屏拍了拍封琛的背，指了下沙發，「坐。」

接著又走到門旁，對著外面大喊：「給我送三杯咖啡來。」他轉頭

看了眼顏布布，「一杯多加糖。」

汪屏在兩人對面的沙發上坐下，深有感觸地長歎一聲：「當年在海雲山洞口殺變異種，你負責殺，我負責給你梳理精神域，殺得多辛苦啊。那場戰鬥就像發生在昨天似的，現在看到你，我才發現已經過去9年了。你當時才13歲吧，可真是厲害，只是後來發生的事……」

汪屏收住話頭，但封琛知道他想說什麼，只淡淡地道：「不管什麼事都過去了。」

「是的，都過去了、過去了。」汪屏沉默幾秒後又問：「那你這些年都生活在海雲城嗎？」

「對。」

「一直在海雲城？」

「一直在。」

「一個人？」

封琛對著顏布布側了下頭，「我們兩個。」

汪屏這才注意到顏布布，神情變得驚疑不定，「這就是……」

「就是他，叫顏布布。」封琛想了下又道：「其實我不叫秦深，我叫封琛。」

他和汪屏一起出生入死戰鬥過，現在也沒有了隱瞞身分的必要。

「居然好好的，居然真的好了。」汪屏卻沒在意這些，只驚訝地傾前身體打量顏布布，「我們當時都以為……這是痊癒了？」

「嗯，痊癒了。」

「太幸運了，真的太幸運了。」汪屏不停感慨。

封琛微笑了下，沒有繼續說顏布布的事，轉過話題問道：「汪哥，我想向你打聽兩個人。」

汪屏原本還在看顏布布，聞言也收回視線斂起了神情，「我知道你想問誰，先等等。」

汪屏從懷裡掏出一個小儀器，咔嚓打開。

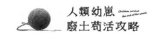

「隨身攜帶，干擾監聽裝置的。」汪屏笑笑，解釋道：「雖然這裡是西聯軍的駐點，但是吧，東西聯軍互相監聽已經是常事，別說駐點待客間，就算是廁所也得提防著。」

封琛挑了下眉，「還是老樣子？」

「對，哪怕剛在一起配合殺了喪屍，握手時都要往對方衣兜裡塞個監聽器。」汪屏又擺手笑道：「當然只是誇張的說法，不能當真。」

汪屏說完便嚴肅下臉色，對封琛道：「我知道你想問林少將和于上校的消息，我已經聯繫上了蘇中校，他馬上就會過來，到時候讓他跟你們說。」

「蘇中校？」

「你們肯定認識吧？就是以前的蘇上尉，現在是中校。對了，西聯軍曾經在蜂巢船上開設過學校，他還擔任過校長。」

顏布布精神一振，「是蘇校長啊。」

房門被敲響，一名士兵端著三杯咖啡進來。

汪屏沒有繼續往下說，吩咐士兵將糖多的那杯遞給顏布布，自己端起一杯，另一杯遞給了封琛。

「這是種植園裡種出來的咖啡豆，數量很少，是我上次立功後獲得的獎勵，一直沒有捨得喝。你倆可是貴客，得拿出來招待你們，快嚐嚐。」汪屏笑道。

——咖啡。

顏布布眼前一亮。

——這就是電影裡的人經常喝的咖啡。

他端著咖啡杯，有些欣喜地轉頭去看封琛。

封琛猜到他在想什麼，只對他笑了笑。

顏布布低頭聞了下，覺得咖啡聞起來有點像飯燒糊了的味道，再小心地呷了一口。

——唔……有點怪。

──啊！好苦！又苦又甜，這是什麼可怕的味道！

封琛用餘光瞥見顏布布的臉皺成一團，心裡有些好笑。

「怎麼了？顏布布，喝不習慣嗎？」汪屏看向顏布布，「我讓人給你送杯熱開水，想喝甜的話就再加糖。」

「不用了，我就喝這個。」顏布布終於喝到了他肖想已久的咖啡，再不喜歡也要堅持喝完。

比努努也從布袋裡探出頭，黑眼睛一瞬不瞬地盯著咖啡杯。

顏布布知道牠對這個也好奇，便將咖啡端到布袋前，低聲道：「聞聞，這就是咖啡。」

汪屏這才看見了比努努，「我記得你在被喪屍咬傷時，于上校就說你當時正在進化成嚮導，這個就是你的量子獸？」

顏布布轉頭回道：「對，牠叫比努努。」

比努努聞了下咖啡，皺起眉，轉開頭不再聞了。

汪屏一直盯著比努努，雖然只能看見牠的腦袋，神情也變得狐疑起來，「這量子獸……這是什麼種類？」

「就是比努努。」顏布布道。

汪屏不看動畫片，根本不知道他口裡的比努努是什麼，只當是一種未聽說過的動物種類。

──只是這動物未免也太像喪屍了些。

「牠長得很像喪屍啊。」汪屏心裡這麼想著，嘴裡就脫口而出。

「吼！」比努努立即齜牙咧嘴地對著他吼，把汪屏嚇了一跳。

「牠不大喜歡陌生人，最好是別談牠。」封琛道。

「這樣啊。」汪屏雖然滿腹疑慮，卻真的沒有再談比努努，也移開了視線。

大門突然被推開，一名士兵站在門口，「汪上尉，蘇中校來了。」

身形健碩的蘇中校大步走進門，士兵關好房門退了出去。

雖然 9 年不見，但顏布布還是一眼便認出了他，立即放下咖啡杯，

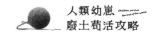

雙手垂在褲側規規矩矩站著：「蘇校長好。」

蘇中校怔愣了下，目光在封琛和顏布布身上掃過，接著就笑起來，驚喜道：「秦深和樊仁晶，對吧？你就是和幾個小孩一起找到堪澤蜥蛋的樊仁晶！」

顏布布歡喜中帶著受寵若驚：「您是校長啊，您還記得我？」

「什麼校長，就做了那一段時間的校長。」蘇中校的自謙中暗含得意，接著便指著封琛，「我知道他是秦深，模樣都沒有怎麼變，只是越來越帥氣，那你肯定就是他弟弟樊仁晶了。哎呀，這樣看來你也沒變啊，還是小捲毛大眼睛。」

「蘇中校。」封琛也站起來打招呼。

「坐坐，都坐。」蘇中校在汪屏身旁坐下，示意兩人也坐。

坐好後，蘇中校也沒有再說其他什麼，直接進入正題。

「當初我們的船離開海雲城，在海上航行了十來天，遇到了極寒天氣。海面結冰，只能步行前進，厚衣物也不多，很多人就凍死在了路上。」他說到這裡，停頓了片刻。不用再仔細描述，封琛和顏布布也能想像到當時的慘境，屋內一時安靜下來。

「不過當時離中心城也不遠了，我們在步行了兩天後，大部分人都幸運的活了下來。林少將和于上校來到中心城後，當天就去了軍部，臨走時還吩咐我將人員都安置好，說他們晚點就回來。」

蘇中校長長嘆了口氣：「結果他們這一去，就再也沒有回來。」

「這個再也沒有回來是什麼意思？」封琛低聲問。

「當時中心城還沒有重建，西聯軍和東聯軍的總軍部都在另一個地下安置點。他們倆離開總軍部後準備回來，結果剛到地面就失蹤了，再也找不著人。」蘇中校皺起眉頭，「西聯軍將所有地方都搜了個遍，可他倆就像人間蒸發一樣，平空消失得無影無蹤。」

封琛問：「那你知道他們倆當時為什麼去西聯軍總軍部嗎？」

蘇中校看了封琛一眼，回道：「他們兩人是去送密碼盒的，也就是

當初你交給林少將的那個密碼盒。」

「那他們失蹤之前，把密碼盒交出去了嗎？」封琛問。

蘇中校點頭，「交出去了，而且他不是單獨交給西聯軍，是當著兩軍執政官的面，交給了東西聯軍共同建造的研究所。」

封琛微微蹙眉，平靜地問：「那你們知道那密碼盒裡本來應該裝的是什麼嗎？」

「你……」

「我不清楚裡面裝的是什麼，沒有打開過。」

蘇中校思忖了下，還是實話實說：「以前不知道，但後面找尋他倆下落時也漸漸搞清楚了，密碼盒裡裝著能對付喪屍的原始病毒。」

「原始病毒？」

顏布布雖然從小就在保護那個密碼盒，也清楚它的用途是對付喪屍化，但裡面究竟裝的是什麼卻不清楚。聽到蘇中校在講盒子裡的東西，也不由坐直了身體，豎起了耳朵。

「對，也就是初代喪屍的病毒樣本。」蘇中校解釋道：「雖然是東聯軍找出了對抗喪屍化的辦法，但這個研究需要初代喪屍的病毒樣本才能往下繼續。」

封琛問：「其他喪屍的病毒樣本不行嗎？」

「不行，必須要初代，也就是病毒母本。」蘇中校搖頭，「初代喪屍早就沒了，只保留下來了這一份病毒樣本。要是沒有它的話，研究就無法繼續。」

封琛追問：「既然林少將把密碼盒交出去了，那為什麼喪屍化的問題直到現在都還沒有解決？」

蘇中校遲疑了一下，道：「後面研究所對密碼盒進行研究，發現裡面裝著的病毒樣本是假的。」

「假的？」封琛坐直了身體，肯定地回道：「不可能。」

「我哥哥那個密碼盒是真的。」顏布布也補充道。

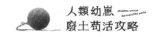
　　蘇中校盯著自己的手，「林少將兩人交出密碼盒後就失蹤了，接著被發現假樣本，所以東西聯軍認為他倆是攜著真密碼盒藏起來了。」

　　屋內一片安靜，封琛思索片刻後，道：「如果他倆是想攜著真密碼盒逃走，那完全不用來中心城，直接在半路上就可以走掉。」

　　蘇中校苦笑了一聲：「東西聯軍開始也是這樣分析的，所以調動了大量人手去找尋他們，認為他們是被人抓走了。可後來一直找不著人，漸漸就有了些懷疑的聲音，到了現在，基本就認定他們倆是帶著密碼盒潛逃了。」

　　汪屏在旁邊斬釘截鐵地道：「不管其他人怎麼猜測，我們這些林少將手下的兵瞭解他的為人，都不相信他會做出那樣的事。」

　　封琛緊縮眉頭看向蘇中校，「那東西聯軍現在還在找他們嗎？」

　　「找啊，都在找，我們這些海雲城跟來的人，不管是士兵還是普通人，都在明裡暗裡地找。」蘇中校往後靠在沙發上，眼睛盯著天花板，「東西聯軍想從他們那裡拿到真密碼盒，我們是想找著人。生要見人死要見屍，這多麼年了半分消息也沒有，他們到底去哪兒了呢……」

　　聽完蘇中校的講述，封琛道：「既然找不到他們兩人的蹤跡，那麼現在那個密碼盒就是關鍵。」

　　「密碼盒？」蘇中校和汪屏一起看向封琛。

　　「那個密碼盒呢？你們能不能拿到？我想看看。」

　　蘇中校道：「我們根本不知道密碼盒在哪兒。」

　　封琛沉思著道：「研究所說收到的密碼盒是假的，那當時接收密碼盒的人是誰？」

　　蘇中校立即坐直了身體，「他叫孔思胤，是當時研究所的所長，就是他從林少將手裡接收的密碼盒。」

　　「你們調查過這個人嗎？」

　　蘇中校：「調查過。在地震以前他就是埃哈特合眾國研究所的所長，既不屬於東聯軍也不屬於西聯軍，身分背景也很乾淨，沒有什麼可

疑的地方。」

封琛問：「那事情發生以後，你們向他瞭解過當時的情況嗎？」

蘇中校搖頭，遺憾道：「他的地位很超然，我們軍職也不高，根本就接近不了。」

「如果我要接近孔思胤的話，你們能不能想到辦法？」

蘇中校想了想回道：「想辦法……其實不用我們想辦法，你們兩人也能接近他。」

「什麼意思？」

蘇中校對著封琛露出個微笑，「他現在是哨兵嚮導學院的院長。」

「你的意思是讓我們倆進入哨嚮學院？」封琛遲疑了下：「可是如果那院長有問題的話，他發現了我和顏布布……」

「你放心，只有我們幾人才知道密碼盒是你交給林少將的。而且我跟隨少將多年，知道他為人謹慎，交密碼盒時必定不會提到你，會編造一個來源。」

封琛脫口而出：「為什麼？」

他剛問出這句話，心裡就猜到了答案，沉默地閉上了嘴。

蘇中校盯著他看了幾秒後，道：「他在去往中心城時就說過，把這些人安全送達後，會立即返程去接你和小捲毛……不管小捲毛變成了什麼樣，也會想辦法弄進城。」

汪屏瞟了眼顏布布，補充道：「我聽到他在和于上校商量建房子，其中一間房的牆身用金屬，再鋪一層厚厚的軟墊，這樣既隔音，那間房裡的人也不會把自己撞傷。」

顏布布咬著唇不吭聲，低頭用手指摳著封琛膝蓋處的褲子，被封琛將手緊緊握住。

兩人回安置點時，汪屏提出要送他們去公交站。走出大門口，他看了眼坐在顏布布布袋裡的比努努，說：「一層的人都是普通人，基本上沒人能看見牠。」

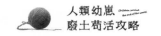
顏布布笑了笑，「牠喜歡坐在布袋裡。」

封琛問道：「這個底層和二層是怎麼分配的？哪些人住底層，哪些人住在二層？」

汪屏想了下，說：「不如我帶你們去看看卡口吧，你們也好對中心城有個更加清晰的瞭解。」

一層A區的卡口就在附近，汪屏帶著兩人慢慢步行過去，邊走邊介紹：「中心城分為兩層，底層是還沒有經歷過變異的人。但只要度過變異期，不管是成為哨兵、嚮導還是痊癒為普通人，就要搬去第二層，和底層的人隔開。東西聯軍在兩層都有總部，度過變異期的士兵去第二層，沒有度過的就在第一層。第二層有一個單獨的區域，被重點保護的研究所、哨嚮學院和兒童福利院就在裡面。如果沒有特殊原因，東西聯軍都不准進入。」

卡口處排了很多人，還有傳來小孩子撕心裂肺的哭聲：「媽媽，妳和我一起走，媽媽，我不要一個人走……」

三人走近了，看見一名士兵抱著個6、7歲的小女孩，她緊緊抓著面前母親的手不鬆，哭得上氣不接下氣。

「乖啊，我的乖囡囡，妳痊癒成普通人了，可以去2樓，等媽媽也度過變異期後就來找妳。乖啊，2樓還有很多小朋友，他們可以陪妳玩……」母親也捨不得女兒，眼睛都紅腫著，但還是狠心將女兒的手指一根根掰開，轉身往安置點方向跑去。

「媽媽、媽媽……」小女孩被士兵抱著通過卡口，哭聲漸漸遠去。

汪屏嘆了口氣：「沒辦法，2樓的福利院裡有好多這樣的小孩兒，他們痊癒成普通人後，父母還沒有度過變異期的，就主動將他們交給士兵送上去。」

「那要是父母痊癒了，孩子還沒度過變異期呢？」顏布布心頭陣陣發酸。

汪屏沉默了幾秒，低聲道：「大多數父母都會選擇繼續留在下層陪

伴孩子。」

卡口站著數名荷槍實彈的士兵，將那些想往卡口裡擠的人攔在外面，喝阻道：「你們又不是不知道，必須有已經通過變異期的證明才能上去。」

有人急聲道：「我前兩天已經發過燒了，我平安度過變異期了，我可以上去。」

「你自己說的不算，要等醫療官做過檢查後，在你的身分資訊裡註明了才行。」

「我一天也不想在底層待了，天天晚上都聽到喪屍抓床底，我已經很多天沒有睡著過覺了。」有人大聲哭了起來。

士兵便道：「大家都是這樣熬著，也不光是你一個人，我們雖然守在這卡口管著你們，可是還沒有經過變異期，不也是只能在底層嗎？你天天在這兒哭又有什麼用？」

顏布布怔怔地站在後面，封琛明白他心中所想，在他肩上安慰地拍了拍。

坐在回安置點的公車上，顏布布頭枕著封琛肩膀，隨著車身輕微的晃動。

「明天就去那個學院嗎？」他輕聲問道。

封琛嗯了一聲：「哨響學院和研究所都在第二層，我們進了學院，既可以接近孔思胤，也可以想法子進入研究所。」

「進研究所？」顏布布抬頭看向他。

封琛側頭注視著窗外，燈光落在他側臉上，從他高挺的鼻梁到鋒利的下巴，勾勒出一道完美的線條。

「對，既然研究所的地位那麼超然，不屬於東西聯軍的任何一方，那麼孔思胤很有可能將密碼盒繼續保存在研究所裡。至於那密碼盒是真是假，取來看看就知道了。」

顏布布又開始摳他胸前的一顆紐扣，「那明天我們就去學院，要快

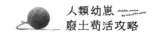

點找到于上校叔叔和林少將。」

封琛知道他心情不平靜時就會摳東西，也沒說什麼，只將他手握住，攢在掌心。

比努努一整天都不大高興，只悶悶地坐在布袋裡。

顏布布徵詢地問封琛：「既然我們要去學院了，就不怕別人看到量子獸了吧？」

雖然汪屏說底層沒什麼人能看到比努努，但他倆若是要隱藏哨嚮身分的話，謹慎點還是會更好。

「不怕了。」封琛俯下身，低聲問：「比努努，想出來嗎？」

比努努伸出小爪將他臉推開，默默拿起布袋蓋將自己蓋上。

公車這時到站，車門打開。封琛看著鼓囊囊的布袋微笑，黑獅悄無聲息地出現在空蕩蕩的車廂裡，牠走前兩步，用黑鼻頭輕輕觸碰布袋。

布袋蓋被倏地掀開，比努努探出頭，面無表情地看著黑獅。接著便從布袋裡躍下地，往車門口走了兩步，又矜持地側頭看，似乎在看黑獅跟上沒有。黑獅心領會神，連忙跟了上去。

回來時停靠的月臺在出發月臺的對面，封琛牽著顏布布下了車，沒走出幾步，比努努突然朝著左邊衝出去，趴在一張鉅金屬網上衝著下方吼叫。

聽到下方跟著響起的喪屍嚎叫，顏布布走過去勸牠：「別管它們了，這下面全是喪屍，你吼不過的。」

比努努不起身，反而伸出小爪探進網格裡抓撓。

顏布布透過網孔，看到下方那幾張爬在鉅金屬柱上的猙獰面孔，下意識就往旁邊移開視線。

目光轉動，卻瞥到比努努身旁的網格連接處有顆螺絲鬆動了，在那些喪屍往上推網時，拇指大小的螺帽跟著顫動，像是隨時都要迸出來。

「哥哥你看，這兒鬆了。」顏布布連忙指著那地方對封琛說。

封琛走過來瞧了眼，看見身後正好路過一隊士兵，連忙跑了過去，

告訴他們螺帽鬆動的事。

「喔，沒事的，這城裡很多地方螺帽都會鬆動，每天都有專業的維修隊在檢查，等會兒就會過來，放心吧。」

士兵對這事不大在意，回答完便離開了。

封琛左右看看，在路邊撿了根鐵絲，用手指撐出一個螺帽大小的環，套在那顆鬆動的螺帽上一點點旋緊。

「這裡還有一顆。」顏布布發現旁邊也有鬆動的螺帽。

封琛將那兩顆螺帽都上緊，看著下方抓著鉅金屬網不斷搖晃的喪屍，心裡浮起了一層隱憂。

中心城全是用鉅金屬板拼接而成的，聽那士兵的意思，城裡各處都經常有螺帽鬆動的現象。雖然有專業維修隊在檢查，但這種來不及查到的情況下，就有可能會出現紕漏。

將這塊網格都檢查過後，封琛扔掉手上的鐵絲，拍了拍手，轉頭道：「走吧。」

比努努還在對著格子下面的喪屍抓撓，黑獅直接叼起牠後頸走了。

進入人來人往的安置點，比努努依舊不舒服。牠騎在黑獅背上，兩隻小爪緊摟住黑獅脖子，臉就埋在牠長長的鬃毛裡。

現在正是午飯時間，兩人拿上飯盒去飯堂打飯，吃完後顏布布便打著呵欠往床上爬。

「你不是從來不睡午覺的嗎？」封琛將洗好的飯盒放進行李袋，坐在床沿看著顏布布。

顏布布揉著眼睛，「沒辦法，這天老是黑沉沉的，我總以為到了晚上該睡覺了。」

封琛低笑一聲：「那就睡吧。」

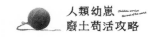
顏布布往裡面挪了點，拍拍身旁的空位，「你陪我睡。」

「我不是在陪你嗎？」

「不，我要你和我一起躺著。」顏布布正在犯睏，聲音很軟，還拖著長長的尾音，「要是你不陪我一起躺著，我睡覺都睡不好……」

「膈應人。」封琛放下床簾在旁邊躺下去，「要睡就快點睡，不要動來動去的。」

「嗯。」顏布布將頭擱在他肩窩處蹭了蹭，很快就鼻息沉沉地睡熟了。封琛從行李袋裡取出一本書靠在床頭上看，不知不覺也睡了過去。

有黑獅在，比努努的不適感減輕了不少，也不再縮在床上，由黑獅揹著牠在安置點裡四處轉悠。

顏布布一覺睡醒，剛睜開眼，就看見躺在旁邊的封琛。封琛還在睡，呼吸平穩沉靜，一本書就搭在胸前。

顏布布沒有動，也沒有出聲喚他，而是就那麼側著頭靜靜地看著。燈光從布簾透進來，帶著淡淡的橘紅，給封琛英挺的眉眼增添了幾分柔和。屋內有人在走動，掛在牆上的電視裡循環播放著新聞，門外通道裡也有人在對話，但布簾隔成的這一小方天地裡，卻安謐而寧和。

封琛長長的睫毛顫了顫，睜開眼，露出那雙深邃的眼眸。他第一時間便轉頭去看顏布布，也正好對上了他的視線。

顏布布對著封琛笑，伸手去摸他臉。

封琛半瞇起眼睛問：「你醒了多久了？」

「好一陣子了。我從醒來就這樣躺著看你，已經看了很久了。」顏布布坦然地道。

「你還挺理直氣壯的？」封琛的聲音還帶著剛睡醒的沙啞，又抬腕看了下時間，喃喃道：「5點半，我們居然睡了一下午，真是可怕……」

「可怕什麼？反正不睡覺也沒事做。」顏布布道。

封琛嘆了口氣：「可怕就可怕在，今晚我是睡不著了。」

「是我們。」顏布布補充。

封琛搖頭，「不，你會睡得比豬還要死。」

吃完晚飯，兩人就在宿舍區外空地邊的臺階上坐著，低聲商量去學院的事，直到士兵通知查體溫了才回房。

夜裡，除了偶爾響起一聲孩子哭鬧，整個安置點都安靜下來。

在顏布布規律的呼嚕聲中，封琛躺在床上，靜靜看著黑暗中的床頂。封琛將枕在顏布布腦袋下的手臂輕輕抽出來，聽到他發出不安的夢囈，下床後便又俯在床側輕輕拍撫了一陣，直到他再次沉睡，才打開房門走了出去。

黑獅和比努努不用睡覺，正在安置點裡四處遊蕩。黑獅在接受到封琛的精神指令後，便帶著比努努回到了屋門口守著。

安置點大門口有一隊士兵在值守，在見到封琛過來時都轉頭看著他。但封琛並沒打算出門，只站在鐵絲網繞成的圍牆後看著遠方，士兵們便沒有再管他。

夜風帶著涼意，探照燈不時將遠方的曠野照亮，可以看見那道雪亮光束裡攢動的人影。

喪屍、夢囈、慘白燈光、孩子的哭鬧，以及士兵時不時帶著疲憊的詢問聲，組成了這座鋼鐵城市的冰冷夜晚。

封琛站了很久，直到褲腿染了層水氣才準備回屋。他剛剛轉身，就察覺到一絲不同尋常，目光倏地看向右方。

這座安置點很大，右邊也有一個出入口，那裡沒有被燈光照亮，陷入一片黑暗中。

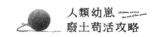

　　封琛慢慢走過去，在快走到出入口時，腳下突然踢到了什麼，叮叮噹噹地滾到了被光線照亮的一塊地方。

　　那是一個螺母。封琛走過去撿起來，看清它的形狀大小後，心頭一凜，立即轉頭打量四周。

　　前方空地正好是兩塊鉅金屬板的連接處，其中有一段上面蓋著的地磚已經被掀開，散落在四周。

　　封琛藉助不遠處的光亮，看清那片地磚下的鉅金屬網，竟然被拉下去了一塊，晃晃悠悠地懸在空中。

　　「救命！喪屍啊！」一聲淒厲的慘叫從安置點內傳出，封琛暗道聲不好，立即就要往入口通道裡衝。可他還沒轉身，便看見從鉅金屬網的缺口裡爬出來了一隻喪屍。

　　封琛拔出匕首對著喪屍刺下，不想卻被它側頭躲過，並飛快地縱躍上地面，身形靈活得就似活人。

　　封琛一擊未中，匕首再次迅速刺出，同時調動精神力刺向喪屍的顱腦。這隻喪屍不避不閃，任由匕首刺入自己胸膛，生著長長指甲的手掐向封琛喉嚨，並張開嘴對著他咬來。

　　封琛側身躲開喪屍，同時發現它顱腦外層竟然也包裹著一層軟膜，並擋住了他刺去的精神力。

　　他瞬間便想到來中心城時，在阿貝爾之淚谷地遇到的那幾隻喪屍。

　　封琛不再使用精神力攻擊，只揮動手中匕首，對著喪屍連連刺出。這喪屍不同於普通喪屍那般只知道橫衝直撞地撲咬，還有一定的身法招式，讓封琛對付得並不輕鬆。

　　他在避開喪屍的再一次撲咬後，瞥見旁邊的鉅金屬網缺口處又冒出了一隻喪屍頭。便趁著那喪屍還沒有爬上來，一個縱躍撲過去，落下時刀鋒跟著刺入，扎入了它的天靈蓋。

　　安置點內外都響起了槍聲，門口值崗的士兵向安置點內衝去，大街上也有軍隊正在趕來，刺耳的警笛聲響徹整個中心城。

封琛剛殺掉想從缺口鑽出來的喪屍，身後的喪屍便也撲了上來，他往旁邊躍出，轉身，抬刀在喪屍脖子上劃過。

喪屍的頭立即歪向左側，搭在肩膀上，但動作絲毫不減緩地繼續撲上來，看上去詭異又可怖。

封琛目光掃過鉅金屬網缺口，看見一串喪屍正抱著下方圓柱往上爬，便一邊和這隻斷脖子喪屍對戰，一邊調動精神力從缺口刺入。

還好那些喪屍和眼前這隻正在對付的不同，他的精神力刺入它們顱腦，一隻隻都從圓柱上掉了下去。

但這裡的動靜引起了曠野裡其他喪屍的注意，都衝到缺口下方，爭先恐後地順著圓柱往上攀爬。

封琛被這隻斷脖子喪屍纏住，看見一隊士兵從大門口衝了進來，立即對著他們高喊：「這邊，這邊有缺口，快去堵住。」

槍聲響起，和封琛對戰的這隻喪屍胸口中了好幾槍。封琛趁它被子彈的衝力震得後退時，迅捷地閃至背後，一刀扎入它後頸，再上挑，刀尖刺進顱腦。

士兵們衝到缺口處，一邊對著下面放槍，一邊去搬動那懸掛著的鐵網，要將這缺口補上。

封琛還擔心著顏布布，見這裡已經來了士兵，便不再戀戰，直接衝向了宿舍區。

當某間房的房門被轟然撞破，呼叫救命的喊聲響起時，顏布布立即就睜開了眼，也發現封琛沒在身旁。

「哥哥！」他坐起身，撩起布簾往外看，沒有看見封琛在屋內。

「救命啊……喪屍啊……」

驚心動魄的慘叫聲傳入屋內，所有人都醒了過來，如同以往那般只

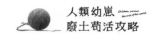
一動不動地躺在床上，豎起耳朵聽著外面的動靜。

顏布布知道封琛還在屋外，立即就想開門出去找人，室長喊道：「千萬別開門，開了門喪屍就會衝進來。」

顏布布被提醒了，便鬆開門把上的手，只將耳朵貼在門上。

外面除了紛亂腳步聲，還有黑獅和比努努的撕咬聲和低吼，兩隻量子獸就守在門口。

「薩薩卡，比努努，你們去找一下哥哥，這裡不用管。」顏布布對著門板喊道。

「吼！」黑獅低低吼了聲，聲音沉穩，帶著安撫的意味。

顏布布知道牠和封琛有著精神連接，這樣的吼聲表示封琛此時很安全，不會有危險，便也鎮定了下來。

槍聲響起，士兵衝進了通道，高聲喊道：「所有人都抱頭蹲下，3秒後立即開槍。所有人都抱頭蹲下，3秒後立即開槍。那是誰的量子獸？先撤出來。」

顏布布估計他說的是黑獅和比努努，連忙拍門，「薩薩卡，快帶著比努努出去，他們要開槍了。」

比努努還在對著喪屍撕咬，被黑獅叼起後頸往外跑，牠兩隻爪子還摳在喪屍嘴裡不鬆，那隻喪屍也就被一起拖出了通道。

幾秒後，激烈的槍聲響起，士兵對著通道進行掃射。槍聲在狹小的空間裡迴蕩，顏布布被震得往後退了兩步，抬手捂住了耳朵。

槍聲一直響了3分鐘才停下，士兵高喊道：「現在快出去，快快快！所有人馬上離開安置點去大街上！」

奔跑聲再次響起，房門同時被拍動，封琛在門口喊道：「顏布布，開門。」

顏布布立即打開了門，封琛閃身進來。

「你沒事吧？有沒有事？」顏布布立即去捏封琛的手腳，查看他暴露在外面的皮膚。

封琛將他手拿下來牽著，「我沒事的。」

擴音器裡傳來士兵的喊聲：「安置點裡出現安全隱患，現在要進行修補，所有人先離開安置點去大街上等著！速度一點！快快快。」

封琛見屋子裡的人都惶惶地互相張望，便道：「安置點的鐵網被喪屍搞了個缺口，別再等著了，快撤去大街上。」

「什麼？安置點被喪屍搞了個缺口？」

「那快走，快點。」

「你還拿什麼袋子？先出去，喪屍又不會偷你行李，再晚點就爬上來了。」

「喪屍把鐵網搞出缺口了？」顏布布震驚地問。

封琛拉開門，牽著他往外走，「對。」

「我們白天不是看見有些地方螺絲鬆了嗎？我就覺得沒準兒會有喪屍鑽上來。它們是怎麼弄開的？把那些螺帽都抖鬆掉了再鑽上來的嗎？」顏布布邊走邊問。

「先別管是怎麼弄開的，先出去再說。」

「快點，房間裡那些還躺著的人，你們就躺著吧，好好躺著，等會兒就變成喪屍在通道裡被擊斃。誰還扛著那麼大的行李袋？把後面的人都擋住了……」

在士兵的高喊中，所有人朝著宿舍區門口跑，通道裡還躺著橫七豎八的喪屍屍體，沒人顧得上害怕，直接從它們的後背上踩過。

「媽媽……」封琛看見旁邊有個小孩貼著牆壁在嘶聲嚎哭，被經過的人撞得踉踉蹌蹌地站不穩，便將他抱起來，另隻手半攬住顏布布，跟著人一起往外跑。

兩人跑出通道時，一眼便瞧見就等在通道口的黑獅和比努努。

空地上已經站了很多士兵，封琛走到一名士兵前，將懷裡的小孩交給了他，「這孩子的家人不知道還在不在，剛才一個人在那兒哭。」

「好，等這兒的事情結束後，就會去幫他找。」士兵接過了小孩。

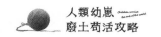

顏布布有些不放心：「一定要好好找啊。」

士兵道：「肯定會的，現在中心城最重視的就是孩子，哪怕是找不著，也有機構會好好照顧他。」

右邊槍聲不停，封琛轉頭看去，看見鉅金屬網的缺口處圍了很多士兵。他們對著下面放陣槍後便退後，立即有人俯下身拿著器械修補。修補半分鐘後也退後，士兵再上前對著下方放槍。

槍聲刺耳，人群吵鬧，比努努顯得很煩躁，氣沖沖地咬著黑獅的鬃毛在空中晃悠，又躍到牠背上，將整張臉埋在牠頸背裡，爪子還揪住幾絡鬃毛。

黑獅很淡定，就馱著牠在空地邊緣慢慢走，哄著牠安靜下來。

「秦深。」封琛聽到汪屏的聲音。

汪屏分開人群走過來，腳邊還跟著一隻袋鼠量子獸。

「你們怎麼樣？」汪屏問。

「沒事。」封琛轉頭看著亂糟糟的人群，問汪屏道：「裡面的喪屍都解決了嗎？」

汪屏點頭，「對，這個月我在1樓西聯軍駐點值守，接到警報後就帶了隊哨兵及嚮導過來，很快就把裡面清理乾淨了。」

封琛遲疑了下，問道：「那你們有沒有遇到不一般的喪屍？」

「不一般的喪屍？什麼不一般的喪屍？」汪屏有些茫然。

「你跟我來。」

封琛帶著他去往鉅金屬網缺口處，那具剛才被他擊殺的斷脖子喪屍屍體還沒被處理，就躺在空地陰影裡。

「我和顏布布來中心城時，在阿貝爾之淚谷地發現了安傚加教會的研究所。」

汪屏想了下：「聽說過這事，兩軍也派出士兵去清剿了那個研究所。只是晚了一步，去的時候已經都逃光了。」

「那軍隊的人當時有沒有遇到一種特別的喪屍？」

汪屏搖頭，「沒有，他們撲了個空，沒發現有喪屍。」

「我遇到了。」封琛看向那具喪屍屍體，「它們比一般喪屍的攻擊力要強悍得多，而且顱腦外像是隔了層防護罩似的，能擋住我的精神力攻擊。」

汪屏也看了過去，「它也是？」

「對。剛才我和它對打的時候，發現它和那種喪屍一樣，擋住了我的精神力攻擊。」

汪屏圍著那喪屍屍體看了一圈，「我沒聽說過這種喪屍啊。」

他又轉頭去瞧那正在修補的缺口，「是從那兒爬上來的嗎？」

「是的，當時還有其他喪屍跟著一起往上爬，但那些都是普通喪屍，我能用精神力殺掉。」

汪屏走到缺口處，從鉅金屬網朝下看，看見圓柱下方已經堆疊了一大堆喪屍屍體，每一具的頭顱都被子彈擊了個粉碎。

他又走回來，壓低聲音問封琛：「下面都是普通喪屍，衝進安置點裡的也很容易就殺掉了。你確定這隻不一般嗎？」

「確定不一般。」封琛皺著眉頭，一邊回憶剛剛的打鬥一邊道：「不光是精神力沒法攻擊，它的反應和速度也比其他喪屍要強，好像還具有一點智商，但是這點我不確定。」

汪屏看向缺口，喃喃道：「士兵剛才也在說，那缺口不像是喪屍弄開的，倒像是人為的。將網下層焊接的鉅金屬條用器械破開，再撐開網上層的螺絲。照你這麼說的話，沒准根本就沒有什麼人，而是這隻喪屍幹的。」

封琛遲疑地問：「如果它是安儆加教會弄出來的喪屍，那它為什麼會出現在這兒？阿貝爾之淚谷地竄來的？也太遠了些。或者……中心城附近也有安儆加的實驗室？」

「不知道它是哪兒來的，但是中心城附近絕對沒有安儆加的實驗室。」汪屏也有些疑惑：「如果是安儆加想對中心城搞破壞，也不會只

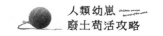
弄來這麼一隻，倒好像是流竄來的。」

兩人都盯著那喪屍看了幾秒，汪屏道：「不管是哪兒來的，這事都要引起重視，我會把這事彙報上去。」

封琛想了下：「汪哥，這件事很嚴重，不能只彙報給西聯軍，必須也得通知東聯軍和研究所。」

汪屏怔了下，笑起來道：「行，全都彙報。」接著便叫來幾名士兵，吩咐他們將屍體運去研究所，他稍遲便會打報告上去。

士兵在處理安置點內的屍體，一具具抬到大門外的卡車上，再一併拉去處理。

通道內傳來陣陣哭聲，倖存者們還沒來得及慶幸自己又逃過一劫，便遭遇了失去親人的悲痛。

顏布布站在原地，看著一具年輕的喪屍屍體從面前抬過。

那屍體看上去很年輕，穿著一件不大合身的夾克，青紫色的頸子上除了被啃咬掉了一塊皮肉，還帶著一條細細的項鍊，末端有顆心型吊墜。那是條女式項鍊，有可能是這年輕人從哪兒撿到的，也有可能是他某位親人的遺物。

顏布布鼻子有些發酸，倉促地調開視線，走到封琛身旁。

汪屏瞧見顏布布的神情，便道：「以後時間長了就會習慣了。」

顏布布不解地問：「為什麼喪屍能掀開那些網鑽進來？為什麼城裡好多地方的螺絲都鬆動了？就不能多派些人去檢查修理嗎？」

汪屏解釋：「這座中心城的板塊是用鉅金屬條焊接在一起的，螺絲是在面上再進行一層穩固，就算鬆動了，只要下面的鉅金屬條沒事那就沒問題。而且專業維護的隊伍每天都在檢查，不會出現什麼紕漏。」

「你還記得我們在阿貝爾之淚谷地遇到的喪屍嗎？」封琛問。

顏布布點頭，「記得。」

「那種喪屍似乎有點智商，今晚遇到的喪屍就有那種。應該就是它弄掉鉅金屬網，放了其他喪屍進來的。」封琛道。

「那殺掉了嗎？」

「殺掉了，就一隻。」

顏布布神情稍緩，但想了想又擔憂地問：「那以後怎麼辦？再來幾隻這樣的喪屍，半夜裡悄悄爬上來怎麼辦？它們可是會擰螺絲會弄掉那什麼條的。」

汪屏神情凝肅，「有了這樣的喪屍，軍部肯定會高度重視，也會加大巡查力度的。」

一聲哨子響起，軍隊要離開安置點，汪屏剛轉身，想起了什麼又回過頭。

「你們的量子獸已經被人看見了，等會兒兩軍就會有人來找你們，帶你們離開這裡去第二層。想好了要加入哪支軍隊嗎？」

封琛半瞇起眼看向遠方，回道：「應該是東聯軍吧。」

汪屏知道他的真實身分，對這個答案並不意外，只拍了拍他的肩，低聲道：「你知道怎麼聯繫我和蘇中校，需要任何協助便來找我們，一定要小心，注意安全。」

封琛輕輕點了下頭。

安置點內的屍體都已經搬上車，大卡車在一片哭聲中啟動，順著長街向遠方駛去。

「先別回宿舍，去大街上等著，等我們把宿舍區搜查一遍……」在士兵的指揮下，所有人排成列繼續往大門外走。

宿舍區的通道裡在往外淌水，溢滿這片空地。

清潔工拿著水管還在繼續衝，水流將那些深深淺淺的紅色一道裹挾著，淌進空地邊的地漏裡。

封琛和顏布布剛走出大門，就聽到有人在喊他們的名字：「封琛，顏布布。」

兩人轉頭，看見了一名身著上校制服的軍官，身後還跟著兩名士兵迎面走來。軍官將手中的資訊卡收好，走上前來，毫不在意鋥亮的皮鞋

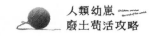
就那麼踩進污水裡，對著兩人伸出手，「陳宏，東聯軍駐中心城上校，專門負責為東聯軍招收哨兵及嚮導。我現在代表東聯軍，對你們發出入軍的邀請。」

10分鐘後，兩人便乘上了一輛軍用越野車，駛過長長的街道到達了卡口。

越野車停在卡口的傳送器上，隨著喀喀聲響，越野車被傳送器送到了中心城第二層。車輛繼續順著長街向前行駛，顏布布和比努努又貼在車窗上看著外面。

中心城第二層和第一層並沒有太大的區別，只是樓房要高一些。不知道是不是因為是晚上的緣故，街道上空空的沒有什麼行人，兩邊樓房也一片黑暗。

「臨時政府和兩軍的軍部都在東邊，民眾住在西邊，這一帶只有哨嚮學院、研究所和福利院，所以基本都是空著的。」陳宏介紹道。

比努努看了一陣子黑漆漆的窗外，便索然無趣地收回了頭。

陳宏坐在微微搖晃的車裡，為兩人做著介紹：「現在的情況也不需要我多說，軍隊非常需要你們這樣的哨兵嚮導。但很多哨兵嚮導在進化前並不是軍人，沒有進行過軍事培訓，也不能充分發揮自己的能力，所以兩軍便共同開辦了這所學院。你們在經過一定時間的培訓後，達到了畢業標準，便可以回到軍隊裡來。」

陳宏停頓了下，看向封琛：「你還沒有自己的專屬嚮導，進了學院後，可以進行匹配……」

顏布布在旁邊接嘴：「我就是他的專屬嚮導。」

「那個……不是。」陳宏說。

顏布布道：「我真的是他的專屬嚮導。」

陳宏有點尷尬地摸摸鼻子，「我也是嚮導，能查探到你們都還沒有進行第二次分化，所以你現在還不是他的專屬嚮導。」

封琛低聲對顏布布道：「先聽他講。」

「喔。」

陳宏繼續道：「15 歲以下的哨兵嚮導是住在福利院的，在那裡接受基礎教育，15 歲以上的才能進入哨嚮學院，接受能力培訓。明天我會安排人來檢測你們的等級，今天太晚了，你們先休息，入軍和入校的手續，明天也一併辦妥。」

「那我們現在就是東聯軍了嗎？」顏布布好奇地問。

陳宏微笑點頭，「對，只要辦過入軍手續，你們就會是東聯軍。」

顏布布有點激動又有點興奮地捏了捏封琛的手，兩眼亮晶晶地看著他。封琛也微笑著輕輕拍了下顏布布的手背。

20 分鐘後，前方又出現了一個關卡，幾人都下車接受檢查。

「裡面就是哨嚮學院、研究所和福利院了。簡單來說，這三個機構都是中心城的希望，所以被保護起來，連軍隊都不能隨意進出。」陳宏對兩人介紹道。

車輛又行駛了十來分鐘後停下。眼前是一座大門，一隊全副武裝的正規士兵在值崗。大門上方有著龍飛鳳舞的幾個大字，顏布布仰頭看著那行字，出聲念道：「埃哈特哨兵嚮導學院……孔思……風。」

「孔思胤。」封琛輕聲糾正。

「孔院長的題字。」陳宏微笑著道：「走吧，進去，我帶你們熟悉一下。」

幾人下車，黑獅依舊馱著行李袋和比努努跟著，一起進了大門。

雖然學院面積並不大，4 樓以上的高樓只有五棟，但從細微之處卻看得出兩軍對學院的重視。

路燈光照下，大門兩側種著大片半人高的綠植，被修剪成球形和各種動物圖案，看上很是漂亮。突然看到這樣被人工修剪的綠植，讓顏布

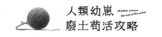
布不由生出了一種恍惚，好像看到了地震前封家所在的別墅區。

「學院平常看著還是很漂亮的，只是這幾天天上的光線被遮擋，所以看不清楚。不過我剛得到的消息，研究所對天上這種物質的研究已經有了點眉目。」陳宏說道。

顏布布好奇地問：「什麼樣的眉目？」

陳宏看了他一眼，道：「應該是某種變異種植物排出的一種暗物質，會浮空聚集在半空，數量過多後便會遮擋光線。不過不用擔心，那種暗物質會被風慢慢吹散，再過上個把月就會沒了。」

除了操場對面的幾棟樓房，遠處綠植中還露出些獨棟小樓。小樓窗戶都透出燈光，在這個全是冰冷鋼鐵的中心城，也算是見著了一點尋常人間的溫馨。

陳宏繼續介紹那幾棟樓房：「中間那一棟是教學樓，右邊兩棟分別是男性哨兵和女性哨兵的宿舍樓，教學樓左邊兩棟則是男性嚮導和女性嚮導的宿舍樓。」

「宿舍樓還要分這麼多嗎？」顏布布立即警惕起來，「那我和哥哥要住在哪裡？」

陳宏指著最左邊，「那棟是男性嚮導的宿舍，你就住在那兒。」

「那我哥哥呢？」

陳宏輕咳一聲：「他當然是住在男性哨兵宿舍。」

顏布布立即就抱住了旁邊封琛的手臂，「我要和哥哥住在一起。」

陳宏道：「嚮導宿舍條件好得很，每人都是單獨一間，你會住得很舒心的。」

顏布布搖頭，「不舒心的，很不舒心。」

# 第十章

## 別躲了，我知道是你，樊仁晶

「看著點路，別東張西望的。」封琛目視著前方。

顏布布卻道：「我沒有東張西望，我只是在看你。」

「我有什麼好看的？」

顏布布張了幾次嘴後，只呐呐地吐出一句：「你哪兒都好看。」

封琛抬手將他臉掰去一旁，「不准再看了。」

顏布布走了兩步，又低聲說：「我好像有點開始喜歡這個學院了。」

封琛臉上露出似笑非笑的神情，「因為可以穿軍裝？」

　　遠處林蔭道上過來了兩個人，看樣子和陳宏很熟，互相打過招呼後，陳宏便對封琛和顏布布分別介紹：「這位是負責管理男性哨兵起居的林管理，這位是負責管理男性嚮導的陳管理，你倆先跟著他們去各自的宿舍吧。」

　　顏布布抱著封琛手臂不鬆，「我不去，我要和哥哥住一塊兒。」

　　黑獅揹著比努努站在旁邊。比努努此時顯得也有些緊張，兩隻小爪也緊揪住黑獅的鬃毛不鬆。

　　負責男性嚮導宿舍樓的陳助教對顏布布說：「你是嚮導，怎麼能和哨兵住在一起呢？那不亂套了嗎？」

　　「可是我從來就是和哥哥住在一起的，沒有亂套。」

　　顏布布乾脆摟住了封琛的腰，仰起頭對他說：「我不要和你分開，我要和你一起住。」

　　陳宏耐心解釋：「只有深度結合過的哨兵嚮導才能住在一起，沒有匹配過的哨兵嚮導，按照規章制度是不能住在一起的。」

　　「我們馬上就結合，我們這就去匹配。」顏布布迭聲道。

　　陳宏：「呃……」

　　不過如今很多人都有嚴重的心理創傷，也極度缺乏安全感，不願意和親人分開也是正常，所以兩位宿管和陳宏也並沒太在意，只堅持要兩人分開住，說住住也就習慣了。

　　「哥哥，我不想在這兒了，我想回去……」僵持片刻後，顏布布輕聲對封琛道，聲音裡充滿委屈。

　　「回哪兒？」封琛也低聲問。

　　顏布布遲疑了下：「……可不可以回海雲城？回安置點也可以。」

　　這還是離開海雲城後，顏布布第一次說想回去的話，剛才聽說加入了東聯軍後的欣喜也一掃而空，眼裡全是驚慌。

　　「別怕。」封琛安慰地拍了拍他的肩，轉頭對著陳宏道：「陳上校，我弟弟從小就和我住一塊兒，他離不開我，我也不會放心讓他一

個人。如果住在學院裡必須分開的話，那我們還是回安置點吧。」

陳宏眼底閃過驚愕，又沉下了臉，不悅道：「回安置點？那不行。你們現在不光是學員，還是軍人，既然是軍人，就要遵守軍隊和學院的規章制度。」

封琛語氣平靜地道：「我們還沒有正式辦理入軍和入校的手續，算不得正式軍人和學員，所以那些規章制度也不用遵守。」

他對著三人點點頭，「不麻煩各位了，我們現在自己回去。」

「現在回去？可是你們已經答應加入東聯軍了。」

封琛聳聳肩，「那又怎麼樣呢？」

他拉著顏布布便往大門口走，黑獅立即跟上，趴在牠背上的比努努也鬆了口氣。

陳宏沒想到竟然會這樣，站在原地愣怔了2秒後，出聲喚道：「等等，你們先別走。」

封琛不為所動，拉著顏布布繼續往前走。

顏布布不斷側頭看著陳宏，嘴裡緊張地絮絮叨叨：「哥哥，你別聽他喊好不好？別聽他喊。你現在耳朵已經聾了對不對？你已經聾了，聽不見了。」

「別吵，我要被你吵聾了。」封琛乾脆把顏布布半攬在懷裡。

陳宏看著兩人的背影，知道要是讓他倆就這樣走掉的話，西聯軍的人立即就會上場，現在沒必要在個宿舍問題上糾纏不休，讓西聯軍將人給挖走。

「讓結合過的哨兵嚮導住的獨棟小樓還有幾棟？」他立即詢問身旁的林助教。

林助教回道：「多著呢，西邊那一片小樓都還空著。」

陳宏嘆了口氣：「那就分一套給他們倆。」

「行。」

封琛兩人就要走出大門時，聽到身後陳宏的聲音：「住一起！行了

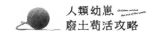

行了，住一起！」

封琛停下腳步，問顏布布：「住一起的話還要回海雲城嗎？」

顏布布說：「住一起的話，你去哪兒我就去哪兒。」

封琛輕笑了聲：「那我們留下來好不好？還有好多事情要辦。」

「嗯，好。」顏布布爽快道。

分給顏布布和封琛的宿舍就在學院西邊，一排排獨棟小樓綠植環繞，樓與樓之間相隔較遠，既美觀，也保證了足夠的隱私性。

陳宏帶著兩人到了分給他倆的小樓前，叮囑了幾句注意事項。考慮到今晚兩人都沒怎麼休息，也沒多說，只告訴他們明天下午再去教學樓報到，便帶著士兵離開了。

封琛用房卡開了門，按亮門旁開關，屋內被燈光照得通明。

「哇，這屋子很不錯啊。」顏布布走進屋四處打量。

現在沒有了其他人，屋子裡只有他們，比努努終於肯跳下黑獅的背，閉上眼放鬆地深呼吸。

這是棟適合兩人居住的小樓，空間不是很大，底樓只有客廳和廚房。家具雖然不奢華，但也並不簡陋，甚至在如今這種條件下算得上很好。該有的陳設一應俱全，沙發前的桌上還擺放著一個花瓶，插著幾朵乾花。

比努努一眼就看中了那個沙發，走過去坐好，彈了彈，對柔軟度也很滿意。

顏布布看過底樓，就順著樓梯往上爬，推開 2 樓臥室門後發出一聲驚呼：「哥哥快來看！」

封琛也進了臥室，首先撞入視野的便是粉紅色。

大片大片的粉紅流曳至整個房間。粉紅色的牆紙，豪華雙人床上垂

著粉紅色的紗帳，床頂上空還飄著幾個粉紅色的心形氣球。屋內的家具雖然是乳白色，可圓形把手卻是清一色的粉紅。

「好好看啊……」顏布布最喜歡粉紅、淺黃之類的顏色，眼睛都亮了起來。他慢慢走進屋，伸手這裡摸摸、那裡摸摸，笑著道：「哥哥，這個好像人家結婚的新房啊，我們是住的新房嗎？」

封琛倚在門框上沒有應聲，只半垂著頭，看著自己腳尖。

「哈哈、哈哈，好看，好好看……」在顏布布撩開床上紗帳，倒下去快樂地打滾時，封琛終於抬起頭，「先去把澡洗了，身上那麼髒，不要在床上滾。」

「好好，我去洗澡。」顏布布又將臉埋在枕頭裡蹭了下才爬起來。

他去了浴室洗澡，又是一陣驚呼：「哥哥來看啊，這浴缸好大啊，我要泡澡。」

顏布布洗澡時，封琛便去了樓下，看見比努努已經蓋著絨毯躺在沙發上，還戴上了眼罩。

黑獅就趴在牠的頭側，兩隻量子獸頭抵著頭在休息。

封琛開始收拾行李袋，東西取出來分別放置好，剩下的衣物就抱上樓放進衣櫃，一些小零碎就準備裝進床頭櫃裡。

「……晚霞映照著你的笑臉，那是我遠行時唯一的眷念……」

在顏布布荒腔走板的歌聲裡，封琛拉開床頭櫃，看見裡面躺著幾個薄薄的小袋。

他拿起一個，看清上面的字後，眉頭皺了起來，再丟回床頭櫃，繼續往裡放東西。

「……晚風吹拂著我的臉龐，吹不走心頭那淡淡的憂傷……」

封琛將幾個毛線團放進櫃裡，看著那幾個小袋，猶豫了下後又拿起來，在屋內左右打量。

屋內家具就那麼兩件，他目光落在床上，便抬起床墊，將那幾個小袋放進去。似是不大放心，接著又取出來，塞進床頭櫃下方的空隙裡。

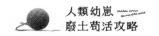

　　將所有的小零碎都放進櫃裡後，他關好櫃門，盯著床頭櫃思索了幾秒。考慮到顏布布總愛將東西往櫃子下藏，沒準反而會被他發現後，又伸手去將那幾個小袋子摸了出來。

　　他翻看著小袋，嘴裡輕聲念著上面的生產日期：「2103 年 5 月……保質期 2 年。」再抬起手腕看了下時間，2113 年 6 月 14 日。

　　封琛站起身，面無表情地揮動手臂，小袋子在空中劃出個弧形，掉在牆角的垃圾桶裡。

　　夜裡，兩人躺在床上，顏布布撓了撓封琛的胳膊，問道：「哥哥，如果我們要找到林少將和于上校的話，就要去接近那個研究所所長，不，那個學院院長嗎？」

　　封琛閉眼平躺著，嘴裡道：「接近他是一方面，還要想法子拿到那個密碼盒看看。」

　　「去研究所裡看？」顏布布支起腦袋，「剛才陳宏上校送我們來的路上，給我們指了研究所。那兒離學院不遠，我們明晚上就去嗎？」

　　封琛搖搖頭，「別太著急，我們什麼情況都還沒搞清楚，等熟悉一下再說。」

　　「唔，好。」

　　封琛想了下，說：「明天我們肯定要去體檢，你不要說出曾經被喪屍咬過的事。」

　　顏布布對這個話題有些敏感，立即追問：「為什麼？」

　　封琛睜開眼盯著床帳，「我怕有人知道你被喪屍咬了，量子獸還出現比努努那種情況，會對你不利。」

　　顏布布轉著眼珠，「是不是我會被弄去研究？」

　　「有可能。」封琛轉頭看他，「怕嗎？」

「怕，怎麼不怕，要是把我開膛破肚了怎麼辦？把比努努就泡在玻璃瓶裡做成標本怎麼辦？」

「怕就好，怕就閉緊嘴，不要把這事說出來。」

顏布布發了會兒怔，「那我怎麼解釋比努努呢？你看人家看到牠後，都覺得牠是喪屍。」

「那個蔡陶以前不是說牠是硒固蛙嗎？要是別人問的話，你乾脆就說比努努是硒固蛙。」

「好吧，那我就說比努努是硒固蛙……只是牠聽見了會生氣不？我怕牠會生氣。」

封琛說：「不會，上次蔡陶說牠是硒固蛙牠也聽見了，就沒有生氣。估計牠不知道硒固蛙是什麼，以為就是牠自己的另一種稱呼。」

「好的。」

封琛想了想又道：「對了，你有意識圖像的事也不要告訴別人。以前我在蜂巢時也見過不少嚮導，從沒聽說過誰有那個能力，就連于上校也沒有。」

「這個也要保密嗎？」顏布布問。

封琛道：「反正沒聽說別人有意識圖像之前就要保密，我們現在這種情況得越謹慎越好。」

「嗯。」顏布布又問：「那你什麼時候去找那個，叫什麼來著？東聯軍的執政官。」

「陳思澤。」

「對，你什麼時候去找他？要打聽先生和太太的事情呀。」

封琛盯著床帳頂沉默片刻後才道：「先不急著去找他，可以暫時放放。我們現在要想辦法找到林奮的下落，別人對我們的關注度越低越好。陳先生位高權重，我們去找他的話，難免會引起其他人的注意，以後想做什麼就難了。」

「唔，好吧。」顏布布躺下去後，又不斷扯起睡衣領口去聞。

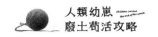
「哥哥，你聞一下我身上，好香。」他翻過去面朝封琛，將領口扯到他鼻子下面。

封琛依舊閉眼平躺著，只伸出手蓋住他的臉，推遠。

「你聞聞嘛。」顏布布在他手掌下甕聲甕氣地道。

封琛收回手，淡淡道：「不用聞你，我也是用同樣的沐浴乳。」

「那我聞聞你。」顏布布突然又撲過來，湊在封琛頸子邊嗅聞，「哥哥你身上特別好聞，為什麼我們洗澡用的都是一種，味道卻不一樣呢？」

「哪裡會不一樣？」封琛半睜眼看向自己頸側那顆毛茸茸的頭。

顏布布聳動著鼻子，「真的不一樣，我早就發現了，你身上的味道總是比我的好聞。」

「那是你鼻子出了問題。」

封琛翻過身背對他，「快睡，天都快亮了。」

「明明現在天都不會亮。」顏布布從後面抱著封琛，將自己的腿架到他大腿上。

「你睡不睡？不睡就出去，別在這裡像隻蒼蠅似的打擾我。」封琛將他的腿掀下去。

顏布布將臉貼在他背上，又探出手去摸他的耳朵，閉上眼睛道：「好嘛，我睡覺了，嗡嗡嗡……」

兩人這一覺睡得昏天黑地，直到隔天快中午了才被門鈴叫醒。封琛下了樓開門，是名士兵給他們送來軍裝制服。

封琛抱著一大摞衣服上樓，逐件掛在衣櫃裡。兩人分別有兩套當季的制服軍裝，還有軍帽皮鞋、襯衣和內衣褲等等。

顏布布將自己那套軍裝擺在床上，迫不及待地扒掉睡衣就往身上

套。封琛掛好衣服，轉頭就看到他光溜溜的後背和細長的腿。

封琛問：「你能不能去洗手間裡穿？」

顏布布道：「肯定不能啊，我已經等不及了。」

「那你能不能在軍裝裡穿一件襯衫？」

顏布布低頭看了下自己領口，「對喔，裡面還要穿襯衫的，我說怎麼不對勁。」

封琛拎起一件淺藍色的襯衣抖開，「過來。」

顏布布跑過去站好，任由封琛給他將襯衫穿上，繫好紐扣，再去穿上外套和長褲。

他穿好一整身軍裝，按捺住歡喜站在封琛面前，問道：「怎麼樣？好不好看？」

深藍色的軍裝面料挺直，勾勒出少年略纖瘦的腰身和修長的雙腿。一段皓白的脖頸從襯衣口露出來，像是輕輕一招便會折斷。燈光從頭頂灑落，給他捲曲的柔軟頭髮鍍上了一層暗棕，也給那雙明澈的眼睛裡撒了一把碎金。

顏布布見封琛一直看著他不說話，便有些忐忑地問：「怎麼了？不好看嗎？是不是有些怪？」

封琛依舊沒回應，只垂下眼眸，拿起自己那套軍裝走向洗手間。

顏布布有些失望地追問：「是不是不好看啊？」

封琛進入洗手間，在關門的瞬間將顏布布又打量了遍，「還不錯，有手有腳的。」

「有手有腳的……還不錯。」顏布布高興得在原地蹦了下。

封琛換衣服時，顏布布就站在穿衣鏡前轉著身看。時而挺直腰板敬個軍禮、時而垂眸冷聲：「你好，我是東聯軍嚮導顏布布。」時而露出戒備的神情，從腰間拔出不存在的槍，瞄準前方低喝：「不准動，放下你的武器！」

封琛也換上了軍裝。他對著鏡子一顆顆繫著紐扣，當最後一顆紐扣

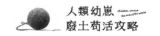
繫上時，鏡子裡出現了一名年輕的軍人，肩寬腰窄，目光深邃而堅定。

他看著鏡子裡的自己，這瞬間突然有些恍惚，似乎穿過遙遠的時光，看見了父親封在平。

他伸出手輕輕按在了鏡子上，半晌後才轉身拉開了洗手間的門。

顏布布在聽到門響時，一個閃身躲到衣櫃旁，再雙手持槍跳出來，「不許動，舉起手來。」

話音剛落，他就看清了站在洗手間門口的封琛。

那瞬間他眼裡便再也看不見其他，屋內所有都化為虛無的背景，只有封琛站在那裡，成為燈光和視線的凝聚之處。

封琛慢慢走過來，將顏布布比成槍枝狀的手送回腰間，做出像是收回進槍套的動作，再托起他下巴往上輕抬，合上那半張著的嘴。

「傻了？」封琛垂眸俯視著顏布布。

「啊……」顏布布只回覆了一個無意義的字，繼續愣愣地看著他。

封琛面無表情地曲起手指在他額頭上敲了一記，轉身就往門口走。

直到他走到樓梯口，顏布布才回過神，衝出去趴在樓梯上對著下方喊：「你去哪兒？」

封琛抬頭看了他一眼，「你不餓嗎？」

「……好像有點餓。」

封琛抬手看了眼腕錶，「食堂的午飯時間還剩下半個小時。」

「啊，走走走，吃飯去。」顏布布連忙追下樓梯。

出大門前，封琛拿過兩頂軍帽，一人戴上一頂，再給顏布布調整好領帶位置，這才出了門。

兩人都是淺藍色的襯衫，深藍色軍服外套，領口處露出同色系的淺藍領帶，只是細微處有些許不同，將哨兵和嚮導區分開來。

封琛的軍帽是簷帽，低低地壓在眉眼上方。顏布布的卻是貝雷式軍帽，露出白皙飽滿的額頭，外套的腰身也招得更細一些。

顏布布從未見過這樣的封琛，不斷抬頭去看他。目光從他深邃的眉

眼往下，滑過高挺的鼻梁，順著線條完美的下巴一直落到那凸起的喉結上，以致於差點被一塊石頭絆倒，被封琛眼疾手快地拉住。

「看著點路，別東張西望的。」封琛目視著前方。

顏布布卻道：「我沒有東張西望，我只是在看你。」

「我有什麼好看的？」

顏布布很想表達出內心的感受，卻又不知道怎麼說，張了幾次嘴後，只吶吶地吐出一句：「你哪兒都好看。」

封琛也轉頭看著他，顏布布便伸手摸了下他的喉結，「你領帶上面的喉結鼓鼓的，也都很好看。」又摸了下自己脖頸，心裡有些遺憾。

「真的，反正……我就想一直盯著你。」顏布布繼續道。

封琛抬手將他臉掰去一旁，「不准再看了。」

「……喔。」顏布布走了兩步，又低聲說：「我好像有點開始喜歡這個學院了。」

封琛臉上露出似笑非笑的神情，「因為可以穿軍裝？」

「對，因為可以穿軍裝，我可太喜歡看你穿軍裝了。」顏布布感歎完畢，又將自己的腳抬起來在封琛眼前晃了下，「還有，你看！皮鞋！不是運動鞋，是皮鞋！」

封琛道：「皮鞋怎麼了？我給你做了那麼多雙皮鞋。」

顏布布震驚道：「那獸皮鞋也能叫皮鞋嗎？穿上後腳就像個饅頭似的，哪裡像這個皮鞋這麼合腳。聽，走起來還喀喀響。左腳、右腳、左腳、右腳……」

封琛正被顏布布拖著左腳右腳，忽地覺得褲腿被扯了扯，他低頭一看，比努努走在旁邊，眼睛卻盯著他脖子上的領帶。

封琛立即便明白了，「沒問題，等會兒回去就找布頭給你做一條。」說完後想了想，「只是之前答應你的新車和潛水服要先欠著，暫時沒有。」

比努努現在滿心都是領帶，便很理解地點頭，並鬆開了爪子。

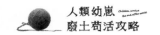

現在差不多已經過了午飯時間，但食堂裡還是有二十來個學員在吃飯，當兩人跨進食堂大門時，立即吸引了大廳裡所有的視線，正在邊吃邊聊的人也停下了交談。

「你去那張空桌子坐下，我去把飯端來。」封琛低聲吩咐顏布布。

「好。」

封琛對落在自己身上的目光毫不在意，平靜地走到窗口，刷過兩個人的飯卡，「要兩份飯菜，謝謝。」

顏布布面對那些或好奇或驚豔的打量，卻表現得沒有那麼鎮定。他有些緊張地回憶著電影裡別人打招呼的場景，對著那些目光一一回望過去，朝那些注視著他的人露出個淺淺的笑，還小幅度揮了下手。

「嘶——」大廳裡頓時響起幾道抽氣聲，以及竊竊私語：「好他媽可愛，太可愛了……」

「是新學員吧？之前都從來沒有見過。」

「肯定是的，年紀看著也不大，應該還沒有哨兵……他在對我笑……笑起來可真甜。」

封琛打完飯轉身，一眼便看見顏布布坐在空桌前對著人笑，而大廳裡已經有好幾名哨兵正站起身，像是要往他那邊走。

「顏布布，來端飯。」封琛不輕不重地喊了聲。

「好喔。」顏布布立即小跑過來幫著端飯，那幾名哨兵站立幾秒後，又慢慢坐了回去。

封琛將椅子移動位置，不動聲色地坐在顏布布斜對面，擋住了其他人的視線。

學院的伙食比安置點好，除了主食依舊是大豆外，還有少量變異種肉和新鮮的胡蘿蔔丁。

顏布布一邊往嘴裡塞食物，一邊低聲道：「這裡的同學都太熱情了，一直看著我，你再不把飯打回來，我嘴都要笑痠了。」

封琛慢條斯理地用筷子夾起餐盤裡的食物，淡淡地道：「不用對著

每個人笑的。」

「那怎麼打招呼呢？大家都是一個學院的同學呢。」

「不認識的同學就不用打招呼，就當他們是安置點的陌生人。」封琛將自己餐盤裡的一塊肉夾到顏布布盤裡，催促他：「吃飯，眼睛別去看別人。」

「好，吃飯。」顏布布收回視線，開始專心吃飯。

吃完午飯，兩人就去教學樓。

封琛考慮到即將要發生的事，便提前給顏布布叮囑：「我們肯定不在一個班，你不要吵著鬧著要和我在一起。」

顏布布剛要開口，封琛就沉著臉打斷道：「以前在蜂巢船上的時候，你才多大？6歲，那時候就能自己去小班。現在馬上17了，要和我住一塊也就算了，如果上課也非要一起的話，我就要收拾你。」

顏布布委屈道：「我又沒要吵鬧，我知道上課就不能在一起的。」

「知道就好。」封琛轉頭看了顏布布一眼，又道：「也不准用那種可憐兮兮的眼神看我。」

「……我沒有。」

「要不要拿個鏡子給你看看現在的樣子？」

兩人邊說邊往樓上走，看到2樓便是嚮導班事務室，封琛便拉著顏布布進去了。

「報告教官，新學員顏布布前來報到。」封琛站直身體，朝著坐在桌後的教官彙報。

教官站起身，在看清封琛的哨兵裝束後，目光便落在顏布布身上，「你是顏布布？」

顏布布略微有些緊張，卻也學著封琛般站直身體大聲回道：「報告教官，新學員顏布布前來報到。」

「嗯，陳宏上校已經告訴我了，顏布布，現在來補填下資料吧。」

教官帶著顏布布去桌邊錄入資料，封琛便轉身，悄無聲息地離開了

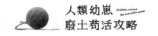

嚮導事務室，去往 3 樓的哨兵事務室。

顏布布轉頭時剛好看到他背影，條件反射地就要追出去，隨即又反應過來，即時收住了腳步。

「那是你哥哥？」教官問。

「嗯。」顏布布點頭。

「從小就沒分開過？」

顏布布又點頭。

教官拍了拍他的肩，「沒事，人總是要長大的。」

「我知道。」顏布布低聲回道。

教官又看了下屋內，「你的量子獸呢？在精神域裡嗎？」

黑獅和比努努沒有跟上樓，兩隻就在樓下小花園裡逛，顏布布便回道：「我要上課，牠就沒有上來，在樓下小花園裡玩。」

教官的臉上顯出詫異，「你的量子獸不隨時跟著你？」

顏布布老實回道：「牠經常自己到處玩的。」

教官神情有些一言難盡，卻也沒有說什麼，收起填好的資料道：「走吧，我帶你去教室。」

這層樓一共是有三個班，兩個嚮導班和一個哨兵班。其他房間則是各類型的訓練室，供他們這層學員訓練用。

顏布布是嚮導三班。到了三班教室，教官先去講臺上給大家介紹新學員，顏布布便站在門口，將教室內的人飛速掃視了一遍。

教室裡一共有三十來名嚮導，有男有女，年齡也有大有小。小的看上去和顏布布差不多，年齡最大的約莫四十多歲，是名身寬體胖的中年大姐。

顏布布看著他們，他們也看著顏布布，顏布布想起封琛開始的話，便沒有逐個揮手，只在臉上露出了一個微笑。

那些學員便也對著他微笑。

教官介紹完顏布布，去櫃裡取出一摞新書遞給他，讓他去座位上坐

好，接著說：「好了，我來念一下昨天軍事知識考試的成績。」教官拿出名單開始念：「第 1 名，王晨笛 100 分；第 2 名，劉思遠 98 分……」

教官每念出一個名字，便有人上去拿下自己的考卷，有人喜形於色，有人唉聲嘆氣。

「……第 13 名，陳文朝。」

當陳文朝這個名字落入耳裡時，顏布布心頭動了動，眼前浮現出一張滿臉欠揍模樣的小胖臉。

陳文朝？是那個和他爭搶比努努，在溧石採集場打了好幾架的小胖子？那個在他不能上船時，哭喊著「那是我的同學，他不是喪屍」的小豁牙？還是只名字相同，都叫做陳文朝而已？

右邊靠牆有人站起來，顏布布立即看了過去。只見那人身形高䠷，皮膚蒼白，看人時只微微撩起一點眼皮，一副不耐煩的欠揍模樣。

雖然那張圓臉已經瘦了下來，可那細長的單眼皮，嘴鼻的形狀，讓顏布布一下子就將他和那個豁牙小胖子聯想起來了。

陳文朝接過卷子後回到座位，看也不看地便塞進課桌，顏布布又盯著他看了片刻才收回視線。

教官手裡的一疊考卷只剩最後一張，他清晰地念道：「第 36 名，趙翠，25 分。」

教室裡沒有聲音，幾秒後，顏布布聽到左邊有人在低聲喊：「翠姐、翠姐，念到妳了。」

「啊，喔。」

他看到那名四十多歲的中年大姐站起身，笑嘻嘻地去講臺上接過教官手裡的卷子，「教官，我比上次多了兩分，是不是進步了？」

「哎……」教官搖搖頭，一副也不知道該說什麼的模樣，只道：「下去吧，下去坐好。」

「給進步的翠姐鼓掌。」

全班響起掌聲，顏布布也跟著拍手。

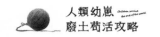

大家都在笑，趙翠也哈哈著回了自己座位。

教官開始講話：「這次的考試成績不算理想，平均分比其他幾個嚮導班的要低。我再三重申，我們嚮導班不光是要提高自身的嚮導能力，文化知識也是要重視的，特別是這次軍事……」

噹啷……安靜的教室裡發出什麼東西掉地的聲音，教官停下了講話。顏布布順著聲音看去，只見趙翠正俯身撿起一根金屬棒針，又抬起頭對著教官笑了笑，「你說你的，繼續說。」

教官深深吸了口氣，「好了，現在把書拿出來，上課。」

時隔多年，顏布布終於又坐在教室裡上著真正的課，心情很是激動，聽得也很認真，一雙眼睛時刻注視著教官。

只是教官講的每個字他都能聽懂，連在一起便有些搞不明白了。

下課後，教官出了教室，學員們開始放鬆交談，各種量子獸也出現在教室裡。

顏布布桌邊立即圍上來三、四名學員，對著他問長問短。

「顏布布，你是叫顏布布吧？」一名二十來歲的女孩問道。

「嗯，我叫顏布布。」

女孩和氣地微笑，「你剛分化成嚮導的嗎？」

顏布布搖頭，「我小時候就是嚮導了。」

「小時候？多小？」趙翠在旁邊問。

顏布布說：「7 歲。」

「哇，那確實小啊。」周圍的人都開始感嘆，「大部分哨兵嚮導都是 20 歲左右分化的，年紀太小和太大的都不大常見。」

趙翠在旁邊道：「我就屬於年紀大的，47 歲了，三個月前才分化。那次發了幾天高燒，退燒後正準備從醫療點回去，結果直接就被西聯軍送到這兒來了。」她說到這兒，神情又有點得意，「不過我比樓上哨兵班那個老哨兵強多了，他 53 歲才分化。」

趙翠在挽線團，毛線就撐在椅背上，顏布布便將那把線取下來套在

手腕上，熟練地轉動胳膊幫她撐著。

「哎哎哎，王晨笛、劉思遠，你倆的量子獸又在打架了。」

教室前面兩隻量子獸在打架，袋鼠正對著海獺掄拳頭，那海獺撲上去，兩隻就在講臺上滾成一團。

「這第 1 名和第 2 名的競爭可太激烈了，不光是每次考試你追我趕，就連量子獸也隨時在打架。」幾名學員感嘆道。

顏布布聞言有點緊張，「想考好名次，量子獸也要打架的嗎？」

他不擔心比努努打不過，只擔心比努努手下不知輕重，會把其他量子獸打出個好歹。

「沒，就他倆的愛打，特別是考完試後，見縫插針地打。」

那名女孩道：「早上我去嚮導事務室的時候，聽到兩名教官在說我們班要來新學員，還是海雲城來的。我很小的時候去海雲城玩過，那裡很不錯，不過聽說整個城都空了，結果還有人啊。」

顏布布還沒來得及回應，就見右前方的陳文朝倏地轉過頭，死死盯住了他的臉。

顏布布心裡一跳。封琛叮囑過他，不要讓人知道他被喪屍咬過，雖然他不介意和小胖子相認，但小胖子是知道他被喪屍咬過的，所以便硬著頭皮含混道：「……應該還有些人吧。」

「我們班上的王穗子和陳文朝都是海雲城來的，他們說海雲城的人在 9 年前就全來中心城了。」女孩轉頭朝第一排大聲喊：「哎，王穗子、王穗子。」

顏布布聽到王穗子這個名字，心頭又是一跳。

王穗子也是他同學，還一起去抓過堪澤蜥蛋，一起受過表彰。剛才念考試成績的時候，他只琢磨陳文朝去了，沒注意王穗子也在這班上。

前方一名齊頸短髮的清秀女生轉過頭，問道：「陳姐，怎麼了？」

女孩指了指顏布布，「這是你老鄉，海雲城來的。」

「……海雲城來的。」這下除了一直看著顏布布的陳文朝，王穗子

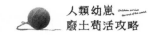
也死死地盯住了他。

「我、我去個廁所。」顏布布將手腕上的毛線取下來，連忙起身往外走。因為緊張，他的背繃得緊緊的，手腳也有些不知道該怎麼放。

顏布布出了教室，飛快地往通道盡頭走，還沒走出幾步，便聽到身後傳來王穗子的聲音：「樊仁晶！」

顏布布假裝那不是在叫自己，繼續埋頭往前，卻聽到後面傳來急促的腳步聲，接著胳膊就被人一把拉住。

「別躲了，我知道是你，樊仁晶。」

顏布布有些心虛地轉過頭，對上王穗子那雙滿是驚喜的眼睛，那句「我不是樊仁晶」的話就有些說不出口。陳文朝這時也出現在教室門口，慢慢朝著這邊走來，停在了兩人身旁，他也不做聲，只滿臉不耐煩地靠在牆上，眼睛卻不時瞟一下顏布布。

王穗子一直握著顏布布的手臂，「樊仁晶，你肯定是樊仁晶，你都沒怎麼變樣。你是不是不記得我們了？海雲城，蜂巢船，小班……我是王穗子，他是陳文朝，我們下課後經常一起玩的，你和陳文朝還打過幾次……」

「他裝的。」陳文朝打斷她：「妳看他那心虛的樣兒。」

「我……」顏布布看看陳文朝又看看王穗子，終於咬牙承認道：「好吧，我確實是裝的，我其實記得你們的。王穗子，我們還一起找到過堪澤蜥蛋。」

「我就知道是你。」王穗子高興地叫起來：「我和陳文朝上次還提起了你，說不知道你現在怎麼樣了，但是沒想到、沒想到……」

「沒想到我還好好的。」顏布布道。

「對，真的沒想到。你當初被喪……」

「哎哎哎，別說。」陳文朝打斷王穗子的話，謹慎地左右看了看，對著通道盡頭擺了下頭，「去那邊，那邊沒人。」

顏布布和陳文朝兩人去了通道盡頭說話，而封琛這時已經出了學

院，正坐在一輛卡車上。

十幾輛卡車駛往第一層的卡口，每輛車上都坐滿了身著迷彩作戰服的哨兵。封琛也穿著作戰服，懷抱槍枝，聽著肩頭上對講機裡總教官的聲音。

「……喂喂、喂喂，能聽到嗎？沒打開對講機的現在打開。種植園遭到沙丘蟲變異種的攻擊，因為數量太多，軍隊的哨兵、嚮導人手不夠，現在需要學院的哨兵學員們去清理南邊一帶的沙丘蟲……」

卡車裡的哨兵都面對面坐在車身兩側的長凳上，各自的量子獸就蹲在身前。

只有封琛面前蹲了兩隻量子獸，薩薩卡和比努努。

他剛在哨兵教官那裡報到，還沒來得及填寫資料，教官就接到了讓所有哨兵學員前去清理種植園的緊急命令。於是他也就這樣被帶上了車，兩隻量子獸也都跟了來。

「新學員有兩隻量子獸。」封琛聽到旁邊的哨兵在小聲交談。

「不可能吧，可能有一隻是別人的？」

「你的量子獸能跟著別人走？」

「……不能。」

「對啊，他為什麼會有兩隻量子獸？」

「可能是量子獸的附生獸？其實和那獅子是一隻。」

「我他媽還是第一次聽說附生獸，你剛自創出來的？」

封琛瞥了眼又將臉埋在黑獅鬃毛裡的比努努，也沒有出聲解釋。

卡車經過一群被燈光照亮的建築，可以看到草坪上有些小孩兒在玩耍，大的 10 歲出頭，小的還在蹣跚學步。

那些小孩兒在看見車隊時，都奔到鐵柵欄前大聲喊：「哥哥、姐姐，你們是去 1 樓嗎？可以帶我們去找媽媽嗎？」

「我想要媽媽，我想回 1 樓。」

「我不想在福利院，可以把我帶走嗎？」

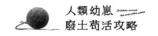

「嗚嗚，帶我走，我要找爸爸。」

「媽媽、媽媽……嗚嗚……」

越來越多的小孩兒都撲到柵欄上，哭聲和喊聲響起一片。

樓內的阿姨保姆都奔了出來，抱起小的安慰大的，對卡車打著手勢，示意司機開快點。

車內的哨兵們都停下了交談，封琛也看著那排鐵欄，直到卡車駛離了福利院。

車隊從 1 樓到了西門關口，駛過鐵橋，翻越山頭，從山另一邊的車道蜿蜒向下。

山這邊是一望無際的曠野，近處被高壓鈉燈照得通明，那是栽種了大豆和玉米的種植園。而遠處被探照燈掃過的地方卻是一片漫漫黃沙，那裡不斷傳來槍聲，黑暗中也不時炸開一大團火焰。

「前方便是戰場，沙丘蟲正在衝擊種植園，全體哨兵進入戰鬥準備狀態！」對講機裡傳出來總教官的命令：「倒數 2 分鐘準備時間，現在開始計時。」

哨兵們開始給槍枝上膛，陸續有咔嗒聲響起。量子獸們也訓練有素地從趴伏狀態站起身，擺出警戒的姿態。

只有黑獅依舊趴著，比努努也依舊將臉埋在牠背頸裡，小爪有些焦躁地一下下抓握著牠的鬃毛。

這輛車的哨兵教官一直坐在最外面，現在弓身走到封琛面前低聲問：「封琛，你有過戰鬥經驗嗎？如果沒有的話就留在車內吧。」

封琛只點了下頭，也不知道是有戰鬥經驗的意思還是答應留在車內，但他卻開始給槍膛裝填子彈，動作非常熟練。

教官一看就知道不必繼續問了，便拍拍他的肩，「放心戰鬥，我會注意著你，前線有很多軍人嚮導，會梳理你的精神域。」

「是。」封琛簡短地回道。

「倒數計時 1 分鐘！」在總指揮的指令聲中，卡車越來越接近種植

園，所有士兵都站起了身，在卡車裡排好隊準備下車。

槍聲密集，炮火在種植園前方的黃沙地炸開，對講機裡不斷傳來各種命令。

「全體哨兵學員下車！進入戰鬥！」

伴著總指揮的一聲大喝，封琛跟在其他隊員的身後跳下了車。黑獅迅速跟上，比努努也一掃萎靡狀態，騰起身撲向了前方。

種植園面積廣闊，哨兵們在齊人高的玉米地裡快速前進，玉米葉擦過人身，發出簌簌的聲音。

「注意不要踩著玉米，從壑裡走。」封琛這一隊的隊長便是教官，從對講機裡對著他們命令。

「是。」

「明白。」

所有人都知道這片玉米地是多麼珍貴，包括量子獸在奔跑時也會注意。封琛側頭看了眼和他隔著一排玉米的黑獅和比努努，看到牠們動作間也都很小心，雖然前進迅速，卻沒有傷著玉米杆。

高壓鈉燈將這片玉米地照得雪亮，封琛跑上了約莫 10 分鐘後，看見前方玉米田突然出現一隻龐然大物。

那是一條巨大的蠕蟲，探起的上半身足足有兩層樓高，身體上有著一圈圈的環。牠正飛快地往玉米地裡竄行，所經之處的泥土都被翻起來，玉米杆也大片地折斷。

蠕蟲附近的士兵都在開槍，密集的子彈擊打在牠頭部，飛濺起一團團火光。蠕蟲頭部中了數彈，身體劇烈顫抖，終於搖晃著撲倒在地上。

「開始戰鬥！」隊長一聲喝令：「所有人開槍射擊近處目標，精神力自由攻擊！」

「是！」

三百多名哨兵學員奔跑向前，越過前面那些普通人士兵，衝出了玉米地。

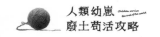

種植園外便是大片沙地，那裡正在進行激烈的戰鬥。哨兵軍人頂在最前面，身後則站著為他們梳理精神域，同時還要對沙丘蟲進行控制的嚮導軍人。

沙地裡數條沙丘蟲昂起身軀往前衝，嘴裡吐出黏稠的絲狀物。大片沙地也像是海浪般在起伏翻湧，那是一些沙丘蟲潛在沙土裡往前鑽行。

哨兵、嚮導們一邊開槍，一邊避開那些絲狀物，同時還要發出精神力，擊殺那些在沙地裡潛行的沙丘蟲。

沙丘蟲的蟲身雖然龐大，頂端的蟲頭卻也只得籃球大小，但它會將頭縮回身體裡，只吐絲的時候才探出來。於是每隻蟲身上都攀附著幾隻量子獸，等著蟲頭探出來後便一陣抓撓。

這些哨兵和嚮導戰士擋住了大部分的沙丘蟲，成為這片種植園的第一道防線。偶爾有漏掉的沙丘蟲闖入種植園，便由裡面的普通士兵集火消滅。

「注意不要黏上牠們的絲，黏上了的立即清洗。軍醫，注意為士兵們清洗！」有人在高聲嘶吼。

沙丘蟲數量太多，有些哨兵、嚮導難免黏上牠們吐出的絲狀物。被黏住的部位立即冒出黑煙，像是被烈焰灼傷似的。

好在這東西只要用水沖掉就行，軍醫便拿著酒精在戰場上奔跑，不斷為那些被絲纏上的哨兵和嚮導清洗。但就算如此，他們的衣服也近乎襤褸，身上滿布著被灼燒成黑紅色的傷痕。

「快快快，正規軍哨兵人手不夠，學員哨兵快上去支援！」封琛的對講機裡傳出總指揮的命令。

學員們的量子獸已經衝了上去，哨兵學員們雖然還沒跑到，但精神力卻紛紛放出，無數條槍管內噴出火焰，子彈對著沙丘蟲呼嘯而去。

封琛也舉起槍邊跑邊射擊，同時調動精神力，扎向那些正在起伏湧動的沙土。

對講機裡此時響起求援聲：「總指揮，戰鬥難度超過預期，嚮導人

手也不夠了。現在不光需要哨兵學員支援，也需要再增加嚮導。」

「收到。」

此時哨嚮學院，教學樓 2 樓通道盡頭的陽臺上。

王穗子問：「所以你現在叫顏布布了？」

「嗯，其實我一直都叫顏布布，但是妳要叫我樊仁晶也可以。」

王穗子說：「那我也叫你顏布布。」

顏布布道：「妳變了一些，但是我能把妳認出來。」

王穗子點了下頭，「你也變了，但頭髮還是捲捲的，也和小時候一樣好看。」

兩人就對視著開始傻笑。

「真受不了，好傻。」陳文朝在旁邊嘲笑，嘴裡說著受不了，卻一直站在旁邊沒有離開。

顏布布朝他齜了下牙，「看看你的牙，長好了沒？你那時候明明牙掉得比我多，還好意思說我是齙牙。」

「別說了啊，以前的事不准提了啊。」陳文朝道。

顏布布哈哈笑了兩聲，問道：「我們那些同學呢？余科和劉星辰他們呢？」

王穗子臉上的笑意慢慢斂起，陳文朝也扭頭看向陽臺外。

顏布布頓時便明白了，沒有繼續追問，神情露出幾分黯然。

三人沉默片刻後，王穗子便換了個話題：「還記得計漪嗎？當時是中班的，最愛來我們班上玩。她現在是哨兵，就在我們樓上哨兵班。」

「計漪……我記得。她比我們要大上 4 歲，在中班，但是經常跑到我們班上來欺負小朋友，也和陳文朝打過架。」顏布布驚喜地道。

「啊，這個……」王穗子好奇地問陳文朝：「你怎麼和每個人都打

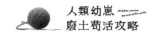

過架的？」

陳文朝難得露出尷尬的神情，摸著鼻子尷尬道：「都說了以前的事就別提了。」

顏布布卻沒注意這麼多，只為計漪成為了哨兵高興：「我哥哥你們還記得嗎？封琛。」

王穗子立即點頭，「記得，你哥哥在大班是長得最好看的那個。」

「嗯，他就是長得最好看的那個。」顏布布心裡很受用，笑道：「他就在樓上哨兵班，我等會兒就要去找他。」

陳文朝聽到兩人提到封琛時，神情一凜，頓時站直了身體。但馬上又反應過來，重新靠回牆壁，從鼻子裡哼了一聲。

「啊，你哥哥也在啊，那太好了。」王穗子將頭伸出陽臺往上面瞧，「不過樓上挺安靜的，哨兵班的學員難道沒有下課？」

顏布布現在就想去看封琛，正要提議去樓上轉轉，就聽到樓道裡響起一陣刺耳尖銳的鈴聲。

「上課了？」他問王穗子。

王穗子神情卻變得緊張起來，「不是，這不是上課鈴聲，是警鈴。這鈴聲表示哪裡出了事，我們馬上就要出任務了。」

她話音剛落，這層樓的擴音器裡就響起一道嚴肅的聲音：「嚮導班的全體學員注意了，現在馬上出發去往種植園，協助我們的哨兵學員戰鬥。各教官注意清點人數，所有嚮導學員馬上出發，5分鐘後在操場上集合！」

警鈴還在持續，教室的人都衝了出來，向著另一頭的更衣室衝去。

陳文朝提步往那邊跑，不忘扭頭大喊：「還傻站著幹什麼？快去更衣室換作戰服。」

顏布布被王穗子拉得跟蹌了兩步，「那我哥哥……」

「哨兵班都沒有聲音，他們肯定提前行動了，你哥哥也在。」王穗子邊跑邊說。

顏布布神情一凜，跟著王穗子和陳文朝衝向了更衣室。

更衣室分為男女兩間，裡面掛著成套的作戰服，教官就站在大門口不停催促，並抬腕看著錶，口中不斷計時：「快點快點，給你們 2 分鐘的時間更換著裝。」

嚮導男更衣室裡的人已經在開始脫衣服，陳文朝從牆上取下一套作戰服丟給顏布布，自己也開始換。

嚮導的作戰服和哨兵的迷彩作戰服不同，是一套深藍色的連體服，這樣行動起來會更加敏捷，穿著時也直接拉好胸前的拉鍊就行。

顏布布飛快地換上作戰服，戴上鋼盔，穿好戰鬥靴，時間也只過去了 2 分鐘。

他跟著陳文朝跑出男更衣室，王穗子也正好從女更衣室出來，招呼道：「走，快下樓。」

顏布布邊跑邊再次確認：「我哥哥已經過去了嗎？」

「肯定去了。」

樓下已經停著六輛綠色的軍用卡車，幾名後勤人員立在車旁，給每名上車的學員都發上一把槍和彈匣。

顏布布也領了把槍，他抱著自己的槍爬上車，坐在右側長凳上。

「還有 20 秒！」一名教官高聲喝道：「如果還有學員沒有趕上，將記大過一次，並錄入個人資訊裡。」

這話一出，那些落在後面的嚮導學員開始朝著卡車衝刺，其中也包括胖胖的翠姐。

「20、19、18……10……」

在倒數計時結束前一秒，所有學員都成功上車，教官也抓著車框跳上來，「開車！」

學院大門被士兵飛快推開，六輛卡車立即朝著中心城的 1 樓關卡飛快駛去。

「我的親娘欸，跑、跑死我了，要、要斷氣了，我還、還百米衝

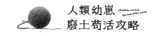

刺，幸好沒，沒有骨質疏鬆。」坐在顏布布對面的翠姐喘得像是要斷氣了般，旁邊的嚮導連忙去拍她背。

「沒事、沒事，休息一會兒就行。」

顏布布小心地抱著懷裡的槍，又看看彈匣，輕聲問身旁的王穗子：「我們是去打什麼？」

「我還不知道，教官馬上就會說了。」王穗子回道。

「他們哨兵先去了，不會有危險吧？」顏布布心裡記掛著封琛。

王穗子安慰道：「你放心，肯定不會有事的，有教官在呢，教官都很厲害的。」

顏布布放心了些，開始打量懷裡的槍，用左手擋在嘴邊問王穗子：「開槍的話，直接扣扳機就行了吧？有沒有其他程序？比如打開什麼開關之類的。我也沒仔細看過電影裡怎麼換子彈，妳現在教教我？」

王穗子臉色慢慢變了，伸手去他懷裡拿槍，但顏布布抱得很死，她拿了兩下沒有拿走。

「你先別使槍好嗎？」王穗子問。

顏布布堅定而緩慢地搖頭，「不！」

站在車尾的教官看了過來，發現了顏布布。

「顏布布，你會使用槍枝嗎？」

顏布布說：「可能會吧。」

「可能會？」

「我在電影裡學過。」

教官面無表情地伸出手，「拿來。」

顏布布捨不得交槍，便抱著沒動，一直沉默著的陳文朝用力將槍從他手裡奪出來，交還給了教官。

「我們現在是去種植園對付沙丘蟲，還是和以前一樣，你們的主要任務是給哨兵梳理精神域，並協助攻擊。不要衝在最前面，牢記一點，首先要保護自身安全……」

在教官的叮囑聲中，一隻隻量子獸出現在卡車中間的空地上。麋鹿、羚羊、海龜、刺蝟，中間還有一隻家養的那種大白鵝，都規規矩矩地蹲在各自主人身前，只有顏布布和王穗子兩人面前空空。

王穗子瞥了眼顏布布身前，低聲問：「你的量子獸呢？」

「不知道啊，牠應該跟著我哥先去種植園了吧。」

王穗子有些茫然：「量子獸還願意跟著別人走嗎？」

顏布布奇怪地道：「我哥哥又不是別人。」

王穗子還在怔愣，顏布布問道：「那妳的呢？妳的量子獸也跟人走了嗎？」

王穗子回過神，搖搖頭小聲道：「我的量子獸沒走，但是牠出來得特別慢。」

「特別慢？」

王穗子說：「還要再等2、3分鐘。」

教官這時也發現了顏布布沒有量子獸，「顏布布，你的量子獸呢？現在要執行任務，可以提前放出來了。」

「……我的量子獸已經執行任務去了。」顏布布回道。

「什麼？」

顏布布說：「我的量子獸已經跟著我哥哥走了。」

全車的人都一臉茫然，教官都忍不住問道：「你的量子獸願意跟著別人走？」

「可我哥哥不是別人啊。」

「……行吧。」教官沉默兩秒，無奈道：「那等會兒戰鬥時你得把牠收回來。」

「喔。」

顏布布收回視線，卻發現王穗子腳邊浮現出一團灰色物體的形狀，並以緩慢的速度逐漸變得清晰。

漸漸的，一隻滿臉呆滯的灰色小動物出現在顏布布眼裡。

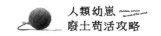

「哇，這是妳的量子獸嗎？好可愛啊，牠是什麼老鼠嗎？」顏布布有些稀奇地打量著。

「不是，牠是無尾熊，平常喜歡在我精神域裡睡覺，出來時比其他的精神體要慢一些。」王穗子解釋。

「喔，無尾熊啊。對了，我在電視裡也見過。」

陳文朝坐在兩人對面，腳邊則蹲著一條短吻鱷，小而凸起的眼睛注視著車外。

卡車通過升降板下到 1 樓，顏布布瞥見王穗子腳邊的那隻無尾熊對他搖了搖頭。

顏布布問王穗子：「牠在幹麼？」

王穗子解釋：「牠在回答你剛才的問題。」

顏布布：喔……

卡車駛出中心城，翻過山頭往下，隆隆的槍炮聲越來越近。車內沒有人再議論說話，只沉默地整理自己的裝備。

顏布布從車尾看出去，偶爾能看到天上劃過炮火的光亮，想到封琛此刻就在炮火處戰鬥，一顆心又開始揪緊。

種植園前的沙地裡，封琛開槍射擊那些衝到近處的沙丘蟲，精神力不斷刺入起伏的沙地。

黑獅和比努努則一直在殺那些在地下潛行的沙丘蟲。牠倆跟著起伏的地面奔跑，在沙丘蟲鑽出沙地的瞬間進行攻擊。跟著高高昂起的蟲身躍向空中，將那剛探出的蟲頭抓得稀爛。

哨兵士兵加上哨兵學員組成的防線，一直抵擋著沙丘蟲進攻。嚮導們則一邊配合攻擊，一邊梳理著哨兵們的精神域。

原本這裡的哨兵士兵就比嚮導士兵多出了不少，現在又來了三百多

名哨兵學員，嚮導們應對得很是吃力。

「撐一下，再撐一下。嚮導優先梳理精神力消耗過多的哨兵，能堅持的就自己再堅持會兒，嚮導學員們也快到了。」

在總指揮沙啞的命令聲中，一名剛從學院畢業不久的嚮導士兵，在將精神力探入第三名哨兵學員的精神域時，遇到了個不小的麻煩。

這是名她從未見過的哨兵新學員，背影高大挺拔，眼睛雖然被鋼盔沿投下的陰影擋住，露出的下巴和嘴唇線條卻趨近完美，不用看全臉就知道長相非常英俊。

他雖然是名新學員，表現得卻異常冷靜，戰鬥力也很強悍。處在他那條戰線上的沙丘蟲，基本上衝不到近處，便會被他的精神力擊殺。

嚮導推測他應該是名 B+ 哨兵，卻又不大敢確定。

現在整個中心城的哨兵約莫有一千多名，大部分都是 C 級和 B 級，其中 A 級哨兵只有十四名。

哨兵在進入第二次分化後，能力會再次提升。C 級基本都能夠提升到 B 級，但若是原本就是 B 級的話，想要突破到 A 級會非常難，大部分只會達到一個 B+ 的水準。

這名新學員哨兵分明還沒度過成長期，戰鬥力就已經達到了 B+，那麼他一旦進入第二次分化，中心城應該會出現第十五名 A 級哨兵。

嚮導雖然暗暗驚訝，此時倒也顧不上去想太多，因為這名哨兵始終緊閉著精神域，讓她的精神力沒法探入。

封琛剛殺掉一隻衝來的沙丘蟲，就聽到身後傳來急促的女聲：「這位哨兵，我是嚮導，快打開你的精神域，我要為你梳理精神域。」

封琛前方的沙丘蟲屍體已經遍布滿地。他剛耗費了大量精神力，此時胸口悶脹，腦袋也有些昏沉，的確非常需要嚮導的梳理。

他能感覺到一股陌生的精神力在自己精神域外徘徊，也清楚是那名嚮導，可不管他如何努力，精神域也無法順利打開。

「你不要排斥我的精神力，快打開精神域，不然你會受不了的。」

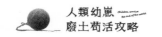

嚮導在急聲催促。

前方沙地拱動,有一條沙丘蟲正從地下衝來。封琛剛擊殺兩條沙丘蟲,便調動精神力追蹤而至,破開沙地將那條沙丘蟲刺中。

「你怎麼不打開精神域?不要防備我,也不要太緊張,讓我精神力進去。」

封琛聽著嚮導的催促,又試了一下,可還是不行。他的精神域違背他的意志,始終對這股陌生精神力保持著警惕和抗拒,無論他怎麼努力,都緊閉得連一絲縫隙都沒有。

「妳先別管我了,先去給其他哨兵梳理吧。」封琛也不想耽擱這名嚮導的時間。

嚮導略一思忖:「行,你要是放鬆了後再喊我,我就在旁邊。」

此時載著一百多名嚮導學員的卡車已經到了山下,總指揮的喝令在每輛車內響起:「全體嚮導學員下車!準備戰鬥!」

卡車戛然停下,顏布布跟著其他嚮導跳下車,在轟天的炮火聲中衝進玉米地,向著前方奔跑。

陳文朝也不清楚顏布布穿什麼尺碼的作戰服,剛才丟給他的那套有些大。隨著跑動顛簸,他的鋼盔就前後滑動,時不時擋住眼睛,只能用手按住。

這片玉米地廣袤無邊,玉米杆也擋住了視線,他從周圍的腳步聲裡知道其他嚮導學員也在一起跑。

緊張的奔跑中,對講機裡不斷傳出其他嚮導學員的聲音。

「誰在往左邊跑啊?跑錯了方向,回來!」

「誰又在往右邊跑?不要帶錯路啊,帶錯了後面就跟上去一串。」

「哎喲——」

「怎麼了?」

「沒事,摔了一跤。」

「是誰在我前面?穿那件連體服的腰線怎麼收得那麼好?」

教官：「我們學員只一對一進行疏導，每人負責一名哨兵，只要給嚮導軍人減輕負荷就行。」

「是。」

教官接著吩咐：「王晨笛，妳帶著妳那隊嚮導往右，劉思遠，你們小隊往左。」

「是。」

教官：「李蕊思，妳的哨兵在八班，妳要不要去八班進行疏導？」

「要的，哨兵八班在哪兒？」

教官：「那就跟著王晨笛走，他的方向是八班。」

「好的。」

教官：「趙翠，王德財在哨兵三班，妳要去三班的位置嗎？」

顏布布從耳麥裡聽到了翠姐的聲音，還伴著呼呼喘氣聲：「教官，你們、你們不要撮合我和那個老哨兵，把、把我分去、分去給小哥哥，不管需要我給多少小哥哥疏導，我、我都可以……呼……呼……」

王穗子一直跑在顏布布身後，「顏布布，你是要去找你哥哥嗎？」

顏布布撥開打在臉上的玉米葉，「對，我要去找他，給他疏導。」

「你知道你哥哥在哨兵幾班嗎？」

顏布布道：「不知道，反正到了地方我就去找。」

他按住鋼盔仰頭，看見了遠方正探起身的沙丘蟲，便驚駭地問王穗子：「那是什麼？蚯蚓變異種？」

「不是，是沙丘蟲。」王穗子提醒他道：「等會兒注意著躲開牠嘴裡吐的絲，那個玩意兒像小火苗似的，會一直貼在你身上燒。」

「知道了。」

往前奔跑了約莫 10 分鐘後，嚮導學員越過那些正對一隻沙丘蟲集火的普通士兵，穿過了這片玉米地，眼前便是哨兵們和大量沙丘蟲戰鬥的景象。

他們按照教官的分配，奔向自己的所屬區域，在奔跑中便放出精神

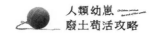

力，探入那些哨兵的精神域。

顏布布也在跟著跑。到處都是沙丘蟲，到處都是正在和那些沙丘蟲戰鬥的哨兵，卻沒有看見封琛的身影。

他腳步不停，在槍聲中一邊辨認哨兵，一邊辨認那些爬在沙丘蟲身上的量子獸，希望能看到黑獅和比努努。

左邊沙地突然開始拱動，一條沙丘蟲破開沙土衝向半空，巨大的黑影將他籠罩其中。

顏布布下意識抬頭，只見沙丘蟲正朝他俯下身。那張大的嘴裡有著數排尖銳的牙，上面滿布著透明的黏液。

砰砰砰。顏布布的意識圖像還沒來得及閃現，槍聲就已經響起，子彈射入沙丘蟲的嘴裡。那沙丘蟲身體劇顫，搖晃著就要砸下來，他被拽著胳膊拖到了右邊，接著便被擁入一個熟悉的懷抱。

「哥哥！」在沙丘蟲轟然砸倒在沙地上的同時，顏布布也驚喜地叫出了聲。

封琛鬆開顏布布，迅速給槍枝上膛，半瞇眼瞄準另一隻沙丘蟲的眼睛，扣下扳機後才屬聲道：「不要東張西望的。」

「我是想找你。」顏布布飛快地打量封琛，發現他臉色蒼白，額角還不斷往下淌著汗。

封琛擋在他身前，「站遠一點，站到我後面去，不要讓沙丘蟲吐的絲濺到身上。」

「好！」

話音剛落，封琛便感覺一道熟悉的精神力直直闖入他的精神域，飛速進行梳理。

他胸口越來越重的悶脹感一掃而空，頭痛也跟著瞬間消失。

顏布布看向左右，看見自己的同班學員都在附近，站在哨兵身後約莫十幾公尺的地方。他便也後退，一邊替封琛疏導，一邊躲著那些在空中飄飛的沙丘蟲絲。

他的左邊不遠處是趙翠，右邊則是陳文朝和王穗子。

「媽呀媽呀，我的媽呀！」趙翠不時發出驚叫：「我的親爺，我最怕蟲子了，腳都是軟的……左邊的小哥哥往右躲一下……親娘啊，我這輩子都不想看到蟲子。」

她的量子獸是一隻大白鵝，凶狠地搧著翅膀衝出去，在看到扭動身軀的沙丘蟲後又嘎嘎驚叫著衝回來，平復下情緒繼續衝出去，接著再逃回來……

顏布布看見了比努努和薩薩卡。牠倆已經殺到沙地很遠的地方，在接近燈光明暗的交界處。

比努努趴在一隻沙丘蟲的頭頂撕咬，劇痛中的沙丘蟲扭動著上半身，比努努被甩得在空中飛舞，爪子卻死死摳住蟲眼不鬆。

薩薩卡則躍向旁邊一隻想攻擊比努努的沙丘蟲，在空中時便朝地面部揮出利爪。

（未完待續）

# 作者獨家訪談第二彈，暢談創作源起

Q7：很好奇老師平常常跟小朋友相處嗎？您覺得在描寫小朋友的
　　角色時要掌握的要素是什麼？

A7：我覺得描寫小朋友，最重要的是真實。
　　小朋友不是可愛的玩偶，他們有思想有自我意識，寫出他們
　　的真實樣貌就好了。

Q8：發現您似乎偏愛寫帶有奇幻元素的故事，劇情常有出人意料
　　的發展，請問平常都怎麼收集靈感的？有沒有比較偏好的創
　　作題材？

A8：我很喜歡看一些科學紀錄片和科幻電影，對未探索到的世界
　　充滿興趣，所以寫作時也比較偏向於這方面的題材。

Q9：請問寫作對您而言的意義是什麼？

A9：是我最愛的一件事。當我沉浸於筆下世界裡，跟著主角的經
　　歷，體驗他們的喜怒哀樂，陪著他們成長的感覺很美妙。

Q10：請問當初是怎麼想到寫這個故事？本文結合了哨響、末日、
　　　喪屍及變異動植物、極端氣候、微廢土……等各種元素，您
　　　是如何融合這麼豐富的素材？

A10：2021 年的冬天，去峨眉山旅遊，坐在纜車上看著下面的雪，

一邊用手機和朋友聊著人類幼崽這篇文的構架。我腦中突然
就浮現出一幅畫面：兩個小孩攙扶著在雪中艱難前行……當
時突然便下了決定，這篇文的主角就是他們倆了。

一篇文能融合進這麼多素材，我其實也不知道是怎麼辦到
的，哈哈，好像就是自然而然。

Q11：有沒有影響您最深（或最喜歡）的作者或作品？為什麼？

A11：對我影響最大的還是諾蘭的電影。那些關於時空、關於蟲
洞、關於未知的東西。

Q12：平常除了寫作外，有沒有其他興趣或嗜好？

A12：興趣愛好還挺多的，和朋友聚會、看電影、旅遊、逛街購
物、吃美食……

Q13：有沒有曾經讓您難忘（或覺得好笑）的讀者互動經驗？

A13：這篇文的讀者很讓我感動，全文完結時，我以為就這樣結束
了，但她們口口相傳，四處引薦，讓這篇文被更多的人看見
並喜歡，我非常感謝她們。

（未完待續）

i 小說 059

# 人類幼崽廢土苟活攻略3

### 國家圖書館出版品預行編目（CIP）資料

人類幼崽廢土苟活攻略 / 禿子小貳著. -- 初版. --
臺北市 : 愛呦文創有限公司, 2024.10-
冊 ；　公分. -- (i小說 ; 59-)
ISBN 978-626-98582-5-5(第3冊：平裝)

857.7　　　　　　　　　　113008669

愛呦文創

| | |
|---|---|
| 作　　　者 | 禿子小貳 |
| 封 面 繪 圖 | 透明（Tomei） |
| Q 圖 繪 圖 | 60 |
| 責 任 編 輯 | 高章敏 |
| 特 約 編 輯 | 劉怡如 |
| 文 字 校 對 | 劉綺文 |
| 版　　　權 | Yuvia Hsiang、Panny Yang |
| 行 銷 企 劃 | 羅婷婷 |

| | |
|---|---|
| 發 　行 　人 | 高章敏 |
| 出　　　版 | 愛呦文創有限公司 |
| 地　　　址 | 10691台北市忠孝東路四段59號10-2樓 |
| 電　　　話 | （886）2-25287229 |
| 郵 電 信 箱 | iyao.service@gmail.com |
| 愛呦粉絲團 | https://www.facebook.com/iyao.book |

| | |
|---|---|
| 總 經 　銷 | 聯合發行股份有限公司 |
| 電　　　話 | （886）2-29178022 |
| 地　　　址 | 231新北市新店區寶橋路235巷6弄6號2樓 |

| | |
|---|---|
| 美 術 設 計 | 廖婉禎 |
| 內 頁 排 版 | 陳佩君 |
| 印　　　刷 | 沐春行銷創意有限公司 |
| 初 版 一 刷 | 2024年10月 |
| 定　　　價 | 360元 |
| I S B N | 978-626-98582-5-5 |